LOST RIDER

De la même auteure chez

addictives

Kiss, Kill & Ride

GAËLLE SAGE

LOST RIDER

addictives

« Le secret du bonheur est de faire ce que tu aimes.
Le secret de la réussite est d'aimer ce que tu fais. »
Bouddha

1

Millie

– Le Dr Johnson pour l'accueil. Le Dr Johnson pour l'accueil, merci.

– Veuillez m'excuser, je reviens tout de suite.

Je souris à ma patiente et rejoins l'accueil d'un pas rapide. La dernière fois que j'ai été appelée de la sorte, c'était pour m'annoncer un colossal dégât des eaux dans mon appartement. Ce n'est encore que le milieu de matinée, j'ai une longue journée de consultations qui m'attend, je ne suis clairement pas prête à entendre ce genre de mauvaises nouvelles.

Je quitte ma salle de consultation qui se trouve dans l'aile A et je file retrouver Claire dont le bureau est situé juste à l'entrée de l'unité. Claire s'occupe d'accueillir les patients et de les orienter dans le bon service. Celui de traumatologie est situé au troisième étage de l'hôpital et est réparti sur quatre unités. La A est l'unité de consultations, les unités B et C concernent les hospitalisations et l'unité D regroupe les bureaux des chirurgiens ainsi que ceux de leurs assistantes respectives. Claire est au centre de ces quatre unités. Elle est un peu la table d'orientation du service et c'est elle qui répond aux appels. Elle est aussi la première personne que les gens voient en sortant de l'ascenseur, c'est pourquoi le Pr Brett tient absolument à ce qu'elle soit toujours bien habillée, avec un maquillage léger.

Je ne saurais pas vraiment dire quel âge a Claire, mais je dirais entre 35 et 40 ans. Elle a les cheveux bruns, coupés en un très joli carré plongeant. Elle a aussi un regard très chaleureux et un sourire communicatif. Mais il ne faut pas se fier uniquement aux apparences. Claire est surtout une vraie commère. Toujours à l'affût du dernier potin ou ragot à colporter. C'est pourquoi, malgré toute sa bienveillance, je veille à n'entretenir qu'une relation strictement professionnelle avec elle.

– Tu m'as demandée, Claire ?

– Oui. Tu as un appel en attente. Tiens, je te le passe, ça a l'air urgent.

– La personne t'a donné son nom ?

– Oui, pardon. Un certain Dr Reed de l'hôpital Sainte-Croix à Tucson, je crois.

J'ai un léger mouvement de surprise. Tucson… Rien qu'entendre le nom de cette ville me donne envie de vomir, tout comme les quatre-vingt-dix-neuf pour cent de la population qui la peuple. Je pourrais même aller jusqu'à parler de cent pour cent, mais bon, tant qu'il y a de la vie, il y a de l'espoir. Même pour cette ville pourrie.

Quiconque prend la peine de me téléphoner de si loin ne le fait pas pour m'annoncer une bonne nouvelle. Et je ne vois que deux cas de figure possibles. Soit on m'appelle pour Bianca, et là je mise sur une mort par overdose, soit cela concerne Slade, auquel cas on serait plutôt dans le registre du règlement de compte entre clubs rivaux avec un décès par arme à feu.

Si cela ne tenait qu'à moi, je ne répondrais pas. Mais si je refuse, Claire va répandre une rumeur complètement ridicule. Même si je n'ai aucune envie d'entendre parler de l'un ou l'autre de mes géniteurs, je dois faire avec. Toutefois, je compte expédier cet appel vite fait bien fait.

– Docteur Johnson, j'écoute, dis-je en prenant enfin le combiné tendu par Claire.

– Bonjour, docteur Johnson, ici le docteur Reed du service de réanimation de l'hôpital Sainte-Croix à Tucson.

– C'est au sujet de Bianca ou de Slade ? demandé-je pour couper court au suspense.

– Je… Euh… Je ne sais qui est Bianca, mais mon appel concerne votre père, M. Miller Johnson.

Évidemment, il l'appelle par son prénom, et non par son nom de route. Quoi qu'il en soit, quand je l'entends prononcer le mot « père », ma main se crispe autour du téléphone et je me retiens de justesse de lui dire que cet homme n'a rien d'un père. Toutefois, au lieu de laisser parler ma rancœur et de m'exprimer comme l'enfant d'un biker que je suis, je décide de rester courtoise, mais ferme.

– Je vous écoute. Que s'est-il passé ?

– Votre père a été victime d'un grave accident de la route. Il est sorti d'affaire, toutefois il est toujours dans le coma. Je ne vous cache pas qu'il y a des risques qu'il ne se réveille jamais et qu'il reste en état végétatif. Il était à moto et le choc avec le sol a causé un important traumatisme crânien. Nous avons fait tout ce que nous pouvions, mais…

– Je sais, le coupé-je.

Le pauvre, pas la peine qu'il essaie d'enrober la triste vérité et de la faire paraître moins grave. Il y a longtemps que j'attendais cet appel, sept ans pour être exacte. Je me demandais d'ailleurs qui, de Bianca ou de Slade, serait le premier à me valoir un coup de fil d'un confrère. Et c'est Slade qui a remporté cette manche.

– Je ne doute pas que vous et votre équipe avez dû faire le maximum pour Sl… mon père. Je ne voudrais pas paraître insensible, mais s'il n'est pas mort, je ne comprends pas vraiment la raison de votre appel.

– Eh bien, c'est que vous êtes désignée en tant que personne de confiance. Il est de votre choix que nous maintenions ou pas votre père en vie grâce aux machines qui lui permettent entre autres de respirer.

C'est une putain de blague ! Un canular !

Je serre très fortement le combiné de téléphone dans ma main, sentant poindre le début d'une colère que j'aurai toutes les peines du monde à contenir. Le type de rage que seulement une poignée de personnes, dont mes géniteurs, sont capables de faire naître en moi. Je respire longuement pour tenter de me calmer.

Jamais je n'aurais pensé qu'un de mes deux parents me choisirait en tant que personne de confiance. L'un me déteste quand l'autre se désintéresse complètement de moi, et pourtant Slade a décidé de me confier à moi seule la décision finale concernant sa vie. Je ne sais pas si je dois en être flattée ou énervée, car cela peut aussi être son acte ultime de perversion : me laisser le choix de sa vie ou de sa mort.

En le laissant en vie, je prends le risque de le voir branché à des machines jusqu'à la fin de sa vie et sûrement d'écouter les reproches de sa famille me disant qu'il serait plus en paix mort que vivant ainsi. D'un autre côté, si je le débranche, on criera au scandale et on me traitera de tous les noms pour ne pas avoir cru en lui et à la possibilité qu'il se réveille un jour.

Ce qu'il ne sait pas, c'est qu'il n'est rien pour moi, si ce n'est une personne portant le même nom de famille que moi. Toutefois, j'aurais pensé qu'il choisirait un membre de son club de motards, les Hell's Dogs, comme le prés', alias Apo, pour prendre cette décision.

– Docteur Johnson, vous êtes là ? demande soudain le Dr Reed que j'avais complètement oublié.

– Oui, désolée, dis-je en secouant la tête pour sortir de mes pensées. J'imagine que ma présence est requise ?

– Euh, oui…

Visiblement, mes réponses courtes et concises le perturbent.

J'imagine aisément qu'en annonçant ce genre de nouvelle, il doit plus avoir l'habitude des sanglots et des pleurs que d'une personne comme moi, n'exprimant rien d'autre qu'un désintérêt manifeste.

– Dans ce cas, je ferai en sorte d'être là le plus rapidement possible. Je vais demander à mon assistante de me réserver le premier vol pour Tucson et je devrais arriver ce soir ou demain, au plus tard. Cela vous convient ?

– Oui, c'est parfait.

– Au revoir, docteur Reed.

– À très vite, docteur Johnson.

Sans plus attendre, je raccroche et fais biper un interne. Lorsqu'il arrive, je lui demande de finir ma consultation, puis je file voir mon assistante, Martha, dont le bureau se situe à quelques portes du mien dans l'unité D.

– Bonjour, la teigneuse, ça va ce matin ? demande Martha.

J'adore tous les petits surnoms dont elle m'affuble. C'est devenu son petit rituel du matin de trouver toujours un mot doux pour mes oreilles. La dernière fois, c'était « grincheuse », j'estime qu'il y a du mieux.

– Bonjour à toi aussi, Martha. Tu as pensé à remplir ton dossier pour la retraite ?

J'adore la titiller sur son âge. Martha n'est pas vieille du tout, elle a à peine la cinquantaine, mais en fait bien dix de moins. L'âge est un vrai sujet sensible avec elle qui, dans sa tête, est toujours restée bloquée sur ses 40 ans.

– Vivement qu'on te remplace, répond-elle.

– Je te manquerais trop, dis-je en lui offrant mon plus beau sourire.

– C'est pas faux. Qu'est-ce que je peux faire pour toi, ma belle ?

– J'ai eu un appel de l'hôpital Sainte-Croix à Tucson. Mon père a eu un grave accident de moto et je suis sa personne de confiance. Je dois y aller pour décider si je le débranche ou si je le laisse en vie.

– Tu rigoles ?!

Martha sait tout de ce que j'appelle communément « mon ancienne vie ». Elle connaît tous les détails, même les plus sordides, de mon passé, de Slade, de Bianca, de *lui*.

– J'aimerais bien, mais je n'ai pas le choix. J'ai déjà demandé à un interne, le grand à lunettes avec des poils sur les épaules là…

– Franck ?

– Oui, voilà.

J'ai une mémoire de poisson rouge quand il s'agit de retenir le nom des internes et des externes qui effectuent leur stage chez nous !

– Je lui ai demandé de finir ma consultation. Pendant que tu me cherches un vol direct pour Tucson, je vais appeler le Pr Brett pour l'informer de mon départ et aussi laisser mes consignes à mes collègues.

– Tu es sûre que ça va aller, ma puce ? demande Martha d'une voix plus douce.

Elle est bien plus qu'une amie. Dès qu'elle a eu connaissance de mon passé chaotique, elle est devenue ce qui se rapproche le plus d'une mère. Du moins, de l'image que j'ai pu me faire d'une mère en voyant celles de mes camarades de classe ou, à l'hôpital, celles qui débarquent, dans tous leurs états, lorsqu'un jeune patient arrive.

– Tu sais quoi ? Tu peux leur dire d'aller se faire foutre, à Tucson. N'y va pas. Pourquoi te donner la peine de lui accorder de ton temps alors qu'il n'a jamais su en trouver pour toi quand tu vivais là-bas ?

Martha a complètement raison. Si Bianca n'a rien d'une mère, Slade n'a rien du père idéal. Au contraire, on peut dire qu'il a excellé dans l'art et la manière de rester une ombre au tableau de mon enfance. Tout le temps absent, jamais présent. Je n'ai même pas le souvenir de l'avoir un jour appelé « papa ».

– Parce que je vaux mieux qu'eux et il est temps que je le leur prouve. Si je décide de faire l'autruche, ils penseront que je suis trop lâche pour venir affronter mon passé.

– Mais enfin, Millie, on s'en fout de ce qu'ils pensent tous !

– Non. Ils pensent m'avoir détruite il y a sept ans, et ils doivent maintenant savoir qu'ils ne m'ont finalement rendue que plus forte.

Martha prend le temps de m'observer, mais elle sait que ma décision est prise. J'ai besoin d'y aller autant pour leur prouver qui je suis devenue que pour, peut-être, finir par tirer un trait définitif sur un passé que j'ai bien du mal à laisser derrière moi.

– OK, file passer tes appels, je me charge de ton billet d'avion, dit-elle, les yeux déjà rivés sur son écran, tapant frénétiquement sur les touches.

Je me dirige vers mon bureau qui est rapidement devenu un endroit calme où je peux vraiment me relaxer. Il n'est ni trop grand ni trop petit, la taille idéale. Avec l'autorisation de mon chef de service, j'ai repeint les murs autrefois bleu ciel d'une jolie teinte crème. J'y ai évidemment accroché mes diplômes et des cadres. Aucune photo d'enfant ou de famille, simplement des clichés de ce que la nature a de plus beau. J'ai deux plantes vertes que j'ai affectueusement nommées Touffue et Grimpante. Mon bureau est en angle, en bois clair. Les soirs où je suis d'astreinte, un BZ me permet de dormir sur place pour être rapidement opérationnelle. J'ai aussi des toilettes privées avec un évier. J'ai décoré le meuble qui me sert à ranger mes dossiers de jolies bougies couleurs chocolat et beige. Bref, c'est un endroit que j'ai rendu très confortable et surtout dans lequel je me sens vraiment comme chez moi.

Une fois bien installée dans mon fauteuil, j'appelle le Pr Brett, le chef de service. Sans surprise, il m'annonce que je peux prendre le temps nécessaire. Depuis que j'ai pris mon poste d'assistanat dans le service il y a maintenant deux ans, je n'ai demandé que très peu de jours de congé. J'adore mon travail et ce n'est pas comme si j'avais une famille qui m'attendait tous les soirs à la maison. Je suis aussi avide de me faire une réputation, j'ai travaillé tellement dur ! Les trois années que j'ai passées à la faculté de Tucson étaient finalement une partie de rigolade, comparées à l'internat que j'ai effectué à Baltimore, au sein de l'hôpital Johns-Hopkins. Ici on vise l'excellence et au-delà, rien de moins. La concurrence a été rude, intense, et pendant cinq ans j'ai dû faire en sorte d'être la meilleure. Je ne compte plus mes nuits blanches, mes soirées passées à la bibliothèque, mais tous ces sacrifices en valaient la peine.

Il y a deux ans, j'ai décroché le Saint Graal, un poste d'assistante. Celui-là même qui sera un tremplin et m'ouvrira, d'ici un an, les portes d'un poste de praticien hospitalier. C'est ainsi que cela fonctionne ici. On commence assistant pour finir titulaire.

Une fois l'appel fini, je fais un tableau Excel avec la liste de mes patients, leur pathologie et le suivi à apporter à leur dossier pendant mon absence. Une fois que j'estime avoir tout mis en ordre, j'envoie le tout à mes confrères.

Une fenêtre de messagerie s'ouvre, Martha m'indique que la réservation est faite. Je finis de ranger deux trois bricoles sur mon bureau et je retourne la voir.

– Ton vol décolle dans deux heures, tu as donc à peine le temps de rentrer chez toi pour récupérer quelques affaires, m'informe-t-elle.

– Super, merci.

– Le vol dure six heures trente et il est direct.

– Autant de temps ?

En même temps, la dernière fois que j'ai fait le chemin en sens inverse à bord de ma voiture, j'ai mis presque deux jours pour arriver à Baltimore. Mais quand même, j'aurais pensé qu'en avion ça aurait été plus rapide.

– Oui, ma biche, mais ne t'inquiète pas, je t'ai réservé une place en première classe.

– Dieu te bénisse, Martha !

– Qu'il bénisse surtout mes étrennes de fin d'année, dit-elle en me faisant un clin d'œil.

– Je ne suis pas croyante de toute manière, rétorqué-je, ce qui me vaut un regard noir mais complice de sa part. Bon ! Allez, Martha, j'y vais si je veux avoir le temps de passer chez moi. Si jamais tu as besoin, n'hésite pas à m'appeler ! lancé-je en me dirigeant vers les ascenseurs.

– Pas de souci, ma puce, et préviens-moi quand tu arrives !

Les deux heures suivantes passent à une vitesse folle et je me retrouve en un clin d'œil à grimper dans l'avion et à chercher ma place. Quand je vois les sièges en classe économique, je remercie Martha pour la place en première. Elle aura vraiment mérité un petit cadeau de remerciement. Peu habituée à voyager en avion, je galère à trouver mon emplacement. Mais finalement, avec l'aide d'un charmant steward, je m'installe confortablement sur mon siège.

J'envoie un message à Martha pour la remercier une nouvelle fois. Sa réponse ne se fait pas attendre. Elle écrit qu'elle m'embrasse et me demande de ne pas oublier de l'appeler en arrivant. Je souris en éteignant mon téléphone et tourne la tête pour regarder le paysage qui se profile à travers le hublot. Mon sourire s'élargit en repensant à notre première rencontre, il y a deux ans. Les choses ont bien changé, et si ça n'avait pas été le cas, je voyagerais probablement dans la soute à bagages.

2

Millie
Deux ans plus tôt

J'observe d'un œil nouveau l'édifice qui s'élève devant moi : l'hôpital Johns-Hopkins. L'établissement de santé le plus réputé du pays, tous domaines confondus. Cet hôpital, c'est le rêve pour tout chirurgien digne de ce nom : des équipements à la pointe de la technologie, des recherches cliniques révolutionnaires, des cas chirurgicaux intéressants... En somme, l'endroit idéal pour le chirurgien assistant diplômé en traumatologie que je suis. Certes, j'ai fait mes armes en ces murs, mais la dernière fois que j'ai passé les portes, je n'étais qu'étudiante. Aujourd'hui, je suis chirurgien.

Au premier regard, je constate que tout le monde me prend encore pour une interne. Il faut dire que j'ai deux ans d'avance sur mes confrères. Lorsque j'ai postulé, il n'y avait aucun doute pour moi, j'étais faite pour ce poste. Outre que je suis sortie major de ma promotion, j'ai aussi brillé par mes écrits dans les revues scientifiques spécialisées. Je suis peut-être jeune, mais j'ai déjà un certain bagage. Quand les autres étudiants étaient en vacances, j'effectuais des stages dans différents hôpitaux de l'État. J'ai appris aux côtés des meilleurs, c'est ce qui fait que j'ai mérité ma place ici.

J'arrive dans le service et me présente à l'accueil, même si je ne suis pas vraiment nouvelle. Claire, la réceptionniste, ne me reconnaît pas, mais rien d'étonnant avec le ballet incessant de nouveaux internes et externes. Elle m'indique poliment mon bureau ainsi que le prénom de mon assistante. C'est vrai que pour l'occasion, j'ai mis un tailleur, lissé mes cheveux et mis un peu de maquillage. Ce n'est pas grand-chose, et pourtant ça change de mon chignon mal fait que je porte habituellement et de mes vieux jeans usés. Sans compter que je préfère être « nature-peinture », très peu de maquillage. Je dois remercier Bianca pour ça, elle m'a définitivement appris à détester cela. Voir sa mère maquillée comme une voiture volée, ça crée des traumatismes irréversibles.

Sans rappeler à Claire qui je suis, je la remercie et pars donc rencontrer Martha. Il me semble avoir entendu un « Bon courage » de la part de Claire, mais c'était à peine audible. Si bien que j'ai préféré ne pas en tenir compte… Mais j'aurais peut-être dû.

– Bonjour, Martha, ravie de faire votre connaissance. Je suis…

– C'est pas vrai, Claire m'a encore envoyé une étudiante, dit-elle en soufflant d'exaspération. Désolée, ma petite, mais la cadre de santé, c'est le bureau juste après celui-ci.

– Merci pour l'information, mais je ne suis pas étudiante en médecine, je suis…

– Alors pour les infirmières, c'est pareil, c'est le même bureau, me coupe-t-elle.

– Non, je…

– Bon, écoutez, je n'ai pas le temps, ma petite. J'attends mon prochain patron, qui apparemment est une petite teigne. Sûrement le genre fille à papa, on m'a expressément demandé de faire bonne impression.

J'ai peut-être omis de dire qu'effectivement j'ai aussi la réputation d'être une teigne. Je suis juste ambitieuse et je me donne les moyens d'atteindre mon objectif, mais dans ce monde bien étriqué, mon ambition et ma perspicacité sont bien souvent confondues avec de l'opportunisme. Ça ne me dérange pas, mais qu'on me définisse comme une fille à papa, hors de question.

Je souffle un bon coup tout en me pinçant l'arête du nez, puis je plaque le plus beau sourire que j'aie en stock sur mon visage pour tenter de calmer la situation.

– Écoutez, Martha, je ne suis pas…

– Oh, docteur Johnson. Je vois que vous avez déjà fait la connaissance de Martha, votre assistante, lance le Pr Brett, le chef du service.

Martha a les yeux exorbités, mais se reprend très vite.

– C'est une plaisanterie ?! Vous avez recruté une enfant pour remplacer Tom ?! s'exclame-t-elle.

– Premièrement, je ne suis pas une enfant. Deuxièmement…

– En plus, elle répond ! Enfin, Charles !

Pour qui se prend-elle enfin ?! C'est elle qui va travailler pour moi, et non l'inverse !

– Martha, calmez-vous. Docteur Johnson, veuillez me suivre dans votre bureau, j'aimerais vous parler en tête à tête avant de vous faire visiter le service.

Je reste muette devant mon nouveau chef de service. Il ne

va donc rien dire à cette harpie !

– Excusez-moi, professeur, mais vous allez la laisser me parler ainsi ?!

– Pourquoi ?! Parce que vous pensez que votre diplôme et vos années d'études vous placent au-dessus de moi ?!

– Je vous demande pardon ?! commencé-je, énervée.

– C'est en ORL qu'elle aurait dû travailler, visiblement elle a quelques soucis auditifs.

– Quoi ?! répété-je, incrédule.

– Martha, calmez-vous. Docteur Johnson, veuillez me suivre, s'il vous plaît.

Bien décidée à ne pas bouger d'un millimètre, je sens le professeur me prendre gentiment par le coude pour m'obliger à bouger. Je ne décolère pas et continue de fixer Martha qui arbore un sourire sadique sur les lèvres.

Toi, ma vieille, tu ne sais pas encore à qui tu as affaire ! pensé-je.

Je suis peut-être jeune, mais je ne suis pas naïve, et il est hors de question que je lui serve de paillasson.

Le professeur ferme la porte et s'assied sur le bureau. Quant à moi, je reste toujours plantée là où il m'a laissée, à tenir fermement l'anse de mon sac à main comme si ma vie en dépendait, ou plutôt celle de Martha.

– Docteur Johnson, je vous prie d'excuser le comportement quelque peu récalcitrant de Martha. Elle n'aime pas trop le changement et, vous l'avez peut-être compris, elle était très attachée à votre prédécesseur. La mort de Tom, je veux dire le Dr Finn, a énormément chamboulé notre petite Martha. Mais vous verrez, quand vous aurez appris à vous connaître, tout se passera bien. Je l'espère, murmure-t-il.

Je décide de prendre sur moi et de passer l'éponge pour cette fois.

– Je comprends, mais je ne la laisserai plus me parler ainsi ! expliqué-je pour mettre quand même les choses au clair avec lui.

– Non, bien sûr.

Et me voilà, six mois après mon arrivée, à inspecter mon breuvage sous tous les angles pour m'assurer qu'il s'agit bien de café et non d'une autre substance à la couleur noirâtre. Au début, Martha avait soi-disant confondu le sucre avec le sel en remplissant le sucrier. Admettons. J'avais alors décidé de remplacer le sucre par un peu de lait jusqu'au jour où elle a « confondu » ce dernier avec de la crème fraîche liquide. Là encore, une excuse toute prête : les bouteilles se ressemblaient trop… Admettons ! Une fois encore, j'avais décidé de fermer les yeux et de prendre sur moi. À tel point que depuis je buvais mon café noir sans fioritures. Mon estomac a mis du temps à s'en remettre, mais finalement nous avons appris à apprécier les choses simples. Enfin, surtout à nous en contenter.

Mon breuvage en main, je m'apprête à m'asseoir quand soudain je me relève brusquement. Quelle imbécile je suis ! J'allais presque oublier de procéder à l'inspection minutieuse de ma chaise. Je compte le nombre de roues : c'est bon. Je la fais un peu rouler de droite à gauche : OK, les roues sont fixées. J'appuie sur le dossier : là aussi, il est en place. Depuis la fois où j'ai failli m'offrir un nouveau nez en évitant de quelques centimètres le coin de mon bureau, je me méfie. J'ai même pensé installer un système de surveillance vidéo dans mon bureau, mais apparemment c'est contre les libertés individuelles. La personne qui a rédigé cette loi n'a clairement jamais, jamais eu affaire à quelqu'un comme Martha dans son entourage. Sinon elle aurait rendu obligatoire la présence de caméras. J'en suis convaincue.

Il faut reconnaître quand même à sa décharge que Martha fait preuve d'une imagination sans fin quand il s'agit de me persécuter. La première fois que j'ai rencontré des difficultés avec mon siège, à cause d'une roue qui se faisait la malle, sa réponse a été : « Un défaut de fabrication ! » Admettons. La seconde fois, elle a dit que ça devait être un problème de charge sur le siège. En gros, je pesais trop lourd ! Admettons.

Je sais qu'elle essaie de me faire craquer, mais si au début elle ne me connaissait pas, je dois dire qu'elle commence à comprendre que je suis bien plus tenace et bornée que j'en ai l'air.

Maintenant que j'ai tout vérifié, je peux m'asseoir. Fébrilement quand même, je me baisse. Quand mon postérieur touche le siège, je compte mentalement jusqu'à dix. Le compte à rebours terminé, je souffle enfin en comprenant que tout fonctionne et je m'assieds plus confortablement.

Ceci dit, c'est de bonne guerre.

Je me souviens encore de la fois où j'ai tiré, par inadvertance bien sûr, sur ses cheveux, pensant que c'était une perruque. Certes, cette « mégarde » m'aura coûté quatre-vingts dollars de pressing pour enlever le café sur mon chemisier en cachemire, mais cela en valait chaque dollar. À ma décharge, Martha est toujours tirée à quatre épingles, si bien que j'ai l'impression de faire un bond de trente ans en arrière dès que je la vois.

C'est une petite femme d'à peine un mètre cinquante-cinq, très fine. Elle porte toujours un tailleur-jupe. Et que dire de sa coiffure... ? Pas grand-chose si ce n'est que ça ressemble à un casque brun posé sur sa tête. Même un vent de force cinq ne viendrait pas à bout de sa mise en plis. Alors évidemment, quand j'ai essayé de ruiner sa coiffure à dix dollars la bouteille de laque, elle a involontairement renversé son café sur mon chemisier.

Et il y a aussi eu la fois où j'ai changé toutes les couleurs de ses stylos. Dans le rouge était le vert, dans le vert le noir… Tout le monde à l'étage l'a entendue rouspéter et j'ai même reçu des félicitations de la part de certains confrères.

Martha est connue comme le loup blanc ici. Pendant mes études, je ne faisais pas attention aux commérages, c'est une perte de temps pour moi. Après coup, je me dis que j'aurais quand même dû y prêter une oreille attentive.

Ce matin, j'arrive au travail lorsque je la trouve en pleurs à son bureau, le maquillage dégoulinant et les cheveux hirsutes. Je regarde à droite puis à gauche, mais nous sommes seules. Visiblement, personne n'ose approcher « la bête ». Je pourrais faire demi-tour, elle ne semble pas m'avoir vue… Cette idée reste dans ma tête plusieurs secondes avant que je prenne quand même pitié de la pauvre quinquagénaire.

– Martha, est-ce que vous allez bien ? demandé-je en posant une main fébrile sur son épaule.

Pourvu qu'elle ne me l'arrache pas, par pitié !

– Je pète la forme, ça ne saute pas aux yeux ?! aboie-t-elle.

OK, le mode harpie est enclenché.

– Pas vraiment, surtout avec tout ce maquillage qui coule…

Soudain, elle braque sur moi son regard noir et je suis littéralement paralysée.

– Même en ce jour de deuil, vous ne me montrez aucun

respect ! dit-elle d'une voix pleine de sarcasme.

– Oh ! Je suis désolée, je ne... je ne savais pas.

Je prends une chaise et m'assieds à côté d'elle tout en posant mon café sur son bureau.

– Vous voulez en parler ? proposé-je.

– C'était mon meilleur ami... commence-t-elle en se mouchant. Depuis seize ans ! Il a toujours été présent dans ma vie et surtout dans les moments les plus difficiles. Comment je vais faire sans lui ?

– Martha, je suis sincèrement désolée. C'est vrai que c'est une page douloureuse de votre vie qui se termine.

– Mais au moins je sais que mon pauvre Yéti n'aura pas souffert, emporté dans son sommeil.

Yéti ? Curieux comme prénom. Toutefois de nos jours, avec tout ce qu'on lit et entend, je ne devrais pas être étonnée. J'ai même un collègue qui a appelé son fils Hippocrate... Dans le genre « J'ai envie d'étaler ma réussite professionnelle aux yeux de tous », on ne peut pas faire mieux. Moi, ce que j'en dis, c'est qu'il ne faudra pas se plaindre de finir avec un enfant en thérapie à l'adolescence.

– Yéti, c'est... Il était originaire des montagnes, votre ami ?

– Mais enfin, pas du tout ! Il n'a même jamais voyagé. Regardez, tenez, il était pas beau, mon Yéti ?

Alors que je porte mon Thermos à ma bouche, Martha me montre une photo sur son téléphone. Dès que mes yeux se posent sur le fameux Yéti, j'en recrache mon café sur sa jupe. Je vois sa main se crisper sur son téléphone et je n'entends plus aucun bruit. Mon regard est figé sur l'immense tache brune qui s'étale sur sa jupe crème.

– Martha, je suis vraiment, vraiment désolée... dis-je en

portant ma main à la bouche.

Puis rapidement je prends une serviette et tapote sur sa jupe tachée de café, ce qui me vaut une tape très franche sur la main.

– Désolée pour ma jupe ou pour votre manque de respect pour mon deuil ?!

– Euh… pour les deux. Enfin, ce n'est pas que je ne prends pas au sérieux votre deuil, c'est que…

– Que quoi ?!

– Eh bien, comment vous dire ? Je m'attendais à autre chose quand vous parliez de votre meilleur ami.

– Oh, je vois, répond-elle avec dédain.

– Non… Enfin, Martha, avouez que vos paroles prêtaient à confusion, tenté-je d'expliquer diplomatiquement.

– Pas du tout ! C'est vous qui en avez tiré des conclusions erronées, rétorque-t-elle.

– Admettons. Mais avouez quand même que… Enfin, Yéti ?!

– Quoi ? En plus, vous n'aimez pas son prénom ?!

– Martha… Vous avez appelé votre chat Yéti…

– Et ?!

Je voulais la jouer fine, mais visiblement elle en a décidé autrement. Elle tente de me mettre mal à l'aise, j'en suis sûre.

– Enfin, Martha, je ne vous apprends rien en vous disant qu'un yéti est un être imaginaire qui possède normalement énormément de poils…

– Et ?

Soit elle ne saisit pas où je veux en venir, soit elle aime me voir marcher sur des œufs pour ne pas la froisser. La connaissant, j'aurais tendance à pencher pour la deuxième option. Mais bon, elle est visiblement très affectée par cette disparition, alors je vais arrondir les angles.

– Votre chat est un sphinx, il est dépourvu de pilosité… Il a, avait, genre zéro poil… Rien du tout, *nada*. C'est comme, je sais pas moi, appeler son chat Chocolat ou Sucre d'orge alors qu'il est diabétique.

J'aurais pu trouver encore des dizaines de comparaisons, mais vu la tête effarée de Martha, je décide de me taire. Je pense qu'elle a clairement compris où je voulais en venir. Soudain, elle éclate de rire. Je regarde rapidement autour de moi, pour être sûre qu'il ne s'agit pas d'une caméra cachée, d'un bizutage pour les nouveaux, allez savoir. Avec elle, il faut se méfier de tout, tout le temps, partout. Mais non, à ma grande surprise, Martha est bel et bien en train de se bidonner devant moi.

– C'est vrai que j'aurais dû l'appeler Gillette, comme les rasoirs.

Et là, c'est à mon tour d'éclater de rire.

Après cet épisode, une belle amitié est née entre nous, et depuis Martha fait partie de ma vie. Elle est devenue bien plus qu'une amie et une confidente précieuse. Nous avons parlé de nos passés et j'ai tristement appris que le sien n'avait pas été tout rose non plus.

Si elle est comme ça aujourd'hui, toujours parfaite, c'est parce qu'elle a vécu longtemps sous le joug d'un pervers narcissique qui la dénigrait dès qu'il en avait l'occasion. Elle a heureusement trouvé le repos à son décès. Il est mort d'une crise cardiaque à 40 ans. Mais après tant d'années aux côtés d'un monstre, les obligations humiliantes et dégradantes – ou du moins ce qu'on prenait pour telles – sont devenues des points de repère, des habitudes bien difficiles à changer. Si, niveau vestimentaire, Martha a bien du mal à se défaire de ses vieilles manies, son langage, lui, a su reprendre du poil de la bête. J'adore nos joutes verbales, ça me met toujours de bonne humeur.

3

Stan

Bordel, je déteste les hôpitaux ! Cette odeur, cette couleur blanche, ces gens qui pleurent… Ce n'est pas pour moi !

Et pourtant, nous voilà franchissant les portes de ce foutu hôpital pour être au chevet de notre frère Slade, victime de ce qui est officiellement un malencontreux accident de la route. Sauf que selon un témoin de la scène, la camionnette venue le percuter a volontairement accéléré, ce qui nous laisse à penser qu'il s'agit d'un acte volontaire plutôt que d'un banal accident de la route. Mon père, le président du club, a gracieusement acheté le silence du témoin, qui a donné une tout autre version des faits à la police, laquelle s'est empressée de classer le dossier sans suite. Pour eux, nos vies ne valent rien, sauf si nous les passons derrière les barreaux.

De notre côté, Angel, notre *road captain* et hacker de génie, est sur le coup pour pirater les caméras de surveillance routière. S'il s'agit d'un acte visant Slade en tant que VP du club, c'est une histoire que seuls les Hell's Dogs doivent régler. Mais en attendant d'identifier la menace, nous nous devons d'être là pour soutenir notre frère.

Pour le moment, au sein du club je ne suis qu'un membre officiel, mais tout le monde sait que je suis destiné à prendre et à assurer la relève de mon père en tant que président. Comme je suis l'aîné de la fratrie, ce titre me reviendra de droit quand Apo décidera qu'il est temps de céder les rênes ou à sa mort, mais je préfère ne pas envisager ce cas de figure. Je me plais à croire qu'il me cédera son patch de président pour se la couler douce au bar et se foutre de moi quand je devrai gérer des situations grotesques. Des guéguerres entre chattes ou des compétitions entre certains frères pour savoir qui a la plus longue, par exemple.

C'est vrai qu'au sein du club on a pas mal de frères qui ne manquent pas d'imagination quand il s'agit d'inventer un défi à la con. Et même si j'écoute, j'observe et j'apprends, je sais que lorsque mon tour viendra, j'aurai encore besoin des conseils avisés de mon père.

Dès que j'arrive à l'hôpital, je croise le regard plein de concupiscence de Magali. De toutes les nanas que je me suis tapées ici, c'est de loin celle qui a le moins froid aux yeux. Je suis même persuadé qu'elle rêve de se faire prendre en sandwich entre mon jumeau et moi.

– Salut, Stan, minaude-t-elle.

– Salut, beauté, ça va ?

– Beaucoup mieux depuis que tu es là, dit-elle en battant grossièrement des cils. Tu as quelques minutes ?

Je sens une main se poser sur mon épaule et je tourne la tête pour voir qu'il s'agit de mon frère Seth.

– Désolé, Sarah, mon frère n'a pas le temps. Trouve-toi une autre queue à te mettre sous la langue.

– Euh… Je… Euh…

J'observe, complètement amusé, la pauvre Magali dont mon frère vient de refroidir les ardeurs en l'espace de quelques secondes. À chaque fois c'est pareil, il fait exprès de se tromper de prénom pour bien faire comprendre à la demoiselle qu'elle ne sera rien de plus qu'une paire de cuisses entre lesquelles je me serai perdu, le temps d'une baise. Rien de plus, rien de moins. Nous nous ressemblons vraiment comme deux gouttes d'eau, mais là où parfois je peux être sympa, Seth n'inspire que la crainte. Il ne se déride jamais, ne cède jamais à ses pulsions, même auprès de nanas lui promettant un ticket direct pour le septième ciel. Il garde toujours le contrôle.

– Viens, mon frère, Pa' nous attend, m'informe-t-il.

– Désolé, beauté, peut-être plus tard.

– Euh… oui… Je… OK, bégaye-t-elle.

Je suis Seth jusqu'à l'ascenseur.

– Mon frère, t'y as été un peu fort avec cette pauvre fille. Ce n'est pas de sa faute si elle est en manque de ma queue !

– Frérot, cette nana se tape toutes les queues disponibles à trente kilomètres à la ronde. Alors désolé de te décevoir, mais t'es juste une bite de plus pour combler son trou.

– T'es jaloux parce qu'elle ne veut pas de la tienne ! Elle sait qu'elle serait déçue…

J'asticote mon frère et ça m'éclate. Je vois qu'il essaie de rester sérieux. Je le vois fermer les yeux et inspirer profondément et je souris de plus belle.

– Une MST sur pattes, très peu pour moi, et puis on est jumeaux, connard ! On est identiques et de partout.

– Si tu le dis…

– Je sais ce que t'essaies de faire.

– De quoi parles-tu ? fais-je innocemment.

– T'essaies de me faire sortir de mes gonds. Je sais que t'aimes pas les hôpitaux, mais trouve un autre moyen de te calmer que me faire chier !

– On parie ?

– Bordel ! Pourquoi c'est toi mon jumeau ?!

– T'aurais préféré Di' le Taré ou Drake le Psycho peut-être ?!

– Super, tu me demandes de choisir entre la peste, le typhus ou le choléra.

– Connard !

– Bouffon !

– C'est maintenant qu'on vous rappelle, avec Di', qu'on est dans le même ascenseur que vous, bande de sous-merdes ?! s'exclame Drake, qu'on avait effectivement peut-être oublié.

J'étais tellement concentré sur le fait d'énerver mon jumeau que je n'ai même pas fait attention que Drake et Diesel nous avaient suivis.

Nous nous tournons vers Drake, puis vers Di'. Tous deux nous lancent des regards noirs, les bras croisés.

– Ta gueule ! répondons-nous en même temps.

– Connards de suppôts de Satan, murmure Diesel au moment où nous sortons de l'ascenseur.

J'observe du coin de l'œil mon frère Seth et je vois une ébauche de sourire étirer légèrement ses lèvres. C'est devenu un automatisme à chaque fois qu'il entend cette expression « suppôts de Satan » dont Amy nous a affublés quand elle était plus jeune. Je suis même persuadé que ça ne l'a jamais vraiment énervé. Mais il a une réputation à tenir. Sans compter que sa fierté est aussi énorme que son ego, et jamais il ne le reconnaîtra.

Rapidement nous retrouvons notre père qui s'entretient avec un homme, sûrement le médecin en charge de Slade. Vu la mine défaite de notre père, aucun doute que les nouvelles sont mauvaises. Nous restons tous les quatre à distance pour le laisser finir sa conversation. Quelques minutes plus tard, notre père nous fait signe d'approcher. Je note toute de suite son visage fermé, ses traits tirés et sa mâchoire crispée. D'autres membres sont déjà là et nous rejoignent pour former un demi-cercle autour de notre prés'.

– Bon, mes frères, les nouvelles ne sont pas bonnes. On savait déjà que l'accident avait été très violent, mais voilà, je ne vais pas y aller par quatre chemins : Slade a subi un important traumatisme crânien dû au choc contre le bitume. Ils ont fait ce qu'ils ont pu, mais il est dans le coma. Des machines l'aident à respirer et ils ne savent pas s'il va se réveiller un jour.

– Bordel !

– Putain !

Plusieurs exclamations provenant de mes frères se font entendre et j'observe mon père fermer les yeux pour ne pas se laisser déborder par la colère. Comme tous ceux présents, j'accueille cette nouvelle comme si je venais de percuter un mur à pleine vitesse. Je suis complètement abasourdi et aussi très énervé. En colère contre celui qui est responsable de l'état de Slade. Il est bien plus que notre VP, il est la pierre angulaire du club. Malgré son attitude bourrue et ses excès de colère, tout le monde au club sait pouvoir compter sur lui, quelle que soit la situation. C'est aussi sur lui que mon père a pu s'appuyer pour remonter la pente après la mort de ma mère. C'est un frère loyal, un ami fidèle. S'il venait à disparaître, je ne sais pas comment le club vivrait cette nouvelle ère.

– Angel est sur les vidéos. Le témoin est formel, ce n'est pas un accident.

– Tu penses que c'est le cartel de Mendes ? demandé-je.

– Non. On en a fini avec eux. Ceci dit, on n'est pas en manque d'ennemis prêts à nous éliminer pour mettre la main sur notre business. Faites passer le message aux autres : on reste prudents, on garde les yeux et les oreilles bien ouverts. Et à la moindre chose suspecte, vous m'appelez, c'est clair ?

– Clair ! répondons-nous tous à notre prés'.

– Parfait. Vous devriez tous rentrer chez vous, je vous appellerai pour les visites. Le doc a dû repartir pour finir d'opérer Slade et de réparer les dégâts internes, mais dès que ce sera fini, il enverra une personne chargée de m'amener voir Slade.

Les frères ayant des femmes et des enfants s'excusent et promettent de revenir plus tard. Quant aux autres comme moi, on préfère rester ici, juste au cas où…

Cela fait déjà plusieurs heures que nous patientons en salle d'attente, sans nouvelles. Angel et Amy nous ont rejoints peu de temps après mon arrivée et Angel a peut-être une piste. Il a réussi à avoir le début de la plaque d'immatriculation de la camionnette. Et avec la marque, le modèle et la couleur, il a lancé une recherche dans le fichier des immatriculations, mais cela va prendre un peu de temps.

Nos deux tourtereaux, pas patients pour un sou, s'en vont en quête d'informations sur l'état de santé de Slade. Il ne leur faut que quelques minutes pour revenir. Je remarque tout de suite qu'ils marchent tous deux d'un pas rapide. Angel tente à plusieurs reprises de prendre la main de ma sœur, mais elle semble très remontée. Finalement il renonce, met les mains dans ses poches de jean et la suit, le regard peiné.

Ça me fait toujours bizarre de voir ces deux-là ensemble, mais tant qu'elle est heureuse, c'est l'essentiel. Elle a survécu au pire, et si c'est auprès d'Angel que son bonheur réside, c'est le principal. Par contre, s'il vient à lui briser le cœur, je serai le premier à lui arracher les dents une par une !

– Angel est allé aux rens' auprès des infirmières, dit sèchement Amy, en croisant les bras.

– Chaton, je t'ai dit que c'était uniquement pour obtenir des infos, tente de se justifier Angel.

– M'en fous ! T'étais quand même pas obligé de la draguer comme ça et sous mon nez en plus ! dit-elle, la mâchoire serrée.

– Chaton…

– Ta gueule ! répond Amy avant de reporter son attention sur notre père. Slade a enfin été installé en service de réanimation. Cela a pris du temps, car il a fallu monter toutes les machines et lui faire passer encore quelques examens pour s'assurer qu'il ne souffre pas d'hémorragie interne. Quelqu'un va venir te chercher, pa'.

– Super, ma puce, souffle mon père en déposant un tendre baiser sur son front.

Las d'attendre, Seth et moi décidons d'aller prendre un café. Nous attendons encore trois bonnes heures avant qu'une infirmière vienne enfin chercher Apo pour l'amener au chevet de Slade. Quant à nous autres, il ne nous reste plus qu'à prendre notre mal en patience. Les minutes puis les heures défilent à vitesse anormalement lente. La salle d'attente est bondée de bikers qui ressemblent maintenant à des lions en cage. Presque tout le monde fait les cent pas pour faire passer le temps ou pour se détendre les muscles, endoloris parce que nous sommes restés assis pendant des heures.

Cela fait maintenant bientôt neuf heures que nous sommes là et l'attente commence à taper sur le système d'un bon nombre d'entre nous, mais les conversations vont quand même bon train. Je décide de mettre à profit ce temps pour aller parler à la jeune secrétaire de l'accueil dont les yeux ne cessent de me crier braguette depuis que je suis arrivé. Je tourne légèrement la tête pour voir si j'ai été repéré et évidemment personne, sauf mon jumeau, n'a rien remarqué. Il tente le regard intimidateur avec moi, mais comme il l'a dit, on est jumeaux, alors ça ne me fait rien. Je lui adresse un clin d'œil et mon plus beau sourire, et me dirige vers ma prochaine proie.

Quand elle comprend que je viens vers elle, ses joues s'empourprent et elle se dandine légèrement sur sa chaise. Clairement le genre de gonzesse à vous chauffer avec des yeux qui crient braguette, mais beaucoup moins téméraire quand vous décidez de répondre. Plus je m'approche, moins elle semble à l'aise. Si je n'avais pas une furieuse envie de m'envoyer en l'air, je ne lui accorderais aucun regard. Elle est bien trop petite à mon goût, avec ses lunettes et son chignon strict. En plus, elle est brune et j'ai toujours eu un faible pour les blondes, même si le passé aurait dû me faire changer mes habitudes.

– Salut, beauté. Moi, c'est Stan.

– Bonjour, euh… Moi, c'est Lory, dit-elle en rougissant.

– Tu ne t'ennuies pas trop, toute seule ?

– Non, il y a beaucoup de mouvements, beaucoup de familles, et je me charge de remplir l'administratif…

Et c'est parti, voici miss Pipelette.

Je préférais encore quand elle rougissait ! Là, j'ai juste envie de lui foutre quelque chose dans la bouche pour la faire taire. Tiens donc ! J'ai justement quelque chose de long et dur à lui mettre sous la langue.

– T'as l'air d'aimer ton travail, c'est super. Mais ça doit être stressant, non ?

– Un peu… Enfin… oui.

– Du coup, tu fais quoi pour relâcher la pression ? demandé-je en faisant mine de la regarder de la tête aux pieds.

Quand mon regard revient sur le sien, je vois qu'elle a clairement compris mon sous-entendu, vu que ses joues ont pris une teinte rouge vif. Je pose négligemment mes coudes sur le comptoir d'accueil en hauteur.

– Eh bien…

Soudain je ne l'écoute plus, car un bruit de talons attire mon attention au moment où les portes réservées au personnel s'ouvrent pour laisser apparaître mon père et le médecin. Les bruits de pas se font de plus en plus audibles, et alors que je m'apprête à rejoindre mon père, je vois que tous les regards sont braqués sur ce qui semble se trouver derrière moi. Même le visage de mon père, pourtant parfaitement hermétique en public, reflète le choc et la surprise.

Je me retourne et mes yeux se posent sur la femme qui se rapproche de plus en plus de moi d'un pas déterminé. Elle arrive à ma hauteur, son regard se pose sur moi et elle se détourne pour continuer son chemin. Aucune trace de colère, de haine, seulement une indifférence pure. Si elle a décidé de jouer la carte du mépris, ce n'est pas mon cas. Sa proximité réveille en moi une telle rancœur que je peine à me contrôler pour ne pas lui hurler dessus afin de lui demander ce qu'elle fout là. J'ai aussi envie de lui demander comment elle peut revenir ici après ce qu'elle m'a fait, ce qu'elle nous a fait, et surtout garder la tête haute. Elle n'a même pas la décence de se montrer gênée d'être ici. Non évidemment, Millie Johnson en terrain hostile sort les griffes.

La colère et la surprise de la voir, ici et maintenant, m'empêchent de faire le moindre pas. Sans compter que sa présence n'éveille pas en moi que des sentiments haineux. Mon rythme cardiaque s'accélère. Elle est la seule à pouvoir m'exciter par sa seule présence et, malgré les années, cette emprise qu'elle a sur moi et mon corps ne semble pas avoir disparu, à mon grand regret. J'aimerais rester de marbre, mais mon imbécile de corps refuse de la considérer comme l'ennemie. Pour lui, elle est toujours celle qui lui a donné les meilleurs orgasmes de sa vie, qui savait où et comment lui faire du bien. Toutes ces émotions, ces sentiments contraires font de moi un spectateur et je l'observe se diriger droit sur mon père et le médecin.

– Docteur Reed ? dit-elle en s'adressant au médecin.

– Euh… oui.

– Bonjour, je suis le docteur Johnson.

Docteur Johnson… Je ne peux m'empêcher de ressentir une pointe de fierté en entendant qu'elle a réussi, elle a atteint son rêve. Un rêve dont j'ai partagé avec elle les premières étapes. Des souvenirs de sa première année de médecine me reviennent par bribes. Son appréhension, son angoisse, mais aussi sa détermination. Millie n'a jamais eu peur de l'échec, car pour elle, c'était tout bonnement impensable d'échouer. Je me suis d'ailleurs souvent demandé après son départ si elle avait continué ou si elle avait tout plaqué. J'ai au moins la réponse à cette question.

– Enchanté. Vous avez fait bon voyage ?

– J'aurais préféré m'en passer, répond-elle en regardant tous les membres du club.

Par son attitude, je comprends qu'elle n'est pas ici de gaieté de cœur. Elle est loin l'époque où elle rigolait avec nous, où elle prenait le temps d'échanger quelques mots avec les membres. Désormais elle nous regarde avec méfiance, nous jauge avec dédain. Mais pour qui se prend-elle ? Elle pense que parce qu'elle est bardée de diplômes elle vaut mieux que nous ! Visiblement elle a oublié d'où elle vient.

Ses yeux se posent plus longuement sur Kelly et Jack, qui ne cachent pas leur surprise de la trouver là. D'ailleurs, après le départ de Millie, je me suis souvent demandé ce qui allait advenir de sa relation avec eux deux. Ils étaient tous les trois très liés et je sais que Millie, même si elle ne le leur a jamais dit, les considérait comme ses propres parents.

Puis un jour, sans savoir comment la conversation en est arrivée à ça, Jack a révélé qu'il n'avait plus aucune nouvelle de Millie non plus, tout comme Kelly. Elle avait quitté Tucson, sans un regard en arrière pour quiconque. Mais ce qui m'avait frappé au-delà de cette révélation, c'était l'air triste et coupable de Jack. Il en avait trop dit et pourtant pas assez, mais je me suis bien gardé d'en demander davantage. À quoi bon finalement, si c'est pour remuer un passé douloureux pour tout le monde.

Mais là tout de suite, quand je vois leur réaction, je sais qu'ils cachent quelque chose. Tous les trois partagent un secret, un secret douloureux.

Kelly s'apprête à se lever quand Jack la retient par le coude. Sa femme semble déçue, mais ce que lui chuchote Jack semble la raisonner et elle se rassied.

– Millie, que fais-tu ici ? demande soudain mon père.

Elle ne lui accorde même pas un regard et s'adresse de nouveau au Dr Reed.

– Que font tous ces gens ici ? demande-t-elle sèchement.

– On m'a indiqué qu'ils étaient tous des membres de sa famille…

– Je suis l'unique personne liée à M. Johnson par les liens du sang. Tout ce beau monde ici présent, ce sont seulement des amis.

– Je suis confus, tente de se défendre le Dr Reed qui clairement a perdu de sa prestance.

– Millie… commence mon père sur un ton de mise en garde.

Mais elle ne semble toujours pas décidée à lui accorder la moindre attention.

Là aussi, j'éprouve des sentiments contradictoires. D'un côté, j'approuve l'attitude de mon père, clairement décidé à rappeler à Millie qui nous sommes pour Slade. De l'autre, mon instinct protecteur se réveille. J'ai une furieuse envie de protéger Millie de mon père, de m'interposer entre elle et lui afin de la rassurer et de lui dire qu'on ne lui fera pas de mal. Pourtant, même si tout en moi me crie d'intervenir, je n'en fais rien.

Millie n'est plus rien pour moi. Elle n'est même pas reléguée au statut d'amie ni même de connaissance. Elle est dans une case impossible à définir. Celle qui renferme les ex dont on n'a jamais fait le deuil, dont le souvenir et la présence vous hantent parfois, mais qui appartiennent définitivement au passé.

– Avez-vous laissé un de ses amis lui rendre visite ?

– Oui, monsieur… Apo sort justement de sa chambre.

– Parfait. Ce sera la seule et unique fois qu'une autre personne que moi sera autorisée à être à son chevet.

– Pardon ?

– Vous m'avez bien entendue, docteur Reed. Avec tout le respect que je vous dois, vous ne savez pas à qui vous avez affaire et j'aimerais autant que possible ne pas avoir à assister aux ballets d'allées et venues dans la chambre de Sl… de mon père. Maintenant, si vous voulez bien m'escorter jusqu'à lui, nous pourrions en profiter pour parler de son état de santé plus en détail loin des oreilles indiscrètes.

– Oh oui, bien sûr, veuillez me suivre !

Elle s'apprête à reprendre son chemin quand mon père s'interpose entre elle et le Dr Reed. J'en profite pour me rapprocher de la scène tout en veillant à ne pas attirer son attention sur moi. Elle a changé physiquement en sept ans, j'ai envie de voir si elle a toujours son fichu caractère. S'il est devenu bien pire ou si, au contraire, notre passé l'a affaibli. Sans compter qu'à l'époque elle entretenait une très bonne relation avec mon père. Elle n'a jamais été confrontée à son côté « président d'un club de motards ». J'ai envie de voir comment elle va s'en sortir face à cette facette de mon père, dont elle ignore tout.

– Je peux savoir ce que tu fous là, Millie ?! Et surtout, qui te donne le droit de nous interdire de rendre visite à notre frère ? demande froidement mon père.

– Je suis ici car, tu sembles l'avoir oublié, il s'agit quand même de mon père. Et figure-toi que je suis aussi ici en qualité de personne de confiance désignée par lui, dit Millie d'une voix certaine, ne trahissant aucune peur ou crainte.

Visiblement, elle ne semble pas impressionnée le moins du monde par mon père et une partie de moi est très fière de sa réaction quand une autre me dit qu'elle joue avec le feu sans même le savoir.

Le choc se lit sur tous les visages. Quant à moi, je suis complètement incrédule. Comment notre VP a-t-il pu donner ce pouvoir à sa fille qui le déteste ?! Je ne vois que deux explications possibles : soit il était complètement bourré quand il a rempli ce papier il y a sûrement des années de ça, soit il fait appel aux compétences médicales de sa fille pour prendre la décision la plus juste pour lui. Dans tous les cas, il vient de livrer sa vie à sa fille sur un plateau d'argent. C'est pire que de jouer à la roulette russe. Il vient de donner les pleins pouvoirs à sa fille unique. Une fille qui le hait. Je ne comprends pas pourquoi il n'a pas choisi mon père ou un autre membre du club. Un frère qui aurait veillé à sa santé et aurait tout fait dans son intérêt.

Voyant que mon père reste muet, elle le contourne et se dirige vers les portes quand enfin il se décide à reprendre la parole.

– Ne fais pas ça, Millie, tu pourrais le regretter, déclare mon père.

– C'est une menace ? demande-t-elle en faisant demi-tour pour venir se placer devant lui.

Millie a le regard noir et le visage fermé. Même si je ne l'ai pas revue depuis des années, je connais ses réactions et cette attitude est celle qu'elle utilise quand elle s'apprête à livrer bataille. Elle a le dos bien droit, le menton légèrement relevé en signe de défi et aussi parce que mon père est largement plus grand qu'elle. Elle ne se démonte pas même si elle ne fait pas le poids. C'est ce qui me plaisait chez elle, cette force de caractère, toujours prête à lutter. Et même si je ne devrais pas, après tout ce qu'il y a eu entre nous, après ce qu'elle m'a fait, je ne peux pas m'empêcher de la trouver terriblement sexy en cet instant.

– Un conseil d'ami.

– Tu n'es pas mon ami, Apo. Et c'est toi qui devrais faire attention. Toi et toute ta clique, vous n'avez aucun droit d'être ici. Il me suffirait d'appeler la police pour demander que vous soyez expulsés de l'hôpital, puis d'engager des vigiles qui veilleraient en mon absence à ne laisser personne s'approcher de près ou de loin de Slade. Mais je mets ton petit « conseil » mal avisé sous le coup de la surprise et je ne ferai rien de tout ce que je viens de dire, à moins, évidemment, que toi ou tes frères ne me forciez la main. Sur ce, je vous souhaite à tous de passer une agréable soirée sur ces chaises sûrement très confortables.

Et sans attendre une quelconque réponse de la part de mon père, elle fait demi-tour et finit par disparaître par les portes réservées au personnel, accompagnée du Dr Reed.

Mon père n'a pas bougé d'un millimètre. Sa posture est rigide, ses poings sont serrés. Je sais qu'il n'a pas pour habitude qu'on lui parle sur ce ton, mais elle a raison : sur le papier, nous n'avons aucun lien familial avec Slade.

Je sais que je devrais sûrement intervenir pour prendre la défense de mon père ou du moins plaider sa cause et tenter d'obtenir un droit de visite auprès de Slade, mais je me trouve là à jouer les spectateurs passifs. J'ai autant envie de lui sauter à la gorge à l'entendre parler ainsi à mon père que de l'embrasser tellement son attitude m'a excité. Un sentiment n'annulant pas l'autre, je me trouve finalement dans une impasse, à ne pas savoir quelle attitude adopter. Il s'agit de Millie, nom de Dieu ! Pas d'une nana de mon passé avec qui je n'ai fait que coucher, pas d'une brebis du club non plus.

Il s'agit de *la* nana, celle qui existe dans la vie de chaque homme. Celle pour qui j'aurais décroché la lune, la seule que j'aie jamais aimée. Comment me comporter face à elle en sachant comment notre histoire s'est terminée ? Comment faire en sorte de gérer le présent quand mon passé me revient en pleine figure ?

Finalement, c'est le bruit de la double porte se refermant derrière elle qui me ramène à la réalité.

– Pa', ça va ? demandé-je en m'approchant en même temps que Seth et Drake.

Mon père se contente de fixer la double porte avant de prendre une grande inspiration.

– J'ai toujours adoré son caractère de feu. Dommage que tu l'aies laissée partir celle-là, déclare mon père en me regardant. Par contre, ça me fait chier de l'admettre, mais elle a raison et je ne doute pas un seul instant qu'elle mettra en application son petit plan si jamais on ne file pas droit. Alors aucune vague, c'est bien clair ?! dit-il cette fois en s'adressant à tous les membres présents qui lui signifient leur accord en hochant la tête.

Mon père retourne s'asseoir et je ne peux m'empêcher de repenser à ce qu'il a dit : « Dommage que tu l'aies laissée partir celle-là. » Je sais que beaucoup ont eu du mal à croire ce que je leur avais raconté. J'ai souvent essuyé les commentaires et réflexions me disant que je devais me tromper. Et pendant longtemps je me suis battu contre cela. Comment ma propre famille pouvait-elle prendre la défense de Millie ! Ils n'étaient pas là, ils n'ont pas vu et c'était bien là le fond du problème. Moi-même, si je n'en avais pas été le témoin, je ne l'aurais probablement pas cru. Je ne pouvais finalement pas leur en vouloir, tous étaient attachés à Millie et sa trahison ne m'a pas seulement blessé, moi, elle a affecté tout le monde à des degrés différents.

C'est pourquoi je ne relève pas le commentaire de mon père, c'est inutile. Sans compter que ce n'est ni le lieu ni le moment pour rappeler à tous que c'est Millie qui a mis un terme à notre relation.

Je regarde autour de moi, mes frères, mes compagnons d'armes, et chacun paraît plongé dans ses propres pensées. Personne ne semble avoir prêté attention aux mots de mon père. Personne sauf mon jumeau, dont je soutiens le regard. Je sais qu'il a entendu et il tente de savoir si je vais bien. Je hoche la tête pour lui dire que c'est bon, mais il continue de me scruter du regard pendant plusieurs secondes avant de finir par opiner de la tête à son tour et de regarder ailleurs.

L'ambiance dans la salle d'attente est morne, personne ne parle, personne ne rit. Chacun à sa façon gère l'intervention de Millie et les conséquences. Je devrais moi aussi être en colère contre elle, en rogne qu'elle nous empêche de voir notre frère, mais mes pensées prennent un tout autre tournant et se perdent dans des souvenirs d'une autre époque.

Je garde toujours en mémoire le souvenir de ses courbes affriolantes, de sa peau douce qui frissonnait à mon contact, de ses gémissements quand elle jouissait…

4

Millie

Dès que je passe le sas réservé au personnel médical, je m'arrête pour prendre le temps de me calmer. Je suis encore sous l'effet de ma petite altercation avec Apo, qui a eu au moins le mérite de poser les bases de mon retour. Je pense avoir déjà su leur prouver que je ne suis plus la petite fille naïve d'antan. Sans compter que tout le long de ma discussion avec lui, j'ai senti le poids des regards des autres membres du club sur moi. Mais surtout, j'ai ressenti le sien. Son regard ne m'a jamais laissée insensible et aujourd'hui ne déroge pas à la règle. Sauf que si autrefois il suscitait en moi une vague d'amour et de bonheur, aujourd'hui il ne provoque qu'une montagne de colère et de rancœur.

Je ne suis pas stupide, je savais qu'il ne serait pas aisé de revenir ici et de côtoyer ces gens tout en gardant la tête haute. J'ai dû aussi faire face à ceux que j'ai longtemps considérés comme mes vrais parents. Mon cœur a même raté un battement quand j'ai vu Kelly se lever tout en me regardant. Aucun doute qu'elle serait venue vers moi sans l'intervention de Jack. Mais grâce à lui, nous avons évité une autre scène mélodramatique en salle d'attente. Toutefois, je ne peux m'empêcher de ressentir un petit pincement au cœur en les voyant de nouveau devant moi. C'est bien connu, loin des yeux, loin du cœur. Mais là, avec la proximité, ces vieux sentiments d'affection sont difficiles à gérer.

Quant à *lui*… Que dire, si ce n'est que les années lui ont été plus que bénéfiques. Il est encore plus beau que dans mes souvenirs. Plus musclé et plus tatoué aussi. Tout le long de mon échange avec son père, je pouvais sentir son regard sur moi, ce qui a déclenché une vague de chaleur dans tout mon corps. J'avais une furieuse envie de me jeter sur lui pour l'embrasser tout en le martelant de coups. Très paradoxal, mais je crois que c'est le terme qui définit le mieux ma relation et mes sentiments pour lui. Une partie de moi a toujours une envie folle de lui, même après ce qu'il m'a fait. Heureusement pour moi que la partie blessée et anéantie est plus forte. Sans quoi je me serais probablement jetée sur lui en le suppliant de me prendre.

L'envie, la haine, le besoin, la colère, tant de sentiments contraires que je n'arrive pas à discipliner et qui me perturbent. C'est sûrement ce qui explique ma manière de parler à Apo. D'ordinaire, j'essaie de ne pas me laisser gouverner par mes sentiments, mais là, c'est trop. Sa proximité échauffe mes sens, réveille de vieilles pulsions, mais nourrit toujours cette flamme de rancœur. Tous les ingrédients pour créer un petit cocktail bien explosif.

– Vous allez bien ? demande le Dr Reed, que j'avais oublié.

Le pauvre, il doit me prendre pour une folle ! Il n'y a même pas deux minutes, je me mettais à dos le président du plus gros club de motards de l'État sans montrer le moindre signe de faiblesse, et l'instant d'après, à l'abri des regards et des portes closes, je m'effondre.

– Oh oui, désolée, je… Cela fait très longtemps que je n'ai pas revu tous ces gens et ça me fait beaucoup de choses à gérer. Je vous prie d'ailleurs d'excuser mon attitude froide de tout à l'heure, mais c'est compliqué pour moi de me retrouver ici, avec eux.

– Oui, j'ai cru comprendre que votre relation avec les « amis » de votre père n'était pas au beau fixe.

– C'est le moins que l'on puisse dire !

Je suis le Dr Reed jusqu'à la chambre de Slade. Une fois devant la porte, j'ai un temps d'hésitation avant de franchir le dernier rempart qui me sépare de lui. Même si je suis habituée à voir des malades, il s'agit quand même de Slade et une infime partie de moi le considère toujours comme mon père. Je respire un bon coup et pénètre dans la chambre avec à ma suite le Dr Reed. Il reste silencieux et en retrait, le temps pour moi de remettre de l'ordre dans mes idées.

Lorsque mes yeux se posent sur la silhouette affaiblie et vulnérable devant moi, je ne peux m'empêcher d'avoir la gorge nouée. Slade est allongé dans un lit d'hôpital. Malgré le masque qui l'aide à respirer, je devine facilement le teint de sa peau, aussi pâle que le drap qui le recouvre. Il a un bandage sur le crâne et quelques éraflures çà et là sur le corps, mais dans son malheur, il a au moins la chance de ne pas souffrir de fractures multiples. On aurait pu parler de miracle dans son cas, mais ça n'aurait été vrai que s'il était réveillé. Au lieu de ça, il est étendu là, devant moi, une expression neutre sur le visage. Il ne semble ni apaisé ni en souffrance, simplement absent.

Mon regard glisse ensuite sur la perfusion fixée à son bras, qui sert à l'alimenter. Le silence n'est brisé que par le bip incessant du moniteur cardiaque, signe que Slade est toujours en vie. Je continue à observer cet homme à la carrure imposante, dont la seule présence force le respect et la peur. Sauf que là, dans ce lit d'hôpital, branché à toutes ces machines, il n'est finalement pas différent des autres patients. C'est triste à dire, mais il faut qu'il soit complètement diminué pour que je lui trouve un côté humain, plus accessible.

Une fois que j'ai fini ma petite inspection visuelle, je me tourne vers le Dr Reed, toujours muet.

– Je vous écoute, dites-moi tout.

– Très bien. Votre père a été victime d'un grave accident de la route. Une camionnette ne l'aurait pas vu et serait venue le percuter de plein fouet et à pleine vitesse. Heureusement pour lui et pour nous, votre père portait son casque, sans quoi nous n'aurions pas cette conversation. L'impact avec le sol a toutefois été d'une extrême violence, créant une importante hémorragie interne. Nous avons réussi à réparer son foie et sa rate. Étonnamment, il ne souffre que de trois côtes cassées, son poignet droit est légèrement foulé, mais hormis cela, rien de brisé. Ce qui reste préoccupant maintenant, c'est l'important traumatisme crânien qu'il a subi. Nous avons réduit l'hématome dans son cerveau, mais nous ne sommes pas encore en mesure de savoir s'il aura des séquelles, si tant est qu'il se réveille. Ses pupilles sont réactives et son cerveau présente des signes d'activité, toutefois il ne répond à aucun des stimuli que nous avons pratiqués. Nous avons essayé de l'extuber, mais il s'est tout de suite mis en détresse respiratoire et nous avons dû le réintuber. Là aussi, nous ne savons pas s'il sera en mesure de respirer à nouveau seul ou non et, si oui, quand.

J'écoute attentivement le Dr Reed me dresser l'inventaire des blessures de Slade et je sais que son état est vraiment très critique. D'autant qu'en tant que chirurgien, je ne raisonne pas comme tous ceux à qui on annonce ce genre de nouvelle. Quand on me parle de commotion cérébrale, je pense à séquelles motrices, amnésie, troubles cognitifs. Quand j'entends « côtes cassées », je pense à une perforation du poumon, à un pneumothorax.

Bien que Slade ne figure absolument pas dans le tableau des gens que j'apprécie et qui comptent pour moi, il n'en reste pas moins une personne à laquelle je suis liée par le sang. Et je ne peux m'empêcher de ressentir de la peine pour lui. Malgré notre passé commun, notre inexistante relation père-fille, jamais je ne lui aurais souhaité de vivre cela.

– De combien de temps je dispose avant de prendre ma décision ? demandé-je en rentrant dans le vif du sujet.

Je ne suis pas stupide, je sais que tout le matériel qui orne la chambre de Slade coûte une petite fortune. Si on m'a fait venir ici alors qu'il sort à peine de chirurgie, ce n'est évidemment pas pour parler compresses et sutures. Même nous, à Johns-Hopkins, nous avons une politique budgétaire, alors j'imagine que dans cet hôpital de moindre ampleur les choses ne fonctionnent pas différemment. Jusqu'ici je n'avais jamais remis en question ce système, mais maintenant que je suis par la force des choses de l'autre côté, je le trouve indigne et répugnant.

Si Slade meurt, ils enverront la facture à sa famille ou à tout proche en mesure de s'acquitter de la somme à régler. Toutefois, le chiffre peut vite atteindre des milliers de dollars et rares sont les gens capables de rembourser. L'hôpital se retrouve donc en déficit et ce n'est pas bon pour l'établissement.

Mais au-delà de l'aspect financier, il y a aussi l'aspect moral. Pour quelles raisons maintiendrions-nous en vie une personne dont l'esprit n'est plus là ? Si ce n'est pour pleurer au côté d'un corps gardé en vie par des machines, le souvenir de l'homme qu'il était jadis en chérissant l'espoir qu'un miracle se produise.

Sauf que dans mon cas il n'y aura pas de larmes versées pour l'homme qu'est Slade. Pas non plus de prière pour le ramener parmi nous. Je laisse tout le loisir à sa véritable famille de brûler autant de cierges qu'en possède cette ville, si ça peut continuer à les bercer d'illusions.

– Quelques jours, tout au plus une semaine.

Voilà, une semaine, soit sept jours à tenir entre mes mains la vie de mon père. Comment en sept jours quelqu'un peut-il décider de laisser vivre ou mourir une personne ? Je ne sais pas pourquoi Slade m'a choisie pour assumer ce rôle. J'essaie de me convaincre qu'il l'a fait parce que je suis chirurgien, et non parce qu'il a ressenti le besoin de m'intégrer d'une manière assez morbide à sa vie. Je l'imagine assez mal se dire que dans sa mort je me trouverais proche de lui.

– Selon vous, est-ce qu'il y a une chance qu'il se réveille ?

– Honnêtement, je ne sais pas. Tout ce que je peux vous dire, c'est que l'impact a été tellement violent que son casque s'est fendu. Alors si toutefois il venait à se réveiller, nul doute qu'il aurait probablement des séquelles motrices ou bien qu'il souffrirait d'amnésie, voire les deux combinées.

– Pour vous, il n'y a aucune chance qu'il se réveille en étant la même personne qu'avant l'accident ? demandé-je en continuant à observer mon père devant moi.

– Si je devais vous donner un chiffre, je dirais qu'il y a moins d'une chance sur dix.

Moins d'une chance sur dix, en somme un chiffre donné à ceux qui ont besoin de se raccrocher à un infime espoir. Je suis tiraillée entre deux sentiments. Mon côté rationnel de chirurgien qui se repose sur ses connaissances médicales. Puis le côté famille Johnson. Je connais Slade, et s'il y a bien une personne sur cette terre qui doit se jouer des statistiques et qui doit mettre en échec les pronostics de survie des médecins, c'est lui.

– Merci, docteur Reed.

– Je vous en prie, et appelez-moi Brian, nous sommes confrères après tout. Je vous laisse. Si vous avez besoin de quoi que ce soit, n'hésitez pas à sonner une infirmière.

– Merci beaucoup, dis-je avant de le voir quitter la chambre pour me laisser seule avec Slade.

Je pose mon sac et mon manteau sur la chaise et me rapproche de lui. Je pose ma main sur la sienne et je remarque tout de suite qu'elle est gelée et complètement inerte. Je prends le temps de le regarder. Des années se sont écoulées depuis la dernière fois où l'on s'est vus, et pourtant il n'a pas changé. Évidemment, il a quelques rides autour des yeux et de la bouche qui n'étaient pas présentes avant mon départ, mais sinon il est toujours le même. Cela me perturbe d'être aussi proche de lui physiquement et pourtant de me sentir comme à des années-lumière de lui, de sa vie, de son quotidien. Il ignore tout de ma vie, de qui je suis devenue. Quant à moi, hormis son rôle au sein du club, je ne sais rien de sa vie. Je devine qu'il n'a personne en ce moment, sinon j'aurais dû aussi gérer l'hystérie d'une régulière.

Et pourtant, me voilà à tenir sa main dans la mienne en l'observant. Je devrais être en colère contre lui parce qu'il m'a forcée à revenir ici, mais son état me désarme complètement. J'éprouve même de la peine pour cet homme au caractère si fort et au gabarit si imposant, au point que par moments cela devient intenable de rester dans la même pièce que lui. Slade n'est pas quelqu'un de vulnérable, de faible, et le voir ainsi allongé dans ce lit d'hôpital, inerte, brise quelque chose en moi que je ne saurais qualifier. Je sais juste que son état ne me laisse pas aussi indifférente que je l'aurais pensé.

– Pourquoi moi, Slade ? demandé-je, comme s'il pouvait me répondre. Tu as des dizaines de frères prêts à assurer tes arrières et à se prendre une balle pour toi, et il a fallu que tu me choisisses, moi. Je suis sûrement la personne qui te déteste le plus, et tu le sais. Remarque, il y a peut-être Bianca sur la première place du podium avec moi. Bref. Qu'est-ce que je vais faire de toi… ?

Je ne sais pas combien de temps je reste à observer Slade, à attendre un signe m'indiquant quel chemin suivre. Mais au bout d'une heure, je dois me faire une raison, je suis bel et bien seule avec ma conscience pour faire ce choix. Je ne peux compter sur personne d'autre. J'attends encore une heure ou deux, je ne sais plus. Mes pensées se mélangent et se confondent. Slade semble dormir du sommeil du juste.

Mon regard tombe sur le tatouage qu'il a dans le cou : mon prénom tatoué en grosses lettres. Je me suis toujours demandé s'il l'avait fait sous l'emprise de l'alcool ou s'il y avait un message à mon intention, dissimulé derrière ces six lettres. Quoi qu'il en soit, je ne vois pas l'intérêt de se faire tatouer mon prénom de façon permanente alors qu'il n'a jamais cherché à établir de réelle connexion avec moi. Ce lien père-fille, je l'ai longtemps envié à mes camarades de classe.

Je ne saurais dire si, à l'époque, ma relation avec Stan l'a contrarié ou non. Je sais juste que vu son expression le jour où nous sommes arrivés au club main dans la main, il ne l'avait clairement pas vu venir. Pour autant, je n'ai jamais eu droit au sermon me mettant en garde contre Stan. Et de toute façon, je lui aurais sûrement dit de me laisser tranquille. Avec du recul, j'aurais tout de même apprécié qu'il me dise que Stan était capable du meilleur, mais surtout du pire…

Certes, je ne me serais sans doute pas préparée à vivre l'enfer à cause de lui, mais au moins une partie de moi aurait pu me dire : « Il te l'avait bien dit. » Est-ce que ça m'aurait aidée à me reconstruire plus facilement ? Pas certain. Mais il est maintenant trop tard pour connaître la réponse.

Je laisse mon esprit divaguer quand je me décide enfin à écouter ce que tout mon être me hurle de faire. « Le cœur a ses raisons que la raison ignore », c'est bien connu. Et une fois que je décide de me fier à ma raison, malgré la prudence que me dicte mon cœur, tout s'éclaircit et je sais ce qu'il me reste à faire. Si ma vie n'était pas compliquée en revenant ici, nul doute qu'elle va être mise sens dessus dessous quand la nouvelle de ma décision aura circulé. Je pourrais prendre plus de temps, après tout j'ai une semaine devant moi. Mais finalement, à quoi bon ? Quand l'inéluctable s'impose aussi clairement à vous, cela ne vaut pas la peine de nier l'évidence.

– Je ne suis pas sûre que tu aies eu raison de me choisir Slade… dis-je.

Je souffle un bon coup, me lève et appuie sur le bouton d'appel. Je n'ai pas à attendre longtemps qu'une infirmière passe la tête par la porte.

– Vous avez sonné ? demande-t-elle.

– Oui. Savez-vous si le Dr Reed est disponible ? J'aimerais m'entretenir avec lui de la suite pour mon père, j'ai pris ma décision.

– Oh oui, bien sûr. Je vais aller le prévenir que vous souhaitez lui parler.

– Merci.

Je profite de l'attente pour appeler Martha et l'informer. J'ai à peine raccroché que des coups frappés à la porte m'indiquent l'arrivée d'un visiteur. Quelques secondes plus tard, le Dr Reed ouvre puis referme la porte derrière lui. D'un seul regard, il a compris le choix que j'ai fait. Il ne me reste plus qu'à voir avec lui l'aspect technique.

5

Stan

Au bout d'une heure à encore patienter, mon père décide qu'il vaut mieux que l'on rentre se reposer. Visiblement, nous ne serons plus autorisés à rendre visite à Slade tant que Millie sera là. Cela ne sert donc à rien de se faire mal aux reins sur ces chaises merdiques. Toutefois, mon père décide de laisser un prospect, Smiley, juste au cas où. Alors que tout le monde se dirige vers sa moto pour rentrer au club, je m'adosse au mur, bien décidé à m'en griller une avant de prendre la route. Je fais signe aux autres de partir sans moi et personne n'essaie de me convaincre de rentrer.

Tout le monde semble avoir deviné que j'ai besoin d'un peu de temps seul, pour réfléchir. Le retour de Millie a clairement surpris tout le monde, surtout moi. Mais ce qui reste le plus dans les mémoires de tous, c'est sa manière de tenir tête à mon père. Si c'était un mec, on dirait soit qu'il est suicidaire, soit qu'il a une grosse paire de couilles. En ce qui concerne Millie, c'est juste un talent inné, celui de ne se laisser marcher dessus par rien ni personne. Mon père en impose par sa carrure et surtout à cause de son statut de président, mais cela n'a jamais eu le moindre effet sur Millie. Elle l'a toujours considéré comme un homme comme les autres.

J'aurais dû prendre exemple sur elle et la considérer comme une nana comme les autres. Au lieu de ça, j'ai vu en elle la femme de ma vie et la future mère de mes enfants. Qu'est-ce qu'on est con quand on est amoureux !

C'est ce tempérament volcanique qui m'a tout de suite plu chez elle. Bien sûr, le fait qu'il soit enveloppé dans un corps tout en formes, ferme et agrémenté d'un regard marron chocolat, d'une belle paire de seins et d'un cul d'enfer fut un réel avantage. Je me souviens encore parfaitement bien de notre rencontre et du temps qu'il m'a fallu pour qu'elle accepte de sortir avec moi. Ça a d'ailleurs été la première et la dernière fois que j'ai fait autant d'efforts pour une nana. Mais à cette époque, ce n'était pas n'importe quelle gonzesse, c'était la mienne.

***

Treize ans plus tôt

Alors que je suis nonchalamment adossé à mon casier en train de parler avec mes frères Seth et Drake, j'entends un raclement de gorge derrière moi. Je tourne légèrement la tête pour voir quel est le connard qui ose nous interrompre. Tout le monde ici sait qui nous sommes et surtout la réputation du club, alors les gens ont tendance soit à nous éviter soit à nous sucer la queue pour obtenir nos faveurs. Mais ce qui est sûr, c'est que personne ne tente de nous emmerder. Alors que je m'apprête à envoyer chier le mec derrière moi, mes yeux croisent le regard le plus captivant que j'aie jamais vu. Des yeux d'un marron chocolat, dans lesquels je pourrais me perdre pendant des heures pour y déceler toutes les nuances.

Je dois sûrement avoir l'air con, mais c'est plus fort que moi, je n'arrive pas à détacher mon regard du sien.

– Hé ho, tu m'entends ?! Je te demande de te décaler, s'il te plaît.

Je sens qu'on me donne un coup de coude dans le dos et je secoue rapidement la tête pour ordonner à mon cerveau de fonctionner à nouveau. Je me retourne complètement pour faire face à la nana la plus bandante que j'aie jamais vue, même si elle me paraît vaguement familière. Je ne prends pas la peine de lui répondre tout de suite. Non, je la reluque de la tête aux pieds sans aucune gêne.

Elle est grande pour une nana, je dirais dans les un mètre soixante-dix, mais rien de comparable avec mon presque un mètre quatre-vingt-dix. Elle doit lever la tête pour me regarder et j'adore ça. Elle est toute en formes. Mon regard s'attarde sur ses seins dont je suis persuadé qu'ils se mouleraient parfaitement dans la paume de mes mains. Soudain, elle plaque ses livres sur sa poitrine, me privant ainsi de la magnifique vue qui s'offrait à moi.

– C'est à moi que tu parles ?! demandé-je en croisant les bras.

– Eh bien, compte tenu du fait que je me trouve devant toi à te parler, je pense que oui, c'est bien à toi que je m'adresse.

J'entends mes frères rire derrière moi. C'est vrai que ce n'est pas habituel qu'on me parle comme ça, surtout venant d'une nana. Généralement, elles gloussent et font en sorte d'attirer mon attention en espérant finir par attirer celle de ma queue. Elle, c'est tout le contraire, elle se cache de moi et j'ai même l'impression que je la saoule, et ça m'excite.

– Mais c'est qu'elle pourrait presque mordre… la taquiné-je.

– Bon, Stan, fous-lui la paix, Millie veut juste accéder à son casier et t'es vautré devant, lance Kiara.

Elle, je la reconnais tout de suite, et pour cause. Sa mère et sa sœur sont des brebis du club et je mettrais ma main au feu que ce n'est qu'une question de temps avant qu'elle ne les rejoigne. Elle a beau s'évertuer à crier haut et fort que jamais au grand jamais elle ne deviendra comme elles, je sais aussi que la pomme ne tombe jamais loin de l'arbre.

– Millie… Pourquoi ce prénom me parle ?

– Peut-être parce que c'est la fille de Slade, crétin ! balance Kiara.

– Kiara, la ferme ! lui rétorque ma belle inconnue plus si étrangère que cela maintenant.

Mon attention se porte à nouveau sur la fameuse Millie, et maintenant que je prends le temps de vraiment la regarder, c'est vrai qu'elle a une ressemblance avec notre VP. Ceci dit, je ne me souviens pas de la dernière fois où je l'ai vue accompagner son père au club.

– Qu'est-ce que tu fais là ?! demandé-je froidement.

– C'est-à-dire ?!

– Dans ce bahut ?! T'habites à l'autre bout de la ville, tu devrais dépendre de l'autre lycée.

– Et comment tu sais où je vis ?! rétorque-t-elle encore un peu plus sur la défensive.

– Parce qu'il m'arrive d'écouter mon VP quand il parle de sa fille.

– Cela dit, ça ne doit pas arriver souvent, crache-t-elle en serrant les dents.

J'ai le sentiment d'avoir touché un point sensible, car soudain elle baisse le regard pour contempler ses chaussures qui ont l'air tout d'un coup très intéressantes. Même dans cette posture, je la trouve terriblement sexy. Elle est d'une beauté naturelle, sans fioritures, et c'est ce qui me plaît. Un diamant à l'état brut. Pour autant, son attitude éveille ma curiosité. J'ai envie de tout savoir d'elle, de la connaître par cœur, dans les moindres détails. Cela peut paraître complètement dingue, sachant que je lui parle depuis genre une minute, mais c'est comme une pulsion incontrôlable, un besoin contre lequel je ne peux pas lutter.

– Sa bonne à rien de mère n'a jamais fait la demande de rattachement quand elles ont déménagé. Du coup, Millie se tape une heure de transport en commun tous les matins et tous les soirs pour venir étudier dans ce lycée pourri.

– Mais bordel, Kiara, tu vas la fermer ! Pourquoi tu lui racontes ma vie comme ça ! s'énerve Millie, ce qui a juste pour effet de faire hausser les épaules de sa copine.

Je l'entends respirer un bon coup avant de tourner son regard vers le mien. Elle a essayé de se calmer, mais c'est peine perdue. Même si elle tente de garder une attitude détendue, la flamme de colère qui danse dans son regard ne trompe pas. C'est ainsi que je remarque que ses yeux, auparavant d'une jolie couleur chocolat, sont devenus d'un noir abyssal et envoûtant. Je pourrais facilement me perdre dans un regard comme le sien.

– Bon, maintenant que tu sais qui je suis, où je vis et pourquoi je suis là, est-ce que tu aurais l'amabilité de te décaler de mon casier que je puisse récupérer mes affaires ?

J'hésite vraiment à lui répondre non. Après tout, je n'ai pas la réputation d'être un mec sympa, mais allez savoir pourquoi, je cède et m'écarte légèrement, en laissant juste ce qu'il faut pour qu'elle accède à ses bouquins. Si elle veut les récupérer, il faudra qu'elle se rapproche dangereusement de moi. Je pense qu'elle a compris mon petit subterfuge, car je la vois se mordre l'intérieur de la joue, sûrement pour se retenir de m'envoyer chier. Elle a beau avoir de la repartie, elle sait qu'il ne faut quand même pas me pousser à bout.

Finalement, elle cède et s'approche. Son doux parfum arrive à mes narines et je ferme les yeux pour le savourer. Un parfum à la fois fort et fruité. Je pourrais passer des heures à respirer son odeur. Son visage n'est qu'à quelques centimètres de moi. Sa peau semble douce et parfaitement lisse. J'ai tellement envie de la caresser, de la sentir sous mes doigts, mais ce dont je crève d'envie, c'est de poser mes lèvres sur les siennes. De les posséder et d'en connaître la saveur. Millie me jette un regard furtif, sentant sûrement le poids de mon regard sur elle, et ses joues prennent une légère teinte rosée. Elle tente de rester énervée par mon attitude, mais je vois bien qu'elle est tout aussi perturbée par ma proximité que moi par la sienne. Je la vois aussi se mordre l'intérieur de la joue et je souris.

– Tu sais que ton casier est juste à côté du mien ? C'est très intéressant pour la suite et…

Je n'ai pas fini qu'elle claque violemment la porte de son casier avant de se retourner vers moi.

– Tu sais ce qui l'est encore plus, Stan ?! C'est le fait que j'ai ce casier depuis un an déjà, tout comme toi. Visiblement, ton talent d'observateur n'a de limite que la pointe de tes chaussures.

Et sur ces paroles, elle part, me laissant comme un con la bouche ouverte. Je ne sais pas ce que je préférerais faire en cet instant : la remettre à sa place ou plaquer mes lèvres sur les siennes pour l'empêcher de prononcer encore un mot ? Vu l'érection comprimée dans mon jean, la réponse est toute choisie. Sans oublier sa manière de prononcer mon prénom, qui a envoyé une décharge directement en direction de ma bite.

Je suis interrompu dans mes pensées par les éclats de rire de mes frères.

– Bordel, cette nana me tue ! déclare Drake en se tenant les côtes.

– La ferme !

– Mon frère, avoue que c'est bien la première nana qui ne rampe pas devant toi en te suppliant de la prendre ! lance Seth.

Je continue à observer cette furie qui s'éloigne dans le couloir, suivie de sa copine qui glousse tout en me jetant des regards équivoques.

– Je crois que je vais la demander en mariage. Merde, c'était trop bon de la voir te tenir tête, déclare Drake.

– Tu la touches, je te tue, déclaré-je froidement en me retournant lentement pour regarder mon frère dans les yeux.

Tout sourire a disparu de son visage, car il comprend que je suis on ne peut plus sérieux. Et j'en suis le premier étonné. Aucune nana ne m'a jamais fait un tel effet. Je n'ai jamais ressenti le besoin primaire de posséder une gonzesse, de la faire mienne. Je ne sais pas vraiment ce que je vais faire, ni où cela va nous mener, mais une chose est certaine, je ne peux pas lutter. Cette envie m'est aussi vitale que l'air que je respire. Millie est devenue en l'espace de quelques minutes indispensable à mon existence. Je devrais être effrayé de me sentir aussi rapidement et profondément lié à quelqu'un, pourtant cela m'excite et me paraît tout simplement normal, comme une évidence.

– Non, attends, mon frère, t'es pas en train de nous dire que… Bordel ! lâche-t-il simplement.

Je reporte rapidement mon attention vers le couloir pour tenter de l'apercevoir encore, mais trop tard, elle a disparu.

– Faites passer le message aux autres. Le premier qui s'approche d'elle, qui l'emmerde, qui ose poser ne serait-ce qu'une phalange sur elle, aura affaire à moi.

– Entendu, se contente de dire Drake.

– Mon petit frère est amoureux, me taquine Seth.

– Je suis l'aîné, connard ! rétorqué-je rapidement sans infirmer ou confirmer ce que vient de dire mon frère.

Je ne sais pas si on peut déjà parler d'amour, mais ce qui est sûr, c'est qu'elle détient déjà sans même le savoir une partie de moi.

– De trois pauvres minutes, et je parle pas de ça, mais de la taille ! Je suis plus grand que toi d'un centimètre et demi.

– T'as juste légèrement levé les talons quand cette salope d'infirmière nous mesurait. Je t'ai vu, elle t'a vu, et tu as vu que j'avais vu ! Mais elle n'a rien dit, car tu l'as draguée ouvertement pour faire diversion !

Mon frère balaye ma remarque du revers de la main et poursuit.

– Peu importe, mon frère, c'est écrit noir sur blanc que JE SUIS PLUS GRAND QUE TOI !

– Je vais t'éclater, le menacé-je.

– Non.

– Si.

– Non.

– Cours, Seth.

Mon frère écarquille les yeux en comprenant que je suis sérieux et se met à courir en direction de l'extérieur. Alors que je tente de rattraper mon jumeau, je repense à Millie. Cette nana ne le sait pas encore, mais elle est à moi.

Je passe les semaines suivantes à l'observer de loin. J'ai failli à plusieurs reprises aller lui parler, mais à chaque fois j'ai renoncé, trouvant que le bon moment n'était pas encore venu. Alors, au lieu de trouver enfin le courage de lui avouer ce que je ressens pour elle, je profite de ce temps pour mettre mes idées en place. J'ai rapidement accepté le fait que ma vie soit désormais liée à la sienne, mais cela n'est pas si simple. En étant le fils aîné du président des Hell's Dogs, je sais que je serai amené, dans le futur, à reprendre les rênes du club, ce qui n'est pas un mince héritage, mais je m'y prépare tous les jours un peu plus. Mais Millie, est-elle prête à être à mes côtés quand ce jour viendra ? Faire d'elle ma régulière n'est pas une décision à prendre à la légère et je dois aussi pouvoir trouver la force en moi d'accuser le coup si elle me rejette et ne veut pas de cette vie.

Alors certes, ne pas la faire mienne est un mal qui me ronge tous les jours un peu plus. Pour autant, je mets à profit ce temps pour tenter de raisonner une partie de moi. Celle qui m'empêchera de sombrer si Millie refuse de faire partie de ma vie.

Elle est première dans toutes les matières, sauf en sport, et ce n'est pas faute d'efforts. Je la vois souvent courir après les classes. Outre que j'adore voir son petit cul moulé dans son short, ce que j'aime le plus, c'est la moue colérique qu'elle affiche lorsqu'elle regarde sa montre en comprenant qu'elle n'a pas atteint son objectif. Son petit nez a tendance à se retrousser légèrement et je trouve ça mignon, mais uniquement chez elle.

Bordel ! Si mes frères m'entendaient parler comme ça d'une nana, ils passeraient leurs journées à me lancer des vannes.

En tout cas, partout où elle va, Kiara la suit telle son ombre. Je la sens pas du tout cette nana. Peut-être parce que j'ai déjà vu sa mère et sa sœur à poil au club en train de se faire prendre par des membres. Même si Kiara essaie d'être à l'opposé de sa famille, il y a quelque chose chez elle qui sonne faux, mais si ça fait partie du package pour avoir Millie, je suis prêt à faire un effort.

Elle cherche ses livres dans son casier et ne m'a pas entendu approcher. Je prends le temps de l'observer et aujourd'hui je la trouve encore plus magnifique. Elle porte un jean tout simple, taille basse, et des baskets. Elle a aussi un tee-shirt trop grand pour elle, mais qui ne l'enlaidit en rien, au contraire, cela cultive le mystère sur cette silhouette qui se cache sous ses vêtements. Un corps que je rêve de découvrir, de parcourir de mes mains, de ma langue. Et un corps que je désire posséder et faire hurler de plaisir.

Je profite aussi de ce moment de calme avant la tempête. Car j'ai décidé qu'aujourd'hui serait le jour J. J'en ai marre d'attendre, marre de rester en retrait, d'observer les autres gars du lycée mater le cul de ma nana sans qu'ils sachent ce qu'il va leur en coûter de reluquer ma gonzesse.

– Bonjour, Em'.

– Bordel ! dit-elle en se retournant et en mettant la main au niveau de son cœur.

Je ne rate évidemment rien du spectacle, sa poitrine qui monte et descend rapidement au même rythme que sa respiration.

– Mais ça va pas, non ! crache-t-elle.

– Si, tout va très bien, dis-je lentement en reluquant ouvertement ses seins.

– T'es qu'un sale porc ! me dit-elle en se retournant. Et tu peux t'écarter de moi là, t'es trop proche.

– Pourquoi, je te perturbe ?

– Non, tu m'asphyxies. On t'a jamais parlé des effets bénéfiques d'une brosse à dents ?!

Sa remarque fait mouche et je me recule aussitôt. Bordel, est-ce que je pue vraiment de la gueule ?! Aussi discrètement que possible, je souffle dans ma main pour respirer mon haleine, mais non, rien d'anormal. Je relève la tête pour m'apercevoir que Millie me regarde, les livres serrés contre sa poitrine, un sourire moqueur aux lèvres. Merde, elle m'a eu, la garce !

– Bien joué, un pour toi, tu gagnes cette manche.

– Mais de quoi tu parles ?! Il n'y a aucun jeu entre toi et moi.

– Oh si, ma belle, et tu es la récompense...

– Quoi ?! répond-elle sur la défensive.

– Chut ! dis-je en posant mon index sur sa bouche pour la faire taire. Laisse-moi finir. Je te veux, Em', depuis ce jour où tu m'as parlé à cet endroit même et que t'as posé ton regard chocolat sur moi. Je te veux depuis que tu m'as laissé respirer ton parfum, m'enivrer de ton odeur.

– Mais t'es complètement barge ! Tu m'as reniflé comme un chien alors que j'essayais d'accéder à mes affaires !

– Eh bien, si tu veux, je peux aussi te pisser dessus pour marquer mon territoire.

– Pisser de... Marquer ton territoire, dit-elle, les mâchoires serrées. Non mais tu te prends pour qui, connard ?! Tu crois que parce que t'as une belle gueule, des yeux de malade et un sourire à faire mouiller les petites culottes, je vais te laisser m'embarquer dans un de tes jeux à la con avec tes frères ?! Je ne suis ni un jeu, ni une récompense, ni ta chose !

– Un sourire à faire mouiller les petites culottes, hein ?

– C'est tout ce que tu as retenu de ce que je viens de te dire ? Laisse-moi passer !

Je m'approche encore plus d'elle, la surplombant de toute ma hauteur, l'obligeant ainsi à lever la tête si elle veut continuer à me regarder droit dans les yeux. Elle recule, mais est rapidement stoppée par les casiers derrière elle. Sa respiration est rapide, sa poitrine monte et descend, et je vois qu'elle resserre l'emprise sur ses livres comme pour se protéger du danger, de moi.

Elle me craint autant qu'elle me désire et je me dois d'apaiser ses doutes. Il est temps qu'elle comprenne que je ne joue pas, je suis sérieux. Il n'est plus question de se taquiner, d'observer de loin, de rester en retrait. Le moment est venu pour moi de la faire mienne.

– Em', dis-je en replaçant une mèche de cheveux derrière son oreille. Tu n'as pas à avoir peur de moi, jamais je ne te ferai du mal, au contraire. Je veux prendre soin de toi, te protéger.

– Pourquoi ? dit-elle dans un murmure. Pourquoi moi ?

– Parce que je te veux. T'es la plus belle femme que j'aie jamais vue, jamais sentie, jamais touchée, dis-je en passant mon index sur sa joue. (Elle ferme les yeux.) Je n'arrête pas de penser à toi. Je t'observe depuis des semaines, comme un putain de voyeur. Je sais pas comment te l'expliquer, mais je le sens, là, dis-je en lui montrant mon cœur. Je te veux dans ma vie, Em'.

Elle plonge son regard dans le mien, comme pour savoir si je mens. Elle tente de sonder mes intentions au travers de mes yeux. Je décide de garder le silence et de la laisser lire en moi comme dans un livre ouvert. Aucun faux-semblant, aucune dissimulation. Je sais que j'ai réussi quand, quelques secondes plus tard, son corps se détend et que dans son regard je ne lis plus aucune méfiance, simplement une envie de lâcher prise teintée d'une appréhension, somme toute légitime. Pour autant, elle ne prononce aucun mot et je sais que j'ai remporté une manche, mais pas encore la partie.

Je sais que je l'intéresse, que je ne la laisse pas insensible. Pour preuve, quand je la fixe de mon regard chargé de désir, ses joues s'empourprent et je la vois se mordre l'intérieur de la joue. Mais là, il faut bien plus que des regards non dissimulés pour la désarmer complètement. Il va falloir que je mette des mots sur mes sentiments, mes intentions, mes envies.

– Je sais que ça fait beaucoup à assimiler, sans compter que j'ai une certaine… réputation.

J'ai dit que je devais mettre des mots sur mes actes, pas que je savais forcément manier la langue de Shakespeare à la perfection.

– Je confirme ! T'as sûrement sauté toutes les nanas dans un rayon de dix kilomètres à la ronde… dit-elle, les lèvres pincées.

Je souris, car elle est bien en dessous de la vérité, mais ça, je me garde bien de le lui dire.

– Je m'entraînais pour toi, ma belle, ne puis-je m'empêcher de dire pour la taquiner.

Nous savons tous les deux que c'est totalement faux, mais il faut bien tourner ma réputation à mon avantage. Et quoi de mieux que de mettre en avant l'expérience que j'ai pu tirer de mes conquêtes précédentes ?

– Tu plaisantes ?! Il y a deux mois, tu ne savais même pas que j'existais, me fait-elle remarquer.

– C'est faux ! J'ai toujours su que j'allais te rencontrer, je ne savais juste pas quand, alors j'ai fait en sorte d'être prêt.

– Quel baratin… dit-elle en secouant la tête. Et je parie que ça marche avec les autres !

– À vrai dire, j'ai même pas besoin de parler avec les autres.

– T'es répugnant, dit-elle en me donnant une petite tape sur l'épaule.

Mais je saisis sa main pour la placer à l'endroit où se situe mon cœur. Em' observe mon geste et ses yeux s'attardent sur nos mains jointes posées sur ma poitrine, avant de relever son visage et son regard sur moi. Je sais qu'elle a enfin compris que je ne plaisante pas, que je suis sérieux. S'il y a quelques secondes je voyais encore le doute dans ses magnifiques yeux chocolat, à présent je sais que j'ai remporté une nouvelle bataille.

– Est-ce que tu sens ? lui demandé-je calmement.

– Quoi ? répond-elle à bout de souffle.

Je me retiens difficilement de sourire quand je vois l'effet que je lui fais. Son souffle est court, ses pupilles sont dilatées et ses yeux sont fixés sur mes lèvres.

– Est-ce que tu sens mon cœur qui bat ? ajouté-je tout aussi calmement en ancrant mon regard au sien.

– Oui, évidemment que je le sens battre, comme dans tout être…

– Il bat pour toi, bébé, rien que pour toi, la coupé-je.

S'il y a bien une chose que j'ai retenue de mes semaines d'observation, c'est qu'Em' utilise souvent sa science pour s'extirper d'une situation dans laquelle elle n'est pas à l'aise. Je préfère donc couper court à son explication afin qu'elle reste concentrée sur l'instant, sur moi, sur nous.

– Stan, c'est… On se connaît à peine. Il y a deux mois tu ignorais mon existence, et là tu me dis que je suis la femme de ta vie ? Avoue que ça peut quand même laisser perplexe comme réaction ! explique-t-elle.

Elle essaie de trouver une logique dans une chose qui n'en a aucune. Ce sentiment de possession, ce besoin de s'appartenir, je ne l'explique pas. Il m'est tombé dessus comme ça, sans que je puisse le prédire. Alors si même moi je suis incapable de mettre des mots sur ce que je ressens vraiment pour elle, Millie et toutes ses connaissances n'y arriveront pas non plus.

– Je sais, mais laisse-moi te montrer que je pense tout ce que je te dis. S'il te plaît, Em', laisse-moi une chance, laisse-nous une chance, plaidé-je.

Elle ne le sait pas encore, mais je me mets à nu pour elle. Jamais je ne me suis livré ainsi à quelqu'un, jamais je n'ai lutté autant pour obtenir quelque chose. Mais en même temps, je n'ai jamais ressenti une telle alchimie avec quelqu'un.

– Qui me dit que je ne suis pas une sorte de challenge pour toi ? Que dès que tu auras obtenu ce que tu veux de moi, tu ne me laisseras pas tomber ? dit-elle d'une voix calme, mais où j'arrive tout de même à cerner une pointe d'inquiétude.

Et je comprends qu'elle vient d'exprimer à haute voix sa plus grande crainte. Em' a peur que je m'amuse avec elle, que je joue avec ses sentiments et que tout ceci ne soit finalement qu'une passade pour moi.

– Em', ma belle, je ne joue pas avec toi. Et crois-moi, je ne suis pas prêt à te laisser partir, ni maintenant ni jamais. Laisse-nous une chance… tenté-je à nouveau en rapprochant légèrement mon visage du sien sans jamais la quitter des yeux.

Dans son regard, je lis une myriade d'émotions. De la peur, de l'envie, de l'appréhension, du désir… Puis soudain, je la vois se mordiller la lèvre inférieure pour finir par hocher légèrement la tête.

– C'est d'accord.

– C'est vrai ? dis-je, complètement euphorique.

– Oui, je te… Je nous laisse une chance, dit-elle avec conviction.

Je souris de plus belle, je suis le connard le plus chanceux de la terre ! Même si elle m'accorde une chance, je sais que je devrai faire mes preuves et lui montrer que je ne plaisante pas. Mais peu importe, tant que je l'ai à mes côtés, je sais tout au fond de moi que je suis capable de tout pour elle.

– Tu sais que je vais devoir t'embrasser, histoire de sceller notre accord.

Em' hausse les sourcils, puis attrape ma nuque pour rapprocher mon visage du sien et m'embrasser.

Son baiser est timide et maladroit, je suis donc presque sûr que c'est une première pour elle et j'en suis encore plus excité. C'est peut-être macho, mais je m'en fous : j'ai envie d'être là pour toutes ses premières. Trop rapidement à mon goût, elle brise notre étreinte, mais je comprends pourquoi en entendant les roucoulements de mes frères juste à côté.

Je pose mon front sur le sien et tente de me calmer, car je suis à deux doigts de la foutre sur mon épaule pour l'amener aux toilettes afin de continuer notre baiser. Je relève lentement la tête pour l'observer, tout en laissant mes mains sur ses hanches. Em' est toujours agrippée à mon tee-shirt comme pour me maintenir au plus près d'elle. Son souffle est court, ses joues rouges et ses lèvres légèrement gonflées. Soudain, elle rouvre les yeux et me fixe de ses grands yeux chocolat. Quand elle voit que je l'observe, elle m'offre le sourire le plus radieux que j'aie jamais vu. Un sourire authentique, vrai, qui ne trahit pas l'émotion de ce moment.

– Je crois qu'on a un public, dis-je en souriant.

– Oui, je crois que tout le lycée est au courant, dit-elle en se mordillant la lèvre.

Em' n'aime pas attirer l'attention sur elle, pour autant elle ne cherche pas à se dégager de moi.

– Non, tu penses ? demandé-je.

Elle se contente de hocher la tête. Je me retourne, et effectivement tout le monde nous regarde. Pour la plupart, c'est la stupeur qui se lit sur leurs visages, mais il y a aussi du dégoût. Qu'elle le veuille ou non, elle est aussi la fille d'un biker, ce qui fait d'elle, aux yeux de certains, un rebut, une paria, tout comme moi. Certains doivent donc se dire que nous faisons la paire, mais je m'en moque. J'ai aussi le temps d'apercevoir les moues de déception et de jalousie de certaines nanas, mais désormais, pour moi, il n'y a personne d'autre que Millie.

– Au moins, je n'aurai plus besoin de te pisser dessus pour marquer mon territoire.

– La ferme ! dit-elle en souriant.

– Bon, maintenant que c'est officiel, autant te présenter tout de suite à mes frères.

Je prends Millie par la main pour la conduire vers ceux qui se trouvent à peine à dix mètres de nous. Du coin de l'œil, je la vois se mordiller la lèvre. Elle me suit, mais semble anxieuse et mal à l'aise à l'idée de faire la connaissance de mes frères. En même temps, ça peut se comprendre. Eux aussi ont une jolie petite réputation, mais je presse gentiment sa main dans la mienne, comme pour lui faire comprendre qu'elle ne risque rien.

– C'est bon, t'as fini de nous casser les oreilles avec ta « Em' ceci », « Em' cela » ? demande Drake.

– Em' ? relève-t-elle.

– C'est maintenant que tu percutes ? lui demandé-je, faussement vexé. Dire que je pensais que t'étais une tronche… Finalement, tu es longue à la détente, plaisanté-je. Ou alors, c'est mon baiser qui t'a retourné le cerveau !

Em' lève les yeux au ciel en secouant la tête avant de répondre.

– Je suis une tronche, c'est juste que j'ai une ouïe sélective. Et désolée de te l'apprendre, mais tu as la capacité de débiter tout un tas de niaiseries.

– Tu peux dire « conneries », tu sais.

– Je sais, mais j'essaie de rester à la hauteur de mon Q.I., me dit-elle en souriant.

***

Décidant qu'il est temps pour moi d'arrêter de ressasser le passé, j'écrase ma clope et enfourche ma bécane. J'ai besoin d'une bonne nuit de sommeil avant d'affronter à nouveau demain celle qui auparavant était tout pour moi. Aujourd'hui, la femme que je considérais comme mon tout, mon univers, n'est plus que le reflet d'une vie passée faite de rêves d'adolescents amoureux.

6

Millie

Après avoir rempli tous les formulaires administratifs concernant Slade et m'être assurée que tout serait prêt à temps, je pars en quête d'un hôtel pour la nuit. Évidemment, dans cette ville, rien d'extraordinaire. Ceci dit, je pense que même le Ritz à Tucson serait en dessous de tout pour moi tant j'ai ces rues en horreur. Tous les bons souvenirs que j'ai pu y avoir ont été balayés il y a sept ans pour ne laisser place qu'à une profonde aversion. Je suis partie il y a des années, et pourtant, sur le chemin qui m'a menée à l'hôtel, rien ne semblait avoir changé. Chaque coin de rue, chaque ruelle, chaque boutique me renvoie à un souvenir jadis heureux, mais désormais douloureux, avec lui.

Quand je vivais ici, je m'y plaisais. J'ai d'ailleurs commencé mes études de médecine dans la faculté du coin. J'avais aussi le choix de postuler pour travailler dans ce même hôpital, celui qui héberge pour quelques heures encore Slade. Je menais une vie agréable et assez tranquille. Assez, car tout est relatif quand votre mère est une pute droguée et votre père un biker. Hormis ces légers détails, je n'avais pas à me plaindre. J'avais des projets, des rêves, évidemment avec lui.

Pourtant, j'ai dû fuir et repartir de zéro dans une ville inconnue, avec des gens inconnus. Tous mes espoirs et mes attentes ont été réduits à néant en l'espace de quelques secondes. Comme quoi finalement, il n'y a pas que la vie qui ne tient qu'à un fil.

Une fois douchée, je prends le temps de consulter mes e-mails et je constate que tout est prêt pour demain. J'ai missionné Martha afin qu'elle m'aide à organiser la suite avec Slade. Et je dois avouer que même à des milliers de kilomètres, elle a su gérer d'une main de maître tout ce que je lui avais confié. Elle mérite vraiment un cadeau à la hauteur de ses compétences pour Noël. Une fois mes affaires réglées, je vais me coucher. Il est tard et je sais que demain, dès que la nouvelle de ma décision aura fait le tour de la ville, je vais devoir gérer la colère d'un président de club de motards et les probables représailles de tout un club. Je sais que je suis capable de leur tenir tête, mais cela ne m'empêche pas d'appréhender ces retrouvailles. Slade n'est pas n'importe qui pour le club et encore moins pour Apo. Pour autant, j'ai foi en mes choix et je suis prête à en assumer les conséquences.

Après une nuit calme et reposante, je me prépare et je file chez Slade pour tout organiser. Hier, j'ai pensé à récupérer dans ses affaires personnelles son trousseau de clefs. Je n'ai pas remis les pieds dans cette maison depuis des années. Et même à l'époque où je vivais encore ici, on ne peut pas dire que j'ai considéré un jour cette maison comme mon foyer.

Non, mon chez-moi, c'était *lui* et simplement *lui*. S'il m'avait proposé de vivre dans une caravane, j'aurais sûrement accepté, du moment que c'était pour la partager à ses côtés. L'amour rend vraiment aveugle.

Je secoue rapidement la tête pour tenter de chasser son image de mon esprit. Je suis en colère contre lui parce qu'il s'impose dans mes pensées, mais je m'en veux davantage de les laisser me ramener inlassablement à lui. De ne pouvoir m'empêcher de me rappeler notre passé commun. Chaque rue, chaque magasin, tout me ramène à lui, à un souvenir, à un moment passé à ses côtés. Comment, après toutes ces années, est-il encore capable d'avoir autant d'emprise sur moi ? Ma vie serait tellement plus simple si je pouvais simplement le haïr, mon esprit n'en serait d'ailleurs que plus apaisé. Mais c'est bien connu, « le cœur a ses raisons que la raison ignore ».

Le taxi me dépose chez mon père et je note tout de suite que rien n'a changé non plus. Slade vit toujours dans sa petite maison de plain-pied. Le jardin, vierge de toute plantation ou de fleur, est pourtant bien entretenu. Les murs sont toujours d'un blanc impeccable. J'avoue avoir longtemps observé ces murs, en me demandant à quel moment Slade trouvait le moyen de les entretenir, car je n'ai jamais vu personne, ni lui ni un autre membre du club, les repeindre. J'insère la clef dans la porte et je ne sais pas pourquoi, mais j'appréhende de me retrouver une nouvelle fois entre ces murs. Je n'ai aucun bon ou mauvais souvenir dans cette maison. Je me suis toujours demandé pourquoi il continuait à vouloir que je vienne lui rendre visite quand, finalement, la plupart du temps il était absent. J'ai arrêté de compter le nombre de fois où j'ai eu le droit au même refrain : « Je dois m'absenter, une affaire à régler au club. » Et c'est seule que je passais le reste de mon week-end chez lui.

Je suis médisante, c'est vrai, il est quand même arrivé à Slade, de temps en temps, de vouloir interagir avec sa fille. Dans ces moments-là, il commandait une pizza et me proposait de la manger devant un match de football. Évidemment, la proposition était tellement tentante que ça me brisait presque le cœur de refuser. Vraiment, qui ne rêverait pas de passer la soirée devant la télé en compagnie de son père, à l'entendre hurler après l'arbitre que ce n'est qu'un trou de cul ? Clairement, pas moi. Ceci dit, Slade ne semblait pas s'en formaliser, car il se contentait de hausser les épaules et de reporter son attention sur le match.

Je décide enfin de pénétrer dans la maison et j'ai à peine franchi la porte qu'une odeur de renfermé attaque mes narines. Bordel, j'en ai presque les larmes aux yeux. Je me dirige d'un pas rapide dans le salon et ouvre toutes les fenêtres. Je file ensuite dans la cuisine pour faire de même. Depuis combien de temps mon père n'est-il pas venu chez lui ?! Au vu des cadavres de bières un peu partout au sol et du monticule de couverts dans l'évier, je dirais que ça fait assez longtemps. Soudain, une odeur bien plus pestilentielle que les autres attire mon attention dans la cuisine. Rapidement, j'identifie la source de cette attaque chimique qui n'est autre qu'un vieil emballage de pizza. Je m'approche doucement du coupable et l'odeur devient de plus en plus insupportable. Je me bouche le nez d'une main quand de l'autre je soulève le couvercle.

Oh bordel !

Je relâche aussitôt le carton et fais un bond en arrière. Je suis chirurgien traumato, alors autant dire que des spectacles à vomir, j'en vois tous les jours. Des jambes ou des bras qui finissent en hachis parmentier, c'est mon rayon. Mais ça ! Visiblement, ça doit faire des semaines que mon père n'est pas venu, car des asticots sont déjà en train de se faire un festin de la part de pizza laissée à l'abandon dans l'emballage. Je regarde autour de moi et je suis dépitée. Si je veux que tout soit prêt dans quelques heures, je vais devoir me mettre au boulot dare-dare. J'espère juste que toute la maison n'est pas dans le même état, sinon autant faire appel à une société de démolition pour tout raser !

Je poursuis ma visite quand mes pas me mènent à ce qui était ma chambre à l'époque où je vivais ici. Je me demande bien ce que Slade en a fait. J'ouvre la porte, persuadée de trouver derrière une salle de sport ou même une salle de jeux. Mais je reste la main sur la poignée, figée face au spectacle devant moi. Je cligne plusieurs fois des yeux pour être sûre de ne pas rêver. Mais non, c'est bel et bien la réalité. Slade n'a absolument rien touché à ce qui était ma chambre d'adolescente. Tout est là. De ma vieille couette rouge délavé à mon poster de Marilyn Manson, tout y est. Il y a encore ma coiffeuse avec tout mon maquillage. Et cette chambre semble être la seule pièce où il n'y a pas un gramme de poussière.

Quand j'étais là, j'avais parfois l'impression que ma présence le dérangeait, qu'il aurait préféré que je parte. Et aujourd'hui que cela fait sept ans que je suis partie, il s'évertue à garder ma chambre intacte et même à y faire le ménage.

Soudain, mes yeux se posent sur une vieille photo datant du lycée. On y voit un couple semblant très amoureux, très fusionnel. Tous deux sont dans les bras l'un de l'autre et sourient à l'objectif. Je me souviens du jour exact où cette photo a été prise. C'était à la fête organisée au club pour mon entrée en fac de médecine. Stan était tellement fier ce jour-là, il n'arrêtait pas de sourire. Et moi aussi.

Je ne me souviens pas avoir marché, mais l'instant d'après je caresse du bout des doigts le cadre. Je passe mon doigt sur son visage, ce sourire, son corps figé dans le temps. À cette époque où mon univers tout entier ne tournait qu'autour de lui. Je devrais probablement jeter cette photo, m'en débarrasser, et pourtant je ne peux pas m'y résoudre. Je continue de fixer ce couple qui aujourd'hui me paraît dater d'une autre époque, avant de rabattre le cadre pour ôter de ma vue ce souvenir qui commence à être douloureusement insupportable. Je ferme les yeux et inspire profondément avant de chasser, au moins pour un temps, mes souvenirs à ses côtés.

Et quoi de mieux que de focaliser mon esprit et mon énergie sur le travail qui m'attend ? Je passe les quatre heures suivantes à tout nettoyer, à tout ranger, à tout astiquer. Mais une fois encore, j'ai échoué. À plusieurs reprises, j'ai laissé des images de lui s'insinuer dans mes pensées. À croire qu'en plus de devoir me battre contre des lieux, des photos qui me rappellent sans cesse notre passé commun, je dois aussi lutter contre mon propre esprit qui ne cesse de me jouer des tours et semble s'entêter à vouloir me remémorer un passé pourtant mort et enterré.

Quand je contemple le travail accompli, je ne suis pas peu fière de moi ! Finalement, le reste de la maison était relativement propre. J'ai été agréablement surprise de trouver une salle de bains et des toilettes impeccables. Même si j'essayais de me préparer au pire en poussant la porte de la salle d'eau, je n'étais pas prête psychologiquement à affronter les poils pubiens et les sous-vêtements sales de mon père.

Toute la maison sent le frais et est si propre qu'on pourrait presque manger par terre. Ce sont les éboueurs demain qui risquent de me maudire vu le nombre de sacs-poubelle qui s'entassent au bout de l'allée. J'ai bien tenté d'en mettre un peu chez les voisins, mais la vieille harpie d'en face m'avait à l'œil. Cette vieille bique répond toujours présent. Je suis même certaine qu'elle nous enterrera tous. J'ai également eu le temps de faire des courses en ligne dont la livraison ne devrait plus se faire attendre. Faute de moyen de locomotion et fatiguée de devoir faire appel systématiquement à un taxi, j'ai pallié le manque de nourriture en optant pour cette solution. D'ailleurs, c'est un problème qu'il va falloir que je règle rapidement.

En attendant, j'en profite pour déposer ma valise dans mon ancienne chambre et ranger les quelques affaires que j'ai apportées. Puis je file prendre une douche. Je suis à peine rhabillée que la sonnette de l'entrée se fait entendre.

– Bonjour. Mademoiselle Johnson ? me demande un homme très costaud.

– Oui, c'est pour quoi ?

– Nous sommes de la société Med'Home, m'explique-t-il.

– Oh oui, excusez-moi, entrez, je vous en prie.

Je laisse entrer Musclor accompagné de son collègue et leur indique le chemin. J'ai à peine le temps de leur expliquer quoi faire que la sonnette retentit à nouveau. Je m'excuse et les laisse travailler pour aller ouvrir cette fois au livreur. En voyant le nombre de sacs qu'il dépose sur la table de la cuisine, je me dis que j'ai peut-être vu un peu large. En effet, en attendant que tout soit réglé, il n'y aura que moi, et visiblement j'ai eu les yeux plus gros que le ventre.

Une heure plus tard, Musclor et son collègue ont fini. Ils me laissent les informations et brochures nécessaires, puis repartent. Il est donc temps pour moi de regagner l'hôpital et de finir ce que j'ai commencé.

7

Stan

Ma nuit n'a pas été aussi reposante que je l'avais espéré. Premièrement, parce que K' m'a tenu éveillé une bonne partie de la nuit. Elle a appris le retour de Millie et autant dire qu'elle était tout sauf ravie. Bien qu'elle et moi on ne soit pas étiquetés comme couple, on entretient une sorte de relation depuis maintenant sept ans. Et il était de mon devoir de lui prouver que Millie et moi, c'est bel et bien de l'histoire ancienne. Mais ce qui m'a surtout empêché de me reposer, c'est l'image de Millie à l'hôpital.

Millie avec sept ans de plus est encore plus bandante et sexy qu'au lycée. Déjà à cette époque, il fallait y aller pour lui faire de l'ombre. Mais aujourd'hui, c'est une véritable bombe atomique. Exit le corps juvénile et la fille parfois peu sûre de son physique. Elle est devenue une nana consciente de ses atouts et qui sait mettre en valeur ses formes.

Quand je l'ai vue débarquer dans son pantalon noir moulant avec ses talons hauts, j'ai été pris d'une violente érection. Si ma colère ne m'avait pas retenu, j'aurais sûrement fait une connerie en tentant de l'approcher, de la toucher, de la goûter… Si elle a su m'apprendre à aimer, elle m'a aussi initié au goût amer de la trahison. Et ça, jamais je ne le lui pardonnerai.

Si autrefois j'avais de l'adoration pour elle, aujourd'hui je ne ressens que du mépris et de la colère. Quand elle m'a brisé, j'ai décidé que plus jamais je ne laisserais une nana ni personne d'autre avoir autant d'emprise sur moi. J'aurais pu déplacer des montagnes pour elle, la suivre au bout du monde et quitter le club s'il l'avait fallu. Au final, heureusement pour moi que la vérité a fini par éclater, sinon j'aurais été prêt à tout sacrifier pour une nana qui se foutait royalement de ma gueule.

C'est peut-être pour ça que je refuse de me considérer en couple avec K' alors que cela fait maintenant des années qu'on baise ensemble. Au départ de Millie, j'ai rattrapé le temps perdu à ses côtés et avec beaucoup d'autres sans me cacher. J'ai perdu le compte des fois où K' m'a surpris avec une brebis s'affairant sur ma queue, mais elle ne disait rien. Elle se contentait de repartir par là où elle était arrivée, et finalement d'attendre son tour, gentiment. K' a toujours su que je n'étais pas exclusif, mais ça ne la dérange pas, au contraire. Plusieurs fois, je me suis retrouvé dans un plan à trois avec elle et une autre gonzesse. Autant dire que jamais je n'aurais envisagé d'avoir la même expérience sexuelle avec mon ex. Elle seule suffisait à me satisfaire et il était surtout hors de question que quelqu'un apprécie le corps de ma nana et assiste au magnifique spectacle d'elle en train de jouir.

Avec K', c'est complètement différent, et sur tous les plans. On profite du moment ensemble, on baise. C'est vrai que depuis quelque temps je ne baise plus qu'avec elle et c'est peut-être là mon erreur. K' prend ses aises et semble penser qu'elle a marqué son territoire. Toutefois, si l'envie me prenait d'aller voir ailleurs, je n'aurais aucun scrupule ni aucun remords vis-à-vis d'elle.

Est-ce que j'aime K' ? Absolument pas. Je ressens un attachement pour elle ou plutôt ma bite semble apprécier sa chaleur. Ce que je sais en tout cas, c'est qu'il n'y a pas et qu'il n'y aura jamais d'amour avec un grand A entre nous. Je me suis laissé avoir une fois, ça m'a suffi.

Sans compter que pour pouvoir être amoureux de nouveau, il faudrait déjà que j'aie pu recoller mon cœur, qui s'est brisé en mille morceaux.

À côté de moi j'observe Kiara, toujours endormie, s'étirer comme une chatte dans le lit. Le drap descend lentement le long de son corps nu et je ne peux m'empêcher de noter les différences entre son corps et celui de Millie. Là où mon ex a des formes et des rondeurs, une peau pâle, K' est plate et hâlée – merci à ses séances d'UV dont elle me bassine les oreilles toutes les semaines. Les seules formes qu'elle possède sont les obus que je lui ai payés il y a trois ans. Au début, j'ai refusé. Claquer autant de fric pour une paire de nichons me paraissait complètement débile. Mais K' n'a pas lâché l'affaire et m'a travaillé au corps pendant des semaines, jusqu'au soir où j'ai fini par céder. L'alcool a grandement servi son projet, mais peu importe, j'avais dit oui et je n'ai qu'une parole. Elle pourrait sans doute m'étouffer avec la paire de nibards qu'elle a, mais en même temps, se faire une branlette espagnole entre ces deux magnifiques obus, ça n'a pas de prix, ou si, trois mille dollars. La peau de K' est aussi recouverte de tatouages, contrairement à celle de Millie que j'imagine presque vierge de toute marque indélébile.

Bordel, Stan, reprends-toi !

Finalement, quoi de mieux pour se vider la tête que de commencer par se vider les couilles ? Je commence à faire glisser ma main le long de son corps jusqu'à venir prendre en coupe son sexe. Je caresse doucement ses replis en observant attentivement K' qui semble toujours dormir. Mais quand ses jambes s'écartent et qu'un sourire naît sur son visage, je sais qu'elle est réveillée. K' commence à faire onduler son bassin contre mes doigts tout en braquant son regard sur moi. Toujours en silence, je continue à la caresser, puis je la pénètre. Elle est déjà prête à me recevoir, et c'est tant mieux, car je n'ai pas la patience de faire durer les préliminaires. Je retire mes doigts, provoquant une plainte de K', mais quand elle comprend que c'est pour récupérer une capote, elle se redresse et se positionne à quatre pattes sur le lit. Je me place juste derrière et enfile rapidement mon préservatif. D'un seul coup de reins, je plonge en elle jusqu'à la garde. K' gémit de plaisir et je vois ses mains serrer le drap. Je ferme les yeux pour tenter de profiter du moment, mais malheureusement pour moi, seul le visage de Millie apparaît dans mon esprit. J'essaie de me concentrer sur l'instant, mais c'est impossible.

Soudain, un râle de plaisir me fait rouvrir les yeux et je baisse le regard pour voir qu'il ne s'agit pas de Millie mais de K' en train de jouir violemment, la tête rejetée en arrière. Décidément, elle était plus excitée que je ne l'aurais pensé.

Sauf que je suis loin d'arriver au paroxysme de mon plaisir. Et sentant que peu à peu mon excitation diminue, je me retire d'un coup pour atterrir sur le dos.

– Fait chier ! grogné-je.

– L'histoire avec Slade te tracasse. Laisse-moi m'en occuper, dit-elle en prenant dans sa bouche mon sexe un peu ramolli.

Je siffle entre mes dents en sentant ma bite taper directement le fond de sa gorge.

K' est une vraie pro quand il s'agit de sucer des queues. Elle s'attelle à la tâche, et le moins que l'on puisse dire, c'est qu'elle prend sa mission très au sérieux. L'image de Millie disparaît et j'arrive à profiter de l'instant présent et des talents de K'. Finalement, après que j'ai fait le vide dans mon esprit, il ne faudra que quelques minutes à la langue et à la bouche experte de K' pour me faire jouir. Et toujours en bonne spécialiste de la pipe, K' avale tout jusqu'à la dernière goutte.

– Merci, dis-je en lui caressant les cheveux.

– De rien, mon chou, répond-elle en s'essuyant le coin des lèvres.

Je me sens quand même mieux après cette petite baise matinale. Je jette un œil à mon réveil pour voir qu'il affiche déjà huit heures.

– Bordel, je suis à la bourre ! hurlé-je en me levant d'un bond pour aller me préparer.

Je file en quatrième vitesse sous la douche avant d'être rapidement rejoint par K', qui semble avoir une idée derrière la tête.

– Non, K', je suis vraiment à la bourre. On doit retourner à l'hosto pour Slade.

K' n'est clairement pas satisfaite par ma réponse, vu la mine contrite qu'elle affiche, mais elle se reprend.

– Tu penses que l'autre garce vous laissera l'approcher ? demande-t-elle en commençant à se laver.

Je suspends mon mouvement quand je l'entends l'appeler « l'autre garce ». J'ai envie de lui dire que la seule garce ici, c'est elle, mais rapidement je me souviens qui des deux m'a brisé le cœur et cela suffit à m'empêcher de répondre.

– J'en sais rien. Mais connaissant mon père, il trouvera un moyen d'être auprès de Slade. C'est bien plus que son VP, c'est son meilleur ami.

Slade est un peu plus jeune que mon père, mais ils se connaissent depuis des années. Ensemble, ils ont survécu au club à l'époque de mon grand-père Cerbère. C'est aussi grâce au soutien de Slade que mon père a su faire prendre au club une autre direction quand il en est devenu le président. Slade a toujours été présent pour mon père, et quand ce dernier a appris l'accident de son meilleur pote, j'ai cru le voir prendre dix ans en cinq minutes. Alors j'imagine aisément que ce n'est pas une nana, même pleine de caractère, qui va l'empêcher d'être au chevet de son ami le plus proche.

– Apo mérite le respect, dit-elle.

K' ferait peut-être une bonne régulière si elle savait tenir son rang. Alors quand je l'entends parler comme ça de Millie, j'ai envie d'exploser de rire, car c'est vraiment l'hôpital qui se fout de la charité. Bien qu'elle ne me pose pas de questions quand je pars en virée pour gérer une affaire du club, et qu'elle ne bronche pas non plus pour nettoyer mes vêtements parfois tachés de sang, elle se permet une attitude hautaine et dédaigneuse envers les brebis du club et parfois même certaines régulières. Quelques membres, ignorant tout du caractère et de la vraie personnalité de K', m'ont déjà demandé pourquoi je ne faisais pas d'elle ma régulière. Pour eux, elle l'est déjà officieuseusement. Mais si parfois elle en a l'air, elle n'en a pas le titre, et sans cette distinction dans notre milieu, elle n'est finalement pas bien plus haut dans la hiérarchie que sa mère et sa sœur, toutes deux brebis du club.

Je sors de la douche et file me préparer, puis je descends rejoindre les autres. Je ne suis pas surpris de trouver mon jumeau en compagnie de Drake et de mon père au bar.

– Tiens, tiens, la Belle au bois dormant a décidé de nous priver de sa présence, déclare Drake.

– La ferme ! Désolé, pa', je me suis pas réveillé, dis-je cette fois en m'adressant à mon père.

– On sait. Tout le monde vous a entendus cette nuit, rétorque-t-il.

Mon père et mes frères tolèrent K' par respect pour moi, mais ils ne cachent pas leur animosité en sa présence. Mon père préférerait que je me trouve une gentille petite régulière plutôt qu'elle, qu'il décrit comme une salope en devenir.

Vera, sa mère, et Kelsea, sa sœur, sont des brebis et par conséquent elles connaissent leur place et leur rôle au sein du club. Depuis qu'elles sont là, nous n'avons jamais eu à nous plaindre d'elles. Elles s'entendent même plutôt bien avec certaines régulières du club. Vera a fait ce qu'elle a pu pour élever ses deux filles toute seule, le père ayant décidé un jour de partir sans laisser de trace ni de mot. Quant à Kelsea, elle aime le sexe sans attaches, le sexe facile, et elle profite de ce que la vie du club a à lui offrir.

À vrai dire, la seule ombre au tableau, c'est K', qui ne rate pas une occasion de les rabaisser et de les remettre à leur place. Plusieurs fois, mes frères m'ont dit que je devrais apprendre à museler ma copine. Mais pour moi, K' n'est rien d'autre que la nana que je baise et qui suce comme une pro. Parfois, je me demande si finalement elle n'est pas jalouse d'elles. Malgré leur statut de brebis, elles sont respectées et appréciées alors que K' ne compte que très peu, voire quasiment aucun soutien. Si elle venait à prendre feu, je suis persuadé qu'aucun frère ne lui pisserait dessus pour l'aider.

La grande question, celle que tout le monde se pose et qui doit valoir sûrement un million de dollars, c'est pourquoi je la garde auprès de moi ? Moi-même, j'ai bien du mal à expliquer pourquoi je ne la fous pas dehors. La seule explication que je vois et qui est complètement tordue, c'est qu'elle est un lien avec mon passé. Un passé heureux, fait de rêves, d'insouciance et d'un amour inconditionnel. J'ai tenté d'en parler une fois et une seule fois avec mon jumeau. Il m'a dit que j'étais complètement barge de la garder sous la main si c'était pour me faire du mal. C'est un peu comme jeter du sel sur une plaie qui tente de cicatriser, ça ravive la douleur. Depuis cette conversation, aucun de nous n'a remis le sujet sur le tapis, et à chaque fois qu'on me pose la question, je hausse les épaules sans prendre la peine de formuler une quelconque réponse.

– On retourne à l'hosto ? demandé-je.

– À treize heures, c'est l'heure légale des visites, répond mon père.

– T'es sérieux ?! On va se laisser diriger par Millie ?!

– Écoute, fils. Ta nana… commence mon père.

– Ex-nana, le coupé-je froidement.

Par ce lapsus, je comprends que je ne suis pas le seul à être chamboulé par le retour de Millie, à moins que ça soit une manière tordue de la part de mon père de me rappeler qu'elle ne m'appartient plus. Toujours est-il que je n'ai pas besoin de lui pour m'en souvenir. Elle hante suffisamment mes pensées depuis qu'elle est revenue sans qu'il en rajoute une couche.

– Peu importe, elle est en droit de nous interdire l'accès à la chambre de Slade. Alors, même si ça m'emmerde de l'admettre, et crois-moi, ça me fait bien chier, je dois montrer patte blanche si je veux parler à mon pote.

Mon père a à peine fini sa phrase que K' fait son apparition. Elle descend les escaliers comme si elle était une reine. Évidemment, elle jette un regard noir en direction des brebis avant de se diriger vers nous.

– Bonjour, tout le monde, dit-elle.

– Je vois que t'as encore oublié de sortir les poubelles hier soir, balance Seth, provoquant le rire des autres.

Qu'est-ce qu'ils ont tous ce matin à me faire chier avec elle !

– Allez, je me casse, je vais au garage, on se retrouve à l'hosto, dis-je sans plus attendre.

Je passe devant K' qui m'observe les mains sur les hanches. Elle est vraiment stupide si elle pense que je vais la défendre. Et au lieu de me prendre aussi la tête avec elle, je préfère la planter là avec mes frères qui, je n'en doute pas, vont se faire une joie de lui rappeler sa place au sein du club. Drake tente bien de me dire de rester, mais je passe déjà la porte du bar. Ces mecs ont réussi l'exploit de me foutre en rogne en moins de cinq minutes. Mieux vaut pour tout le monde que je passe mes nerfs sur une bécane à retaper que sur l'un d'entre eux.

Je travaille au garage que le club a construit il y a plusieurs années. Avec d'autres frères, on répare, rénove et customise les motos. Il nous arrive aussi de dépanner des voitures, mais c'est assez rare et notre agenda est complet sur plusieurs semaines. Mon père envisage même d'ouvrir une boutique spécialisée en accessoires de motos. Mais ces derniers temps, les affaires illégales du club nous ont pas mal occupés. Nous avons dû assurer plus de livraisons d'armes, face à une demande toujours plus croissante de la part de nos acheteurs.

Quand j'arrive au garage, tout le monde est déjà au boulot. Je salue rapidement mes frères et je file sur la moto que je retape depuis maintenant une semaine : une Harley WLA rouge de 1941. Son propriétaire en a hérité au décès de son grand-père. Quand il était petit, il rêvait de pouvoir un jour la conduire, mais les années passant, elle a été laissée à l'abandon. Et aujourd'hui, ce n'est plus qu'un tas de ferraille. J'avais envie de lui dire que ça lui coûterait moins cher de la bazarder et de racheter la même, mais quand il m'a indiqué n'avoir aucune limite de budget, ça a changé la donne.

Je ne vois pas le temps passer si bien qu'il est déjà midi et demi quand je relève le nez de la bécane. Je prends une rapide douche et décide de grignoter à l'hôpital. De toute manière, il y a peu de chances qu'elle autorise mon père à voir Slade, et moi, c'est carrément improbable. J'arrive à l'hôpital à treize heures tapantes, quasiment au même moment que mon père et mes frères.

Je me dirige vers eux, le visage fermé. Je suis toujours sur les nerfs, mais cette fois, c'est l'appréhension d'être à nouveau face à Millie qui me déstabilise. Est-ce qu'elle m'adressera un regard, une parole ? J'ai beau être en rogne contre elle, son indifférence sur fond de colère à mon égard m'agace au plus haut point. C'est moi qui devrais être fou de rage et paraître insensible, mais au lieu de ça, je suis là à me demander si elle va daigner m'accorder son attention. Je devrais m'en foutre, et pourtant c'est tout le contraire. Je suis pathétique.

– Alors, t'as pris la mouche ce matin ? demande Seth.

– Oh, la ferme. Qu'est-ce que vous avez tous à me faire chier avec K' en ce moment ?! Je baise avec elle depuis des années !

– Justement, mon frère, il est peut-être temps de voir si le gazon n'est pas plus frais ailleurs… dit Drake.

– Foutez la paix à votre frère, le coupe mon père. Allez, on y va.

Nous nous dirigeons vers l'accueil de l'unité de réanimation. Nous laissons mon père tenter de convaincre la secrétaire à l'accueil de le laisser voir Slade…

– Comment ça, il n'est plus là ?! rugit mon père.

Nous nous levons tous d'un bond de nos chaises pour le rejoindre rapidement.

– Qu'est-ce qui se passe, pa' ? demande Drake.

– Cette salope vient de me dire que Slade n'est plus à l'hôpital, mais refuse de me dire où il a été transféré, rugit de nouveau mon père.

– Écoutez, mademoiselle, tente Seth, le plus diplomate de nous tous. M. Johnson et mon père sont comme des frères. Il est en train de se faire un ulcère à l'estomac tant il s'inquiète pour son ami. Vous êtes vraiment certaine de ne pas pouvoir nous dire dans quelle unité il a été transféré ? S'il vous plaît... finit-il par ajouter en lui offrant son sourire le plus charmeur.

Celui-là même qui lui vaut de mettre n'importe quelle nana dans son pieu. On a beau être jumeaux, on est quand même différents sur plein de choses, Seth et moi. Par exemple, là où maintenant il fait preuve d'un calme olympien, moi je serais déjà en train de la secouer comme un prunier pour obtenir l'information. Il use de ses charmes pour arriver à ses fins, c'est louable. Moi, j'aurais plutôt fait appel à la peur, à la crainte. Je la menacerais de représailles plutôt que de lui faire croire que je m'intéresse à elle. Mon frère est aussi très doué avec les mots qu'il manie avec précision et parcimonie. Il est beaucoup plus diplomate que moi. Pour ma part, je suis plutôt un fervent adepte du « Je frappe d'abord et on parle ensuite ». Mon jumeau, c'est l'inverse. Finalement, c'est ce qui fait qu'on est complémentaires, lui et moi, en plus de se ressembler comme deux gouttes d'eau, on fait de nos différences notre force à tous les deux. Cela semble marcher, car la pauvre employée rougit et se mordille la lèvre inférieure d'hésitation.

– S'il vous plaît, personne n'en saura rien, renchérit-il.

Et cette fois, elle craque.

– Désolée, messieurs, mais il n'est pas possible pour moi de vous indiquer le service d'un patient qui ne fait plus partie de l'hôpital...

– Quoi ?! Comment ça, il n'est plus... Non, c'est impossible. Il... il n'est pas mort ?! Cette garce ne l'aurait pas débranché ! hurle mon père.

– Calme-toi, pa' ! tente cette fois Diesel. Ils vont appeler la sécurité.

– Je m'en branle ! Putain, elle a tué mon meilleur pote ! Je vais la buter ! éructe mon père en bousculant Diesel et en se ruant vers sa moto.

Nous échangeons un regard et partons en courant pour tenter d'éviter à notre père de commettre une erreur qui l'enverrait tout droit derrière les barreaux pour plusieurs années. Quand nous sortons de l'hôpital, mon père est déjà sur sa moto et s'apprête à partir. Nous grimpons sur nos machines et nous le suivons. Rapidement, je sais où nous allons, et clairement, rien de bon ne se profile. Nous nous arrêtons devant une petite maison et stationnons nos motos derrière celle de notre père qui est déjà en train de tambouriner contre la porte et de s'acharner sur la sonnette. Nous arrivons tous les quatre au moment où la porte d'entrée s'ouvre.

Si je m'écoutais, je me placerais d'emblée entre mon père et Millie pour la protéger. Car je n'en doute pas un seul instant, elle n'est pas prête à affronter la colère de mon père. Toutefois, j'arrive à faire taire le côté protecteur en moi, celui qui veut constamment la protéger, prendre sa défense. Cette part en moi qui n'a jamais fait le deuil de notre relation. Celle qui me hurle d'intervenir, de ne pas rester un spectateur passif. Mais je ne suis pas son protecteur, je n'ai plus aucun rôle dans sa vie, si ce n'est celui d'appartenir à son passé. Alors, avec toutes les peines du monde, j'arrive à ne pas céder à mes pulsions. Je reste en retrait derrière mon père et j'observe en silence la scène qui se déroule devant moi, la mâchoire serrée et les poings fermés.

– C'est quoi tout ce boucan ?! grogne Millie en ouvrant la porte d'un coup sec.

– Espèce de salope ! rugit mon père en se jetant sur elle et en la saisissant par le cou.

Elle se retrouve plaquée contre le mur de l'entrée avec mon père serrant sa gorge. Je suis le premier à réagir, sûrement par réflexe, et d'un bond je me jette sur mon père pour tenter de lui faire lâcher prise. Millie se débat, mais elle ne fait pas le poids face à la furie de mon père. Apo n'est pas un petit gabarit, mais porté par le besoin de secourir Millie, je sens mes forces décupler et j'arrive à repousser mon père. Je le pousse encore une fois, plus violemment, afin de mettre un minimum de distance entre lui et Millie. Mon père me regarde les yeux révoltés, comme s'il n'en revenait pas que je me sois interposé, avant de reporter rapidement son attention sur Millie.

– Je vais te tuer ! Je vais te tuer ! Comment as-tu osé ! éructe mon père qui serre les poings, visiblement prêt à en découdre à nouveau.

Je me retourne pour faire face à Millie qui recule et pose les mains autour de son cou. Elle se penche en avant en toussant et en essayant d'aspirer le plus d'air possible.

– Em', ça va ? ne puis-je m'empêcher de lui demander en m'approchant d'elle, les mains tendues devant moi en signe de paix.

– Ne t'approche pas, dit-elle d'une voix cassée et rauque.

Soudain, elle se redresse en tenant toujours d'une main sa gorge déjà rougie et marquée par les mains de mon père. Elle braque son regard sur moi quelques secondes avant de regarder Apo. Durant le bref instant qu'a duré notre échange, j'ai pu déceler de la peine, mais surtout de l'incompréhension face à la scène qui est en train de se produire. Millie ne semble pas comprendre le pourquoi d'une telle rage. Mais ce qui a failli me mettre à genoux, c'est la douleur qui s'est reflétée dans ses magnifiques yeux chocolat. À ce moment-là, j'ai eu envie de me jeter sur mon père pour lui rendre coup pour coup ce qu'il venait de faire subir à Millie. Peu importe comment s'est terminée notre relation, elle ne mérite pas de subir la rage et la colère démesurées de mon père. C'est en observant attentivement ses réactions que je me rends compte que quelque chose d'important nous échappe. Mon père tente à nouveau de s'approcher de Millie, mais je me place d'instinct entre lui et elle, les poings serrés, pendant que mes frères, Drake et Seth, le retiennent par les bras. Alors que mon père s'apprête à reprendre la parole, il est interrompu.

– Excusez-moi, c'est bien ici le domicile de Mlle Johnson ? demande une dame d'un certain âge, en regardant tour à tour mes frères, puis Millie.

– Oui, répond-elle, la voix brisée. Oui, c'est bien ici. Vous êtes madame Sawyer ?

– Oui.

– Parfait. Je vous laisse patienter dans le salon juste à côté, j'arrive dans quelques secondes.

– Désolée de vous demander cela, mais est-ce que je dois faire les soins de monsieur aujourd'hui ? Parce que j'ai un autre rendez-vous dans deux heures chez un patient pour sa prise de sang.

– Non, sa toilette a déjà été faite. Mais attendez-moi, je vous expliquerai le déroulement des journées et j'irai ensuite vous présenter mon père.

Son père ?! Apo, si agité il y a encore quelques secondes, est complètement stoïque. Alors que nous commençons tous à comprendre qu'il vient de commettre une grave erreur, Millie reporte toute son attention et sa fureur sur mon père. J'ai de la peine pour lui, mais j'en ai bien davantage pour Millie qui semble lutter pour ne pas en dévoiler davantage devant nous tout en restant courtoise et polie face à son employée. À cet instant, je m'en veux, bien plus qu'à mon père, d'avoir douté de la capacité de Millie à mettre de côté ses sentiments pour Slade pour ne penser qu'à son état de santé. S'il y a bien une personne qui aurait pu, mais surtout qui aurait dû prévoir cette possibilité, c'est moi, et je me sens minable.

– Millie… commence mon père.

– Sortez de chez moi, sinon j'appelle la police et je n'hésiterai pas à déposer plainte pour agression, le menace-t-elle.

D'ordinaire, mon père n'accepte que très mal d'être défié, sauf que là, il sait que tous les torts sont pour lui.

– Millie, je suis désolé, je pensais que… tente-t-il à nouveau.

– J'en ai strictement rien à foutre de ce que tu penses ou de ce que tu pensais que j'avais fait. Maintenant, tu prends tes fils avec toi et vous sortez de ma propriété, tonne-t-elle.

– Millie, laisse-moi au moins regarder ton cou, essaie Seth.

– Jusqu'à preuve du contraire, le médecin ici, c'est moi ! Et même si ce n'était pas le cas, il est hors de question que je laisse à nouveau un des fils Jackson poser ne serait-ce qu'une phalange sur moi.

À sa dernière phrase, mon sang ne fait qu'un tour. Comment ose-t-elle parler ainsi à mon jumeau et surtout comparer son geste de bienveillance aux caresses que je lui prodiguais à l'époque ?! Et encore une fois, elle semble s'évertuer à se faire passer pour la victime, à faire de moi le seul responsable de la fin de notre relation ! Si mon père n'avait pas, il y a quelques minutes, eu les mains autour de son cou, c'est les miennes en cet instant qui seraient en train de lui laisser des marques, afin de lui rappeler qui de nous deux est le véritable coupable. Nous nous exécutons en silence et regagnons l'extérieur de la maison. Mon père se tourne à nouveau vers Millie, mais elle lui claque violemment la porte au visage. Les épaules de mon père s'affaissent et il penche la tête.

– Quelqu'un pourrait-il me dire ce qu'il vient de se passer au juste ? demande Diesel.

– En gros, notre cher père a pensé que Millie avait débranché Slade, alors que visiblement elle a juste décidé de s'occuper de lui à domicile. Il a essayé de l'étrangler et maintenant il vient de perdre le droit de revoir son meilleur ami, expliqué-je.

Mon père se retourne aussitôt les derniers mots sortis de ma bouche. Il me jette un regard noir avant de nous bousculer pour rejoindre sa moto. Nous échangeons à nouveau un regard avec mes frères et nous savons qu'il vient de se tirer une belle balle dans le pied. Nous regagnons à notre tour nos bécanes et nous rejoignons tous le club.

Sur le chemin du retour, nettement moins rapide qu'à l'aller, je repense à Millie. Son regard effrayé et son impuissance face au déchaînement de colère de mon père. Elle semblait réellement sonnée et choquée par son comportement. C'est un aspect de mon père auquel elle n'a jamais eu affaire, même à l'époque où nous étions ensemble. Apo l'a toujours énormément appréciée, surtout parce qu'elle était une des rares personnes qui n'était pas de son sang ou du club à lui tenir tête. Et au-delà de la surprise et du choc, j'ai aussi vu de la souffrance. Il comptait la tuer. Il était persuadé qu'elle avait mis un terme à l'existence de son meilleur pote et VP, il a donc laissé parler sa colère et sa rage, plutôt que sa lucidité.

Mais comment lui en vouloir quand moi-même j'ai agi par instinct en me mettant entre elle et Apo ? J'ai fait passer sa sécurité avant le respect que je me dois d'avoir envers mon père, mon président, avec ce besoin viscéral de tout faire pour la protéger, y compris de ma propre famille. Je n'aurais pas réfléchi davantage s'il avait fallu en venir aux mains avec mon père et c'est bien ce qui me fait peur, je dois l'admettre. Je me rends compte, plus les minutes passent, que je n'ai aucune limite quand il s'agit d'assurer la protection de Millie. Elle a beau m'avoir brisé le cœur, avoir anéanti mes rêves d'un futur à deux, j'ai toujours, profondément ancré en moi, ce besoin de veiller à sa sécurité, et visiblement rien, pas même la colère et la trahison, ne l'empêchera de ressurgir.

En tout cas, ce qui est sûr, c'est que Millie a su une fois de plus nous surprendre. Je ne dis pas que j'étais persuadé qu'elle ne débrancherait pas son père, en tant que médecin et fille distante, elle avait toutes les raisons de le faire. Mais j'étais loin d'imaginer qu'elle irait jusqu'à décider d'emménager chez lui pour s'en occuper. Elle doit avoir des tas de patients qui l'attendent à Baltimore, elle aurait simplement pu se contenter de donner des directives et de repartir comme elle était venue. Mais non, elle a décidé de rester et de gérer la santé de son père. Soit c'est le côté médecin qui parle, celui qui a prêté le serment « hypocrite » de sauver tout le monde, même les violeurs et les pédophiles. Soit c'est le lien du sang qui a été plus fort et Millie s'est souvenue que, malgré une relation inexistante, il s'agit tout de même de son père. Quoi qu'il en soit, je sais que Slade ne pourrait pas être entre de meilleures mains. Elle va tout faire pour qu'il se réveille. L'échec n'a jamais fait partie de son langage.

Lorsque nous arrivons au club, mon père n'a toujours pas desserré les dents. Je sais qu'il s'en veut d'avoir agi sous le coup d'une pulsion vengeresse. Nous le suivons, mais à bonne distance, et nous l'observons se diriger tout droit au bar. Il prend une bouteille de whisky et part en direction de son bureau à l'étage. Nul doute qu'il va passer le reste de sa journée à ruminer et à noyer sa colère dans l'alcool. Quant à moi, il va falloir que je trouve une solution pour remédier à tout ce merdier.

C'est mon rôle en tant que futur président de montrer à tout le monde que je suis capable de gérer cette situation à la place de mon père. Mais c'est aussi mon devoir en tant que fils de montrer à mon père que je suis là pour lui, qu'au-delà des liens du club, il y a les liens du sang. Par conséquent, je suis prêt à ravaler ma fierté, à mettre de côté ma rancœur et à réclamer une faveur à Millie si ça peut permettre à mon père de voir son meilleur ami.

8

Millie

Je claque la porte d'entrée et appuie mon front dessus. Outre ma gorge qui me fait un mal de chien et tout mon corps qui tremble, c'est surtout l'organe dans ma poitrine qui me pose le plus de problèmes. Depuis que Stan s'est interposé entre son père et moi, il ne cesse de battre la chamade. Quand Stan a semblé réellement prêt à en venir aux mains avec Apo pour me protéger, j'ai même cru le sentir rater un battement. Et quand mon ex m'a offert ce regard plein de compassion, de peine, j'ai su que j'avais échoué à me protéger de lui. Il a su, en l'espace de quelques minutes, me mettre à mal et créer une brèche dans les murs que j'ai mis des années à ériger autour de mon cœur. Je prends plusieurs longues inspirations, et au bout de ce qui me semble durer une éternité, j'arrive à me calmer. Je parviens à faire abstraction de Stan pour me focaliser sur ce qu'il vient se passer. L'espace d'un instant, j'ai vraiment cru mourir sous la poigne d'Apo.

– Vous allez bien ? demande soudain Mme Sawyer, l'infirmière de mon père, qui s'approche doucement de moi.

On dirait qu'elle est face à un animal blessé et apeuré. Je lis dans son regard qu'elle aimerait me venir en aide. Pour autant, elle semble savoir qu'il est préférable qu'elle n'en fasse rien.

– Oui, excusez-moi, juste un peu fatiguée, mens-je.

Ma voix est rauque comme si j'avais hurlé toute la nuit à un concert des Rolling Stones.

Le regard bienveillant qu'elle m'offre m'indique qu'elle n'est pas dupe. Je garde une main autour de mon cou pour me protéger de son regard qui, bien que chaleureux, n'en reste pas moins curieux.

– Vous devriez appliquer de l'arnica même si, à en juger par les marques qui apparaissent déjà, c'est trop tard, dit-elle d'une petite voix douce et calme.

Je crois que ma tentative de dissimuler l'atroce vérité a été un échec. En même temps, je ne me suis pas encore regardée dans un miroir, mais j'imagine assez facilement ce qu'elle doit voir en regardant mon cou. Un joli collier fait des empreintes digitales d'Apo, le président des Hell's Dogs. Alors, au lieu d'essayer de feindre qu'il ne s'est rien passé de grave, je préfère jouer la carte de la vérité en retirant ma main. Son visage exprime clairement de la surprise. Pour autant, elle ne prononce pas un mot et veille à me regarder dans les yeux.

– C'est gentil, mais ça va aller, réponds-je en lui offrant un timide sourire. Allons parler autour d'un café.

Elle s'installe dans la cuisine et je nous prépare deux cafés. Je passe la demi-heure suivante à lui expliquer son rôle. Son travail sera de s'occuper de Slade deux heures par jour, tous les matins. Elle sera chargée de sa toilette, car je ne peux décemment pas donner la douche à Slade ni l'habiller. Elle devra aussi effectuer les prélèvements sanguins et les déposer au laboratoire. Elle veillera également sur lui le temps que j'aille à la pharmacie ou faire des courses. Après que je lui ai fait la liste de ses tâches, il est temps pour elle de faire la connaissance de son nouveau patient. Je l'invite à me suivre jusqu'à la chambre de Slade. Un lieu désormais aménagé pour accueillir un malade dont l'état de santé nécessite un lourd équipement médical. Évidemment, j'ai dû remplir tout un tas de formulaires administratifs, et encore une fois, je dois remercier Martha pour son aide. Je l'ai aussi chargée de commander et de faire livrer tout le matériel médical dont j'ai besoin pour accueillir Slade. Un lit médicalisé, une chaise de douche, un moniteur cardiaque, un respirateur… La chambre de mon père ressemble maintenant à une véritable chambre d'hôpital, équipée des derniers appareils médicaux. La facture a été très salée. Et je sais qu'il ne faut pas que je compte sur la couverture mutuelle de Slade pour m'aider à payer. Mais l'argent n'est plus un problème pour moi. Je gagne très bien ma vie dans l'hôpital le plus réputé du pays. Le lit de Slade se trouve désormais au centre de la pièce, juste en face de la fenêtre. À sa droite, son respirateur et le moniteur cardiaque, et à gauche, la perfusion et une chaise.

J'ai tout de même veillé à garder un peu de l'esprit de sa chambre. C'est pourquoi j'ai laissé au mur les posters de femmes nues, aux positions très suggestives sur des motos. Évidemment, ce petit détail n'a pas échappé aux déménageurs, qui se sont bien rincé l'œil pendant l'aménagement de la chambre, mais sans faire la moindre réflexion ou un commentaire déplacé. Je me suis dit que, lorsque Slade viendrait à se réveiller, il aimerait probablement voir des choses qui lui sont familières et qui l'aideront à ne pas être complètement désorienté.

Je laisse à Mme Sawyer le temps de se familiariser avec les lieux, pendant que j'observe Slade. Il paraît toujours si paisible, si vulnérable ! Quoi que soient désormais nos liens, je n'apprécie pas de le voir si diminué. J'aime l'image que mon père renvoie, celle d'un homme fier, fort, presque invincible. Un homme qui, je m'en souviens, ne renonce devant rien ni personne quand il s'agit de défendre l'un des siens. Cela me chagrine de savoir que cette vision de lui dans le coma ne restera pas gravée uniquement dans ma mémoire, mais dans celle de toutes les personnes qui vont être amenées à le côtoyer. Une partie de moi ressent presque le besoin de le défendre et de rappeler qui il est. Mais finalement je n'en fais rien, car dans la vie il y a un temps pour tout et c'est justement le moment pour mon père de rappeler qu'avant d'être un Hell's Dogs, il est d'abord un homme comme tout le monde.

– Voici Miller Johnson, mon père. Mais ne soyez pas étonnée si vous m'entendez l'appeler Slade, c'est son surnom en quelque sorte.

– Vous ne l'appelez pas papa ?

Sa question, bien qu'intrusive et on ne peut plus antiprofessionnelle, ne me froisse pas. Rien dans l'attitude et la voix de Mme Sawyer ne me laisse croire qu'elle me juge.

– Slade et moi avons une relation compliquée, me contenté-je de lui dire.

Mme Sawyer hoche la tête avant de reporter son attention sur son futur patient.

– Est-il conscient ? Je veux dire, est-ce qu'il nous entend ? demande-t-elle.

– Je n'en suis pas certaine. Toutefois, j'apprécierais que vous le traitiez comme n'importe quel patient et que vous lui parliez. Si jamais il nous entend, je suis persuadée qu'il aimerait savoir ce que vous êtes en train de lui faire.

– Bien sûr, et ça tombe bien, je suis une vraie pipelette.

– Oh ! En revanche, qu'il soit éveillé ou inconscient, il n'a jamais été très loquace. N'attendez pas de lui qu'il vous réponde.

– Vous êtes seule pour vous occuper de lui ?

– Oui. Je suis chirurgien. Je n'ai besoin de me libérer que quelques heures par jour pour…

– Non, je veux dire, vous n'avez personne pour vous aider ? C'est très lourd et contraignant de s'occuper d'une personne dans un état aussi grave que celui de votre père. Cela demande une attention constante et vous risquez de vous épuiser.

– Merci pour votre sollicitude, mais oui, je suis seule. Hormis vous et le kinésithérapeute que j'ai engagé, il n'y a que moi. Mais ne vous inquiétez pas, j'ai les épaules assez larges. Je suis chirurgien en traumatologie à l'hôpital Johns-Hopkins de Baltimore, je sais donc ce que c'est que de gérer des situations stressantes et épuisantes physiquement et moralement.

Quelque part, je suis agacée de devoir me justifier sur mes compétences et ma capacité à m'occuper de Slade. Mais d'un autre côté, je dois dire que j'apprécie la sollicitude dont fait déjà preuve Mme Sawyer à mon égard ainsi que pour l'état de santé de mon père. Je sais que beaucoup de gens pensent pouvoir gérer un membre malade de leur famille, mais très peu y arrivent. Mme Sawyer ne cherche qu'à s'assurer du bien-être de son patient et c'est la raison pour laquelle je sais qu'elle est faite pour ce travail.

– Je n'en doute pas. Il faut aussi un sacré cran pour parler comme vous l'avez fait au président des Hell's Dogs ! Je crois d'ailleurs n'avoir jamais entendu quelqu'un lui tenir tête ainsi et être encore en vie.

– Vous les connaissez ? dis-je sans chercher à dissimuler mon scepticisme face à cette remarque.

– Tout le monde les connaît. Ils sont aussi dangereux que bienveillants pour cette ville. Ils aident beaucoup de petits commerçants à se lancer à leur compte. Mais si vous les connaissez, vous devez le savoir.

C'est étrange qu'elle parle des Hell's Dogs comme si elle les connaissait pour finir par avouer que ce n'est que de réputation. Sans s'en rendre compte et d'une manière très maladroite, Mme Sawyer vient de me rappeler que je dois rester sur mes gardes. Je ne pense pas qu'elle me trahisse, toujours est-il que je veillerai à choisir mes mots et à faire attention à ce que je dis.

– Heureusement pour moi, ils ne sont plus que de lointaines connaissances.

– Vraiment ? Parce que vous…

– Bien ! dis-je pour couper court à notre conversation qui était en train de prendre une dimension bien trop personnelle. Si le travail vous convient, j'aimerais que vous puissiez commencer demain. C'est bon pour vous ?

J'observe Mme Sawyer ouvrir puis refermer la bouche. Visiblement, elle n'en avait pas terminé sur le sujet épineux des Hell's Dogs. Comprenant que, pour moi, la conversation est terminée, elle se contente de hocher la tête pour me montrer qu'elle accepte les termes de notre engagement.

– C'est parfait. Je vous raccompagne.

– Ce n'est pas la peine, merci. À demain, mademoiselle Johnson. À demain, monsieur Slade, dit-elle avant de quitter la chambre de mon père.

Ai-je bien fait de l'embaucher ? Quelque chose me dit qu'elle est trop curieuse de nature pour ne pas essayer à nouveau d'obtenir des informations sur moi et le club… Mais je ne vais la côtoyer que deux heures par jour, et encore. Le kiné que j'ai embauché un peu plus tôt dans la journée est très professionnel, lui. Il veillera à lutter contre l'atrophie musculaire de Slade.

– Voilà, tu viens de faire la connaissance de Mme Sawyer, ton infirmière, dis-je à mon père en m'asseyant sur le fauteuil que j'ai fait installer à ses côtés.

Je me rappelle quand les déménageurs m'ont demandé où je voulais installer la chaise. Sans même prendre le temps d'y réfléchir, je leur ai indiqué un endroit tout à côté du lit de mon père. Je me suis au début convaincue que j'avais fait ça pour l'infirmière, pour lui permettre d'être proche de Slade quand elle devrait lui changer ses perfusions… Finalement, j'ai inauguré cette chaise dès les déménageurs partis. Je me suis assise à côté de lui et j'ai passé plusieurs longues minutes à l'observer. J'avais presque le sentiment étrange de découvrir ou plutôt de redécouvrir Slade sous un jour plus accessible, plus humain. C'est à cet instant aussi que j'ai su que, malgré tout ce que je ressens pour lui, malgré notre passé jalonné de nids-de-poule et d'indifférence, il n'en restait finalement pas moins mon père. Et que derrière ma colère se cachait un dévouement sans faille que ni l'argent que je vais dépenser ni le président des Hell's Dogs en personne ne sauraient entacher.

– En plus, tu vas voir, elle est pile à ton goût, petite et brune, ne puis-je m'empêcher d'ajouter pour apporter une note plus légère.

Je ne peux me retenir de sourire. Je suis persuadée que si mon père est capable de m'entendre, il doit m'insulter. Slade a des standards en matière de femmes : ses conquêtes sont toutes grandes et blondes, à l'image de Bianca finalement. On aurait pu penser que vu le désastre de leur couple, il changerait radicalement de goût, mais non, il semble vouloir persévérer sur le même chemin.

J'observe mon père, allongé sur ce lit médicalisé.

Allez, Slade, prouve-moi que j'ai eu raison d'envoyer chier le Dr Reed et toute sa clique !

J'ai décidé de le maintenir en vie. Pour moi, il est beaucoup trop tôt pour juger le cas de mon père comme irrécupérable. Nous ne sommes même pas à une semaine de l'accident, il peut tout à fait se réveiller du jour au lendemain, à ce stade. Je sais que le Dr Reed et son équipe sont plutôt pessimistes sur le sujet, mais ils ne connaissent pas Slade et c'est dans cette ignorance que se fonde leur jugement. Alors que moi, je sais de quoi il est capable. Adolescente, j'ai souvent entendu les autres membres parler de mon père et de ce qu'il a dû faire pour le club. Il a versé de son sang, fait couler celui de l'ennemi au nom du club et je me doute bien que ses actions ne se sont pas seulement arrêtées à quelques blessures. Ce dont Slade a besoin pour guérir est d'une personne qui croie en lui et qui lui donne les moyens de se battre. Et je suis cette personne. Je suis bien décidée à l'aider dans son long chemin vers la guérison. Je ne doute pas un seul instant que là où il est, il se bat pour survivre. Mais cette fois, il pourra compter non seulement sur sa force physique et son mental, mais aussi compter sur mon aide, mes compétences et mes connaissances pour guérir. Je suis déterminée à le sauver et à leur prouver qu'ils avaient tort de sous-estimer la détermination des Johnson.

Alors que j'ai délaissé la compagnie de Slade pour retourner dans la cuisine, je suis interrompue dans mes recherches par de légers coups frappés à la porte d'entrée. Je m'apprête à ouvrir, mais je me rappelle que la dernière fois, mon imprudence m'a valu une jolie prise d'étranglement, et ayant retenu plutôt douloureusement la leçon, je veille cette fois à regarder par le judas. Soudain mon cœur s'accélère en découvrant la personne de l'autre côté de la porte. Je me mords l'intérieur des joues et tente de ne faire aucun bruit afin d'éviter de lui signaler ma présence. S'il pense que je ne suis pas là, il décidera de faire demi-tour et de repartir.

– Je sais que t'es là, j'ai vu ton ombre sous la porte, dit-il d'une voix grave mais calme.

Fait chier !

– Allez, Millie, ouvre la porte. S'il te plaît, ajoute-t-il d'une voix presque implorante.

Je souffle avant de prendre mon courage à deux mains et de l'affronter. J'ouvre la porte pour lui faire face. Nos regards se trouvent, s'accrochent. Je ne sais pas vraiment à quoi je m'attendais, mais certainement pas à lire dans ses yeux du soulagement et un profond regret. Il se tient devant moi, les mains dans les poches, les épaules affaissées comme s'il portait tout le malheur du monde. Nous gardons le silence pendant plusieurs secondes, chacun perdu dans le regard de l'autre, et quand je sens une tension naître de notre silence, je prends la parole.

– Qu'est-ce que tu fais là ? demandé-je froidement en croisant les bras.

– Je voulais m'assurer que tu allais bien.

– Que j'allais bien ou t'es venu finir le boulot que ton père a commencé ? rétorqué-je, la voix pleine de sarcasme.

– Em'…

– Millie ! ne puis-je m'empêcher de dire. Ce surnom, tout comme notre relation, n'existe plus.

Stan semble légèrement déstabilisé par ma remarque. Il me fixe avant de souffler comme pour tenter de garder son calme.

– Tu as mis un foulard, ajoute-t-il.

– Fine observation, mais oui, je n'ai pas envie que les gens…

– Retire-le, dit-il presque comme un ordre.

– Je te demande pardon ? demandé-je, incrédule qu'il ose m'ordonner quoi que ce soit.

– Enlève-le.

Je m'apprête à lui répondre d'aller se faire voir quand il ajoute, d'une voix torturée et le regard presque suppliant :

– S'il te plaît.

Nous ne cessons de nous observer et la tension entre nous monte d'un cran. Je sais que je devrais refuser, pourtant j'accède à sa demande. Sans le quitter du regard, je commence à dénouer mon foulard. Stan s'approche de moi. Je suspends mon geste quand je sens sa main saisir le bout de tissu. Sans même me demander la permission, il tire délicatement et le foulard glisse sur ma peau comme une caresse délicate, ce qui me donne des frissons. À moins que ça soit la proximité de Stan.

Son regard glisse de mes yeux à mon cou et je vois son corps se tendre. Je le connais suffisamment pour savoir qu'il est en colère. Toutefois, il me surprend à nouveau en passant délicatement ses doigts sur ma peau meurtrie. Ce simple contact provoque une décharge électrique dans tout mon corps, ce qui anesthésie ma douleur. Je ne bouge plus, je ne respire plus. Je suis complètement suspendue à ses gestes, à ses caresses, et je me surprends même à fermer brièvement les yeux pour en savourer chaque instant.

Je le sens frôler les marques que m'a infligées son père en veillant à ne pas appuyer dessus pour ne pas réveiller la douleur.

– Putain, bébé, murmure-t-il.

Je suis tellement perdue dans cet échange que je ne relève pas. Toutefois, je rouvre les yeux et constate qu'il m'observe. Son regard dévie de mes yeux à ma bouche et je vois qu'il se lèche les lèvres. Son visage n'est qu'à quelques centimètres du mien. Il continue de m'observer et sa main se pose sur ma joue qu'il caresse doucement.

– Comment tu te sens ? chuchote-t-il.

– Ça va aller, réponds-je calmement.

– Je suis désolé pour mon père. Il s'inquiète vraiment pour Slade, tu sais. C'est important pour lui… commence-t-il à dire.

Je le repousse en comprenant qu'il est là pour plaider la cause de son père. Stan semble surpris par mon geste.

– Alors, c'est pour ça que tu es là ?! Tu es venu t'excuser au nom de ton père et obtenir de moi que je lui accorde des visites !

– Quoi ? Mais non, putain ! Pas du tout ! Je…

– Tu mens très mal… Et dire que j'ai failli me laisser avoir, dis-je en secouant la tête.

– Millie, écoute-moi…

– Stan, regarde-moi dans les yeux et dis-moi que tu es venu ici simplement pour savoir comment je vais, et non pour réparer l'erreur de ton père, exigé-je en ancrant mon regard au sien.

En une fraction de seconde, j'obtiens ma réponse. Stan s'apprête à ouvrir la bouche, mais je lève la main pour l'en empêcher. Il semble tiraillé entre l'envie de me convaincre que j'ai tort et la résignation de savoir que j'ai compris ses intentions.

– Tu pourras dire à ton père que s'il remet un pied ici, je le fais arrêter. Et ça vaut pour tous les membres du club, dis-je d'une voix grave et ferme.

Stan ne rate pas la menace et son regard devient noir. Évidemment. On ne touche pas au club, à ses membres, à sa famille.

– Tu as raison, finit-il par avouer. Je suis aussi venu pour mon père, mais pas seulement.

– Je ne te crois pas !

– Putain, mais tu crois que c'est évident pour moi d'admettre que je suis venu ici parce que je m'inquiétais pour toi ! Après ce que tu m'as fait, je devrais m'en foutre de ton sort, putain ! Et me voilà chez toi, comme un connard ! hurle-t-il en se passant une nouvelle fois la main dans les cheveux.

J'avais oublié qu'il fait ça à chaque fois qu'il est énervé et qu'il essaie de se calmer.

– Après ce que JE t'ai fait ! Tu manques pas de culot ! Casse-toi, Stan ! Et n'oublie pas, un seul pied ici, et c'est la prison, lui rappelé-je, les dents serrées et les poings fermés.

– Tu n'es qu'une sale garce ! me crache-t-il au visage.

– Et toi qu'un sale manipulateur ! renchéris-je, avant de reculer et de lui claquer la porte au nez.

À peine quelques secondes plus tard, un grand coup résonne contre la porte et me fait sursauter. Je suis figée sur place, j'ai enroulé mes bras autour de ma taille comme pour me protéger et je tente de rester calme tout en fixant la porte devant moi. Mais quand j'entends sa moto démarrer puis partir, je craque. Je m'effondre au sol. Je tombe à genoux, la tête dans les mains, et je pleure. Je pleure de rage, de colère, de frustration, mais aussi de déception.

Comment ai-je pu être aussi stupide et croire qu'il se souciait réellement de mon bien-être ? Mais surtout pourquoi une partie de moi continue d'espérer et de croire que ce qu'il a dit est vrai… ?

Que reste-t-il de cet adolescent qui a su faire battre mon cœur ? Où est passé cet homme à qui j'ai tout donné… ?

***

Treize ans plus tôt

En arrivant au club, je croise ses frères sur le point de sortir.

– Salut, Millie ! disent-ils tous en chœur.

– Salut, les gars ! Vous sortez ?

– Oui, on se fait un ciné. On t'aurait bien proposé de venir, mais Stan a refusé, dit Seth en me faisant un clin d'œil.

Je rougis.

– Oh, je vois. Bon, bah, bon film.

– Ouais, merci. À plus ! Et n'épuise pas trop notre frère ! ajoute Drake en riant.

Je suis morte de honte, mais en même temps très en colère. N'a-t-il donc aucun secret pour ses frères ?!

– Coucou, ma belle.

Je me retourne pour faire face à Stan, nonchalamment appuyé contre la porte d'entrée, les bras croisés.

– Tu leur as dit ?! dis-je en colère.

– Em'…

– Oui ou non ?!

– Em', ils ne sont pas bêtes. Ils savent que ce n'était plus qu'une question de temps… tente-t-il de m'expliquer.

Mais je ne décolère pas et il l'a compris.

– Tu aurais préféré quoi ? Qu'ils restent et qu'ils t'entendent hurler mon prénom toute la nuit ?

– Toute la nuit, hein ? Ça va tes chevilles ? lâché-je en levant les yeux au ciel.

Stan et la modestie…

– Très bien. La seule chose qui gonfle chez moi, tu auras le droit de la toucher plus tard. Avec les mains, et j'espère aussi la bouche… ajoute-t-il en jouant des sourcils.

J'éclate de rire. Stan, sa modestie et son franc-parler légendaire.

– Et ta sœur ?

– Chez une amie.

– Ton père ?

– Au club.

– On a la maison pour nous tout seuls ?

– Oui, jusqu'à demain aprèm, précise-t-il en descendant lentement les marches. Et maintenant que ton interrogatoire est fini, viens embrasser ton homme, bébé. Tu m'as manqué aujourd'hui.

Je souris, passe mes bras autour de son cou pour rapprocher son visage du mien et je l'embrasse. Notre baiser devient rapidement plus enflammé. Je sens les mains de Stan descendre dans mon dos pour se poser sur mes fesses. Comme si je ne pesais rien, il me soulève et j'enroule mes jambes autour de sa taille. Je me rends compte que nous sommes à l'intérieur quand j'entends la porte claquer.

– Bordel, Millie, il faut qu'on se calme. Sinon je vais jouir dans mon froc, dit-il, la voix rauque.

Je ris mais je le comprends. Je dénoue mes jambes pour redescendre sur terre. Cette petite mise en bouche m'a excitée à mort. Je sais qu'on fait tout un foin de la première fois, mais là tout de suite, je suis à deux doigts de supplier Stan de me prendre ici et maintenant. Nul doute que même si ma première devait être à l'arrière d'une voiture pourrie, elle serait magique du moment que je suis avec Stan.

J'arrive devant sa chambre et je suis sous le choc. Des dizaines de bougies sont disposées dans toute la pièce afin de créer une ambiance romantique. Des pétales de roses sont étalés sur sa commode, son lit, sa table de chevet. Je ne sais plus où regarder tellement c'est beau.

– Ça te plaît ? demande Stan d'une voix incertaine, en retrait.

– C'est parfait, Stan. C'est juste parfait, réussis-je à dire, la gorge nouée, en continuant à regarder sa chambre.

Stan me tend sa main que je saisis et il me rapproche de lui. Il prend mon visage entre ses mains et pose un tendre baiser sur mes lèvres.

– Si tu n'es pas prête, on peut encore attendre, dit-il, ses yeux bleus pénétrants braqués sur les miens.

– Est-ce que tu m'aimes, Stan ?

– Plus que ma vie. Plus que la galaxie compte d'étoiles. Plus que l'air que je respire, répond-il le plus naturellement et simplement.

– Alors non, je ne veux pas attendre une minute de plus. Tu es aussi l'homme de ma vie et j'ai envie que tu sois mon premier.

Stan sourit, pose son front contre le mien. Ma main se pose sur son cœur et je sens que, tout comme le mien, il bat la chamade.

– Je t'aime, murmure-t-il.

– Je t'aime aussi.

Stan se met alors à m'embrasser doucement, délicatement. Il butine mes lèvres comme s'il en savourait pour la première fois le goût. Tout aussi lentement, il commence à me déshabiller quand soudain, je romps notre baiser.

– Attends, j'ai prévu… Enfin, je dois aller me changer, dis-je à la hâte en partant récupérer mon sac que j'ai laissé en bas.

Stan sourit mais ne dit rien.

Dix minutes plus tard, j'admire mon reflet dans le miroir de sa petite salle de bains. Je porte une petite nuisette bleu foncé d'où ma poitrine menace à tout moment de sortir. Mais j'avoue que ça fait son petit effet. En dessous je porte un tanga en dentelle de la même couleur. J'ébouriffe légèrement mes cheveux pour leur donner un effet coiffé-décoiffé.

Voilà, je suis prête. Un dernier regard au miroir, et ma main se pose sur la poignée. Je ferme les yeux, inspire un grand coup, compte jusqu'à cinq et ouvre la porte.

Lorsque je sors de la salle de bains, Stan a déjà éteint la lumière. Sa chambre n'est plus éclairée que par les flammes des bougies. Il est calmement allongé sur le lit, en sous-vêtement, les bras derrière la tête, l'air détendu. Mais son expression change rapidement quand il tourne la tête dans ma direction.

Le regard qu'il me lance est sans équivoque, ce qu'il voit lui plaît. Je suis rassurée, car si je ne doute pas des prouesses de Stan, j'ai un peu de mal à me persuader que je vais le satisfaire. Il a tellement l'habitude que des nanas se mettent en quatre pour lui plaire que j'ai eu peur de commettre un impair. Je l'observe descendre du lit pour s'approcher de moi d'un pas lent mais assuré. Son regard glisse sur moi et provoque un frisson de désir qui remonte le long de ma colonne vertébrale. Son approche est celle d'un prédateur prêt à bondir sur sa proie.

– Ça ne te plaît pas ? demandé-je en me mordant la lèvre.

– Tourne sur toi-même, dit-il d'une voix rauque que je ne lui connais pas.

Zut ! J'étais persuadée que ça lui plairait, est-ce que je me serais trompée ? Face à un aspect de Stan que je ne connais pas, je déglutis péniblement et m'exécute. Les battements de mon cœur sont erratiques, mes jambes tremblotantes, mais je tente de garder mon calme. Quand j'ai fini, je me retourne pour faire à nouveau face à Stan qui n'a pas bougé d'un millimètre. Il n'a pas prononcé un seul mot non plus. Je commence à me dire que c'était une mauvaise idée, que j'ai sûrement tout gâché. Je m'apprête à ouvrir la bouche et à m'excuser avant de partir me réfugier dans la salle de bains pour cacher mon humiliation, quand soudain il franchit les derniers mètres qui nous séparent. D'une main il attrape l'arrière de ma tête pour me rapprocher de lui quand de l'autre il me maintient la taille.

Stan m'embrasse. Non, il me dévore la bouche. Je m'accroche à ses épaules afin de ne pas tomber et lui rends son baiser avec autant d'ardeur. Contre mon ventre, je ressens toute l'excitation de Stan pour moi.

– Bordel, bébé, t'es la plus belle femme que j'aie jamais vue, dit-il à bout de souffle, en posant son front contre le mien. Je ne sais pas ce que j'ai fait pour te mériter, mais je ne te laisserai plus partir. T'es à moi.

– Alors ça te plaît ? Tu sais, à un moment, j'ai cru que tu étais en colère.

– Em'… commence-t-il.

Il prend ma main pour la presser comme son érection. Je ne suis pas stupide, je sais à quoi ressemble un sexe d'homme. Je suis même un peu gênée de devoir avouer que j'ai récemment regardé des vidéos sur Internet pour en savoir un peu plus. Et malgré mes connaissances limitées, je sens déjà que Stan ne joue pas dans la même catégorie que le mec lambda.

– Tu sens ? C'est toi qui me fais cet effet. Je ne voulais pas te faire peur, mais Em', tu es la plus belle femme que j'ai jamais vue.

Je souris face à cette déclaration. Ragaillardie par sa déclaration et surtout par l'évidence de son désir pour moi, je me sens plus confiante dans mes gestes. Je commence à le caresser légèrement à travers le tissu de son boxer. Je pose ensuite mes mains sur ses fesses que je presse violemment. Un geste de possessivité que Stan a souvent à mon égard au lycée, chez lui, au club, finalement partout. Aujourd'hui, c'est à mon tour de lui faire comprendre que si je suis à lui, il est aussi à moi.

– Toi aussi, t'es à moi, Stan Jackson, et je remercie tous les jours le destin de t'avoir mis sur ma route.

Nous restons à nous observer encore quelques secondes. À nous perdre dans le regard de l'autre et à rendre visibles nos émotions. Stan dépose un tendre baiser sur mes lèvres avant de reprendre la parole.

– Ma belle… Bien que j'adore ta tenue, il va falloir que je te l'enlève…

– Je sais…

Stan se recule légèrement et passe ses doigts sous les fines bretelles de mon déshabillé. Il fait délicatement glisser le tissu le long de mes épaules jusqu'à ce qu'il finisse à mes pieds.

– Magnifique, dit-il.

De son index, il trace une ligne imaginaire, partant de mon cou et descendant lentement, très lentement entre mes seins, qu'il presse tendrement. Rien que ce contact provoque un véritable raz de marée d'excitation dans tout mon corps. Mon ventre se contracte et je peine à ne pas serrer les jambes pour tenter de calmer la douleur qui siège entre mes cuisses.

– Stan… dis-je dans un murmure alors qu'il continue ses lentes caresses sur ma poitrine.

– Je sais, bébé, mais laisse-moi profiter. Tes seins sont parfaits et tu sais à quel point je les aime.

Je le sais, mais si d'habitude j'adore qu'il s'amuse avec ma poitrine, là c'est une véritable torture. Puis, comme s'il avait senti que j'étais au bord du précipice, ses mains quittent ma poitrine pour venir se placer de part et d'autre de mon tanga. Le dernier bout de tissu, l'ultime rempart qu'il me reste avant de me retrouver nue devant l'homme que j'aime.

Tout aussi délicatement qu'avec mon déshabillé, il fait glisser mon tanga le long de mes jambes. Je relève un pied puis l'autre pour lui permettre de m'ôter complètement tout vêtement. Je me sens rougir de la tête aux pieds, mais je n'ai pas honte, je lui fais confiance. Mes bras toujours le long du corps, je sens qu'il dépose une pluie de baisers le long de mes cuisses. À ce simple contact, je sens mes jambes prêtes à lâcher, alors je pose les mains sur ses épaules pour me soutenir.

– Tu es tellement réceptive et je ne t'ai même pas encore touchée, dit-il tout en rapprochant dangereusement son visage de mon intimité.

Je me mords la lèvre pour ne pas hurler de plaisir quand il fait glisser un de ses doigts le long de ma moiteur.

– Tellement prête déjà.

Je ne peux retenir un gémissement de plaisir. Soudain, Stan se relève et j'ai envie de hurler de désespoir, mais il me prend la main pour me diriger vers le lit.

– Allonge-toi sur le lit et écarte les cuisses.

J'ai une totale confiance en lui, alors je m'exécute sans rien dire. J'observe Stan s'agenouiller pour venir se positionner entre mes cuisses. Il relève son visage pour planter son regard voilé par le désir dans le mien.

– Tu me fais confiance, Em' ? demande-t-il.

– Oui.

– J'ai besoin de te l'entendre dire.

Je suis complètement émue et touchée par cette demande. Stan est vraiment désireux de bien faire les choses. Il a besoin de savoir que je me livre à lui corps et âme et de plein gré. Il ne veut en rien me forcer.

– J'ai confiance en toi, Stan. Je t'aime.

Ma réponse semble lui convenir, car il sourit.

– Accroche-toi, bébé, je vais retourner ton monde, dit-il en me faisant un clin d'œil.

J'ai envie de lui demander si son ego ne risque pas de consumer tout l'air dans la pièce, quand soudain mon cerveau disjoncte. Plus aucune pensée rationnelle ne me vient quand Stan donne un premier coup de langue. J'oublie tout, même comment je m'appelle. Je tente de garder les yeux ouverts, mais c'est impossible, je les ferme et savoure son contact.

Je sens qu'il écarte mes lèvres de ses pouces avant de reprendre exactement là où il s'était arrêté. Il lèche, aspire, titille mon clitoris et je sens une vague de chaleur monter en moi. Je ne cherche même pas à étouffer mes gémissements. Je serre le drap dans mes mains quand il me pénètre d'un doigt. Il fait quelques va-et-vient avant d'en ajouter un deuxième qui étire lentement et agréablement mes parois internes. Je n'en peux plus, ma respiration est rapide, je sens des fourmillements partout dans mon corps.

– Oh bordel, Stan, ne t'arrête pas ! Ne t'arrête pas !

Il recroqueville ses doigts tout en continuant à me pénétrer et à me lécher. Et il ne m'en faut pas plus pour atteindre le septième ciel. Je jouis dans un râle de plaisir pendant que mon corps est secoué d'un violent spasme. Je respire laborieusement et je rouvre les yeux au moment où Stan se relève. Il me regarde, se lèche les doigts et automatiquement je serre les cuisses.

– Délicieuse, dit-il tout en m'observant.

Je viens de vivre mon premier orgasme et pourtant je suis à deux doigts de jouir à nouveau rien qu'en l'observant. Ce mec, mon mec, a un sex-appeal monstrueusement irrésistible. Ses yeux s'arrêtent longuement sur ma poitrine qui monte et descend rapidement. Quant à moi, j'observe ses lèvres encore brillantes de mon plaisir. Stan recule légèrement et, sans me quitter du regard, ôte son boxer. Bien malgré moi, je romps le contact visuel pour fixer son sexe, fièrement dressé et qui pointe dans ma direction.

Une goutte de sperme perle déjà au bout et je n'ai qu'une envie, venir la goûter. Alors que je passe ma langue sur mes lèvres, j'observe la main de Stan venir entourer son sexe. Il commence à effectuer de lents va-et-vient tout en m'observant.

– Ce que tu vois t'excite ma belle ?

– Tu sais bien que oui.

– Touche-moi, Em'.

Malgré la douleur lancinante qu'il provoque entre mes cuisses, je me redresse pour venir à sa rencontre. Je me mets à genoux tout en faisant courir mes doigts le long de ses hanches, de son ventre. Ma main prend rapidement le relais de la sienne. Du pouce, je viens étaler sa petite perle de plaisir et je continue à le caresser. C'est une première pour moi, j'espère ne pas faire d'impair.

– Bordel… dit-il, les dents serrées.

Je lève alors la tête et remarque qu'il m'observe. Ses pupilles sont complètement dilatées, voilées de désir, et son torse monte et descend rapidement. Toujours sans le quitter du regard, je rapproche mon visage de son sexe. Je donne quelques coups de langue et je l'entends siffler entre ses dents. Je continue sur ma lancée et décide de le prendre dans ma bouche. Je le vois fermer les yeux et sa tête bascule en arrière. Une de ses mains vient agripper l'arrière de ma tête. Visiblement, il ne souhaite pas que je bouge de place. Si j'en avais la capacité, je lui répondrais qu'il n'y a aucune chance que je m'arrête en si bon chemin. Stan m'a donné du plaisir, il est temps pour moi de lui rendre la pareille.

– Bordel ! C'est trop bon. Je… Em', je veux jouir en toi.

Je fais encore un va-et-vient avant de retirer son membre de ma bouche. Je donne un lent coup de langue le long de sa hampe avant de me relever, aidée de Stan.

– C'était vraiment parfait, dit-il avant de déposer un baiser sur ma bouche. Promis, la prochaine fois, je ne t'arrêterai pas. Rallonge-toi sur le lit, ma belle.

Encore une fois, j'obéis à Stan. Je l'observe enfiler un préservatif et je comprends que le moment est venu. J'essaie de me calmer, mais je ne peux m'empêcher de paniquer à l'idée de la douleur que je vais ressentir dans quelques minutes. Stan me rejoint et s'allonge sur moi. Je passe tout de suite mes bras autour de son cou pour l'embrasser.

J'écarte davantage les jambes et Stan se positionne entre mes cuisses. D'une main, il guide son membre à l'orée de mon intimité, et de l'autre, il me caresse tendrement la joue.

– Désolé, ma belle, ça va faire mal, mais je te promets de faire en sorte que tu y prennes du plaisir par la suite.

– Ne t'inquiète pas, Stan. Je t'aime et j'ai confiance, dis-je pour le rassurer.

Soudain, je sens le sexe de Stan devant ma fente. Après l'avoir vu de près, je sais que cela risque d'être douloureux. Toutefois, c'est avec une infinie délicatesse que Stan commence à me pénétrer. Mes parois internes s'étirent, mais il s'est assuré que je suis toujours excitée pour me permettre de l'accueillir sans difficulté.

– C'est... C'est... Putain, c'est trop bon, arrive-t-il péniblement à dire, la voix hachée.

Je ne peux empêcher le sourire qui étire mes lèvres à l'idée que, moi, j'arrive à mettre à mal Stan Jackson. Je pourrais faire la danse de la joie si je n'étais pas nue au lit avec lui.

– Ça va ? demande-t-il.

– Je vais bien, tu es parfait.

Si l'un de nous deux souffre, je crois que c'est plutôt lui. Il transpire, les veines de son cou sont prêtes à exploser. Je sens qu'il fait tout pour se retenir de plonger sans retenue en moi pour ne pas me blesser.

Stan continue sa lente progression jusqu'au moment où il atteint le rempart de ma virginité. Je sais qu'il va encore tenter de me rassurer, mais je lui fais confiance et je sais aussi que si c'était possible, il éviterait de me faire mal. Alors sans hésiter, je rapproche mon visage du sien et l'embrasse. Je mets dans ce baiser tout mon amour pour lui, mon désir, mon envie. Je sais qu'il a saisi le message quand d'un coup il pousse et finit par me posséder complètement.

À cette intrusion, je ne peux retenir un hoquet de douleur et les larmes me montent aux yeux. Stan s'immobilise pour me laisser le temps de m'habituer à sa présence. Il dépose des baisers dans mon cou, me caresse les cheveux et me murmure des mots tendres et affectueux. Des pouces, il essuie les quelques larmes qui ont coulé sans que je puisse les retenir. Stan continue de m'observer en silence, et quand je sais que je suis prête, je lui fais un petit signe de la tête pour lui dire de continuer.

Il me pénètre d'abord lentement et j'en savoure chaque seconde. C'est tellement fort de sentir qu'on ne fait plus qu'un avec l'homme que l'on aime. J'ai attendu ce moment des mois, je l'ai redouté, craint, mais finalement je ne regrette pas du tout. Nous aurions pu le faire avant, mais cet instant précis est magique. C'est la communion de deux âmes, la rencontre et l'union de deux corps.

Rapidement il m'en faut plus. J'ai besoin de plus.

– Plus vite, bébé, s'il te plaît, dis-je.

Stan, qui ne devait attendre que ça, accélère ses coups de reins. Ils sont plus rapides, plus profonds aussi. J'ai l'impression qu'il essaie de se loger toujours plus loin en moi et je me délecte de cette sensation. C'est tellement bon de le sentir se mouvoir en moi, de voir que nos deux corps ne font plus qu'un. Stan remonte une de mes jambes le long de sa hanche et bouge légèrement le bassin, changeant ainsi l'angle de pénétration.

– Stan. Je… commencé-je, mais impossible pour moi d'émettre le moindre son.

Deux coups de reins plus tard, je jouis une seconde fois encore plus violemment. Stan me rejoint peu de temps après en hurlant mon prénom, puis il niche sa tête dans le creux de mon cou et son souffle chaud caresse ma peau. Je savoure le poids de son corps sur moi, pendant que nous tentons tous les deux de retrouver notre respiration.

Nous restons ainsi quelques minutes avant qu'il se retire, étirant mon sexe encore endolori. Soudain, je me sens vide et je comprends que je suis déjà en manque de son corps. Je le vois disparaître dans la salle de bains pour revenir quelques secondes plus tard avec une serviette chaude humide. Il me nettoie lentement, délicatement, et je ne peux m'empêcher de sourire face à une telle attention. Encore une fois, il me prouve que son amour n'a pas de limite et qu'il est là pour prendre soin de moi.

– C'était comme tu l'imaginais ? demande-t-il, alors que j'ai la tête posée sur son torse et qu'il joue avec des mèches de mes cheveux.

– Encore mieux. Et toi ? osé-je demander, tout d'un coup très timide.

– Bébé, regarde-moi. Ce n'était peut-être pas la première fois pour moi, mais je t'assure que c'est la première fois que je faisais l'amour à quelqu'un.

Je souris en comprenant ce qu'il veut dire. Certes, il a eu beaucoup d'expériences avant moi, mais ce n'était que du sexe, et entre nous, c'est tellement plus que d'assouvir un besoin primaire.

– Je t'aime, bébé, dit-il.

– Je t'aime aussi.

Et sur cette nouvelle déclaration d'amour, nous nous endormons dans les bras l'un de l'autre. Mais cette fois nos « Je t'aime » expriment bien plus qu'une appartenance spirituelle ou qu'une simple marque d'affection. Nous nous appartenons corps et âme maintenant et pour toujours.

9

Millie
Sept ans plus tôt

Alors que je profite d'un moment de répit pour faire un peu de paperasse, les portes des urgences s'ouvrent avec fracas sur des pompiers. Rien d'inhabituel pour un service d'urgence. Je vois mon collègue Isaac se diriger vers eux et je m'apprête à retourner à mon dossier quand mon attention est rapidement attirée par la personne qu'ils nous amènent, ou plutôt ses protestations. Visiblement, Bianca est encore sous l'emprise de quelque chose, alcool, drogue, je ne le sais pas encore. Ce que je comprends, en revanche, c'est que ma soirée pourtant si calme ne l'est plus.

Je me rapproche discrètement de la scène pour écouter le pompier qui explique à Isaac ce qu'il s'est passé.

– Apparemment, la brave dame donnait du plaisir à un homme dont la femme a déboulé. L'épouse a tenté de frapper son mari avec une bouteille, mais ce dernier s'est servi de madame ici présente comme d'un bouclier. Elle a reçu un coup sur le front, explique-t-il.

– Je vois, lui répond Isaac, blasé.

Tout le monde ici connaît Bianca. Ses frasques pourraient presque faire rire si seulement elle n'était pas ma mère.

– Et toi, mon chou, commence à dire Bianca en s'adressant à l'un des pompiers encore présents. T'es vraiment mignon. J'ai très chaud, tu penses que tu pourrais m'aider avec ta lance ?

Je devrais probablement être choquée, dégoûtée ou même gênée par son comportement. Sur le papier, c'est quand même ma mère. Mais après tout ce qu'elle m'a fait subir à l'extérieur comme ici, sur mon lieu de travail, j'en suis simplement venue à être résignée, blasée. Quoi qu'elle dise ou quoi qu'elle fasse, rien ne pourra plus m'atteindre.

– Et elle est où, ma garce de fille ? Elle se fait sauter par un médecin ! éructe-t-elle.

Les quelques personnes qui ont remarqué ma présence m'offrent des regards désolés auxquels je réponds par un haussement d'épaules et un léger sourire de façade. Heureusement pour moi, tout le monde ici est au courant de la relation que j'entretiens avec elle. Car ce n'est pas suffisant pour Bianca de s'afficher aux yeux de tous, non. Il faut en plus qu'elle tente à tout prix de me discréditer auprès de mes collègues et supérieurs.

– Ce n'est qu'une bonne à rien ! Elle a gâché ma vie, et encore maintenant elle ne sait même pas se rendre utile ! continue-t-elle de vociférer.

Si mes collègues ont l'habitude de ce comportement, ce n'est pas le cas des quelques patients présents qui semblent profondément choqués par le comportement de Bianca. Quand j'entends qu'elle attaque le refrain où elle me compare à un parasite, je décide qu'il est temps pour moi d'intervenir.

C'est d'un pas lent que je me dirige vers son lit et déjà d'ici je l'entends brailler. Il est encore trop tôt pour savoir si son état nécessite une hospitalisation, alors Bianca patiente dans un box aux urgences, où malheureusement pour moi elle fait profiter tout le monde de sa présence.

– Enlève tes sales pattes de moi, espèce de métèque, et retourne dans ton pays !

Bianca est aussi culturellement ouverte d'esprit et tolérante qu'un membre de la communauté amish aime la technologie. Ma mère est tout ce qu'il y a de plus homophobe et raciste, du coup je sais très bien quel pauvre infirmier a été chargé de prendre ses constantes.

– C'est bon, Isaac, je m'en occupe, dis-je en tirant le rideau pour faire face à ma mère.

– Isaac ?! En plus d'être noir, t'es un sale juif ! crache ma mère.

Et antisémite pour couronner le tout…

Isaac et moi échangeons un regard. Il est aussi désolé de me laisser gérer seule ma mère que moi de ce qu'il vient de se prendre dans la figure. Je lui fais un signe de la tête pour lui indiquer que je m'en occupe. Il repose le tensiomètre et passe à côté de moi pour partir.

– Bon courage. Elle a l'air plus imbibée que d'habitude, me prévient-il.

– Merci, et désolée pour…

– Millie, tu n'y es pour rien, me coupe-t-il.

Tout le monde ici a bien compris que je ne ressemblais ni de près ni de loin à ma mère. Hormis la couleur de nos cheveux, nous n'avons rien en commun.

Je reporte mon attention sur Bianca et je dois dire qu'Isaac a raison, visiblement ce soir elle a fait fort. Ses yeux sont injectés de sang, ses cheveux complètement hirsutes. Sans parler de l'odeur de tabac et de sexe qui émane d'elle. Un véritable délice olfactif et visuel. Bianca continue de toiser du regard mon collègue avant de m'accorder toute son attention. C'est toujours avec ce même regard bourré de mépris et de haine qu'elle m'observe. Ses yeux ne sont plus que deux petites fentes qui scrutent le moindre de mes mouvements. Je n'ai pas le souvenir qu'elle se comportait ainsi quand nous vivions encore sous le même toit, ou du moins pas avec autant de dédain. Mais depuis que j'ai déménagé et que je partage ma vie entre chez Slade et Stan au club, c'est l'attitude qu'elle me réserve. J'aimerais être complètement insensible face à son comportement, mais il y a toujours cette infime part en moi qui ne cesse d'être blessée et de se sentir rejetée par la personne pour qui je devrais compter le plus au monde, ma mère. Mais heureusement pour moi, le fait de grandir à ses côtés m'a aussi endurcie et j'arrive à faire abstraction de ce sentiment d'abandon.

– Ah bah, te voilà, feignasse ! J'ai cru que t'allais jamais bouger ton gros cul pour venir t'occuper de moi, dit-elle.

Je souffle en comprenant que la soirée va être très très longue. Je dépose mon kit de sutures et enfile mes gants, en essayant de rester la plus professionnelle possible. Et ce n'est pas une chose aisée quand mon envie première serait de la faire sortir d'ici par la peau des fesses. Elle ne mérite pas l'attention qu'on lui apporte en s'occupant d'elle et encore moins que du personnel se mobilise pour finalement tenter de réparer une nouvelle erreur de jugement. Mais je n'ai pas voix au chapitre, alors je ronge mon frein, occulte le fait qu'il s'agit de ma mère et je fais ce pour quoi je suis ici.

– Fais ça bien. Si toi tu te fous de ressembler à un sac-poubelle, c'est pas mon cas !

– Bien sûr, Bianca, il ne faudrait pas qu'on t'enlève ton gagne-pain, rétorqué-je.

Au début, elle touchait des aides comme beaucoup de personnes, mais à force de refuser toutes les offres de boulot qu'on lui proposait, un jour elles ont disparu. Elle a bien tenté de s'expliquer, mais la responsable en face d'elle n'était pas dupe et a très vite cerné le personnage. Ce qui n'a pas non plus arrangé les affaires de Bianca, c'est qu'elle a menacé cette pauvre dame de venir lui crever les yeux si elle ne remettait pas en place ses aides. Ceci dit, Bianca aurait aussi pu trouver un travail et gagner sa vie honnêtement, mais ça, c'est si elle était capable de travailler. Pourquoi se tuer à la tâche pendant huit heures quand on peut écarter les jambes pendant quinze minutes et gagner autant d'argent, voire plus ? C'est la réponse qu'elle m'avait donnée petite, quand je lui avais demandé pourquoi elle n'avait pas de boulot comme les mamans de mes copines.

– Comment oses-tu, espèce de sale petite garce ! Je suis ta mère, tu me dois le respect !

– Bianca, on a déjà établi il y a longtemps que tu n'as rien d'une mère. Alors épargne-moi le refrain du respect de l'enfant pour sa mère, ça reposera les oreilles de tout le monde.

Elle semble surprise par mon commentaire, car elle se contente de m'observer. D'ordinaire, il me faut bien plus de temps à l'écouter m'insulter et me rabaisser avant de répondre. Mais vu qu'elle a le don de faire ressortir ce qu'il y a de meilleur en moi en un temps record, ce soir elle a droit au match retour aussi sec.

Je m'affaire à nettoyer sa plaie au front qui s'avère superficielle et qui ne nécessitera même pas de point, juste des Stéri-Strip. À peine ai-je posé la dernière petite bandelette qu'elle reprend la parole. Mes collègues sont toujours étonnés de voir avec quel professionnalisme je m'occupe de ma mère. Mais ils savent aussi à quel point je travaille dur tous les jours et combien mon job est important pour moi. Alors je serre les dents, ravale mon envie de lui dire d'aller se faire soigner ailleurs et exécute avec sérieux mon travail.

– Tu te crois tellement au-dessus de moi, hein, Millie ? Tu crois que tout ce que tu as dans ta vie, tu ne le dois qu'à toi, alors que tu es tellement prise pour une conne !

Et ça repart. J'ai envie de lever les yeux au ciel pour lui montrer que je n'accorde aucune importance à ce qu'elle raconte et qu'elle perd son temps. Toutefois, je sais qu'en faisant ça, je lui donnerais matière à continuer avec sa diarrhée verbale. Alors je continue à faire mon travail sur un mode presque automatique.

– Bon voilà, j'ai fini. Ne mouille pas la plaie pendant quarante-huit heures. Ensuite, nettoie avec…

– Tu sais que tout le monde au club doit rigoler en te voyant. Quand tu te pavanes au bras de Stan alors qu'il couche avec toutes les brebis du club dans ton dos… Parfois, même juste sous ton nez pendant t'es en train de dormir, il se glisse hors du lit pour aller se taper une vraie nana. Mais le mieux, là où tu es vraiment la plus pitoyable, ma pauvre fille, c'est dans ce simulacre de famille que tu penses avoir avec Jack et Kelly. Quand je vous vois tous les trois ensemble, ça me donne envie de vomir. J'en ai la gerbe de savoir que c'est moi qui t'ai enfantée et que t'es même pas capable de te rendre compte que tu es prise pour une conne par tout le monde.

Que Bianca s'en prenne à moi ou au couple que je forme avec Stan, ce n'est pas nouveau. Depuis le début, j'essuie les critiques et les commentaires déplacés. Mais ça ne m'atteint pas, car au fond je sais qu'il y a une part de jalousie dans cette attitude. Finalement, j'ai ce qu'elle n'a pu ou su obtenir de la part de Slade : amour, attention, fidélité. Par contre, qu'elle aborde le sujet de Kelly, ça c'est nouveau. Ces deux-là se détestent. Kelly traite ma mère de pute à bikers et Bianca lui répond à chaque fois qu'elle ne vaut pas mieux qu'elle, tout ça parce qu'elle a un cuir sur le dos. Ceci dit, d'habitude elle se contente de m'insulter pour ensuite me dire combien Slade est un père minable… Mais quoi qu'il en soit, je ne suis pas d'humeur à l'écouter davantage ce soir que les précédents.

– Je vais te faire une ordonnance pour des antidouleurs si jamais…

– Tu ne t'es jamais demandé pourquoi tout d'un coup Kelly s'est rapprochée de toi ? Pourquoi presque du jour au lendemain elle te proposait de sortir pour faire les boutiques ?

Je ne sais pas vraiment où elle veut en venir, mais ses questions arrivent tout de même à me déstabiliser. C'est vrai que je me suis déjà posé la question de ce rapprochement quand j'étais plus jeune, mais Kelly a su me montrer qu'il n'y avait aucun sous-entendu ou intention malsaine derrière ses propositions de faire des virées shopping entre filles. C'est d'ailleurs avec elle que j'ai réellement appris à m'habiller, à me maquiller et à prendre du temps pour moi. Rapidement, une véritable amitié est née, et parfois j'avais même le sentiment de voir en elle la mère que j'aurais aimé avoir, tout comme elle m'imaginait comme la fille de sang qu'elle n'aurait jamais.

Kelly étant stérile, ils n'ont jamais eu, Jack et elle, le plaisir et le bonheur d'être parents.

– Bianca, pourquoi me parles-tu de Kelly ?

Au sourire que ma mère affiche, je sais que c'était la question qu'elle attendait. Une partie de moi me dit que j'aurais dû me mordre la langue et que je ne vais pas aimer la suite.

– Ma pauvre chérie ! Tu pensais que Kelly était venue vers toi comme ça, dit-elle en claquant des doigts. Mais, ma fille, personne ne veut de toi dans sa vie, hormis si on l'y oblige.

Je sais que je devrais lui dire de se taire, l'arrêter, mais quelque chose dans son discours m'en empêche.

– C'est ton père qui a demandé à Kelly de se rapprocher de toi. Il souhaitait que tu aies une présence féminine dans ta vie capable de t'aider à passer certains caps.

– Mais qu'est-ce que tu racontes ? J'ai toujours connu Kelly. J'…

– Et de quand date vraiment votre rapprochement ? Le moment où tu as eu tes règles, non ?

Comment Bianca peut-elle être au courant de cela ?! Ce fut un moment affreusement gênant pour Slade et moi. Il a fallu que j'aie mes règles durant un des rares week-ends que je passais chez lui. Évidemment, je n'avais rien prévu, et lui encore moins. Jamais je n'oublierai son regard complètement désemparé quand je lui ai demandé d'aller m'acheter des tampons. Finalement, vingt minutes plus tard, c'est Kelly qui a surgi dans ma chambre avec tout un stock de serviettes hygiéniques et de tampons. Elle m'a ensuite longuement et patiemment expliqué tout ce qu'il y avait à savoir sur ce phénomène mensuel jusqu'alors inconnu pour moi.

– Je vois que tu te souviens, dit ma mère, me sortant de mes pensées.

– Comment le sais-tu ? demandé-je en sentant la colère pointer le bout de son nez.

– J'ai entendu des brebis du club parler de la façon dont Slade avait dû limite supplier Kelly pour qu'elle te prenne sous son aile.

J'observe Bianca qui me sourit, m'offrant un air de parfaite jubilation sur son visage. Elle sait qu'elle vient de m'atteindre, et je ne saurais comment l'expliquer, mais pour une fois, je ne doute pas un seul instant de la véracité des mots qui sortent de sa bouche. Bianca a toujours pris un malin plaisir à me rabaisser, à tenter de me faire mal. Il faut croire qu'à force de persévérance, elle y sera finalement arrivée. Mais j'essaie de faire le maximum pour lui montrer que cela ne m'atteint finalement pas tant que ça, alors qu'intérieurement ma colère est en train de prendre le dessus.

Je me retourne et commence à partir en jetant au passage mes gants dans la poubelle.

– Tu passeras le bonjour à ton père de ma part, me lance-t-elle.

Je ne prends même pas la peine de lui répondre ou de me retourner. Je file dehors, il faut que je prenne l'air. Que je réfléchisse et que j'analyse de manière rationnelle ce qu'elle vient de me dire. Je sais que pour Bianca, c'est aussi une manière d'atteindre mon père à qui elle voue une haine sans fin. Mais dans la guerre qu'elle mène contre lui, elle se contrefiche pas mal que je sois au milieu. C'est comme faire d'une pierre deux coups.

Arrivée dehors, je rejoins Isaac qui fume sa clope et nous échangeons quelques mots. Heureusement pour moi que je peux compter sur le soutien indéfectible de certains de mes collègues devenus de bons amis. Sans eux, j'aurais probablement déjà demandé mon transfert dans un autre hôpital, rien que pour ne plus avoir à la croiser.

Je regarde ma montre et je constate qu'il ne me reste que quelques heures avant de finir mon tour de garde. Des heures durant lesquelles, malheureusement, je vais ruminer et ressasser en boucle mot pour mot ce qu'a dit Bianca. Je vais me torturer l'esprit jusqu'à ce que j'obtienne la vérité de la bouche de la principale intéressée. En attendant, je m'efforce de rester occupée. Autant avoir l'esprit focalisé sur les soins d'un patient plutôt que se morfondre sur son sort.

Je passe donc les heures suivantes à faire ce que j'appelle de la bobologie. De celui qui vient pour une rage de dents à celui qui s'est fait mordre par le chien du voisin. Je suis sur tous les fronts et je dois dire que cela aide vraiment à faire passer le temps. J'ai enfin fini ma garde et je ne reste pas papoter avec l'équipe du matin. Je file directement chez Kelly et Jack. Quand je suis de nuit, nous avons pris l'habitude de petit-déjeuner ensemble tous les trois.

Quand j'arrive enfin à destination, je suis à cran. Une boule s'est formée dans mon estomac et j'ai un mauvais pressentiment pour la suite des événements. Toutefois, j'ai quand même pris le temps de m'arrêter à la boulangerie. Si jamais, et je l'espère, Bianca a menti, je m'en voudrais de lui accorder trop de crédit et de relayer au second plan notre petit rituel matinal. Je frappe un coup et j'entends Kelly me hurler d'entrer. Je souffle un bon coup pour me donner du courage et je les rejoins dans la cuisine.

– Salut, ma puce, ça a été ta garde ? demande Kelly qui s'est levée pour me préparer un café.

– Comme d'hab. Jack n'est pas là ?

– Si, il arrive, il finit de prendre sa douche. Il est rentré tard cette nuit. Du coup, le réveil a été un peu rude pour lui ce matin, m'explique-t-elle le plus naturellement possible.

Millie, quelqu'un qui se force à être amie avec toi ne parle pas comme ça, me rassure une petite voix intérieure.

Je prends le temps de la regarder, et quand elle me sourit, je ne remarque aucune fausse note, aucun trait forcé. Je crois que je suis bien plus fatiguée que je ne le pense. Sinon Bianca n'aurait pas atteint mes défenses aussi facilement. Je secoue la tête en pouffant. La prochaine fois qu'on se verra, elle et moi, je prendrai un malin plaisir à lui dire qu'elle a encore lamentablement échoué. Son plan cruel pour m'isoler de tous ceux que j'aime n'aura pas fonctionné cette fois encore.

– Qu'est-ce qui te fait rire ? me demande Kelly.

– J'ai eu la visite de Bianca cette nuit.

– Qu'est-ce qu'elle a encore fait ?

– La routine. Au mauvais endroit, au mauvais moment.

– Mauvaise capote ? me demande-t-elle.

– Non. La bouche sur la mauvaise queue.

– Je vois… Et c'est ça qui te fait rire ?

– Non, dis-je en prenant une première gorgée de café. Tu sais comment elle est, toujours à me rabaisser… Sauf que là, elle m'a parlé de toi et de Slade. Ce n'est pas du tout son genre d'impliquer d'autres personnes dans son discours pour me rabaisser. C'est peut-être pour ça que je me suis laissé prendre au piège. Enfin ça et la fatigue. Bref, je l'ai écoutée dire que notre amitié n'est en fait qu'une vaste supercherie orchestrée par mon père afin que j'aie une présence féminine à mes côtés. Enfin, tu vois le genre… Tout un complot. Mais bon, encore une fois, des mensonges et rien que des mensonges. Tu veux un croissant ? demandé-je en relevant les yeux vers elle.

Kelly est livide, comme si un fantôme venait d'apparaître. Je remarque rapidement que ses mains tremblent et que ses yeux deviennent humides.

– Oh bordel… dis-je dans un souffle.

À en juger par l'expression et la mine déconfite de Kelly, je comprends que ma mère disait vrai, pour une fois. Tout ça. Moi ici, notre amitié, nos sorties, rien n'est le fruit du hasard. J'ai soudain très envie de vomir et je me lève quand Jack fait irruption dans la cuisine.

– Millie, ma belle, ça va ? me demande-t-il avant de regarder sa femme. Kelly, bébé, ça va ? Qu'est-ce qu'il y a ? dit-il en s'approchant rapidement d'elle.

Mais Kelly ne cesse de me regarder.

– Alors, c'est vrai ? finis-je par demander.

– Qu'est-ce qui est vrai ? demande Jack qui semble ne pas comprendre où je veux en venir.

– L'arrivée de Kelly dans ma vie. C'est Slade ? dis-je, la voix légèrement haineuse.

Et si Kelly reste toujours muette, Jack, lui, n'hésite pas un seul instant.

– Millie, attends, ma puce, laisse-nous t'expliquer, plaide-t-il.

Mais c'est trop tard.

– Vous vous êtes bien foutu de ma gueule ! Toi, Kelly et Slade ! J'avais confiance en vous, mais surtout, j'avais confiance en toi, dis-je cette fois en m'adressant à Kelly.

Pour moi, tout est fini. Tout ce qu'il y avait entre nous vient de partir en fumée, réduit en un tas de cendres. Je leur faisais confiance, je me suis confiée à elle. J'ai abordé avec elle des sujets dont je n'ai jamais parlé à personne d'autre. Comment peut-on être aussi insensible ? En ayant comme mère Bianca, je devrais être habituée à la cruauté des gens, mais là, ça dépasse tout ce que j'ai pu connaître avec ma mère. Bianca me reproche d'être un poids dans sa vie. Mais qu'ai-je fait pour mériter une telle méchanceté de la part de Kelly ?

Quand Bianca n'a jamais caché que je ne comptais pas pour elle, Kelly a fait en sorte de me montrer qu'elle tenait à moi. Que ce n'était pas simplement une relation d'amie à amie, mais un lien bien plus fort. Si bien que je me suis souvent surprise à penser qu'elle était ma mère.

Je regarde tour à tour Jack et Kelly. Lui semble ne pas savoir par quel bout commencer pour se dépêtrer de cette inextricable situation. Quant à Kelly, elle se mure dans son silence, mais son visage parle pour elle. Il est ravagé de larmes. Elle s'accroche au bras de son homme comme si sa vie en dépendait. Et je dois reconnaître qu'elle est bonne actrice, elle n'a rien à envier au talent de ma mère.

Mais je ne suis pas dupe. Ses pleurs, ce regard meurtri et désolé, rien de tout cela ne m'atteint. C'est trop tard. Nos souvenirs complices sont balayés par un vent de trahison et de manipulation.

Sans leur accorder plus de temps qu'ils n'en méritent, je quitte leur maison et remonte dans ma voiture.

Le chemin jusqu'au club n'a jamais été aussi rapide. J'ai sûrement perdu dix fois mon permis de conduire, mais je m'en moque, il faut que je voie Stan, que je lui parle. Sans compter que durant le trajet, j'ai aussi repensé aux paroles de Bianca à son sujet. Se peut-il que je me sois aussi trompée sur lui ? Non, impossible. Et si Bianca avait raison là aussi ? Si j'étais prise pour une imbécile par tout le monde ? J'ai l'impression qu'une partie de mon monde est en train de s'effondrer et je ne sais pas comment empêcher le reste de s'écrouler. Je doute de tout et de tout le monde. Je n'ai plus aucune certitude et ça commence à me rendre folle. Je me gare et sors rapidement de la voiture. Je me dirige vers la porte quand une voix m'interpelle.

– Si tu cherches Stan, il n'est pas là, dit Seth sur ma droite.

– Pardon ?

– Il a dû s'absenter pour régler un problème, m'informe-t-il.

Ça aurait pu me convaincre si, à quelques mètres de nous, n'était pas stationnée la moto de Stan.

– Il a dû prendre le pick-up, ajoute-t-il après avoir suivi mon regard jusqu'à la grosse cylindrée de son frère.

– C'est pas grave, je vais l'attendre dans sa chambre.

Je commence à partir quand il m'attrape par le bras pour m'arrêter.

– Non, Millie, vraiment mon frère n'est pas là, tu devrais retourner chez toi. Je lui dirai que t'es passée.

Pourquoi ai-je le sentiment que derrière ce ton autoritaire se cache une supplication, celle qui m'implore de faire demi-tour ? Mais je suis trop bouleversée pour tenter de lire entre les lignes. Sans compter qu'à cet instant précis, je ne peux plus me fier à mon instinct.

– Lâche-moi, Seth ! dis-je en retirant d'un coup sec mon bras de sa prise. Je vais l'attendre dans sa chambre, un point c'est tout.

Et je cours en direction de la chambre de Stan. Le seul et surtout dernier endroit où je me sente encore en sécurité. Où je sais que rien ne pourra m'atteindre, car Stan sera là pour me protéger. En chemin, je croise le regard de deux membres qui rient et mon cœur se serre davantage. Se moquent-ils de moi ? Bianca a-t-elle raison sur toute la ligne ? Impossible. Je chasse rapidement ces idées noires et je fonce tête baissée rejoindre Stan.

Finalement, j'aurais dû écouter Seth. J'aurais dû prêter plus d'attention à son regard désolé et plein de compassion. Il savait ce qui m'attendait, mais je ne peux pas lui en vouloir de ne pas m'avoir clairement mise en garde.

Et mon univers entier implose.

Je tourne les talons aussi vite que je suis venue et m'engouffre dans ma voiture. Perdue, je finis par atterrir à la sortie de la ville. J'aperçois quelques mètres plus loin le panneau indiquant « Au revoir et à bientôt dans notre belle ville de Tucson ». Je mets mon clignotant et me gare sur le bas-côté de la route. Je pose ma tête sur le volant, ferme les yeux et je me laisse submerger par le chagrin, la peine et la douleur. Je ne comprends rien.

Se peut-il que je sois en train de faire un de ces rêves ou plutôt cauchemars éveillés ? Mais je doute que l'agonie que j'endure puisse être ressentie avec la même intensité dans un rêve. J'ai l'impression d'avoir été écartelée. Je me tiens le ventre pour tenter d'atténuer cette douleur partant de mon cœur et qui se propage, tel un fléau, dans tout mon corps. À cela s'ajoutent mes pleurs, qui me coupent parfois le souffle. Malgré le bourdonnement dans mes oreilles et la douleur lancinante dans ma tête, rien ne surpasse ni n'égale celle infligée à mon cœur.

Au bout de ce qui me semble avoir duré une éternité, je finis par me calmer. Pas parce que je n'ai plus mal, mais parce que je n'ai plus une seule larme dans tout le corps. La douleur est toujours présente. Elle a fini d'attaquer et de détruire toute vie en moi. Désormais je ne suis rien d'autre qu'un être vivant-mort. Je respire, je bouge, je marche, mais à l'intérieur, plus rien ne subsiste. Tout en moi a été consumé par la douleur.

Je relève la tête et observe la vue qui s'offre à moi. Un horizon fait d'inconnus, mais aussi de possibilités, dont celle d'un nouvel avenir. Puis mon regard dévie vers mon rétroviseur dans lequel j'aperçois la ville où je suis née, où j'ai grandi.

Même si tout en moi me hurle de quitter cette ville, que tout ce qui se trouve derrière moi appartient au passé, je n'arrive pas à m'y résoudre. J'ai l'impression qu'une corde minuscule me retient. Puis soudain mon téléphone sonne, m'annonçant l'arrivée d'un nouveau message.

[Je suis vraiment triste que
tu l'aies appris de cette manière.
Nous ne voulions pas te faire souffrir.
Mais il était temps
que tu connaisses la vérité.]

Voilà le signe que j'attendais. Les ténèbres et l'orage qui avaient pris place en moi disparaissent et j'entrevois clairement la lumière. Je sais ce que je dois faire. Je souffle un bon coup, essuie mes larmes et remets le contact. Je baisse les fenêtres pour sentir le vent dans mes cheveux souillés de mes pleurs et je monte le son. Hasard de l'instant ou blague de mauvais goût, bref, c'est sur la chanson d'AC/DC « Highway to Hell » que je file écrire seule les nouveaux chapitres de ma vie.

Je suis libre.

10

Stan

Je retourne au club les nerfs à vif. Évidemment que je suis en rogne contre Millie et sa menace à peine voilée à l'encontre de mon père. Mais je suis surtout en rogne contre moi-même. Pourquoi je suis allé la voir, bordel ?! Tous ces sentiments contraires que je ressens pour elle, la haine, l'envie, la colère, la compassion, ne cessent de brouiller mon esprit. Je devrais m'en foutre d'elle et pourtant mon besoin de savoir qu'elle est en sécurité est plus fort que mon envie de lâcher prise.

Je peux encore sentir la douceur de sa peau sous mes doigts. Son parfum subtilement fleuri qui m'a enivré. J'ai bien vu qu'elle n'était pas insensible à notre échange. J'ai vu sa peau frémir sous mes caresses, je l'ai vue aussi commencer à perdre pied. Tout comme moi. C'est comme si nous étions dans une bulle, une parenthèse où le passé et le futur n'existent pas, simplement le sentiment de vivre le présent comme il vient. Il aurait suffi de peu pour nous faire replonger.

Et puis notre bulle a éclaté, nous ramenant douloureusement à la réalité. Celle qui nous sépare, alimente notre haine, nourrit notre rancune commune et qui ne cesse de creuser un fossé entre nous. Même si je m'inquiète pour elle, je ne pouvais pas nier être venu aussi pour mon père. Un père qui, comme on s'y attendait avec mes frères, ne cesse de broyer du noir. Il s'est enfermé dans son bureau avec pour seule compagnie une bouteille de whisky.

Les rares fois où il sort de sa grotte, c'est pour aboyer des ordres. Tout le monde est désormais au courant de ce qu'il s'est passé avec Millie, mais chacun juge préférable de ne pas en parler. Du moins pour le moment. Personne ne veut s'attirer les foudres de mon père, et pourtant cette ambiance pourrie, cette atmosphère lourde de non-dits commencent à me taper sur le système.

Il a fait une connerie, une énorme erreur, et personne ne dira le contraire. Mais ce qui est fait est fait, et il est temps d'assumer et d'avancer.

Il nous a toujours dit que, lorsqu'on est un homme, on doit assumer les conséquences de ses choix et de ses actes. Apparemment, pour mon père, c'est plus facile à dire qu'à faire.

Nous attendons notre prochaine livraison d'armes à notre lieu de rendez-vous avec notre fournisseur. Il s'agit d'une petite clairière, complètement cachée par une végétation dense et invisible de la route. Il n'y a que deux accès possibles, deux chemins qui ressemblent davantage à des sentiers de randonnées qu'à des routes de campagne. Heureusement pour nous qu'il fait beau, car dans le cas contraire, on n'aurait rien pour s'abriter. Le club possède plusieurs zones de livraison comme celle-ci et mon père alterne de façon aléatoire les lieux de rendez-vous. Ne jamais créer d'habitude, c'est la première règle dans notre métier. Voyant que tout le monde est à son poste, je décide qu'il est temps d'avoir une petite conversation avec mon père.

– T'as fini tes conneries, pa'? demandé-je.

Nous sommes tous les deux côte à côte. Un peu plus loin, Drake et Jack sont en train de parler, sûrement de bécanes comme d'habitude. Quant à Devil et Seth, ils font le guet bien plus haut dans le chemin qui mène à notre position.

– De quoi tu parles ?! grogne-t-il, braquant sur moi son regard le plus noir.

Mais je sais que cette colère est davantage dirigée contre lui que contre moi. C'est sûrement ce qui me pousse à continuer au lieu de me taire.

– De toi et de ton humeur de chien. Il est temps que tu acceptes que t'aies merdé, rétorqué-je d'une voix ferme mais calme.

J'ai envie qu'il me parle, qu'il m'écoute, et non qu'il se braque et m'envoie chier tout de suite.

– Fous-moi la paix et occupe-toi de ta pétasse, OK ?! dit-il d'une voix plus forte, attirant ainsi l'attention des autres membres présents.

– Il a raison, pa', intervient à son tour Drake. Écoute, si ça avait été toi à la place de Slade et moi à ta place, elle serait déjà morte. Je lui aurais collé une balle entre les deux yeux sans même sourciller.

Je ne sais pas si mon frère pense réellement ce qu'il dit ou s'il ne s'agit que de paroles en l'air dont le seul but est de faire réagir mon père. Toujours est-il que ce commentaire me fait bouillir intérieurement et que je me retiens difficilement de le mettre en garde de toucher à un seul cheveu de Millie. Encore une fois, c'est mon instinct qui parle, ce besoin de protéger Millie, et ça m'agace de ne pas avoir le contrôle absolu sur mes réactions. Mais ce n'est pas l'heure pour une petite introspection. Là, il est question de secouer mon père, de l'aider à assumer sa connerie et de faire en sorte qu'il répare son erreur.

Ce n'est clairement pas les mots dont je me serais servi pour expliquer à mon père qu'il doit se pardonner et avancer, mais visiblement ça marche. Le discours de Drake semble faire écho en lui, alors que je me garde de rétorquer qu'elle aurait dû avoir le droit de s'expliquer. Mais ce n'est pas ce que mon père a besoin d'entendre.

– Quand on était gosses, tu n'arrêtais pas de nous dire d'assumer nos conneries. Si j'avais su à l'époque que t'étais pas capable de gérer tes boulettes, jamais je serais allé m'excuser auprès de Mme Lawson.

– Tu lui as proposé de te tailler une pipe dans les chiottes, frangin, rétorque Drake.

– C'était Seth ! Moi, je lui ai juste touché les nibards. Mais là n'est pas la question, tu dois accepter.

– Je sais que vous avez raison, mais putain, c'est Slade. S'il était à ma place, il remuerait ciel et terre pour être à mon chevet et être sûr qu'on fait le maximum pour moi, finit-il par avouer.

– J'ai posté Smiley en surveillance devant chez lui et il me fait un rapport toutes les six heures. Millie s'occupe vraiment bien de lui, tu sais.

– Comment ça ? demande-t-il.

– Elle a engagé une infirmière et un kiné pour s'occuper de lui. Elle a aussi fait livrer plein de matériel médical, sûrement pour équiper la maison pour lui. C'est un chirurgien de renom, ne l'oublie pas. Tu sais aussi bien que moi que si elle avait vraiment voulu le laisser mourir, elle aurait déjà signé le papier pour le débrancher et serait en ce moment à Baltimore.

Mon père m'écoute attentivement et nous savons tous les deux que j'ai raison. Millie ne se donnerait pas tout ce mal, ne dépenserait pas tout cet argent si ce n'était pas dans l'espoir que son père se réveille un jour. Leur relation a beau être pourrie, voire inexistante, il n'en reste pas moins que Slade est son père. Si elle a fait une croix définitive sur sa mère, je pense qu'il est impossible pour elle de faire de même avec lui.

– Tu devrais lui laisser encore quelques jours, puis va lui présenter tes excuses et tente de lui demander de voir Slade, ne serait-ce que cinq minutes, dit Drake.

– Pas sûr qu'elle ne m'attente pas avec un fusil, dit mon père en souriant tristement. C'est quand même la fille de Slade.

Je ne contredis pas mon père, car même si c'est une vaine tentative de faire de l'humour, il ne sait pas qu'il n'est finalement pas loin de la vérité. Millie ne l'attendra peut-être pas avec un fusil, mais avec son téléphone directement connecté aux services de police. Je sais que je devrais dire quelque chose, mais comment avouer que ma visite n'a fait qu'envenimer la situation ? Et comment, surtout, expliquer que j'étais à deux doigts d'embrasser Millie ? Après tout ce qu'il s'est passé, tout ce temps que j'ai passé à essayer de la rayer de mon passé, à noircir son image de petite amie parfaite auprès de ma famille. Comment maintenant avouer que j'ai failli replonger ? Et ce, à peine quelques jours après son retour.

– Mouais, attends peut-être une semaine ou deux, finit par dire Drake.

– Non. J'irai la tête haute. Je lui présenterai mes excuses, non pas pour voir Slade mais parce qu'elle le mérite. Jamais je n'aurais dû m'emporter comme ça. Millie n'est pas une femme que l'on traite comme ça.

– Ah bon ? Et comment on doit la traiter, alors ? demande mon frère.

– Avec respect, répond mon père.

– Respect ?! répète mon frère, abasourdi. Je te rappelle quand même qu'elle a…

– La ferme ! aboyé-je.

– Pardon ?! rétorque mon frère en me faisant face, le visage fermé et les poings serrés.

Comment en vouloir à mon frère de ne pas comprendre où je veux en venir, quand moi-même je ne sais pas pourquoi je suis intervenu ?! Après tout, il ne fait que rappeler cette triste réalité qui, bien que passée, est toujours aussi présente dans nos esprits et dans mon cœur. Mon frère doit lire dans mon regard que je suis paumé, car il ne prononce pas un mot de plus et se contente de sonder mon regard à la recherche d'une réponse. Mais heureusement pour moi, au loin j'entends le moteur d'un véhicule qui s'approche à vive allure.

– Ils sont là, dit notre père.

Drake me regarde encore quelques secondes avant que nous reportions notre attention sur la camionnette qui se rapproche rapidement de notre position.

Le parfait timing. Parler de Millie s'occupant de Slade est une chose déjà difficile à gérer, mais évoquer notre passé commun et comment notre relation s'est terminée, c'est autre chose. Même après toutes ces années, mon histoire avec elle est un sujet tabou. Pourquoi s'entêter à vouloir remuer la merde ? En dessous, il n'y aura jamais qu'une autre couche de merde et d'emmerdes.

Une fois la marchandise échangée, j'attends le message de Seth nous indiquant que la voie est libre. Je ne patiente que quelques secondes et c'est le signal pour nous de repartir par là où l'on est venus. Quand on arrive au club, Razor et Justice s'occupent de décharger notre cargaison et de la stocker en lieu sûr. Quant à moi, je me dirige sans attendre vers le bar, j'ai bien besoin d'un remontant.

Comme d'habitude, il y a toujours du monde, mais ce qui attire mon attention, c'est ce qui ressemble à un début de crêpage de chignons entre K' et June. Devil se dirige d'un pas rapide vers sa régulière et la retient in extremis avant qu'elle se jette sur K'. Tout le monde observe la scène avec un regard mi-amusé mi-blasé. On est tous habitués à assister à ce genre de spectacles, c'est pourquoi personne n'intervient. D'ordinaire ça se cantonne à des querelles entre brebis, il est plus inhabituel pour nous de voir une nana s'en prendre de front à une régulière et c'est ce qui rend sûrement la scène plus divertissante pour bon nombre de mes frères. D'autant que connaissant le caractère explosif de June, ça risque rapidement de monter en pression. Même si j'aimerais tracer mon chemin, car finalement le sort de K' m'importe peu, je comprends au regard noir que m'adresse June que je vais devoir m'en mêler.

– Stan ! dit June d'une voix colérique. Dis à ta salope de copine de tenir sa place !

– Salope toi-même ! Non mais, tu t'es regardée ?! Je me demande comment Devil fait pour ne pas aller voir ailleurs, lui répond K' en croisant les bras.

– Stan ! crache Devil.

De cette simple apostrophe, il me prévient que je ferais mieux d'intervenir si je ne veux pas qu'il lâche sa régulière sur K'. June est une bagarreuse, K' n'a aucune chance et elle le sait. Ce qui pourtant ne l'empêche pas de continuer à la défier du regard. C'est uniquement parce que j'ai déjà ma dose avec mon père et Millie que je vais intervenir. J'ai clairement pas envie de me prendre la tête avec un de mes frères. Et je sens que, de son côté aussi, les limites ne sont pas loin d'être franchies, sans compter qu'il va devoir calmer sa régulière. En temps normal, j'aurais laissé K' se démerder, ce n'est pas ma copine et encore moins ma régulière. Mais son attitude toujours plus désinvolte depuis quelque temps m'oblige à intervenir et c'est inadmissible. Il va vraiment falloir que j'aie une conversation sérieuse avec K' et que je lui rappelle sa place au sein du club, sans quoi je finirai par donner raison à mes frères et par la foutre dehors.

– K', ferme-la et sers-moi une bière.

– Mais enfin, Stan, tu vas la laisser me parler sur… commence-t-elle sur un ton entre le reproche et le choc.

– La ferme ! la coupé-je. Je veux rien savoir. June est une régulière du club. Toi, ce qui te différencie des brebis, c'est que tu ne baises que ma bite. Mais à part ça, tu n'as aucun statut dans ce club. Alors respecte les règles et la hiérarchie, sinon tu sais ce qui t'arrivera !

K' semble surprise par le ton que j'emploie. Ma menace n'est pas du tout dissimulée cette fois et elle semble prendre conscience qu'elle est allée trop loin. Mais K' étant ce qu'elle est, elle tente de m'amadouer en s'approchant de moi d'un pas lent. Elle roule des hanches et se mordille la lèvre.

– Stan, bébé… Tu sais bien que vous ne pouvez pas vous passer de moi, toi et ta queue, dit-elle en posant sa main sur mon entrejambe et en commençant à me caresser à travers mon jean.

Je retire violemment sa main, ce qui la fait légèrement grimacer de douleur. Elle est surprise par mon geste, mais ne se défait pourtant pas de son air vainqueur. Celui qui est persuadé d'arriver à me convaincre de la sauter. Si seulement elle savait que je ne ressens absolument rien d'autre pour elle qu'un profond agacement.

– Casse-toi, K'. Va offrir tes services à quelqu'un d'autre. Je t'ai assez vue, dis-je d'une voix froide qui ne laisse planer aucun doute sur la sincérité et la véracité de mes paroles.

– Allez, Stan… Tu as l'air tendu, laisse-moi t'aider, prendre soin de toi. Tu sais que tu peux tout me faire, minaude-t-elle en rapprochant son visage du mien.

Visiblement, K' a besoin d'un petit rappel. À force de jouer avec le feu, on finit par se brûler. Alors qu'elle continue d'approcher son visage de moi, j'agrippe l'arrière de sa nuque avec ma main. K' m'offre alors un sourire satisfait, pensant qu'elle a peut-être réussi à me faire craquer. Mais quand je me mets à tirer violemment sur ses cheveux, son visage se tord de douleur.

– Stan, bébé, tu me fais mal, dit-elle en tentant de se libérer de mon emprise.

– Est-ce que j'ai l'air d'en avoir quelque chose à foutre ? dis-je en tirant davantage.

J'incline sa tête en arrière afin d'accentuer ma domination sur elle. Je la vois déglutir et ses yeux presque moqueurs deviennent apeurés.

– C'est la dernière fois, K', que je prends la peine de te prévenir que tu as intérêt à rester à ta place. La prochaine fois, tu dégages. Ce n'est pas parce que je te baise par tous les trous que tu peux te croire au-dessus des lois du club. Ici tu es une brebis. Tu m'as compris ? dis-je en la fixant de mon regard noir, menaçant.

K' se contente de hocher la tête.

– Dis-le !

– Je… J'ai compris, articule-t-elle péniblement.

– T'as plutôt intérêt ! Maintenant casse-toi, craché-je en la repoussant.

K' se tient l'arrière de la tête et m'offre un dernier regard apeuré avant de se diriger vers le fond du bar et de disparaître de ma vue. Quand toute cette histoire avec mon père, Millie et Slade sera terminée, il sera grand temps que je m'occupe sérieusement du cas de K' et de son devenir au sein du club. Soit elle apprend à rester à sa place ici, soit je me verrai dans l'obligation de prendre des mesures drastiques à son encontre.

– Il était temps que tu la remettes à sa place cette salope, dit Devil en me tendant une bière.

– Ouais, me contenté-je de répondre avant de reporter mon attention sur le bar, ses membres.

D'autres frères se joignent à nous, puis je décide qu'il est temps pour moi d'aller dormir un peu. Toute cette tension avec Millie, ces sentiments refoulés qui ressurgissent m'épuisent.

Et malgré les tentatives de certaines brebis de m'aider à décompresser, c'est seul que je regagne ma chambre et que je me couche. Soudain mon téléphone se met à sonner. Je ne sais pas l'heure qu'il est et je décroche sans même regarder qui m'appelle.

– Ouais !

– Stan, c'est Millie. Je t'en prie, viens vite ! Il y a des…

Puis un bruit sourd se fait entendre et la communication est coupée. Sans plus attendre, je me jette hors du lit, m'habille en vitesse et file au bar. Ce bruit que j'ai entendu, je le reconnaîtrais entre mille. C'est celui que j'entends à chaque fois que je me sers de mon flingue. Dans ma tête, des dizaines et des dizaines de scénarios prennent forme, toujours plus glauques les uns que les autres. Cet appel de détresse de la part de Millie, puis ce coup de feu ne présagent rien de bon. Je le sens tout au fond de mes tripes, quelque chose de moche nous attend chez Slade.

Heureusement pour moi, mon père et mes frères sont encore présents et c'est Diesel qui m'aperçoit en premier.

– Merde, frangin, qu'est-ce qui se passe ?

– C'est Millie. Elle vient de m'appeler en panique, puis j'ai entendu un coup de feu, dis-je en finissant d'enfiler mon tee-shirt.

– Chez Slade ! hurle mon père.

Toute ma famille ainsi que quelques membres nous suivent, et nous grimpons sur nos bécanes en direction de la maison de Slade. Nous arrivons en un temps record et nous nous stationnons rapidement. Armes en main, nous nous dirigeons vers l'entrée, et ce que je vois me glace. Nous sommes arrivés trop tard.

Du sang, beaucoup de sang.

11

Millie

Il est vingt-trois heures quand je décide enfin d'aller me coucher. J'éteins mon ordinateur et range mes notes concernant mes recherches. J'ai commencé à sevrer progressivement Slade des médicaments. J'ai lu dans un article qu'ils pouvaient être responsables de son état. Les antalgiques l'aident à ne pas souffrir tout en le maintenant dans le coma. En somme, le serpent qui se mord la queue. J'espère ainsi pouvoir commencer à voir apparaître des signes d'activité, mais il est encore trop tôt pour cela. Je me dirige vers la chambre de Slade pour m'assurer que tout est bien branché quand j'entends du bruit dans la rue, devant la maison. C'est assez inhabituel. Mon père habite un quartier paisible.

Je me dirige à tâtons vers la porte quand je surprends des voix d'hommes. Je me fige en entendant ce qu'ils se disent. Je ne reconnais pas leur voix et ils ne semblent clairement pas venus ici pour une visite de courtoisie.

– Tu es sûre qu'elle est seule ?

– C'est ce que l'autre salope nous a dit. Y a juste elle et son vieux qui ressemble à un légume dans son lit.

– Putain, si elle nous a encore menti, je vais lui faire payer cette fois. Elle nous doit un max de pognon.

– T'inquiète, elle sait qu'elle a pas le droit à l'erreur, elle nous doit trop d'argent.

– Bon, tu arrives à ouvrir la porte, oui ou non ?!

Bordel, mon rythme cardiaque s'accélère et ma tension artérielle monte en flèche quand je comprends que ces deux individus tentent de pénétrer chez moi. Pour le moment, le seul rempart entre eux et nous, c'est cette fichue porte d'entrée. Je sais que Slade a renforcé les serrures.

– Elle t'a dit si elle était bonne ?

– Non, mais on s'en fout.

– On pourrait s'amuser un peu avec elle.

Mon ventre se tord et j'ai envie de vomir en les entendant parler.

Je ferme les yeux pour calmer les battements de mon cœur, et quand je les rouvre quelques secondes plus tard, je sais ce que je dois faire. Je file dans le salon récupérer ce dont j'ai besoin. Je retourne dans la chambre en veillant à refermer la porte derrière moi.

Soudain, j'entends la porte d'entrée s'ouvrir et le bruit de pas lourds résonne dans la maison. Je compose le premier numéro qui me vient à l'esprit en espérant qu'il ne l'a pas changé. Une sonnerie, puis deux, quand enfin :

– Ouais !

– Stan, c'est Millie. Je t'en prie, viens vite ! Il y a des…

Je n'ai pas le temps de finir ma phrase qu'une détonation se fait entendre. L'un des deux individus vient de tirer dans le verrou de la porte. Je lâche mon téléphone et me tiens prête. S'ils veulent la jouer comme ça, on va la jouer comme ça. Je suis peut-être un chirurgien de renom, mais je suis et je reste avant tout Millie Johnson, la fille du VP des Hell's Dogs. Il est hors de question que je reste les bras croisés à les attendre sans me battre.

La porte s'ouvre à la volée et un homme pénètre rapidement dans la chambre. Il braque son arme directement sur Slade sans voir que je me trouve juste à la droite de mon père, à genoux. Et avant qu'il comprenne ce qu'il passe et où je suis, je vise et je tire. Je le touche directement en pleine tête. Dommage que Slade ne soit pas réveillé, il serait très fier de moi ! Mais malgré l'adrénaline qui coule dans mes veines, je prends conscience rapidement que je viens de tuer quelqu'un. J'ai ôté la vie d'un autre être humain, et même si ses intentions étaient claires – il voulait nous tuer, moi et mon père – et que je n'ai fait que nous défendre, cela n'atténue en rien le sentiment de culpabilité qui m'assaille. De sang-froid et sans réfléchir, comme si j'avais déjà fait ça, j'ai tiré. Comment vais-je réussir à vivre avec ce que je viens de faire… ? J'ai commis un meurtre.

L'homme tombe lourdement au sol, laissant apparaître derrière lui un deuxième type, beaucoup moins musclé, mais dont le regard, quand il se braque sur moi, ne me laisse rien présager de bon.

– Salope, tu vas le regretter ! hurle-t-il en pointant à son tour son arme dans ma direction.

Mais comme face à son comparse, mon corps semble agir en mode automatique, faisant abstraction de ce sentiment d'infamie qui menace de me consumer. Je presse à nouveau la détente, ne lui laissant pas le temps d'ajuster son propre tir. Deux détonations résonnent dans la chambre et je constate que je l'ai atteint au bras. Ce qui est étrange, c'est que j'ai l'impression que c'est moi qui ai été touchée, car je ressens une violente douleur à mon biceps droit. Mon bras commence à trembler, mais la détermination à me tuer que je lis dans son regard suffit à me donner la force de tenir mon arme et de tirer à nouveau. Car je suis bien plus résolue que lui. Je ne lutte pas simplement pour ma vie, mais aussi et surtout pour celle de mon père, qui n'est pas en mesure de se protéger. Je sais aussi que si je me rends, si je baisse les armes, ma mort ne sera pas rapide, si tant est que me tuer soit une finalité. J'ai entendu beaucoup trop d'histoires sur les femmes prisonnières de gens comme lui, et il est hors de question que je serve de jouet ou de défouloir à quiconque.

Ma balle vient se loger à deux centimètres de sa tête, dans le chambranle de la porte. Mon ennemi est surpris. Son regard passe rapidement de mon canon à la balle. Il reporte son attention sur moi et je le vois hésiter. Il semble tiraillé entre l'envie de se battre et celle de rester en vie.

– Va-t'en ! Sinon la prochaine balle t'atteindra, comme ton ami, le menacé-je.

Je le vois respirer rapidement, la main tenant toujours fermement son arme. Je sens que mes forces s'épuisent. Mon bras me fait de plus en plus souffrir, l'arme devient lourde et je sais que dans quelques secondes ma main va se mettre à trembler. Ce sera alors pour lui le signe que je commence à faiblir. Je lutte avec tout ce qu'il me reste d'énergie et de hargne pour rester digne et tenace face à lui.

Et heureusement pour moi, ma menace semble fonctionner sur lui. Il me lance un dernier regard avant de faire demi-tour et de partir en courant.

J'attends encore quelques secondes, le bras douloureusement tendu en direction de la porte, avant de le laisser mollement retomber le long de mon corps. Mes yeux se posent alors sur le corps sans vie à quelques mètres à peine de moi. Ma vision se brouille et je comprends que je suis au bord des larmes.

J'ai tué quelqu'un.

Je ferme les yeux pour tenter de me calmer et de chasser les images de ce regard que la vie a subitement quitté. Soudain, j'entends au loin le bruit de plusieurs motos. Rapidement, le bruit se fait plus présent et je comprends que je vais à nouveau avoir de la visite. Je ne sais pas encore s'il s'agit d'amis ou d'ennemis, mais ce que je sais, c'est que même si j'ai atteint mes limites, je me battrai jusqu'au bout.

Je regarde mon père, toujours paisiblement et profondément endormi.

– Je suis désolée, murmuré-je à son oreille avant de déposer un bref baiser sur son front.

Je ne sais pas s'il peut m'entendre, mais j'ai besoin de m'excuser auprès de lui, car je sais que si j'échoue, je signe son arrêt de mort par la même occasion. Je lutterai, mais de ce que j'ai entendu, j'en déduis que j'aurai à faire face à plusieurs personnes, et s'il s'agit d'ennemis, je n'aurai aucune chance.

J'entends de nouveau des pas et un homme apparaît dans l'embrasure de la porte de la chambre. Je pointe mon arme directement sur sa tête.

– Tout doux, Millie, c'est moi, Stan, me dit-il en levant les mains en l'air.

Je ne réalise pas qu'il s'agit réellement de Stan devant moi. Mon corps et mon esprit sont encore sur la défensive, mais rapidement, une vague de soulagement m'envahit et je baisse mon bras.

Il est venu. Il ne m'a pas abandonnée !

Je ferme les yeux pour tenter de me calmer. Quand je les rouvre, je regarde Stan. Je tente de parler, mais aucun mot ne sort. Ma gorge est nouée par l'émotion, et de toute manière, aucun mot n'est assez fort pour exprimer à quel point je lui suis reconnaissante d'être venu.

Rapidement, il est rejoint par Apo puis Seth, Drake et tout le reste de la fratrie Jackson, à l'exception d'Amy. Mais malgré la foule qui s'agglutine et qui tente de se frayer un chemin dans la chambre, je ne le quitte pas des yeux. Malgré notre passé, la fin de notre histoire, j'arrive encore aujourd'hui à trouver dans son regard la force de vaincre mes peurs et mes craintes. Même si aujourd'hui, j'en suis bien consciente, la haine a remplacé l'amour, Stan a toujours cette faculté de m'apaiser. Une fois encore il est mon roc et c'est grâce à lui que je tiens le coup en cet instant. Je puise dans son regard la force de ne pas m'écrouler et de tenir bon, du moins pendant encore un court instant.

Son regard me quitte un bref instant pour se porter sur l'homme qui gît au sol. Son corps se crispe et il serre les poings. Il est en colère, je le sais, je connais ses réactions. Puis ses yeux se posent à nouveau sur moi et sur mon bras.

– Millie, bordel ! Qu'est-ce qui s'est passé ? dit-il en accourant à mes côtés.

Il ne fait qu'effleurer ma blessure, et pourtant cela m'envoie une décharge de douleur qui me fait grincer des dents. Stan relève rapidement la main. Son regard croise à nouveau le mien et je sais qu'il ne lui faut pas longtemps à lui non plus pour deviner ce que je ressens.

– Millie, ça va aller, dit-il d'une voix calme.

Je me mords la lèvre et je ferme les yeux pour tenter de ne pas craquer.

Comment les choses pourraient-elles aller mieux ?

J'ai tué un homme de sang-froid, sans sommation. Il m'a simplement fallu tendre mon bras, viser et appuyer sur la gâchette, le tout en à peine quelques secondes. J'ai pris la vie d'un homme, enlevé un fils à ses parents et peut-être un père ou un mari. À cette pensée, je sens la première larme couler le long de ma joue. Je continue de me mordre la lèvre, mais c'est peine perdue. Stan sait. Je sens son pouce effleurer ma joue et sécher cette larme unique et silencieuse, mais synonyme d'un torrent intérieur de peine et de chagrin.

– Ça va aller, Millie, je te promets, ça va aller, continue-t-il à me chuchoter cette fois en collant son front au mien.

Je ne sais pas combien de temps nous restons dans cette position, sûrement un court instant, qui pourtant me paraît une éternité. Sa proximité, son contact me calment, m'apaisent.

– Mais qu'est-ce qui s'est passé, bordel ! tonne Apo.

Je rouvre les yeux pour croiser le regard une fois encore torturé de Stan avant de reporter mon attention sur Apo.

– Lui et un autre homme ont pénétré ici dans le but de nous tuer Slade et moi. J'ai tué celui-ci et j'ai blessé le second qui est…

– Attends ! On a un fugitif ?! me coupe Apo dont la voix est devenue encore plus grave.

Il y a aussi quelque chose d'autre dans son intonation… De la colère, certes, mélangée à de la frustration, mais il y a aussi comme de l'excitation. Celle d'un homme qui va partir en chasse.

– Oui, mais il est blessé, réponds-je.

– Toi aussi, nous rappelle Stan.

– On a tiré au même moment et je m'en sors pas trop mal vu les circonstances… ajouté-je.

– Putain, mais qui sont ces mecs ?! Et comment savaient-ils pour Slade ?! demande Drake.

– Aucune idée, mais on va mettre Angel sur le coup. Qu'il essaie de trouver des caméras de surveillance, commence à expliquer Apo avant d'être interrompu.

– La police est là ! hurle Diesel de l'extérieur de la maison.

– Putain, fait chier ! Il faut l'amener à l'hôpital, tonne Stan.

– Plus le temps, c'est trop tard, rétorque Apo. Millie, pour l'arme ? commence-t-il à dire en me fixant de son regard pénétrant.

– J'ai utilisé celle que planque Slade dans un des coussins du canapé, expliqué-je.

– OK, elle est clean. Tu penses pouvoir t'en sortir ? me demande-t-il, cette fois l'air inquiet.

J'ai à peine le temps de lui répondre d'un hochement de tête que des officiers de police pénètrent dans la maison, armes au poing, en demandant à tout le monde de mettre les mains en l'air et de se placer contre le mur.

– Elle est blessée, hurle Stan à l'officier qui le maintient fermement contre le mur.

Ce dernier tourne légèrement la tête dans ma direction, et quand il aperçoit ma blessure, il prend sa radio pour appeler une ambulance. J'observe Stan qui tente désespérément de se dégager dans le but, je le sais, de me rejoindre, mais en vain.

– Restez contre le mur, monsieur, sinon je vous arrête pour obstruction dans ce qui semble être une affaire criminelle.

– Bordel, mais lâchez-moi et laissez-moi la rejoindre, vous voyez pas qu'elle est blessée et qu'elle a peur ! crie Stan sans cesser de tenter de me rejoindre.

– Monsieur, pour la dernière fois, face contre le mur, les jambes et les bras écartés.

Stan me regarde et je sais, je sens qu'il s'apprête à commettre une erreur. Je ne sais pas pourquoi. Est-ce qu'il a eu peur pour moi, est-il en colère que des hommes aient voulu s'en prendre à Slade, à son VP, ou contre moi parce que j'ai tué un homme et ainsi mis le club dans le viseur de la police ? Le concernant, je ne suis plus sûre de rien finalement. Quoi qu'il en soit, je comprends à son comportement qu'il semble prêt à tout pour me rejoindre.

– Ça va aller, Stan, lui dis-je d'une voix calme.

Je lui offre également un timide sourire qui semble le calmer.

– L'équipe médicale est là, m'indique un autre policier en me faisant signe de le suivre.

Je me dirige vers lui, et en passant devant Stan, je ne peux m'empêcher de vouloir à nouveau tenter de le calmer.

– Ça va aller, c'est une égratignure, dis-je calmement en passant devant lui.

Finalement je ne sais pas qui j'essaie de convaincre, Stan ou moi. Ma blessure s'apparente bien plus à un coup de tisonnier chauffé à blanc qu'à une éraflure. Quant au fait que tout aille bien, c'est loin d'être le cas.

Je passe devant le reste de la famille Jackson et tous, exception faite de Stan, affichent un air de défiance envers l'officier qui se trouve devant eux. Ils sont tous calmes et silencieux, mais personne n'est dupe. Ce n'est qu'un calme de surface qui cache une rage et une colère profondes.

Rapidement, on m'installe à l'arrière de l'ambulance. Le secouriste me demande d'enlever mon tee-shirt, mais je refuse et lui explique qu'il peut tout à fait découper la manche. Ce n'est pas comme si je comptais remettre ce haut de toute manière. Alors qu'il veille à être rapide et précis, ses gestes ne font qu'accentuer cette douleur lancinante qui ne me quitte plus depuis plusieurs minutes. Et quand il pose ses doigts tout près de ma blessure, je ne peux retenir un petit cri de douleur.

Rapidement, j'entends de l'agitation et je relève les yeux pour voir Stan qui tente de se défaire de l'emprise de deux officiers. Du coin de l'œil, j'aperçois aussi les autres membres Jackson s'agiter et j'entends Apo hurler à l'officier en charge de laisser son fils rejoindre sa copine.

Et c'en est trop pour moi. Ma blessure, le meurtre, la douleur, Stan, tout ceci commence à avoir raison de moi et les premières larmes coulent désormais librement sur mes joues. Je croise le regard désemparé et pourtant déterminé à me rejoindre de Stan et je craque davantage.

– S'il vous plaît, laissez-le me rejoindre, dis-je d'une voix brisée, de la voix d'une femme qui est à bout, qui n'en peut plus et qui a besoin de soutien.

Je le supplie du regard et continue de lui demander de faire venir Stan.

Mon secouriste semble comprendre la détresse dans laquelle je me trouve actuellement et je le vois se lever pour aller parler aux agents qui retiennent fermement Stan sur place. Je les vois jeter des coups d'œil furtifs dans ma direction, puis c'est la délivrance. Quand je vois Stan courir dans ma direction, je me sens tout de suite mieux.

Dès qu'il arrive à mes côtés, il prend mon visage entre ses mains.

– Je suis là, Em', ça va aller, dit-il en séchant mes joues inondées de larmes.

Em'. Il a utilisé ce vieux surnom pourtant synonyme de peine et de rancœur, mais dans lequel en cet instant je puise ma force. Celle qui se trouve dans notre connexion d'antan. Dans ce lien qui à l'époque nous paraissait indéfectible. Et je mets volontairement de côté tout le mal et la peine dont il est le synonyme aujourd'hui. Je continue à écouter la voix calme de Stan me disant qu'il est là, que tout va aller, quand le secouriste revient.

– Merci, lui dis-je d'une voix plus que reconnaissante.

– Pas de problème, madame, me répond-il en m'offrant un timide sourire.

Il retourne à l'inspection de ma blessure et cette fois je ne sens presque rien. La présence de Stan suffit à m'apaiser l'esprit mais aussi le corps.

– Madame, nous allons devoir vous conduire à l'hôpital, vous avez besoin de points de suture, m'informe-t-il d'une voix calme mais qui provoque en moi une véritable tempête.

– Non ! hurlé-je.

– Em', laisse-le t'emmener. Tu as… commence Stan.

– J'ai dit non ! Il est hors de question que j'aille à l'hôpital.

Je baisse les yeux pour observer pour la première fois ma blessure et je constate qu'effectivement elle est assez profonde et requiert des points. Toutefois, je sais aussi que le secouriste possède tout le nécessaire dans son camion. Et ce n'est pas pour six ou sept points de suture que je vais abandonner mon père. Qui sait ? L'autre homme pourrait revenir et cette fois accompagné de plusieurs complices. Non, hors de question que je prenne le risque de laisser mon père seul, à la merci de ces individus dont on ignore tout.

– Vous avez tout ce qu'il vous faut dans votre camion. Alors soit vous me faites les points ici, soit je pars, l'informé-je.

Du coin de l'œil, j'aperçois Stan qui s'apprête à reprendre la parole, alors j'ajoute en braquant mon regard sur lui :

– Et c'est non négociable.

Mon secouriste interroge du regard Stan qui finit par hocher la tête, comme pour donner son accord. Je suis bien trop perdue émotionnellement pour réagir contre cette attitude. Alors que le soignant prépare tout son matériel, nous sommes rejoints par un officier de police d'un certain âge. Il se présente comme étant le directeur de l'enquête et souhaiterait recueillir mon témoignage tout de suite.

À mes côtés, Stan ne cache pas son mécontentement, mais je presse sa main avec la mienne pour lui signifier que c'est bon, je peux le faire. Mon geste le calme et c'est alors que je remarque qu'il fixe nos mains jointes, le regard perdu. Je tente de retirer ma main, mais il la retient et relève les yeux vers moi. Son regard est torturé. Il semble lutter entre des sentiments passés et présents. Si je n'étais pas dans un véritable cataclysme émotionnel à la suite des événements de la soirée, je serais probablement dans le même état que lui. À vivre et ressentir un présent bercé de souvenirs passés.

Alors que d'un côté l'ambulancier s'affaire à me soigner avec la plus grande minutie, de l'autre côté je donne mon témoignage. Plus j'explique au policier la chronologie de ma soirée, plus son air devient sceptique. Évidemment, maintenant que le club est impliqué dans cette histoire, je me dois de déformer légèrement la vérité.

Toutefois, il se contente de retranscrire mon témoignage sans montrer de réel intérêt pour le cas de mon père ni le mien d'ailleurs. Je sais parfaitement qu'aucune attention particulière ne sera portée à notre affaire. Finalement, si mon père venait à mourir, pour lui comme pour les autres policiers ce serait un criminel de moins. L'enquête finira sûrement dans une pile de dossiers à traiter et sera classée sans suite. Ceci dit, cela arrange bien les affaires du club que cet incident n'éveille pas l'intérêt des autorités. Ce sera plus simple à gérer en interne, j'imagine.

La seule chose à laquelle l'officier semble porter un intérêt tout particulier est la provenance de l'arme que j'ai utilisée pour tuer cet homme dont on ignore encore l'identité.

Une fois que c'est fini, il me donne tout de même sa carte, sûrement plus pour la forme qu'autre chose. Si jamais le moindre détail me revient, je ne dois surtout pas hésiter à le recontacter. Souhaitant plus que toute autre chose que cette histoire cesse, je prends poliment sa carte et lui offre un sourire de circonstance. Même si son irruption ne m'enchantait guère au début, je dois avouer qu'elle a eu au moins le mérite d'occulter complètement la présence de l'ambulancier qui, pendant ce temps, a fini de me recoudre.

Soudain, je me lève d'un bond de l'ambulance.

– Non mais, qu'est-ce que vous faites ?! demandé-je à deux secouristes en train de sortir Slade sur un brancard, avec tous ses appareils.

– On nous a donné l'ordre de le ramener à l'hôpital.

– C'est une plaisanterie ! Je vous interdis de bouger mon père de la maison ! Et j'espère pour vous qu'il est toujours sous respirateur et moniteur, sinon je me ferai une joie de vous faire retirer votre diplôme !

Les deux ambulanciers se jettent un regard inquiet, alors que j'ausculte Slade à la recherche du moindre signe de détresse. À leur décharge, ils semblent avoir fait correctement le travail.

– Madame, vous ne pouvez pas le garder ici, c'est une scène de crime. Dans tous les cas, vous devez partir durant la durée de l'enquête.

– Quoi ?! m'exclamé-je, complètement abasourdie. Et où pensez-vous que je vais aller avec mon père, hein ?! Vous voyez bien qu'il a besoin de tout un matériel médical et…

– Amenez-le au club, dit Apo que je n'avais pas vu arriver.

– PARDON ?! Tu crois vraiment que je vais te laisser embarquer mon père dans ton club et t'occuper de lui !

– Non, bien sûr que non, tu viens aussi, dit-il. Amenez-le au club, déclare-t-il cette fois à l'intention des deux ambulanciers qui reprennent leur chemin.

Apo fait demi-tour et commence à partir pour regagner sa moto comme si le sujet était clos.

– Non, mais pour qui tu te prends ? crié-je en me plaçant devant lui.

– Écoute, Millie, sois raisonnable, je… commence-t-il sur un ton plus calme tout en affichant une mine ferme et déterminée.

Visiblement, pour lui, il n'y a plus matière à discuter.

– Que je sois raisonnable ! Tu crois vraiment que je vais venir vivre avec mon père dans un club gouverné par un monstre et rempli de putes !

– Écoute, Millie, j'aurais dû venir plus tôt, mais j'avais peur de ta réaction. Mais maintenant que tu en parles, je suis sincèrement désolé pour ce que je t'ai fait, dit-il.

Et sans m'en rendre compte, je porte la main à mon cou, lequel affiche encore les marques de ses mains que je dissimule derrière un foulard. Je vois Apo suivre le mouvement de mes doigts et il ferme les yeux en soufflant avant de les rouvrir. Je devrais avoir peur, être en colère, ressentir un quelconque sentiment de haine envers lui pour ce qu'il m'a fait, mais finalement ce n'est pas le cas, loin de là. Je le comprends. J'ai tué un homme pour protéger la vie de mon père et la mienne. J'ai ôté la vie d'un être humain pour mon père. Je comprends alors tout à fait l'état d'esprit d'Apo quand il a cru que son meilleur ami et VP était mort et que j'en étais responsable. Il a agi par instinct, tout comme moi. Finalement, nous ne sommes pas différents lui et moi, et c'est peut-être ce qui me fait peur.

– Je comprends que tu me détestes, que tu détestes sûrement tous les membres du club, mais visiblement ce n'était pas un cambriolage qui a mal tourné. Toi et Slade étiez visés, et tant qu'on n'aura pas identifié la menace, l'endroit le plus sûr pour vous deux, dans cette ville, c'est le club.

Je sais qu'il a raison. Ces deux hommes ont pénétré chez Slade pour repartir avec de l'argent, mais ils sont venus chez lui spécifiquement. Je sais aussi que l'homme blessé et encore en vie va venir se venger. Je l'ai lu dans son regard avant qu'il parte. Transférer Slade à l'hôpital n'est pas non plus envisageable. Je ne doute pas qu'un mec prêt à s'en prendre au VP des Hell's Dogs doit avoir aussi des relations et des informateurs un peu partout. Avant que le brancard de mon père foule le sol de l'hôpital, il en sera même sûrement averti. Bien que je déteste l'idée de devoir remettre un pied dans ce club maudit, je n'ai finalement pas le choix. Car même si je suis furieuse et aucunement ravie de ma future cohabitation avec Stan, je n'ai pas vraiment envie de me retrouver seule. L'idée que l'autre individu puisse revenir finir ce qu'il a commencé me terrifie. Bien sûr, je ne mentionne rien de tout cela à Apo ni à qui que ce soit. Je n'ai pas envie de susciter leur pitié, en plus de leur compassion.

– Très bien ! Vous pouvez l'amener au club, dis-je à l'intention des deux secouristes qui me font un signe de tête et repartent en direction de leur camion.

– Désolé, Millie, je sais que revenir au club doit être une épreuve difficile, mais c'est pour votre sécurité, continue Apo d'une voix douce.

Une fois certaine que Slade est sécurité, je me retourne vers Apo à qui je décoche une gifle magistrale. Sa tête part sur le côté sans qu'il ait le temps de comprendre ce qu'il se passe.

– Ça, c'est pour avoir essayé de me tuer l'autre matin ! Et ça, ajouté-je en lui donnant un coup de genou bien placé, c'est pour m'obliger à revenir dans ton club de merde !

Apo tombe au sol en grognant de colère. Beaucoup partiraient en courant après un tel geste. En fait, personne à ma connaissance n'aurait osé une telle chose, mais moi c'est différent. Après cette soirée, j'en suis arrivée à un stade où je m'en fous. Depuis que j'ai reçu ce fichu appel du Dr Reed, ma vie est devenue chaotique. Et cette fois, au lieu de subir les événements de plein fouet, je décide d'en être l'auteur.

– Je vais préparer nos affaires. Que tes hommes pensent à récupérer tout le matériel nécessaire pour Slade et moi. Il faut aussi penser à vider une chambre pour Slade, suffisamment grande pour installer son lit et tout l'équipement, et libérer celle à côté pour moi. Il est hors de question que je ne puisse pas garder un œil sur lui nuit et jour. Je n'ai confiance en aucun d'entre vous.

Une fois mon petit discours terminé, je contourne Apo pour me diriger dans la maison. Je ne rate pas le regard complètement ahuri de Stan face à la scène qui vient de se dérouler. Sa tête ainsi que celles de ses frères me donneraient presque envie de rire. J'ai bien dit presque, car ça pourrait être le cas si ma soirée n'avait pas pris une tournure macabre. Je pourrais rire du comique de la situation, mais c'est compter sans le poids de ma conscience et de ce que j'ai fait ce soir, qui empêche tout moment de joie de s'immiscer dans ma vie.

– Oh, et j'allais oublier, Apo… commencé-je en tournant légèrement la tête dans sa direction. Si tu me touches encore une fois, je te tue toi aussi. J'ai peut-être prêté serment de venir en aide à mon prochain, mais je suis aussi la fille de Slade, ne l'oublie pas.

Et sans attendre une réponse de sa part, je file à l'intérieur, escortée d'un policier. Je fais nos sacs. Même si je suis concentrée sur ma tâche, je ne peux m'empêcher de penser à ce qui m'attend au club. J'imagine déjà les regards et les conversations qui vont découler de mon arrivée. Entre ceux qui m'ont connue avant et avec qui j'ai coupé tout contact et les nouveaux qui ne savent pas qui je suis, cela promet d'alimenter toutes les conversations pendant un bon moment. Mais au-delà d'affronter de vieilles connaissances, je vais surtout devoir cohabiter avec Stan. Si chez mon père j'avais le sentiment d'être à l'abri de lui, là-bas je ne pourrai clairement pas l'éviter. Comment est-ce que je vais réussir à gérer sa proximité ? Depuis mon retour, il ne lui a fallu que quelques visites pour mettre à mal mes défenses. Alors comment est-ce que je vais faire pour maintenir une certaine distance émotionnelle quand je vais être amenée à vivre avec lui ?

J'attrape mon oreiller et m'en sers pour camoufler mon cri de colère et de rage. Une fois calmée et légèrement plus détendue, je continue à m'affairer à préparer nos affaires.

Au bout de plus de trente minutes, j'ai enfin réuni tout ce dont je vais avoir besoin. Je ne sais pas combien de temps ma cohabitation va durer, cela va dépendre du temps qu'Apo et ses hommes vont mettre pour retrouver notre fugitif. Mais une chose est sûre, je vais devoir appeler mon chef de service pour prolonger mon absence. J'imagine qu'il ne sera pas ravi de la nouvelle, mais je sais aussi qu'il se montrera compréhensif et indulgent.

12

Stan

Mes frères et moi regardons la scène, complètement sidérés. Millie vient de mettre littéralement à genoux notre père, Apo. Le président national des Hell's Dogs. Bordel, j'espère me souvenir de cette scène jusqu'à la fin de ma vie ! Je ne lui avouerai probablement jamais, mais Millie est presque devenue mon héroïne. Ceci dit, je suis persuadé que l'ascenseur émotionnel qu'elle vient de vivre a sûrement eu raison de sa volonté à garder le contrôle.

– C'est dans la boîte, dit soudain Drake en nous montrant son téléphone, fier comme un paon d'avoir eu l'intelligence de filmer la scène la plus surréaliste à laquelle nous avons pu assister.

Quand je regarde autour de moi, je constate que tout le monde semble figé, les secouristes et même les flics ont arrêté ce qu'ils faisaient pour assister à cette scène. Je reporte à nouveau mon attention sur mon père, m'attendant à le voir exploser de rage et hurler de colère. Mais non, il est en train de se bidonner. Il se relève tout de même péniblement pour rire à gorge déployée.

Sur le moment, je redoute que mon père rigole jaune et finisse par péter un câble. Et encore une fois, je me surprends à être prêt à intervenir s'il se lance à la poursuite de Millie. Mais il n'en est rien, mon père semble réellement amusé par la situation. En même temps, ça n'arrive pas tous les jours que quelqu'un lui tienne tête de cette manière. Je crois que ce n'est même jamais arrivé depuis qu'il est président ou alors la personne est morte et enterrée quelque part. Quant à la police, ils doivent croire que mon père éclate d'un rire hystériquement mauvais et qu'il tente de sauver les apparences. Ils doivent aussi supposer qu'il réglera ses comptes plus tard, en privé.

– Eh merde, apparemment ta meuf lui a bousillé le cerveau en frappant directement dedans, dit Diesel.

– La ferme ! craché-je en ne quittant pas des yeux mon père qui se dirige vers nous, sans cesser de rire.

– Je note que t'as rien dit sur le fait que j'ai parlé d'elle comme de ta meuf, répondit-il.

Je tourne ma tête tellement vite dans sa direction que je pourrais presque en perdre l'équilibre. Mais mon frère a raison. Je n'ai pas protesté quand il a parlé de Millie comme de ma nana et ça m'agace. Pourquoi son commentaire m'est-il apparu comme une évidence ? De nouveau, je suis parcouru par tout un tas d'émotions contraires. J'ai besoin de la savoir en sécurité et en même temps je redoute de devoir la côtoyer tous les jours au club. Elle empiète sur ma vie privée, elle pénètre dans ma zone de confort. Comment est-ce que je vais arriver à prendre du recul si je la croise constamment ?!

Bordel ! Elle n'a pas encore mis un pied au club que je suis déjà une vraie boule de nerfs.

Bordel, Stan, ressaisis-toi, mec ! Ce n'est plus ta nana depuis longtemps et tu sais très bien pourquoi !

Notre père arrive à notre hauteur et me donne une tape sur l'épaule.

– Bordel, fils. J'espère que tu savais ce que tu faisais en la laissant partir, lance-t-il avant de grimper sur sa moto. Drake et Diesel, revenez avec la camionnette et assurez-vous que tout le matériel est rapporté au club. Seth, je te laisse prendre deux prospects avec toi et préparer deux chambres pour Slade et Millie.

Et sur ces derniers mots, mon père fait démarrer sa moto et repart, suivi de mes frères et des autres membres présents. Il m'a demandé de rester et de veiller à ce que Millie arrive saine et sauve au club. On ne connaît toujours pas l'identité de notre fugitif, et tant qu'on n'en sait pas plus, il ne veut prendre aucun risque. Je n'ai pas raté les regards interrogateurs de mes frères quand mon père m'a confié cette mission. Mais rapidement tout le monde semble avoir compris que, lorsqu'il s'agit de Millie, mes réactions sont paradoxales. Sa proximité m'horripile autant qu'il m'est nécessaire de la savoir en sécurité. C'est peut-être ce qui a poussé mon père à me choisir moi plutôt qu'un autre membre pour assurer sa sécurité. Il a compris que malgré toute la rancœur que je lui voue, je mettrai aussi tout en œuvre pour la protéger et veiller sur elle.

Pour preuve, il a suffi de voir ma réaction quand elle était blessée. J'ai agi par instinct, par pulsion. Plus rien ne comptait hormis le besoin vital d'être auprès de Millie. Il n'y a qu'elle qui puisse faire disparaître tant d'années de rancœur en une fraction de seconde. Mais quand je l'ai vue, à nouveau si forte et pourtant si fragile, je n'ai une fois encore pas réfléchi.

Elle est revenue hier et sa vie a déjà été mise en danger deux fois. La première fois par les mains de mon propre père et la seconde par un ennemi dont il me tarde de connaître l'identité. Et malgré toute la colère et la haine que sa proximité éveille en moi, je n'ai pu empêcher une vague de peur de m'assaillir. Mon sang n'a fait qu'un tour et j'ai agi par instinct. Je suis même allé jusqu'à tenter de la rejoindre, mais c'était compter sans la présence de ce putain de flic. Après coup, je ne sais pas si je dois l'insulter ou le remercier. Sans lui, je me serais rué sur elle pour m'assurer qu'elle allait bien.

J'essaie tout de même de me persuader que, si j'ai réagi de cette manière, c'est parce que tous mes sens avaient été exacerbés par la vue de tout ce sang quand nous sommes arrivés.

Évidemment, je m'attendais à tout sauf à tomber sur Millie qui pointait son arme directement sur ma tête. Elle affichait une mine déterminée et résignée à devoir appuyer de nouveau sur la détente si elle le devait.

Nous nous sommes regardés. Aucun de nous deux n'a prononcé un mot. Elle était assise aux côtés de Slade, tenant dans sa main gauche celle de son père, et dans la droite le flingue. Il ne fallait pas être un génie pour savoir qu'elle s'en était servie pour tuer le mec qui se trouvait au sol. Alors que je ne devrais ressentir que de la haine envers elle, je n'ai pas pu m'empêcher d'être fier et surtout excité par ce spectacle. Elle ne le saura jamais, car je ne le dirai jamais à haute voix, mais elle n'a jamais été aussi belle et sexy qu'à cet instant.

On aurait dit une lionne prête à tout pour défendre sa vie, mais surtout celle de la personne sans défense avec elle. Finalement, au bout de quelques secondes, le soulagement a remplacé la détermination dans ses magnifiques yeux. Elle s'attendait sûrement à voir son ennemi revenir avec du renfort et elle y était préparée.

Je pourrais sourire en repensant à la tête de mes frères quand ils ont aperçu le macchabée au sol. Toutefois, je ne retire aucune satisfaction quand je revois dans mon esprit le regard complètement terrorisé mais déterminé de Millie. Je ne peux pas non plus occulter ses larmes de colère, de peine et de remords aussi. Car même si elle ne s'est pas clairement exprimée sur le fait d'avoir tué un homme, je sais que c'est un acte qui va peser lourdement sur sa conscience. Et malgré l'admiration dans le regard de ma famille, il y a aussi l'inquiétude que trahit leur expression. Tout comme moi, ils sont nerveux et soucieux de voir comment Millie va gérer cette soirée.

Finalement, je crois que notre VP savait parfaitement ce qu'il faisait en la choisissant comme personne de confiance. Et par la même occasion, je me rends compte, comme tous les autres membres présents, qu'en plus de toujours savoir très bien viser, elle est vraiment attachée à Slade. En cela, nous l'avons sous-estimée.

Alors que les lieux commencent à être bouclés par les flics, je vois que Millie n'a pas chômé. Deux gros sacs attendent déjà mes frères dans l'allée. Je les vois d'ailleurs arriver à bord de la camionnette. Ils ont également attelé une remorque. Tous les trois, nous partons rejoindre Em' qui nous attend dans la chambre de Slade. Je ne suis jamais rentré dans sa chambre, mais j'imagine qu'elle ne devait pas ressembler à cela. Les seules choses qui la différencient d'une chambre d'hôpital sont les posters de femmes nues aux murs. Ce qui ne manque pas d'attirer l'attention de mes frères. Je vois un sourire étirer leurs lèvres, mais aucun d'eux ne prononce le moindre mot. On a tous compris que ce n'est pas le moment de plaisanter avec Millie. Lorsqu'elle remarque enfin notre présence, ses yeux se braquent d'abord sur moi avant d'observer chacun de mes frères. Nous n'avons pas beaucoup de temps, la police est pressée d'en finir et de condamner la maison et je dois dire que j'ai aussi envie de rentrer et de savoir Millie enfin en sécurité, entre les murs du club. Rapidement et méthodiquement, elle nous indique quoi prendre et comment le transporter. À aucun moment elle ne nous signale que tout ce matériel coûte une petite fortune. Au contraire, elle ne semble pas s'en formaliser. Elle se contente de nous dire en quoi chaque appareil est vital pour Slade et nous explique que nous devons faire preuve de la plus grande prudence. Nous nous contentons de hocher la tête et nous nous mettons au travail. Pendant ce temps, je la vois pianoter frénétiquement sur son téléphone. J'imagine qu'elle prévient le kiné et l'infirmière de ne pas passer demain sans pour autant rentrer dans les détails. Bien que, demain, nul doute que cette histoire ne fasse la une de la presse locale.

Elle prend aussi le temps de parler avec mes frères en leur expliquant comment transporter certains appareils.

Quant à moi, soit je fais tout très bien, soit elle évite soigneusement tout contact avec moi. Mais même si elle ne veut pas me parler, je sens son regard sur moi quand elle pense que je suis trop occupé pour le remarquer. Toutefois, je ne lui rends pas ses regards. J'ai déjà bien assez de mal à gérer mon comportement quand elle est là, je n'ai pas en plus envie d'y ajouter la signification de regards à la dérobée.

Nous finissons de charger la chaise de douche quand un taxi arrive. J'aurais dû me douter qu'Em' ne ferait pas le voyage en compagnie de l'un d'entre nous. Si elle a fini par accepter de venir vivre au club, j'imagine qu'elle a besoin d'un peu de temps seule pour analyser ce qu'il vient de se passer et envisager la suite des événements. Sans compter que la seule place disponible est derrière moi. Je l'imagine mal se coller à moi, enserrer ma taille, même si cela ne dure que le temps du trajet jusqu'au club. Mais tant mieux si mon contact la révulse. Si elle croit que ça me rend fou de joie de devoir me coltiner sa tronche pendant une période indéterminée, elle se trompe lourdement !

Ceci dit, ça ne m'empêche pas de ressentir de l'agacement et de la frustration quand elle évite volontairement tout contact visuel avec moi et qu'elle répond à mes questions par monosyllabes. À l'époque, sa seule présence suffisait à me rendre heureux. Aujourd'hui, le temps a passé, les sentiments ne sont plus les mêmes. Pourtant, elle m'affecte toujours autant. Je commence à comprendre qu'elle aura toujours une emprise sur moi. Peu importe que je l'aie aimée ou que je la déteste maintenant, elle ne me laisse pas indifférent.

Il y a sept ans, elle me rendait fou d'amour, de bonheur. Et il n'aura fallu que quelques minutes pour qu'un avenir que nous avions imaginé en six ans de couple soit détruit, complètement terrassé. L'amour, la joie, tout ça a disparu pour laisser place au début à un profond sentiment de rejet, puis de perte, avant de se transformer en colère puis en haine.

Je mentirais si je disais qu'après son départ je n'étais pas prêt à tout pour obtenir des réponses aux questions qui m'obsédaient le jour et hantaient mes nuits. Pourquoi ? Comment ? À quel moment ? Puis j'ai fini par en arriver à la conclusion que quelles que soient les réponses qu'elle me donnerait ça ne serait jamais assez. Ça ne suffirait pas à effacer mes souvenirs ni la douleur que j'ai ressentie ce jour-là. Ça ne ramènerait pas non plus cette partie de moi qui semble être morte en même temps que notre amour. Tout comme ça ne changerait plus rien entre elle et moi.

Nous terminons avec mes frères de sécuriser notre précieux chargement et je remonte à moto pour suivre tout ce petit monde. Millie est déjà installée dans son taxi et n'attend que notre signal pour partir.

Mes frères se garent devant l'entrée du club et le taxi de Millie la dépose devant le portail. Quant à moi, j'ai à peine le temps de couper le moteur de ma bécane, d'enlever mon casque et de me relever que K' se jette sur moi, enroulant ses jambes autour de ma taille et ses bras autour de mon cou.

– Tu m'as manqué, j'ai tellement eu peur qu'il t'arrive quelque chose, dit-elle en se jetant sur ma bouche.

D'habitude, K' n'en fait pas des tonnes quand je rentre d'une mission, mais elle profite de mon inattention pour me ravager la bouche et je la laisse faire, encore perdu dans mes pensées concernant la soirée, Millie, ma réaction… Mais rapidement, je me souviens où nous sommes et surtout avec qui, je décroise les jambes de K', la repose au sol et m'écarte d'elle. Je lui jette un regard noir auquel elle répond par une mine faussement contrite, puis je tourne la tête pour voir si Millie a assisté à toute cette scène, mais mes yeux tombent sur mon jumeau. Il secoue la tête, dépité, et affiche une mine dégoûtée. Il considérait Millie comme une sœur, et vu son expression, j'ai l'impression que ce sentiment n'a pas tellement changé malgré les années qui ont passé. Quant à K', elle fait partie de ces personnes que mon frère déteste. Pour lui, elle n'est qu'un parasite, une opportuniste qui a su attendre le bon moment pour abattre ses cartes. Et il ne voit pas d'un très bon œil la relation que j'entretiens avec elle. Même si le mot « relation » est un peu fort. Soudain, mon regard est attiré sur ma gauche et je crois sentir que mon cœur rate un battement.

Millie me regarde, les yeux écarquillés, comme si elle venait d'assister à une scène complètement surréaliste. Ses yeux passent rapidement de K' à moi plusieurs fois avant qu'un éclair de lucidité traverse son visage. Je devrais m'en foutre qu'elle apprenne qu'après toutes ces années je couche avec son ancienne meilleure amie, mais malgré moi, mon estomac est noué et je redoute de lire dans son regard autre chose que de la haine. La peine et la souffrance se lisent sur son visage. Pourquoi semble-t-elle si affectée alors que tout ceci n'est que le résultat de ses actes ?

Nous restons encore quelques secondes à nous observer avant que je sente une main se poser sur mon torse. Je n'ai pas besoin de détourner le regard pour savoir qu'il s'agit de K' qui vient se blottir contre moi. Je sais ce qu'elle fait et à quoi elle joue. Elle cherche à marquer son territoire. Cette attitude m'agace au plus haut point, d'autant plus qu'il me semblait avoir été clair plus tôt dans la journée. Alors que le regard de Millie semble vouloir m'implorer de la repousser et qu'en moi tout me crie de le faire, je laisse ma rancœur écraser mon empathie pour elle. Je passe un bras autour des épaules de K' et je la rapproche davantage. Plus tard, je me chargerai de lui faire une petite piqûre de rappel. Pour l'heure, il est simplement question de me venger de Millie. Dans ma tête et dans mon corps, j'ai l'impression qu'une guerre entre le mal et le bien est en train d'éclater. Une partie souhaite que je mette un terme au supplice de Millie, quand l'autre, mon côté bien plus mauvais, me rappelle le passé. Un passé que je n'ai pas oublié, pas pardonné, et dont je porte encore en moi les cicatrices.

Mon geste semble pourtant la sortir de sa léthargie. Millie lance un regard chargé de haine à K', puis me gratifie d'un autre, bourré de dégoût.

– T'es qu'un sale con, dit Diesel en passant devant nous pour se diriger vers Em'.

Il l'aide à porter ses bagages et l'accompagne vers la chambre qui sera la sienne au club durant son séjour chez nous. K' continue son petit numéro en passant sa main sous mon tee-shirt, mais je l'arrête. Son contact me fait l'effet d'une brûlure, d'une piqûre de rappel. Je la repousse et elle chancelle légèrement sur ses talons tellement hauts qu'elle pourrait se briser la nuque si elle venait à tomber.

– Écoute-moi, K', et je ne plaisante pas. Tu lui fous la paix, c'est compris ?

– Qui ça ? dit-elle en croisant les bras.

– T'as très bien compris à qui je fais allusion. Si je ne t'ai pas foutue dehors après la scène avec June, dis-toi que tu n'y échapperas pas si je te chope en train d'emmerder Millie. Tu la laisses tranquille. Si être dans la même pièce qu'elle t'indispose, tu te barres. Si manger à la même table qu'elle t'emmerde, tu vas bouffer ailleurs. Et si jamais tu touches ne serait-ce qu'à un seul de ses cheveux, je te tue de mes mains. C'est compris ? N'oublie pas qu'elle fait partie des princesses du club, c'est la fille de Slade.

K' pâlit face à la teneur de mes propos et à la force de conviction avec laquelle je viens de parler. Elle comprend que je ne plaisante pas. Si j'ai fait jusqu'alors preuve de clémence envers elle, il n'en sera pas de même si elle s'en prend à Millie. Elle hoche la tête.

– Bien, maintenant casse-toi.

Pour une fois, elle n'objecte pas et obéit. Je sais que je viens de prendre un gros risque en lui parlant comme ça. K' n'est pas stupide, elle sait que, quelle que soit la nature des sentiments que j'éprouve pour Millie, elle ne me laisse pas insensible.

– Eh bien, grand frère, on peut dire que tu ne fais pas dans la demi-mesure quand il est question de souffler le chaud puis le froid, dit Amy.

J'ignorais qu'elle était là, mais notre père a dû faire appel au talent informatique de son homme pour trouver des infos sur les deux mecs qui ont fait irruption chez Slade.

– T'es venue accompagner Angel ? Décidément, vous êtes inséparables ! dis-je pour changer de sujet.

– Ouais, ouais, à d'autres. J'ai bien vu ta petite scène avec K'. Le peu que je la connais, cette nana me donne envie de lui coller une balle entre les deux yeux, dit-elle.

Je ne doute pas qu'elle pense chaque mot.

– Tu devras prendre un ticket, sœurette, tous les frangins ont déjà mis une option. Sans compter les régulières et les brebis.

– Cette nana est une vraie salope. Qu'est-ce que tu fous avec elle, bordel ?

– Tu vas pas t'y mettre, toi aussi, grogné-je.

– Stan… souffle-t-elle en comprenant que je ne suis pas en état d'avoir encore une fois une conversation sur K' et moi. Ce que je dis, c'est que tu ne devrais pas être avec une fille comme elle, c'est tout.

– Oh, et laisse-moi deviner, je devrais être avec quelqu'un comme Millie, c'est ça ?

– Ça, c'est toi qui le dis, frangin, rétorque ma sœur. Moi, je te dis simplement que tu mérites mieux qu'une garce dans son genre. Et crois en mon instinct quand je dis que K' est dangereuse.

– Le même instinct que t'as eu avec Carter ?! lâché-je.

Je vois ma sœur reculer d'un pas. J'ai parlé sans réfléchir et je suis allé trop loin.

– Amy, excuse-moi, je…

Mais je n'ai pas le temps de finir ma phrase qu'elle fait demi-tour et s'en va. J'ai bien vu son regard peiné et choqué que j'aie pu oser mettre ça sur le tapis et surtout m'en servir pour avoir le dernier mot. Je me dégoûte. Je fais tout de travers ce soir. Visiblement, avoir Millie dans les parages me perturbe bien plus que je ne l'aurais pensé, mais surtout souhaité. Il faut que je me ressaisisse si je ne veux pas commettre un acte encore plus stupide que celui de rappeler à ma sœur le mec qui l'a violée.

13

Millie

Je laisse Diesel me conduire jusqu'à la chambre qui sera la mienne durant mon séjour ici. Évidemment, impossible de passer inaperçue. Même si je pense avoir moi aussi changé en sept ans, beaucoup me reconnaissent. Certains paraissent surpris, mais chez beaucoup je perçois de la bienveillance. D'autres me saluent et je leur réponds par un timide hochement de tête. Même si j'ai vécu longtemps ici, je ne suis pas dans mon élément. Beaucoup de souvenirs ressurgissent, et avec eux, de vieux démons. Puis il y a aussi les mauvais, les pires qui s'entrechoquent violemment avec les souvenirs heureux. Je sens déjà poindre une migraine qui me tiendra compagnie en cette fin de nuit. Et si ce n'est pas elle, ce sera sûrement le souvenir de mon ancienne meilleure amie, enroulée comme une liane autour de Stan.

Comme si revenir ici n'était pas une épreuve assez difficile, il a en plus fallu que je sois témoin de *ça*. Entre ces deux personnes qui séparément détenaient une partie de mon cœur et qui, ensemble, l'ont piétiné, écrasé. Je ne saurais dire quelle émotion a été la plus forte face à ce spectacle : la haine, la colère, la déception ?

Depuis mon retour, il y a eu tant de signes contradictoires entre Stan et moi. J'ai l'impression que nous sommes comme deux aimants. Des forces qui tantôt s'attirent et tantôt se repoussent.

En tout cas, une chose est sûre, ce petit numéro a eu l'effet d'une véritable douche froide. Finalement, c'était un mal nécessaire qui me permet de me recentrer sur la raison de mon retour dans cette ville, parmi eux.

La chambre est située, comme je l'avais demandé, juste à côté de celle de Slade. Et évidemment, à l'étage des chambres des membres. Donc au même niveau que celle de Stan. Elle est tout ce qu'il y a de plus rudimentaire, mais vu que je ne compte pas m'éterniser, cela fera l'affaire. Je remarque aussi tout de suite que les draps sont propres et neufs. Je remercie intérieurement la personne qui a pris l'initiative de cette belle attention. Je dépose mes sacs sur le lit sans prendre la peine de les ranger et je file voir Slade.

Je ne suis pas étonnée de voir que tout le matériel est déjà en place. Je jette un regard rapide à mon père pour m'assurer qu'il va bien. Je ne suis pas surprise de le trouver toujours parfaitement endormi, et paradoxalement, je ressens une certaine sérénité à constater que, malgré les événements de la soirée, rien ne semble avoir perturbé son sommeil.

Même si tout s'est bien passé pour l'amener jusqu'ici, je ne peux m'empêcher de ressentir une pointe de peine et d'anxiété à le savoir si vulnérable et si diminué parmi les siens. J'ai veillé à ce qu'il ne reçoive aucune autre visite après celle d'Apo, ce qui signifie qu'aucun de ses frères du club ne l'a vu dans cet état.

Lui qui a passé des années à se forger sa réputation, j'imagine que si, de là où il est, il peut me voir, il doit sûrement me maudire. Mais il doit aussi savoir qu'il n'y a pas d'endroit plus sûr pour lui qu'entre ces murs, entouré de ses frères.

J'inspecte quand même les branchements, tout a l'air correct. Le moniteur cardiaque bipe à un rythme régulier. Tout est parfait. Je m'apprête à retourner dans ma chambre quand une sueur froide coule le long de ma colonne vertébrale. Je me retourne d'un bloc et je ne peux retenir un cri.

– Millie, qu'est-ce qu'il y a ? Pourquoi tu cries ? s'exclame Apo suivi de près par ses fils.

– Il est débranché ! hurlé-je en courant vers mon père.

– Quoi ? Qu'est-ce qui est débranché ? continue-t-il de me demander.

– Son respirateur !

– Putain ! Seth et Drake ! Ramenez-moi ces deux branleurs d'ambulanciers ! Je vais les…

– Non, attendez ! dis-je en levant ma main.

La peur qui m'a rapidement envahie est en train de s'estomper et je souris en comprenant finalement ce qui est en train de se passer.

– Mais bordel, Millie, rebranche-le ! me somme Apo d'une voix colérique mais paniquée.

– Justement, c'est super… dis-je en prenant la main de mon père dans les miennes.

– Quoi ?! Mais putain, je… commence-t-il.

– Pa', il respire tout seul, explique Stan d'une voix calme.

J'observe Apo reprendre des couleurs et un profond soulagement se lit désormais sur son visage. Je reporte mon attention sur mon père et je ne peux m'empêcher de sourire. Je reste encore quelques secondes à le regarder avant de sortir une mallette contenant un petit nécessaire de soins et j'enfile une paire de gants. Je me place derrière mon père et lui retire son oreiller.

– Millie, qu'est-ce que tu fais ? me demande Apo.

– Je vais lui retirer son tube. Il ne lui sert plus à rien et cela reste du matériel abrasif pour ses cordes vocales. Si jamais il se réveille, je suis sûre qu'il appréciera, expliqué-je.

– Bon, OK, OK. Je ne te demande pas si tu es sûre de toi, demande-t-il pour faire de l'humour.

– Non, effectivement.

Je sens le poids du regard d'Apo sur moi. Il scrute, le corps tendu, le moindre de mes mouvements. Quant à Stan, j'ose un regard dans sa direction pour constater qu'il m'observe aussi. Mais quand les yeux d'Apo trahissent son inquiétude, ceux de Stan sont au contraire très sereins et bienveillants. Il sait que je ne ferai jamais de mal à mon père, du moins pas de manière volontaire.

Encore une fois, il m'envoie des signes contradictoires et je prends une grande inspiration afin de me concentrer sur ce que je fais. Je reporte mon attention sur Slade. D'une main, je lui maintiens la bouche ouverte, et de l'autre, je commence à retirer lentement le tube. Une fois que c'est fait, je m'assure que mon père respire bien tout seul. Je vérifie aussi ses constantes, qui restent stables. Encore une fois, tout est parfait.

– C'est bien, papa, continue comme ça, lui murmuré-je à l'oreille.

Je me redresse lentement et récupère le tube pour le jeter à la poubelle.

– Il va se réveiller maintenant ? demande Apo.

– Pas forcément, mais disons que Slade vient de remporter une importante bataille, dis-je calmement.

Je sais qu'Apo est très affecté par l'état de Slade. Ce dernier n'est pas uniquement son VP, il est aussi son meilleur ami, celui qui a été là quand Carla est morte. J'ai souvent entendu les autres parler de la descente aux enfers d'Apo, dire qu'il ne doit d'être encore en vie qu'à Slade, mais je ne connais pas tous les détails. Je sais en revanche que mon père a été là quand Apo est devenu président et qu'il a lutté à ses côtés pour donner au club un autre cap. Une période très difficile pour tout le monde. Des divisions au sein du club ont éclaté, menant presque à une guerre, mais finalement, ensemble, ils ont su imposer leur décision. Et aujourd'hui, tous semblent satisfaits de ce changement.

Cette soirée riche en émotions commence à avoir raison de moi et je me sens vraiment fatiguée. J'explique aux hommes Jackson qu'il est temps pour moi d'aller dormir. La fatigue se lit également sur leurs visages et tous hochent la tête. Je referme la porte derrière moi, m'assurant une dernière fois que Slade va bien. Je souhaite une bonne nuit collective à tout le monde, en veillant à ne pas croiser le regard de celui qui s'obstine à vouloir semer le trouble dans mes émotions, et je me dirige vers ma chambre. Au moment où je pense avoir atteint mon but, j'entends mon prénom dans un léger murmure.

Je tourne légèrement la tête pour voir qu'il s'agit de Stan et qu'il m'observe. Il fait un pas dans ma direction et je sais, à son expression, qu'il s'apprête à parler. Mais je n'ai plus la force de lutter ni de jouer à son petit jeu du chat et de la souris. C'est pourquoi je le regarde droit dans les yeux alors qu'il fait à nouveau un pas dans ma direction et je lui claque la porte presque sous le nez.

Une fois seule dans ma chambre et à l'abri des regards, je tombe mollement sur le lit, en posant mes coudes sur mes genoux et en prenant ma tête dans mes mains. Je ferme les yeux et la seule image qui s'impose à moi, c'est celle de K' agrippant Stan telle une moule sur son rocher. Le moins que l'on puisse dire, c'est que ces deux-là se sont bien trouvés. Ensemble, ils forment le couple parfait dans la catégorie manipulation et mensonge. Tous les deux m'ont trahie, l'un en amour l'autre en amitié.

J'ai vraiment été stupide à l'époque pour ne pas voir ce qui se tramait juste sous mon nez. J'ai eu beau essayer de savoir à quel moment tout a changé entre nous trois, je n'y suis jamais arrivée. À aucun moment je n'ai décelé un changement dans leur comportement, c'est dire à quel point leur jeu d'acteurs était bon. Je me souviens encore de Stan me demandant pourquoi je continuais à traîner avec Kiara. Et de tous les frères Jackson qui me disaient de me méfier d'elle. Et moi, bête et naïve, je persistais à leur prouver qu'elle n'était pas ce qu'ils s'évertuaient à me répéter. Je ne voyais pas le mal et la fourberie dans son regard ni dans son attitude. Durant le temps qu'a duré notre amitié, elle a toujours été là pour moi, elle a su se montrer présente, m'offrir une oreille attentive et être de bons conseils.

Et voilà que je vais devoir vivre sous le même toit que ces deux-là. Et cerise sur le gâteau, si j'ai de la chance, je vais peut-être même assister à leurs ébats, ou tout du moins les entendre ! Non vraiment, j'adore ma vie. Je n'ai même pas demandé à Apo combien de temps cette cohabitation forcée allait durer. Pourquoi ? Parce que je sais que je n'aimerai pas la réponse. Même s'il venait à m'annoncer que ça ne durerait qu'un jour, ça serait déjà trop. Vingt-quatre heures, c'est déjà trop pour moi.

En attendant que mon calvaire prenne fin, je vais devoir prendre sur moi. J'ai bien vu le regard noir de K' quand elle est partie, nul doute que je ne suis pas au bout de mes peines avec elle. Je sais comment elle peut être.

Toutes ces interrogations ont raison de mon sommeil. J'ai beau me tourner et me retourner dans mon lit, rien n'y fait. Malgré ma fatigue, je n'arrive pas à m'endormir. Je finis par me relever et décide d'aller chercher une bouteille dans la cuisine.

Il est encore trop tôt pour que les premiers membres soient levés. En silence, je gagne la cuisine, persuadée de ne croiser âme qui vive, quand mon regard rencontre celui de la seule personne que j'aurais aimé savoir endormie.

– Qu'est-ce que tu fais ici ? Tu ne dors pas ?

– Visiblement non, vu que je suis devant toi, dis-je en levant les yeux au ciel.

– Toujours cette foutue repartie, ajoute-t-il.

– Certaines choses ne changent pas, rétorqué-je en me dirigeant vers le frigo pour récupérer une bouteille.

– Non, effectivement, lâche-t-il sur un ton à la fois résigné et coléreux.

Alors que je passe derrière lui pour regagner la sortie, il m'attrape par le bras, et heureusement pour moi, celui qui n'est pas blessé. Par automatisme, je me retourne pour lui faire face et nous nous observons en silence.

– Comment va ton bras ? demande Stan qui sent, tout comme moi, une drôle de tension dans l'air.

– Toujours accroché à mon corps, ne puis-je m'empêcher de dire.

Ma réponse semble l'amuser, car je vois un sourire étirer ses lèvres. Mais soudain je le vois qui se lève et se pose pile devant moi, me surplombant de toute sa magnifique hauteur. Son regard ne quitte pas le mien quand il fait un pas de plus dans ma direction. Mon souffle est rapide, mon rythme cardiaque complètement affolé.

– J'ai toujours aimé ça chez toi, dit-il d'une voix rauque.

– Quoi, ma bouche ? demandé-je d'une voix tout aussi grave.

– Aussi, mais surtout ce qui en sort, dit-il en souriant.

– C'est vrai que je suis douée pour tout un tas de choses avec… dis-je en laissant volontairement traîner ma voix.

Je sais que je joue un jeu dangereux avec un homme qui l'est tout autant. Pourtant, c'est plus fort que moi, j'ai envie de le taquiner, de le pousser à bout, de voir jusqu'où nos sentiments contraires sont capables de nous amener ce soir. Car demain, nul doute que je vais regretter mon comportement, d'autant plus s'il débouche sur bien plus que des paroles. Car Stan n'est pas un homme avec qui on s'amuse. Et quand son regard devient fiévreux, voilé de désir, je sais que mes mots ont visé juste.

– Je m'en souviens parfaitement bien, dit-il d'une voix suave en caressant de son pouce ma lèvre inférieure.

Ce simple geste tellement sensuel me fait complètement frissonner. Et je sens ma chaleur corporelle monter en flèche, tout comme mon rythme cardiaque.

Alors que nous sommes perdus dans le regard de l'autre, Stan passe à l'attaque. La main qui effleurait ma bouche agrippe l'arrière de ma tête pour la maintenir en place quand ses lèvres percutent violemment les miennes. Notre baiser n'a rien de tendre, de timide. Il est bestial, affamé, désespéré. Je m'accroche à ses épaules pour ne pas perdre pied et je lui rends son baiser avec autant de ferveur. Nos dents s'entrechoquent, nos langues luttent et dansent ensemble.

Soudain, je sens ses mains sous mes fesses. Il me soulève pour m'asseoir sur la table de la cuisine et il se place entre mes cuisses. Je me laisse faire sans jamais rompre notre étreinte. Je tire sur ses cheveux et je l'entends grogner contre mes lèvres.

C'est alors que je sens ses doigts se frayer un chemin le long de mon corps, traçant un sillon de plaisir qui me fait perdre davantage pied. Quand ses mains prennent en coupe ma poitrine et la pressent, je ne peux retenir un râle de plaisir. Et quand il se met à titiller mes tétons, c'en est trop. Je bascule la tête en arrière en soufflant bruyamment. Stan en profite et se met à butiner la peau sensible de mon cou. Il l'aspire, la lèche, l'embrasse. Il ne me laisse aucun répit et continue d'attaquer mon corps, en proie à un besoin qui me paraît aussi vital que l'air nécessaire à ma survie.

Je suis perdue, complètement consumée par son contact, ses caresses. Par cette agréable douleur qui commence à pulser entre mes jambes. Par ce besoin presque primaire de le sentir en moi, me posséder. Mais je n'ai pas le temps de réfléchir davantage que Stan glisse une main entre nous et se fraie un chemin sous l'élastique de mon bas de pyjama, puis celui de mon sous-vêtement.

– Bordel, t'es trempée, dit-il d'une voix grave en continuant à jouer avec la peau de mon cou.

– La ferme, dis-je en redressant son visage pour venir capturer et dévorer à nouveau sa bouche.

Quand je sens un doigt me pénétrer, c'en est trop et je pousse un cri de plaisir. Quand il commence à aller et venir en moi, je sens mes barrières contre lui s'effriter davantage. Je devrais lutter et pourtant je n'en ai ni l'envie ni le courage. En cet instant précis, je ne veux pas réfléchir aux conséquences, de penser à demain.

– Bordel, Stan, t'arrête pas, le supplié-je alors qu'il vient d'ajouter un deuxième puis un troisième doigt.

Il ne cesse de me torturer et c'est douloureusement bon.

– Tu veux jouir, Millie ? me demande-t-il.

– Tu sais bien que oui !

– Dis-le. Dis-moi que tu veux que je te fasse jouir avec mes doigts, là maintenant. Dis-le-moi !

– S'il te plaît, Stan. Je t'en prie, fais-moi jouir.

Et Stan s'exécute, m'offrant à peine quelques secondes plus tard un des orgasmes les plus intenses que j'aie jamais connus. Il étouffe mon cri en dévorant ma bouche. Quand ses doigts se retirent lentement de moi, je ne réfléchis pas, une fois encore j'agis par instinct. Je repousse Stan qui me lance un regard interrogateur et je descends rapidement de la table pour me mettre à genoux devant lui.

Quand je relève la tête pour croiser son regard, je note une excitation brute, féroce. Sans attendre, je défais sa ceinture, sa fermeture et lui baisse brutalement son jean. Son boxer rejoint à son tour très rapidement le sol. Je ne suis pas étonnée de me retrouver face à une longue et dure érection.

Même si je n'ai qu'une hâte, procurer autant de plaisir à Stan qu'il a su m'en offrir, je prends tout de même le temps de regarder son sexe, si majestueusement dressé devant moi. Je donne un rapide coup de langue et j'observe sa réaction. Son corps se tend, je le vois fermer les poings.

– Millie, dit-il d'une voix qui sonne comme avertissement.

Il me prévient de ne pas jouer trop longtemps avec lui.

Sans lui accorder un regard, je continue à fixer son sexe. Une perle de sperme apparaît déjà au bout de son gland gonflé. Je ne réfléchis pas davantage et je l'engloutis. De ma main, j'enserre sa base et j'effectue de longs va-et-vient. Ma main prend le relais de ma langue. Car Stan est très bien monté et il m'est impossible de le prendre entièrement dans ma bouche. Je le suce, le lèche, l'aspire, le tout rythmé par ses râles de plaisir.

– Putain, Millie ! dit-il en agrippant l'arrière de ma tête pour me maintenir en place.

Comme s'il y avait une chance que j'arrête.

De mon autre main, je saisis ses bourses que je palpe. Soudain, sous mes doigts, je les sens se contracter davantage, son sexe dans ma bouche augmente aussi.

– Millie, je… Putain, continue, je vais bientôt…

Il tente de formuler une phrase, mais ça lui est impossible. Toutefois, je sais qu'il essaie de me prévenir qu'il est tout proche de l'orgasme et que, si je veux reculer, c'est le moment. Je pourrais. Je devrais, mais je n'en ai pas envie. Je me suis donnée librement et pleinement à ses caresses. J'ai maintenant envie de recevoir tout ce qu'il a à me donner.

Je le taquine pendant encore plusieurs secondes avant de sentir des jets chauds se répandre au fond de ma gorge. J'avale, je lèche sans jamais arrêter. Puis une petite tape derrière la tête m'indique qu'il est temps de me retirer. Du revers de la main, je m'essuie la bouche et Stan m'aide à me relever.

Il pose son front sur le mien et nos souffles se mélangent. Il règne dans la cuisine une odeur de sexe. Toutefois, j'imagine que c'est un parfum connu de ce lieu.

Nous restons ainsi plusieurs secondes, plusieurs minutes, avant que Stan recule. Nous rouvrons les yeux et c'est en plongeant mon regard dans le sien, toujours aussi torturé, que je prends conscience de ce qu'il vient de se passer. Mais je ne suis pas la seule à percuter. Lui aussi semble prendre la mesure de ce que nous venons de faire. Après la surprise, je discerne le choc, puis la colère, le tout sur fond de désir et d'envie.

Rapidement je comprends que la magie de l'instant est terminée. Il est temps de faire face à la réalité. À ce présent forgé sur un passé dont il nous est clairement impossible de nous séparer.

Stan effectue un pas en arrière, puis un second, et je comprends que pour lui, le retour à la réalité ne se fait pas sans conséquence.

Sauf qu'après tout ce que j'ai vécu depuis mon retour, je ne suis pas prête à l'entendre me dire qu'il regrette. Qu'il regrette ces quelques minutes qui furent pour moi la seule parenthèse heureuse et vivante depuis mon retour. Et si je ne suis pas prête à l'écouter se confondre en excuses d'avoir agi sous le coup d'une pulsion sexuelle, je suis encore moins prête à lire dans son regard le remords.

Sans un regard de plus ni un mot prononcé, je me dirige d'un pas rapide vers ma chambre. Je ferme la porte et m'allonge sur le lit. Je m'attends à repenser à ce qu'il vient de se passer, à laisser les rouages de mon cerveau tourner à plein régime. Et pourtant, une fois que je ferme les yeux, je sombre dans un profond sommeil.

À mon réveil, je m'habille rapidement. Un simple jean, des baskets, un débardeur et mon fidèle foulard, puis je file voir comment la nuit de Slade s'est déroulée. Arrivée devant sa porte, j'entends une voix provenant de l'intérieur de la chambre. Je serre les poings, prête à en découdre avec celui qui s'est permis d'entrer sans demander mon autorisation. Quand j'ouvre la porte, je marque un temps d'arrêt en comprenant que le visiteur inopiné n'est autre qu'Apo. Et j'aurais dû, pu m'en douter.

Ce dernier relève rapidement la tête et je remarque que ses yeux sont rougis. Si au début j'étais déterminée à lui dire de déguerpir illico presto de la chambre, j'ai maintenant un peu plus de mal à jouer la garce sans cœur. Apo se lève d'un bond, sûrement prêt à me voir lui demander de partir, mais je l'interromps en levant la main avant qu'il prenne la parole.

– J'ai des coups de fil à passer au kiné et à l'infirmière de Slade, puis il faut aussi que je déjeune. J'ai besoin que quelqu'un le surveille. Tu pourrais le faire pour moi ?

Apo semble surpris par ma demande. Rapidement, le choc laisse place à du soulagement et à de la reconnaissance. Je n'oublie pas ce qu'il m'a fait, mais si sa présence peut aider mon père à sortir du coma, je suis preneuse.

– Oui, bien sûr, dit-il.

– Super. Oh, j'allais oublier, ajouté-je en me retournant, si tu pouvais dire à mon cher père de se sortir les doigts du cul et de se réveiller, ça m'arrangerait.

– Compte sur moi, répond-il, amusé.

Je regarde ma montre et constate que j'ai à peine le temps de déjeuner avant d'appeler Mme Sawyer pour l'informer de mon léger changement d'adresse. Alors que je me dirige vers la cuisine, des flashs de ce qu'il s'est passé cette nuit me reviennent en mémoire. Stan, moi, ses doigts en moi, son orgasme. Rien que d'y repenser, je sens déjà une boule de chaleur entre mes cuisses que chaque pas ne cesse d'exacerber. J'espère me calmer en prenant de longues inspirations, mais surtout je prie pour ne pas croiser ce regard qui semble avoir la capacité, encore aujourd'hui, de me faire tout oublier. Lorsque j'arrive, Devil est déjà là, accompagné de June derrière les fourneaux.

Devil et June n'ont pas changé. Il est toujours aussi grand, musclé et tatoué, et elle petite, fluette et vierge de tout tatouage, du moins visible. Et leurs différences ne s'arrêtent pas là. Il est roux aux yeux verts alors que June a les cheveux et les yeux noir corbeau. Un couple décidément tout en contraste, mais qui semble avoir trouvé la recette du bonheur.

– Coucou, Millie jolie ! C'est bon de te revoir parmi nous, me dit Devil en souriant.

– Salut, Devil. Ne t'habitue pas trop à ma présence. Dès que Slade aura décidé d'arrêter de jouer à la Belle au bois dormant, je repartirai aussi vite que je suis arrivée.

– Tu es sûre ? Tu pourrais décider de rester ici.

– Tu sais bien que cette ville n'est pas assez grande pour nous deux, dis-je en lui faisant un clin d'œil.

Devil a toujours aimé me taquiner et je dois dire que j'appréciais beaucoup nos petites joutes verbales. June et lui n'ont pas d'enfant. Je pense simplement qu'ils ont attendu le bon moment, mais finalement ce dernier n'est jamais arrivé. Quand on fait partie d'un club de bikers, il est rare de se réveiller un matin en disant : « Tiens, chéri, si entre deux *runs* on faisait un bébé ? » Mais ils n'ont pas l'air malheureux, au contraire, ils semblent toujours aussi amoureux et dépendants l'un de l'autre. June se retourne et me sourit.

– Devil, arrête de l'asticoter de bon matin, elle n'a même pas encore mangé, le rabroue gentiment sa moitié. Tiens, ma belle, ajoute-t-elle en me tendant une assiette qui déborde.

– Tu as prévu de nourrir combien de personnes avec ce plat ? demandé-je en m'installant à la table.

– Ma chérie, à Baltimore, c'est peut-être tendance les nanas toutes menues, mais ici, on aime les formes, dit-elle en se retournant et en arquant le dos pour nous montrer à tous son joli postérieur bien rebondi. Et toi, ma puce, dit-elle en se remettant de face, tu en manques cruellement.

– Elle a raison, Millie, rien de mieux qu'une nana qui a ce qu'il faut là où il faut pour pouvoir t'accrocher, dit Devil en donnant une fessée à June qui glousse.

– Ça m'avait presque manqué, dis-je en levant les yeux au ciel et en piquant ma fourchette dans la succulente omelette qui me fait de l'œil.

– Qu'est-ce qui t'avait manqué, Millie jolie ? demande soudain Drake en entrant à son tour dans la cuisine, accompagné de Seth et de Diesel.

– Si je comprends bien, ce surnom ridicule est de nouveau au goût du jour, sifflé-je sans vraiment m'adresser à quelqu'un en particulier.

– Ouaip, me répondent en chœur les frères Jackson.

– Super…

June tend à chacun d'eux une assiette et Drake et Seth prennent place à mes côtés.

– Eh merde, moi aussi, je voulais profiter de Millie jolie, râle Diesel.

– T'inquiète, frangin, elle ne compte pas partir tout de suite, dit Drake en me donnant un gentil coup d'épaule.

– En attendant, je vais devoir faire venir ici le kiné et l'infirmière de Slade. Je dois m'adresser à qui pour être sûre qu'ils ne subissent pas un interrogatoire, ligotés à une chaise ?

– À moi, répond cette fois Angel que je n'ai pas entendu arriver.

Je dois avouer qu'il est encore plus beau que dans mes souvenirs. Il y a sept ans, il avait déjà ce côté dangereux, mystérieux, mais là c'est différent. Il a quelque chose en plus que j'ai du mal à déchiffrer. Je le trouve également changé, mais je ne saurais pas dire en quoi. Par contre, une chose est sûre, il semble très énervé. Même s'il essaie de rester cordial avec moi, les traits de son visage sont tirés et tout son corps est tendu. Un corps d'ailleurs beaucoup plus musclé qu'il y a sept ans si j'en crois les muscles de ses bras qui étirent les manches de son tee-shirt.

– Ferme la bouche, Millie jolie, Angel est le mec de notre sœur, dit Seth.

Je cligne plusieurs fois des yeux pour être sûre d'avoir bien entendu, mais au sourire de fierté qu'affiche Angel, je sais que Seth dit vrai. Alors, comme ça, Amy est revenue. Je suis intriguée de savoir ce qui l'a poussée à revenir après être partie sans même laisser une lettre. Mais je suis encore plus curieuse de connaître la raison de son départ, même si je me doute que la vérité doit être bien moche. Et nul doute que son retour a dû lever le voile de mystère entourant sa disparition. Évidemment, je m'abstiens de poser toute question. Je n'en ai plus le droit, si tant est que je l'aie eu un jour. Quoi qu'il en soit, je suis heureuse pour Angel, c'est un type bien qui mérite d'être heureux et je le connais assez pour savoir qu'il fera d'Amy sa priorité. J'ai quand même hâte de les voir ensemble.

– D'ailleurs, où est votre connard de frère ? crache Angel.

Quand j'entends Angel demander où se trouve Stan, j'ai soudain mon rythme cardiaque qui s'accélère. Se peut-il qu'il soit au courant pour cette nuit ? Merde. Angel est un petit génie de l'informatique et c'est lui qui gère tout le système de sécurité du club. Se peut-il qu'il y ait une caméra dans la cuisine ? Le plus discrètement possible et en faisant mine de m'étirer le cou, je regarde en l'air. Rien, aucune caméra visible. Je suis soulagée, mais il n'empêche que je ne peux cesser de me demander si Angel est au courant.

– Sûrement encore dans sa piaule. Pourquoi ? demande Seth en fronçant les sourcils.

La voix de Seth me sort de mes pensées. Quand il s'agit de son jumeau, Seth est pire qu'ultra-protecteur. Au cours des années que j'ai passées auprès de Stan, j'ai pu constater à de nombreuses reprises que le lien entre jumeaux n'est pas une légende urbaine. Ils ont vraiment une connexion à part entière. L'un finit les phrases de l'autre, ils se comprennent d'un seul regard. C'est aussi flippant qu'intrigant.

– Je ne sais pas ce qu'il a dit à mon chaton, mais elle a accepté une mission que je lui avais clairement dit de refuser. Vu que je n'ai rien fait pour l'énerver, je devine que c'est votre frangin.

– Je lui dirai que tu le cherches, lui dit Seth en haussant les épaules et en se remettant à manger.

Même si Seth essaie de rester calme, ce n'est pas le cas des autres membres présents, et notamment de Drake et de Diesel, dont les corps se sont légèrement crispés. Même si je devine que tout le monde a envie d'en savoir plus, personne ne réclame plus d'explications. Peu importe de quoi il s'agit, il vaut mieux attendre l'arrivée de Stan. Vu l'état de tension dans lequel se trouve Angel, je pense qu'il est effectivement préférable de patienter avant de mettre le feu aux poudres.

Nous reprenons donc notre repas en parlant de sujets plus légers. J'ai comme l'impression de n'être jamais partie et cela m'aide grandement à me sentir plus à l'aise. D'autres membres vont et viennent dans la cuisine, et tous ceux que je connais et qui me reconnaissent m'offrent un sourire jovial et me disent bonjour. Finalement, mon temps ici ne sera peut-être pas aussi atroce que je l'avais pensé.

Une fois mon assiette engloutie, je la dépose dans le lave-vaisselle avant de m'excuser. J'ai deux coups de fil très importants à passer. Je donne déjà les premières infos à Angel afin qu'il prévienne le prospect à l'entrée, puis je file dans ma chambre. Après ce petit déjeuner sans fausse note, c'est le cœur plus léger et un petit sourire aux lèvres que je remonte dans ma chambre. Mais comme toutes les bonnes choses ont une fin, il faut que ce soit elle qui en sonne le glas.

– Tiens, Millie… dit Kiara d'une voix pleine de sarcasme, en refermant derrière elle une porte que je ne reconnais que trop bien.

Elle fait mine de se rhabiller et de se recoiffer, et je comprends mieux pourquoi Stan était aux abonnés absents dans la cuisine. C'est à cet instant que je prends le temps de la regarder. Elle aussi a beaucoup changé en sept ans, surtout son tour de poitrine. Son corps est aussi recouvert de tatouages, pour la plupart affreux et mal réalisés. J'imagine qu'après s'être payé sa paire de nibards XXL, elle n'avait plus les moyens d'aller voir un bon tatoueur. Elle est aussi plus bronzée qu'à l'époque. Au moins je devine à quoi elle passe ses journées… Finalement, elle ne ressemble plus du tout à la Kiara du lycée. La Kiara nouvelle génération est complètement superficielle et j'aurais presque de la peine pour elle de savoir que son physique est la seule chose qui la rend intéressante ici.

Mais cette empathie que j'aurais pu ressentir, c'était avant de la surprendre en train de sortir de la chambre de Stan. Comment a-t-il osé ?! Après ce qu'il s'est passé entre nous, comment a-t-il pu coucher avec elle alors que, moi, je porte toujours sur moi son odeur ?

Je sais que je ne devrais pas, pourtant j'ai le sentiment d'avoir à nouveau été trahie. Humiliée par les personnes qui, il y a sept ans, m'ont déjà tout pris. Mon cœur se serre, je suis déjà à la limite de craquer, et je dois aussi lutter contre cette petite voix en moi qui me répète : « Tu t'es bien fait avoir. » Mais quand je croise le regard satisfait de Kiara, ma peine est reléguée au second plan. Seules subsistent une haine et une violente pulsion meurtrière.

– Kiara, me contenté-je de répondre en continuant mon chemin.

– J'espère qu'on n'a pas fait trop de bruit avec Stan ? Il sait toujours comment s'y prendre pour me faire jouir et j'oublie tout le temps que nous avons des voisins de chambre.

À ce commentaire, je me fige. Mon sang se glace dans mes veines et j'ai l'impression de ressentir l'effet de milliers de petites piqûres partout sur la peau. Une nouvelle vague de haine et de colère s'abat sur moi.

– Non, je n'ai absolument rien entendu. Comme quoi il n'a pas dû toucher le bon endroit, rétorqué-je en lui faisant face et en croisant les bras.

– Écoute-moi bien, dit-elle en pointant son doigt vers moi et en s'approchant. Stan est…

– C'est quoi ce bordel ! tonne Apo, qui referme doucement derrière lui la porte de la chambre de Slade.

Il nous regarde tour à tour. Son regard s'attarde sur moi avant de se braquer sur K'.

– Qu'est-ce que tu fous là, toi ? demande-t-il, la voix grave.

– Euh… Je… bégaye-t-elle.

Finalement, il y a quelqu'un sur cette terre qui arrive à clouer le bec à cette garce !

– Dégage ! Et si je te vois encore une fois essayer de t'en prendre à Millie, tu auras beau te cacher derrière mon fils, il ne lèvera pas le petit doigt quand je te foutrai dehors, c'est compris ?

K' se contente de hocher la tête et de se diriger d'un pas rapide vers les escaliers sans demander son reste. Bien que je ne puisse m'empêcher de ressentir une pointe d'agacement, j'apprécie tout de même l'intervention d'Apo. Certes, j'aurais pu tout à fait gérer Kiara et son humeur. Mais si je peux éviter de gaspiller mon énergie pour elle, c'est préférable.

– Te laisse pas marcher sur les pieds par cette salope, dit-il en arrivant à ma hauteur.

– Merci du conseil, mais je gère.

– Je n'en doute pas, tu m'as quand même mis à genoux, dit-il en souriant.

– Tu as bien failli me tuer, c'était de bonne guerre, lui rappelé-je.

Apo prend ma phrase comme si je venais de le gifler. Mon intention n'était pas de lui rappeler une nouvelle fois son geste, mais c'est sorti tout seul.

– Je suis encore désolé, Millie, souffle-t-il, sincère.

Et finalement, après l'avoir vu au chevet de mon père ce matin, je comprends qu'il n'a agi que par instinct. Il a laissé son chagrin, sa peine et sa colère le contrôler. Même si je suis encore en colère contre lui, je ne peux nier que l'amitié qui semble le lier à mon père me fait envie. Apo était prêt à me tuer, pensant que j'avais mis fin à la vie de son ami, et ç'aurait été un acte aussi stupide que louable.

– Ça va, Apo. En plus, j'avais mis un foulard dans mon sac. Je n'en porte jamais à Baltimore, alors on va dire que c'était un acte prémonitoire.

Un timide sourire s'étire sur ses lèvres, ne dissipant tout de même pas le remords et la honte que je lis sur son visage.

Soudain, la porte de la chambre juste à côté de moi s'ouvre et un Stan torse nu apparaît dans l'embrasure de la porte. Ses cheveux encore mouillés m'indiquent qu'il sort de la douche. Je ne peux empêcher mon regard de glisser le long de son corps. Même avec ses vêtements, j'avais deviné qu'il était plus musclé, mais là, le fait de l'avoir en face de moi et de contempler son torse massif et ses épaules larges m'en donne la certitude. Stan a pris du muscle, beaucoup. Ses pectoraux sont parfaitement dessinés et il en est de même pour ses abdominaux où j'aperçois cette fine ligne de poils blonds dont je connais parfaitement la destination.

Sa peau est aussi largement recouverte de tatouages. Alors que je continue à promener mon regard sur lui sans vergogne, je prends soudainement conscience du calme ambiant. Un calme étrange, pesant.

Je relève rapidement les yeux pour croiser le regard amusé de Stan. Un air satisfait étire son beau visage. Je n'ai clairement pas été discrète et Stan a bien compris que son corps ne me laisse pas insensible. Toutefois, malgré toutes les envies lubriques que ce corps de guerrier me donne, rien ne suffit à occulter l'image de Kiara sortant de sa chambre.

Mon changement d'attitude doit se faire sentir, car Stan semble soucieux. Il doit ressentir ma colère, car son corps se raidit légèrement. Dans d'autres circonstances, je pourrais trouver cela encore plus sexy. Ses muscles saillants et contractés, ce regard de braise… Mais là, savoir que ce corps s'est sûrement frotté à celui de Kiara me fait l'effet d'une véritable douche froide et je décide qu'il est temps pour moi de continuer mon chemin.

– On se voit plus tard, Apo, dis-je d'une voix plus dure que je ne l'aurais voulu.

Et sans un regard de plus, je me dirige vers ma chambre.

14

Stan

Je me lève complètement crevé. Je n'ai quasiment pas fermé l'œil de la nuit. Certes, j'ai pensé à ma sœur, à ce que j'ai fait. Mais c'est surtout ce qu'il s'est passé cette nuit, dans la cuisine du club, qui m'a tenu éveillé. Je n'ai pas cessé d'y repenser. Même seul, allongé dans mon lit, je peux toujours sentir son contact, son odeur.

Je me souviens de sa moiteur, du son qu'elle fait quand elle jouit, de cette magnifique et baisable bouche autour de ma queue… Quand elle m'a pris entre ses lèvres charnues, j'ai cru être mort et arriver au paradis. Il n'y a pas meilleure sensation que celle-ci, hormis évidemment celle de se perdre tout au fond d'elle.

Mes souvenirs sont tellement vivaces que j'ai l'impression de revivre cette scène. Les yeux fermés, je me concentre sur cette chaleur qui entoure ma bite.

Si Millie continue comme ça, je vais jouir en deux secondes. Elle aspire, lèche, et quand elle se met à caresser et à soupeser mes bourses, je sais que je suis foutu.

– Putain, t'arrête pas ! dis-je d'une voix rauque.

Quand je l'entends gémir alors qu'elle me prend plus profondément en elle, je sais que mes soupçons sont vrais. Sauf qu'au moment même où je comprends que mon rêve n'en est pas un, je prends conscience aussi que ce n'est pas Millie qui est à deux doigts de me faire jouir. Je rouvre rapidement les yeux pour les poser sur K'.

Elle tente de m'offrir un de ses regards aguicheurs tout en accélérant ses va-et-vient. Mais c'est peine perdue : dès que l'affreuse réalité s'est imposée à moi, j'ai débandé aussitôt.

Si K' semble prendre son pied à me sucer, je suis passé de l'excitation à la colère en un temps record. Je lui agrippe violemment la tête et la repousse. Elle tombe sur le sol et cette fois gémit de douleur.

– Putain, mais tu fais quoi là ?! hurlé-je.

– Mais Stan, je pensais… commence-t-elle à se défendre.

Mais elle ferme aussitôt la bouche quand elle prend toute la mesure de ma fureur.

Je me lève du lit et m'approche d'elle. Même si je suis nu, K' a au moins l'intelligence de ne pas lorgner mon sexe. Au contraire, son regard apeuré ne quitte pas le mien et elle se recroqueville sur elle-même. Je commence à marcher dans sa direction quand je me rends compte que je suis à deux doigts de lui faire du mal. Heureusement pour moi, j'arrive à contrôler mes pulsions et je m'arrête à quelques centimètres d'elle. Le mélange de sa peur et de ma colère rend l'air irrespirable.

– C'est terminé, K', pour de bon. Si tu refais ça, je te tue, c'est clair ? lâché-je d'une voix froide, meurtrière.

K' semble tétanisée et incapable de répondre, elle se contente de hocher la tête.

– Je vais prendre une douche. Dans ton intérêt, veille à ne plus être là quand je ressors, annoncé-je.

K' ne répond rien. Je vois à son regard qu'elle est à deux doigts de craquer, mais ses larmes de crocodile ne m'atteignent pas. Je gagne la salle de bains et file sous la douche. Alors que j'attends que la température monte, je laisse l'eau froide me refroidir les idées. J'étais vraiment à deux doigts de lever la main sur elle et, en tant que futur président du club, ce n'est pas tolérable.

Je pose les mains sur le carrelage et j'essaie de faire le vide dans mon esprit. Sauf que la seule image que j'aperçois, c'est celle de Millie à genoux devant moi. Rien que de repenser à cette nuit, je sens déjà ma queue au garde-à-vous. Tout en continuant à penser à elle, je saisis mon sexe douloureusement bandé. Je commence à me caresser lentement, puis je laisse la frénésie de mes souvenirs accélérer le rythme. Et il suffit que je repense à mes doigts faisant jouir Millie sur la table de la cuisine pour provoquer ma propre délivrance.

De puissants jets chauds s'étalent sur le mur devant moi et sur ma main. Je continue à me caresser jusqu'au moment où cela devient trop sensible. Mon souffle est erratique, ma vue presque brouillée par ce puissant orgasme provoqué par le souvenir de Millie. Et cette idée ne me réjouit pas, au contraire.

Je me rends compte que sa proximité me perturbe bien plus que je ne veux me l'avouer. Je n'agis plus que par pulsions. Un instinct qui embrume mes idées et m'empêche de garder la tête froide. Visiblement, mon orgasme ne m'a en rien apaisé l'esprit. J'ai besoin de me vider la tête, d'épuiser mon corps pour l'empêcher de commettre à nouveau un acte irréfléchi dont je ne connais pas encore les conséquences.

Je sors de la douche et regagne ma chambre. Sans surprise, K' a déguerpi. J'enfile un short de sport et mes baskets et je décide d'aller courir pour m'aérer la tête. J'ouvre la porte de ma chambre pour tomber presque nez à nez sur mon père et Millie. Tous deux se sourient comme si rien ne s'était passé entre eux.

C'est Millie qui se rend compte en premier de ma présence. Quand elle tourne la tête dans ma direction, toute la sympathie et la joie que semblait lui procurer sa conversation avec mon père s'évanouissent. À la place, j'ai le droit à un regard noir et à un visage n'exprimant rien d'autre que de la colère. Je n'ai même pas le temps de prononcer un seul mot qu'elle part après s'être excusée auprès de mon père. Je l'observe rejoindre sa chambre. Elle semble m'en vouloir et il ne faut pas être un génie pour deviner qu'elle a dû tomber sur K' qui sortait de ma chambre, voir ses vêtements débraillés et ses cheveux en pétard, et en tirer des conclusions erronées.

Eh merde !

– Mon fils, c'est une perle cette nana, dit-il avant de partir et de me laisser seul, comme un con.

Je commence à être agacé de voir avec quelle rapidité elle a su retrouver sa place auprès des miens. Tout le monde semble avoir oublié que c'est elle qui m'a brisé il y a sept ans. Elle est loin d'être la gentille petite nana, bien propre sur elle, dont elle donne l'image. Je connais son vrai visage, je sais de quoi elle est capable. Elle a sûrement dû hériter son côté grande comédienne de sa mère et le peaufiner. Un sourire de façade pour dissimuler des actes cruels et un air innocent alors qu'elle vient de vous arracher le cœur de ses mains nues.

Il faut vraiment que j'arrête de penser à elle et surtout de ressasser le passé. Je me dirige vers la cuisine pour manger un bout avant d'aller courir. Mais j'ai à peine le temps de mettre un pied dans la pièce que je suis attaqué de plein fouet par mon *road captain*, très remonté.

– Qu'est-ce que t'as dit à ta sœur, connard ?! rugit-il en se rapprochant de moi.

J'avais espéré que cette histoire ne fasse pas le tour du club, visiblement j'avais tort là aussi. Je vais devoir m'expliquer auprès d'Angel, devant un parterre de témoins, et pas des moindres. Un vrai jury composé de tous mes frères, ainsi que de Devil et de June, et le tout présidé par mon père. Il affiche déjà une mine renfermée, un regard noir, et il accentue le tout en croisant les bras.

Depuis que ma sœur est revenue dans nos vies, mon père est ultra-protecteur envers elle. Évidemment, c'est différent de son attitude de l'époque où il l'étouffait. Elle est devenue sa priorité numéro un. Pour ma sœur, il est capable d'arrêter une réunion ou de différer une livraison. Je suis quasiment certain aussi que si elle lui demandait de rendre ses patchs de président, il le ferait sans l'ombre d'une hésitation. Bref, je m'apprête à me faire lapider, mais je suis prêt. Je le mérite.

– J'ai merdé, soufflé-je.

– Ça, connard, je l'avais deviné, grogne Angel. Par contre, tu vas me dire ce que t'as dit à ta sœur. Car elle vient d'accepter un contrat bien trop dangereux pour quelqu'un qui n'a pas les idées claires. Elle est partie tête baissée affronter un putain de mafieux russe et toute son armée !

Putain de merde ! Pitié, dites-moi que je n'ai pas poussé ma sœur dans la gueule du loup. Qu'elle ne s'apprête pas à passer sa colère et sa rage sur quelqu'un d'autre que moi.

Si quelqu'un doit mériter ses coups, c'est moi. D'autant que dans le coin, je ne connais qu'un groupe de mafieux russes sur qui Amy aurait pu avoir un contrat. Les Ivanov. Cette famille est pourrie jusqu'à la racine. Le père, Boris, est un grand malade, et ses fils, de vrais psychopathes. J'imagine que ce qui a enfin poussé quelqu'un à vouloir les exterminer, c'est la vidéo qui a circulé il y a quelques semaines sur le Darknet. On y voyait une fille, à peine la vingtaine, se faire battre puis immoler par le feu par la famille Ivanov au grand complet, tout ça parce qu'elle avait eu le malheur de tomber enceinte après avoir été violée par Pavel, le cadet de la fratrie. À moins que le contrat vienne d'un associé. Nombreux sont les alliés du clan Ivanov à avoir trouvé une mort violente et douloureuse. Peut-être que l'un d'entre eux a fini par se dire que le jeu n'en valait pas la chandelle.

– Je vois que tu comprends dans quel merdier ta sœur est partie se fourrer ! Et en refusant catégoriquement que je l'aide !

– Putain de merde, c'est pas vrai ! crié-je de frustration en me passant la main dans les cheveux.

Je ferme les yeux et prends le temps de respirer pour me calmer. Quand je les rouvre, je vois qu'Angel est bien plus inquiet pour ma sœur qu'en colère contre moi. On peut dire qu'Amy a vraiment réussi un exploit en mettant le grappin sur lui. Lui qui était au moins aussi queutard que Drake a fini par se ranger.

– Qu'est-ce que t'as dit, frangin ? demande Diesel.

– Elle a commencé à me reprocher de ne pas me méfier assez de K', elle m'a dit que je devrais me fier à son instinct, commencé-je. Le spectacle chez Millie, son retour, bref tout ça m'a tapé sur le système, et à son commentaire, j'ai vu rouge. Je lui ai dit que ce n'était pas son instinct qui avait su la protéger de Carter.

– Quoi ?! grogne mon père.

J'entends une chaise tomber lourdement au sol.

– Putain, t'as pas fait ça, Stan, dit mon jumeau alors que je suis violemment projeté au mur par le coup de poing que vient de m'asséner Angel en pleine mâchoire.

– Je vais te tuer ! hurle-t-il en tentant de se soustraire à la poigne de Drake et de Diesel.

Quant à moi, je reste adossé au mur, attendant le prochain coup dont la douleur occultera celle que je ressens dans mon cœur à l'idée que ma sœur soit en mission suicide.

– Je devrais te laisser te démerder avec Angel, dit mon père d'une voix dure. Si jamais il arrive quoi que ce soit à Amy, fils ou pas, c'est à moi que tu devras répondre de tes actes.

Mon père me lance un dernier regard dans lequel je peux lire toute la sincérité de ses paroles. S'il arrive quoi que ce soit à sa fille, j'ai beau être l'aîné de la fratrie et son successeur, je n'échapperai pas à sa punition. Je me contente de hocher la tête, tout en essuyant du revers de la main le filet de sang qui coule le long de mon menton.

– Lâchez-moi, bordel, lâchez-moi ! rugit Angel.

Mes frères m'interrogent du regard, et d'un signe de tête de ma part, ils le relâchent. Je m'attends à ce qu'il se jette à nouveau sur moi, qu'une pluie de coups s'abatte sur moi. Mais au lieu de ça, Angel baisse la tête et serre les poings. Lui aussi tente de se calmer. Soudain, il braque son regard torturé sur moi.

– Ta sœur est tout pour moi. S'il lui arrive quelque chose, je ne pourrai pas y survivre, mais surtout je ne pourrai jamais te le pardonner, finit-il par dire en quittant à son tour la cuisine.

Je me contente de l'écouter sans rien répondre. Ce n'est pas le seul qui ne pourra pas se relever s'il arrive quoi que ce soit à Amy. Jamais je ne pourrai me le pardonner si elle ne revient pas de cette mission et je n'attends le pardon de personne. J'ose un regard vers mes frères. La colère se lit sur tous les visages, mais derrière, j'arrive tout de même à discerner une petite pointe de sympathie. D'ordinaire, je suis quelqu'un de réfléchi, mais je suis bien obligé de me rendre à l'évidence : la présence d'Em' m'affecte bien plus que je ne l'aurais imaginé et surtout souhaité, et je perds les pédales.

– Angel, voici les infos que tu… commence Millie, brisant ainsi le silence qui régnait dans la pièce. La moto de quelqu'un vient de prendre feu, ou quoi ? demande-t-elle en regardant tour à tour les membres présents en quête d'une réponse.

Après avoir sciemment ignoré ma présence, elle finit par me regarder. Ses yeux se posent tout de suite sur ma lèvre fendue, de laquelle le sang ne cesse de couler.

– Merde, Stan, tu saignes ! Filez-moi un torchon et de la glace, demande-t-elle aux autres sans cesser de me regarder.

Personne ne bouge, tout le monde reste parfaitement de marbre, et je ne leur en veux pas, au contraire je les en remercie. Après ce que j'ai dit à ma sœur et ce qu'elle a fait, poussée par sa colère contre moi, je ne mérite pas leur aide ni leur sympathie. D'ailleurs, je mérite bien pire que quelques coups. Millie ne sait pas ce que j'ai fait, pour autant je ne peux m'empêcher de lui en vouloir d'essayer de me venir en aide. Je mérite de souffrir, de saigner, d'être blessé et d'en ressentir la douleur pendant plusieurs jours.

– T'inquiète, Em', ça va aller, finis-je pas répondre.

– Mais non, ça ne va pas ! Tu saignes et…

– Et K' s'en fout que je la saute la lèvre en charpie ou pas ! balancé-je.

Je ne suis pas digne de son attention et encore moins de sa compassion. Au contraire, je mérite de me vider de mon sang, qu'on me frappe, qu'on me fasse du mal. Je préfère encore la haine à la pitié que je lis dans son regard. En voyant son expression, je sais que mes mots viennent de la blesser. Elle ne comprend sûrement pas pourquoi je lui ai balancé ça alors qu'elle ne faisait que m'offrir son aide. Mais elle ignore tout du merdier dans lequel ma sœur est partie se fourrer, et tout ça par ma faute. Évidemment que j'agis en parfait connard avec elle, et finalement c'est peut-être mieux qu'elle me voie ainsi plutôt qu'elle garde l'image d'un homme blessé dans sa chair et dans son sang.

Elle semble déboussolée. Mais rapidement la colère reprend le dessus et c'est tant mieux pour moi.

– T'as raison, reste là à te vider de ton sang. J'en ai rien à foutre, crache-t-elle en repartant.

15

Millie

Comment a-t-il osé !

Je sors en trombe du club, claquant violemment la porte derrière moi. Comment se peut-il qu'après toutes ces années j'arrive encore à être affectée par ce mec ?! L'espace d'un instant, quand je l'ai vu adossé au mur, l'air torturé et la lèvre fendue, j'ai eu toutes les peines du monde à me retenir de le prendre dans mes bras. Au lieu de ça, je lui ai offert mon aide pour soigner sa coupure. Et qu'est-ce que j'ai récolté à être sympa avec cet enfoiré ? Qu'il me crache au visage, et devant sa famille en plus !

J'essaie de me convaincre que ce sont mes réflexes de médecin qui ont parlé, mais je sais au fond de moi que c'est ce lien invisible et pourtant toujours présent qui nous lie qui m'a poussée à lui accorder de l'attention. Je ne sais pourquoi, après tout ce que nous avons vécu, il subsiste encore un lien entre nous. En cet instant, je crois que je serais capable de tout si cela me permettait de me défaire à tout jamais de lui.

Je serais même prête à aller jusqu'à supprimer toute trace de son passage dans ma vie. Il n'y aurait plus de bons ni de mauvais souvenirs. Il n'y aurait rien.

Je me souviens de l'époque du lycée où Stan passait autant de temps à me courir après, à m'embrasser et à me tripoter qu'à déclencher une bagarre. Je ne compte plus le nombre de fois où ses frères et lui ont été exclus de l'établissement. Évidemment, c'est à ses côtés que j'ai commencé à jouer mon rôle de médecin, ou plutôt d'infirmière. Après le lycée, il n'était pas rare que la fratrie Jackson ait besoin de mes services. Il suffit d'un bar, de bières et de motards pour que vous finissiez votre soirée à recoudre une arcade ou à nettoyer des poings. Et même si à cette époque je faisais partie de leur famille, ils étaient loin d'être des patients très coopératifs. À l'inverse des autres qui ramaient pendant des jours pour obtenir mon pardon, Stan trouvait toujours une manière plus qu'agréable de se faire pardonner son comportement.

À ces souvenirs, un sourire étire mes lèvres malgré moi.

Millie, arrête de penser à ça ! me somme ma petite voix intérieure.

Oui, Millie, rappelle-toi que ce mec qui a su capter ton attention et capturer ton cœur à l'époque du lycée couche avec l'ennemie !

D'un pas rapide, je me dirige vers une table de pique-nique et m'y assieds. Alors que je commence peu à peu à me calmer, j'entends la porte du club claquer. Je tourne la tête et je vois Stan partir en courant, une bouteille à la main. J'aurais pensé qu'après sa nuit de folie avec Kiara il n'aurait pas suffisamment d'énergie pour courir des kilomètres. Il faut croire qu'elle surestime ses capacités. Avec moi, il n'aurait même pas pu se lever du lit.

Bordel, Millie, arrête !

Les premiers rayons du soleil caressent ma peau et je m'allonge pour laisser cette chaleur douce et apaisante m'envelopper. J'essaie de faire le vide, de ne penser à rien, mais c'est impossible quand, dès que je ferme les yeux, l'image de Kiara sortant de la chambre de Stan apparaît.

Cette même chambre qui a été le témoin par le passé de tant de moments complices et amoureux entre lui et moi. Je crois qu'il n'y a pas un centimètre carré dans cette pièce qui n'ait été baptisé de notre amour. Seulement voilà, aujourd'hui, c'est dans les bras d'une autre qu'il continue d'en écrire l'histoire. J'imagine que nos souvenirs ont été balayés aussi rapidement que notre amour.

Pourtant, je me souviens encore parfaitement de notre dernière étreinte. De ce dernier moment partagé à deux, où notre amour était mon moteur.

***

Sept ans plus tôt

Je viens de sortir de cours et je roule à toute vitesse pour le rejoindre.

Stan, ce mec sexy qui partage ma vie, mes nuits, mes pensées, n'a pas cessé de me torturer l'esprit pendant une heure. Il a passé tout ce temps à m'envoyer des messages plus explicitement cochons et dépravés les uns que les autres. À chaque nouvelle lecture, je devais me mordre la lèvre pour retenir un petit gémissement. Par contre, je ne pouvais m'empêcher de gigoter sur ma chaise pour tenter d'apaiser la douleur lancinante entre mes cuisses.

[Bébé, je vais te faire crier
mon nom pendant des heures.
Tout le monde saura que je t'ai
fait jouir avec ma langue,
mes doigts et ma queue.
Et quand j'en aurai enfin fini avec toi,
tu ne pourras plus marcher sans ressentir
l'agréable sensation d'avoir toujours mon sexe
plongé profondément en toi.]

Au bout du dixième message de ce style, je n'en pouvais plus. Si au début je prenais du plaisir à rentrer dans son jeu et à lui répondre, j'ai rapidement compris à mes dépens que je ne gagnerais jamais à ce petit jeu d'excitation. C'était de pire en pire, je n'écoutais plus le cours, mes joues étaient aussi rouges qu'une tomate. Décidant de regagner un peu de self-control, j'avais opté pour le silence radio. Mais évidemment c'était compter sans la ténacité et la perspicacité de Stan Jackson. Il continuait à m'envoyer des messages que je n'ouvrais même pas, rien que les premières lignes qui apparaissaient sur mon écran d'accueil ravivaient mon excitation que j'avais toutes les peines du monde à dissimuler. Mais en plus d'être tenace, Stan est aussi très intelligent, c'est pourquoi au lieu de m'écrire tout ce qu'il allait me faire, il a hissé la barre dix crans au-dessus. Pas la peine de lire quoi que ce soit, son message parlait de lui-même. Il venait de m'envoyer une photo de lui. Il était allongé sur son lit, torse nu, les abdos contractés. Je suivais du regard la courbe dessinée par ses muscles bandés quand mes yeux se sont posés sur son poing qui enserrait son érection, à peine dissimulée par son caleçon.

C'en était trop. Je me suis excusée auprès de mon professeur, prétextant un début de symptômes grippaux. Mon enseignant m'a crue sur parole, car évidemment j'étais bouillante, mais pas à cause de la fièvre. Non, le mal qui me rongeait, c'était mon désir sauvage et intense pour l'homme qui détenait mon cœur, mon âme. Je suis sortie presque en courant de l'université pour sauter dans ma voiture.

D'ordinaire, il me faut quarante-cinq minutes pour rejoindre le club. Là, trente-cinq minutes plus tard, j'actionne le frein à main de ma voiture et je me jette hors du siège. Au début, j'opte pour la marche rapide, mais cela ne fait qu'accentuer mon désir pour lui. Je me mets donc tout naturellement à courir. Évidemment, le club n'est pas vide, et vu les sifflets des membres présents, aucun doute sur mes intentions. Je leur dis quand même bonjour d'un signe de la main et je grimpe deux par deux les marches de l'escalier.

Arrivée devant la porte de sa chambre, je ne prends pas la peine de m'annoncer. J'entre et je claque la porte du pied. Stan, toujours allongé sur son lit, tourne brusquement la tête dans ma direction. Tout de suite, la surprise de tomber nez à nez avec un intrus a laissé place au fameux sourire à faire mouiller les petites culottes. Stan passe un bras derrière sa tête et m'observe.

– Quelqu'un sèche les cours ? dit-il, la voix rauque.

– Oui, dis-je en me déshabillant rapidement.

Je ne prends pas la peine de déposer mes vêtements sur la commode, je les jette un peu partout dans la chambre.

– J'ai décidé de switcher mon cours théorique de biologie moléculaire au profit d'un cours pratique sur l'anatomie, dis-je en finissant d'ôter ma culotte, le dernier rempart à ma nudité.

Si au début Stan m'observait avec un regard amusé, là ses yeux n'expriment rien d'autre que du désir. D'habitude, j'adore nos préliminaires. Même si nous connaissons le corps de l'autre sur le bout des doigts, nous prenons toujours autant de plaisir à en explorer la moindre parcelle. Sauf que là, il m'a suffisamment excitée tout l'après-midi pour que je sois sûre d'être prête à l'accueillir. C'est donc sans lui laisser le temps de faire le moindre mouvement ou de prononcer un seul mot que je saute sur le lit. Stan éclate de rire et ce son provoque toujours en moi une vague de fierté.

Les Jackson ne sont pas réputés pour être de joyeux rigolos, sauf Drake qui trouve toujours une débilité plus stupide que la précédente à dire. Sinon, c'est une famille qui n'accorde pas facilement sa confiance et qui dévoile encore moins ses vrais sentiments. Mais si Stan a su me convaincre de nous accorder une chance, de mon côté je ne suis pas restée sans rien faire. J'ai su, à force de persévérance, faire tomber une à une ses défenses. Il lui a peut-être fallu des semaines pour me convaincre de sortir avec lui, à moi il m'a fallu des mois pour ne serait-ce que connaître sa couleur préférée.

Je retire rapidement son boxer à Stan qui se laisse faire sans protester. Quand mes yeux se posent sur son membre fièrement dressé, je comprends que ma petite séance d'effeuillage, bien que rapide, ne l'a pas laissé insensible, bien au contraire. Je relève lentement les yeux vers lui et je remarque qu'il ne sourit plus du tout. Son regard est celui d'un prédateur, prêt à bondir sur sa proie. D'ailleurs, il se relève rapidement pour me faire basculer sous lui.

Il m'allonge et m'embrasse sauvagement, tout en plaçant mes mains au-dessus de ma tête. D'une main ferme, il maintient mes bras tendus, quand de l'autre il glisse le long de mon bras pour venir palper l'un de mes seins. Quand il se met à caresser mon téton déjà dur, je ne peux retenir un gémissement de plaisir. Stan cesse l'assaut sur mes lèvres et se met à butiner mon cou. Toujours dans un silence bercé par le bruit de mes gémissements et de nos respirations, Stan cesse de jouer avec mon sein pour continuer son voyage plus vers le sud. Il caresse mon ventre, mon nombril avant de venir prendre en coupe mon sexe. Il fait glisser son index le long de ma fente avant de me pénétrer. Et je ne peux retenir un râle de plaisir. Je ferme les yeux et j'arque mon dos pour lui faire comprendre que j'ai besoin de plus. Nos échanges de messages ont été pour moi les préliminaires. Je suis plus que prête à le recevoir et j'ai surtout besoin de lui en moi, maintenant.

– T'es déjà trempée, la belle, me chuchote-t-il à l'oreille d'une voix rauque.

– La faute à un biker ultra-sexy qui n'a pas cessé de m'allumer tout l'après-midi, dis-je en ondulant des hanches pendant que Stan continue de me torturer.

– Sexy, hein ? dit-il en insérant un deuxième doigt en moi.

Je commence à haleter de plaisir, ma température corporelle déjà bien élevée avant d'entrer dans la chambre a atteint des sommets. Même s'il sait que je suis au bord du précipice, Stan continue de m'exciter lentement.

– Stan, soufflé-je tout en essayant de me soustraire à sa main.

– Calme-toi, bébé, je sais… dit-il en continuant ses longs et lents va-et-vient en moi.

– Alors baise-moi ! hurlé-je presque de frustration.

– Je veux encore profiter, dit-il en baissant la tête pour venir taquiner de sa langue mon autre sein, qui ne demandait qu'à recevoir de l'attention.

Mais lorsqu'il accélère la cadence de ses doigts tandis que sa langue ne cesse de flatter ma poitrine, je ne peux que gémir de sensualité. Je sens que mon orgasme est proche et mes jambes commencent à trembler. Ma tête bascule en arrière et je ferme les yeux. Stan titille du pouce mon petit nœud de chair et j'explose dans un râle de plaisir.

Je sens les doigts de Stan se retirer et je rouvre les yeux pour voir qu'il les porte à sa bouche pour goûter le fruit de mon excitation. Ce geste est d'un tel érotisme que je pourrais presque en avoir un orgasme. Mais Stan étant Stan, il a fait en sorte que je sois au bord du précipice et que j'y reste. Il n'y a que lui qui pourra me délivrer de cette boule d'excitation qui ne demande qu'à exploser.

– Délicieux, bébé, dit-il en ancrant son regard au mien.

Soudain, il me relâche les poignets et me retourne d'un geste habile. Je suis à quatre pattes, complètement offerte. Il fait courir ses doigts le long de ma colonne vertébrale avant de poser ses mains sur mes fesses et de les écarter. Tout mon corps est parcouru d'un violent frisson. Un mélange d'anticipation et d'excitation.

– T'es putain de sexy comme ça, dit-il en faisant courir un doigt le long de ma fente encore sensible.

Soudain, je sens Stan positionner son sexe à l'entrée de mon intimité dans laquelle il s'enfonce d'un grand coup jusqu'à la garde, en poussant à son tour un gémissement de plaisir. Dans la chambre, aucun bruit, si ce n'est celui de nos gémissements mêlés. Je ferme les yeux et je savoure cette agréable intrusion. J'apprécie encore plus de le sentir en moi depuis qu'on n'utilise plus de préservatif. Au début, j'étais réticente à l'idée. La pilule n'est pas fiable à cent pour cent et je ne suis définitivement pas prête à être mère. Mais après une longue conversation et de très bons arguments de la part de Stan, j'ai fini par accepter. Évidemment, je lui ai demandé de faire une prise de sang. De mon côté, aucun risque que j'aie quelque chose, mais connaissant sa réputation, c'était une demande légitime. Et que dire aujourd'hui, si ce n'est que je ne regrette absolument pas.

– Putain, t'es tellement bonne, bébé, dit-il en ondulant lentement.

– Stan, j'ai besoin de plus, dis-je dans une supplication.

– T'es sûre, ma belle ?

– Oui, réponds-je dans un souffle.

C'était la seule réponse qu'il attendait de moi. Stan s'agrippe à mes hanches et se met à me pilonner de plus en plus vite et de plus en plus loin. Si cela était physiquement possible, il se fondrait complètement en moi, absorbé par mon désir pour lui et consumé par son envie de ne faire qu'un avec moi. Sous le rythme effréné de ses assauts, je sens la chaleur et les picotements d'un deuxième orgasme. Au vu des bruits qu'émet Stan, je sais que sa délivrance est proche. Je le ressens encore plus quand il s'accroche plus fermement à mes hanches.

Comprenant sans doute qu'il risque de jouir avant moi, Stan glisse une de ses mains entre mes jambes pour venir titiller mon clitoris. Celui-ci, encore délicatement sensible, ne met que quelques secondes à répondre à ses caresses et je jouis de nouveau. Mon orgasme emporte celui de Stan, et il jouit en gémissant mon prénom avant de poser sa tête au creux de mes épaules.

Notre respiration est rapide, nos corps en sueur, et il flotte dans la chambre une subtile odeur de sexe. Stan finit par se retirer et une sensation de vide s'empare de moi. Mais rapidement, Stan s'allonge et ses bras forts m'enveloppent. Je me love contre lui et niche ma tête au creux de son épaule. Nous tentons tous les deux de reprendre notre souffle et je savoure cet instant. Même après toutes ces années, le sexe avec Stan est toujours aussi intense et fort. Je me plais à croire que ça le sera jusqu'à la fin de notre vie.

– Putain, rappelle-moi de t'envoyer plus souvent des messages, dit-il en me sortant de ma douce rêverie.

– Les messages étaient sympas, mais c'est ta photo qui a eu raison de ma petite culotte, dis-je en dessinant des ronds sur ses pectoraux.

Ma réponse le fait rire et je sens son corps tressauter légèrement sous le mien.

– Tu aurais pu me dire ça après le deuxième message, moi qui essayais de la jouer mec romantique, dit-il, la voix teintée d'amusement.

– C'est vrai que m'écrire comment tu allais me lécher et aspirer jusqu'à la dernière goutte de mon précieux nectar, c'est vraiment du Shakespeare, le taquiné-je.

– Que veux-tu, j'ai l'âme d'un poète !

C'est à mon tour de rire. Stan n'a pas l'âme d'un écrivain. Je suis persuadée que s'il devait écrire un poème, tous les mots finiraient en « er » afin de rimer avec les mots « baiser », « lécher », « faire crier », et j'en passe. Par contre, il serait sans doute très bon pour rédiger un scénario de film pour adultes.

– Tu veux prendre une douche, mademoiselle Je-sèche-les-cours-pour-venir-me-perdre-dans-les-affres-du-plaisir-avec-mon-homme ?

– Avec plaisir.

Sous la douche, évidemment, nous en profitons pour nous montrer notre amour. Si dans la chambre notre étreinte a été sauvage, bestiale, cette fois nos gestes sont lents et langoureusement tendres, ne rendant l'instant que plus magique entre nous. Ces moments d'intimité avec Stan me font souvent monter les larmes aux yeux. Si aux autres, il ne montre que son côté froid et intouchable, avec moi c'est tout le contraire. Il sait être doux et tendre, mais aussi impétueux et rude. Un subtil mélange qui n'est pas pour me déplaire, au contraire.

***

– Tu devrais mettre de la crème solaire si tu comptes lézarder comme ça, lance une voix qui me semble familière.

Je me relève rapidement et place ma main en visière. Malgré les années qui ont passé et un corps de femme, je reconnais tout de suite Amy. Elle est debout devant moi et esquisse un léger sourire.

– Merci du conseil. Ma seule présence suffit à alimenter les discussions, il ne faudrait pas en plus qu'en ressemblant à une tomate je donne matière à certaines à baver davantage sur moi.

Amy sourit en comprenant aisément à qui je fais référence. Elle s'avance pour venir s'asseoir à côté de moi et je suis chacun de ses mouvements. Même sa démarche est assurée, déterminée. Autrefois elle était timide, un peu trop en retrait par rapport à ses frères. Je me doute qu'un changement aussi radical ne s'est pas fait sans mal. Souvent on change car on n'a pas le choix, pour survivre il faut s'adapter. Et je sais de quoi je parle. Quel qu'ait été l'événement qui l'a poussée à devenir ce qu'elle est aujourd'hui, j'imagine que ce n'était pas quelque chose d'heureux.

Alors que nous nous contentons de rester assises l'une à côté de l'autre, des souvenirs du chaos qui a suivi son départ dix ans plus tôt me reviennent. Tout le monde sans exception est parti à sa recherche. Sa disparition n'a épargné personne. J'ai vécu, vu et ressenti le changement que cela a provoqué sur chacun des membres du club, et plus particulièrement sur ses frères et son père. En fait, si, il y a une personne qui ne semblait pas affectée par sa fuite, et c'était Carter. Rien qu'en prononçant son prénom dans ma tête, j'en ai la chair de poule. Sans compter qu'il a subitement disparu après avoir été formellement identifié comme l'auteur de l'agression et du viol de la pauvre Roxy. Évidemment, son départ a soulevé beaucoup plus de questions, mais a levé le voile sur l'identité du mystérieux agresseur qui s'en prenait aux filles du coin. Évidemment, à cette époque, personne n'avait fait le rapprochement avec le départ d'Amy. Je pense aussi que pour le bien-être psychologique de tout le monde, il était plus simple de ne pas vouloir établir de lien.

Amy est déjà assise depuis quelques minutes à mes côtés et je ne sais pas vraiment quoi dire. Si dix ans sans s'être vues n'étaient pas déjà une assez longue durée, le fait qu'elle ait autant changé me déstabilise aussi beaucoup.

– Comment va Slade ? finit-elle par dire sans pour autant cesser de fixer un point à l'horizon.

– Je l'ai extubé cette nuit, et pour le moment, son état est stable.

Du coin de l'œil, je la vois hocher la tête.

– Et toi, comment tu vas ? demande-t-elle cette fois en me regardant droit dans les yeux.

Dans son regard, au-delà d'une expression neutre, j'arrive à discerner un réel intérêt à connaître mon ressenti. Cela me touche de savoir que mon bien-être peut l'intéresser malgré les années et les tournants qu'ont pris nos vies respectives.

– Tu veux dire par rapport à Slade ou au fait que je sois contrainte de rester au club avec Stan et sa pé… copine qui n'est autre que mon ancienne meilleure amie ? dis-je, la voix légèrement sarcastique.

Amy ne semble pas s'en formaliser, au contraire elle sourit.

– Tu peux dire « pétasse », tu sais. Mais oui, pour tout ça. J'imagine que ça ne doit pas être évident même si tu gardes la tête bien haute, déclare-t-elle sincèrement.

– Et tu serais loin du compte… lâché-je d'un ton blasé. Tu es revenue depuis longtemps ?

– Pas vraiment, répond-elle en retournant à sa contemplation. Enfin… c'est compliqué. Je n'ai jamais été vraiment très loin, mais c'est une histoire…

– Compliquée, terminé-je à sa place.

Amy tourne la tête et m'offre un sourire complice. Je ne suis clairement pas forte pour déceler le mensonge chez les autres, mais je pense pouvoir reconnaître la sincérité quand je la vois. Je m'apprête à reprendre la parole quand j'entends la porte du club s'ouvrir avec fracas. Nous tournons la tête toutes les deux en direction de celui qui vient vers nous d'un pas rapide.

– Putain, chaton, t'es là ? demande Angel en regardant sa moitié sous toutes les coutures.

– Comme si tu ne le savais pas déjà… dit-elle en soupirant.

Mais je remarque qu'elle sourit.

– T'es blessée ? demande-t-il, vraiment inquiet.

– Angel, je vais bien, juste quelques égratignures sans importance.

– Des égratignures où ? dit-il en essayant de lui ôter sa veste.

Amy lui donne une claque sur la main.

– Ça va, je t'ai dit.

– Et moi, je t'ai demandé où tu étais blessée ! renchérit-il sur un ton qui, je l'imagine, n'admettra pas le rejet. Millie, dit-il en s'adressant cette fois à moi, ça t'ennuierait de jeter un coup d'œil à ma femme, s'il te plaît ?

– Euh… Oui, bien sûr, dis-je, un peu déstabilisée par sa demande.

– Non, mais tu vas te calmer, merde ! Je t'ai dit que ça allait ! le sermonne Amy. On ne va pas embêter Millie avec trois petites choses de rien du tout.

– Chaton, si tu veux encore pouvoir jouir de mes talents, tu vas accompagner Millie jusqu'à ma chambre et la laisser t'ausculter, la menace-t-il.

Je m'attends à ce qu'Amy l'envoie sur les roses, mais à ma grande surprise, elle se retourne vers moi.

– OK. Millie, suis-moi.

OK, je me doute à quels talents il fait référence. Angel est canon. Certes, il l'a toujours été, mais en sept ans, il a mûri, pris du muscle. Amy se lève de la table et je la suis, complètement amusée par la situation. Visiblement Angel sait quoi faire ou plutôt dire pour avoir le dessus sur cette nouvelle version d'Amy. Il n'y a pas que le physique d'Angel qui semble avoir changé en sept ans. Lui qui autrefois ne jurait que par les coups d'un soir semble avoir trouvé la personne capable de lui donner envie de se poser. Perdue dans mes pensées, je ne m'aperçois que nous sommes dans une chambre que lorsque Amy referme la porte. Vu la photo du couple accrochée au mur, j'imagine que ça doit être celle d'Angel.

Amy se place devant moi et commence à retirer sa veste puis son tee-shirt. Elle semble toutefois un peu gênée dans ses mouvements, et quand elle passe son vêtement au-dessus de sa tête, elle grimace légèrement. Quand je reporte mon attention sur son ventre et ses bras, je comprends pourquoi. Elle a quelques lacérations légères sur les avant-bras et une un peu plus profonde sur son flanc droit.

– Est-ce que si je te demande comment tu t'es fait ça, tu me donneras la vraie raison ? demandé-je en me rapprochant et en commençant à observer de plus près ses blessures.

– Uniquement si tu te sens capable d'en assumer la réponse, répond-elle, un air de défi dans la voix.

– Non, j'ai suffisamment de nouvelles à digérer depuis que je suis ici. Si t'es d'accord, on va rester sur la version où tu t'es essayée à la cuisine japonaise.

Je redresse la tête pour voir qu'Amy semble amusée par mon commentaire. Je lui explique que je dois retourner dans ma chambre récupérer ma trousse afin de nettoyer proprement ses plaies.

Je sors de la chambre, et lorsque je me retourne, je ne peux retenir le petit cri de peur qui s'échappe de mes lèvres. Tout le clan Jackson, à l'exception de Stan, se trouve devant moi. Angel fait les cent pas avant de m'apercevoir et de se planter devant moi. Je leur explique brièvement la situation, et comprenant que je n'ai pas fini mon travail, il me laisse aller récupérer mon matériel et finir de soigner Amy.

Finalement, toutes les blessures sont superficielles, elle ne gardera par chance aucune cicatrice. Et quand je remarque qu'elle en arbore déjà une au bas de son ventre, je me dis que c'est une chance.

– Voilà, c'est tout bon. Garde tout de même les pansements vingt-quatre heures et ensuite laisse à l'air libre, ça cicatrisera plus vite, expliqué-je en m'écartant.

– C'est Angel qui va être content, dit-elle en souriant et en remettant son tee-shirt.

Je retire mes gants et les jette dans la poubelle. Je range ensuite tout mon nécessaire et m'apprête à sortir quand elle se remet à parler.

– Je te remercie. Tu n'étais pas obligée.

– Ce n'est pas parce que ton frère et moi ne sommes plus ensemble que je vais jouer la carte de la garce avec vous autres, expliqué-je très honnêtement.

– En tout cas, ne te gêne pas pour l'être avec Kiara.

– Compte sur moi, dis-je en souriant.

La main sur la poignée, je m'apprête à sortir quand, finalement, je décide de poser la question qui me brûle les lèvres depuis notre première conversation.

– C'était Carter ? demandé-je en observant sa réaction. Je veux dire, la raison de ton départ, c'était en lien avec lui ?

Amy relève la tête rapidement et je vois tout son corps se tendre. Son visage se ferme et son regard devient noir. Finalement, j'aurais peut-être dû me couper un doigt plutôt que de demander. Heureusement pour moi, elle se reprend très vite.

– Oui.

Je me retourne et tourne la poignée, mais ne peux m'empêcher de rajouter :

– J'espère qu'il a souffert.

– Pas assez à mon goût, mais il a embrassé son destin, répond-elle d'une voix moins sévère, mais dénuée de tout remords.

Sa réponse, bien que brève, suffit à calmer ma curiosité. Je n'ai pas tous les détails et je ne les aurai probablement jamais. Toutefois, cela m'apaise de savoir que Carter a fini par avoir ce qu'il méritait. J'ouvre la porte, prête à regagner ma chambre, quand je suis soudain soulevée du sol et emprisonnée entre deux bras musclés.

– Merci, Millie ! dit Angel, avant de me reposer au sol et de rejoindre Amy dans sa chambre.

Je n'ai pas le temps de vraiment comprendre ce qu'il vient de se passer que c'est au tour des frères Jackson de venir me remercier pour ce que j'ai fait pour leur sœur.

– Si je te prends dans mes bras pour te remercier, tu promets de ne pas t'en prendre à ma virilité ? demande Apo, amusé.

– Ça dépend si tu as l'intention de me prendre par le cou ou pas, le taquiné-je.

Apo semble complètement amusé par ma repartie et je le laisse m'offrir une rapide mais tendre accolade. Je suis touchée par tant de remerciements. Même s'il ne s'agit que de quelques blessures légères, tout le monde semble avoir apprécié mon intervention. Finalement, je peux aussi me rendre utile. Mais au moment de me remettre en marche, je croise le regard de Stan, adossé au mur un peu à l'écart du groupe. Il a les bras croisés devant lui et la tête baissée. Ses épaules sont voûtées. Mais peu importe sa peine, toute l'euphorie du moment s'évapore pour ne laisser place qu'à un profond sentiment de malaise. C'était tellement plus simple quand la seule émotion que je ressentais en le voyant était de la haine. Après ce qu'il s'est passé cette nuit, j'aimerais dire que cela ne change rien. Que ma rancœur envers lui est intacte, voire plus forte, mais ce serait me voiler la face. Pour autant, je n'oublie pas ce qu'il m'a fait et c'est avec le souvenir encore vif de sa trahison que je relève le menton et passe devant lui, bien décidée à ne pas lui accorder plus de temps.

– Merci, Millie, tu ne sais pas ce que ça signifie pour moi, dit-il prudemment.

– Je ne l'ai pas fait pour toi, mais pour Amy. Peu importe ce qu'il s'est passé entre nous, dis-je d'une voix plus basse pour ne pas attirer sur nous l'attention. Sache que si tu étais en train de brûler vif devant moi, je ne te pisserais même pas dessus pour tenter d'éteindre les flammes, lui balancé-je d'une voix pleine de sarcasme.

Quand je prends le temps de le regarder, j'observe son corps encaisser mes paroles. Pourquoi ai-je le sentiment de l'avoir touché ? C'est pourtant lui qui, pas plus tard que tout à l'heure, me crachait presque au visage sa relation avec Kiara après ce que nous avons fait ensemble cette nuit, faisant de ce moment entre nous une erreur. Si l'un de nous doit se sentir attristé et blessé, ce n'est certainement pas lui. Ça ne devrait d'ailleurs jamais être lui, pas après ce qu'il m'a fait !

– Je sais, reprend-il d'une voix calme. Mais tu aurais pu refuser, compte tenu de notre passif.

Il pense que mes choix dépendent de lui ?! Le temps où effectivement mon monde ne tournait qu'autour de lui est révolu. Lui comme moi savons exactement quel jour et à quel moment exact j'ai cessé d'imaginer un avenir avec lui.

– Écoute-moi bien, Stan, dis-je en me rapprochant dangereusement de lui et en croisant à mon tour les bras.

Ses yeux quittent rapidement les miens pour se fixer sur ma poitrine, puis sur ma bouche avant de remonter s'ancrer aux miens. Il y a à peine quelques minutes son regard était attristé. En cet instant, il est toujours peiné, mais ce sentiment est dissimulé derrière un voile de désir. Je ressens son désir, ce même besoin qui cette nuit nous a consumés à un tel point qu'il était impossible de lutter. Entre ce désir presque palpable et cette envie de le remettre à sa place, l'ambiance entre nous est électrique. C'est donc d'une voix plus grave, plus sérieuse, que je reprends la parole.

– Ce n'est pas parce que tu es un vil manipulateur, doté d'un sens inné du mensonge, et que tu m'as trahie de la pire des manières il y a sept ans que je dois tenir tout le monde dans ta famille pour responsable. Maintenant si tu permets, j'ai des choses plus importantes à faire que de parler avec toi.

Une nouvelle fois, Stan encaisse sans broncher, mais je sais que mes mots ont fait mouche, car son corps se tend, ses yeux s'assombrissent et je le vois serrer la mâchoire pour sûrement se retenir de m'envoyer balader à son tour. Je sens qu'on nous observe et je n'ai pas besoin de tourner la tête pour savoir qu'il s'agit sûrement de Seth. Sans un regard de plus, sans un mot de plus, je regagne ma chambre.

16

Stan

Je reste figé, complètement abasourdi par les propos de Millie.

« Ce n'est pas parce que tu es un vil manipulateur, doté d'un sens inné du mensonge, et que tu m'as trahie de la pire des manières il y a sept ans… »

Comment ose-t-elle me balancer, et devant ma famille en plus, que c'est moi qui l'ai trahie ! Elle semble avoir la mémoire bien courte. Pourtant, c'est elle qui a arraché mon cœur à mains nues. C'est elle encore qui a brisé tout rêve et tout espoir d'un avenir ensemble. Et là, elle ose m'envoyer en pleine tronche, et en me regardant droit dans les yeux, que c'est moi le connard dans l'histoire ?!

Je serre les poings à m'en faire craquer les jointures. Je m'apprête à la suivre dans sa chambre pour remettre les choses à leur place quand je sens une légère pression sur mon épaule. Je me tourne pour faire face à mon jumeau.

– Une bataille à la fois, frangin, dit-il. Là tout de suite, va régler ton histoire avec Amy, me conseille-t-il.

Je sais qu'il a raison, mais je tourne quand même une dernière fois la tête en direction de la chambre de Millie. Décidant qu'il est temps que j'affronte toute l'étendue de ma connerie, je me dirige vers la porte d'Amy. Mon père me jette un regard courroucé alors que mes frères semblent m'offrir leur soutien. Je frappe deux légers coups. J'ai l'impression d'attendre mon châtiment derrière les portes du purgatoire.

– C'est pour quoi ? tonne Angel en ouvrant la porte à la volée.

Quand il se rend compte que c'est moi, son visage, déjà tendu, se crispe davantage. Comme mon père, il croise ses bras et se contente de m'observer, sans ajouter un mot de plus. En temps normal, son attitude me foutrait en rogne, mais après ce que j'ai fait à Amy, je le comprends. Il tente de se montrer fort, de m'intimider, mais uniquement dans le but de protéger sa moitié, ma sœur.

– Est-ce que je pourrais parler à ma sœur ? demandé-je d'une voix calme montrant que je viens en paix.

– Elle est occupée, répond-il sans même prendre la peine de demander son avis à la principale intéressée.

– Tu pourrais au moins lui demander si elle serait d'accord pour me parler plus tard.

– Non.

– Angel, écoute…

– C'est bon, laisse-le entrer, coupe ma sœur d'une voix neutre.

Angel continue de me fixer, me mettant silencieusement en garde de ne pas merder davantage avec Amy, sous peine de lourdes représailles cette fois. Malgré la requête de sa compagne, il ne semble pas décidé à bouger d'un millimètre. Il me jauge du regard, me mettant au défi de lui demander de se pousser. Je pourrais, non sans difficulté tout de même, le faire bouger. Mais je suis venu pour réparer mes erreurs, non pas en provoquer de nouvelles.

– C'est bon, bébé, tu peux nous laisser, ajoute ma sœur.

– Tu es sûre ? demande Angel.

– Certaine.

– Ma puce, souviens-toi que j'ai une arme dans ma table de chevet, alors n'hésite pas à t'en servir, dit Angel avant de sortir de la chambre tout en me lançant une dernière fois un regard noir.

Il referme la porte derrière lui et l'air dans la pièce semble s'être considérablement refroidi. Je ne dis pas que mon petit combat de coqs avec Angel aurait pu déclencher un incendie, mais le regard inexpressif de ma sœur jette un froid sur mes ardeurs. Entre nous, je sens qu'un mur s'est dressé, un rempart que je compte bien détruire morceau par morceau, et quoi de mieux que d'y aller franco.

– Je suis désolé, Amy. Jamais je n'aurais dû dire une telle connerie. J'espère que tu pourras me pardonner, lâché-je presque d'une seule traite sans avoir bougé d'un poil.

Amy ne semble pas surprise par mon approche, au contraire. Elle penche légèrement la tête sur le côté et se contente de me scruter, de son regard doré. Son visage est complètement inexpressif si bien que je ne sais pas à quoi m'attendre. Est-ce qu'elle est toujours en colère contre moi ? Est-ce qu'elle m'a pardonné ? À ce moment, j'ai l'impression d'être comme ces condamnés qui attendent de connaître leur sort. Je me contente de la regarder et j'espère qu'à travers mes yeux elle arrive à lire combien je regrette.

– Je m'attendais à un peu mieux, quand même, dit-elle après plusieurs secondes agonisantes. Je t'imaginais bien par terre, sur les genoux, à réclamer mon pardon. Ou à me supplier, le tout en versant une petite larmichette, finit-elle.

En écoutant ma sœur, je sais que je suis déjà sur la voie du pardon. Quelqu'un qui continue à vous en vouloir n'utiliserait pas l'humour et le sarcasme. J'essaie de rester imperturbable, mais c'est impossible, et je ne peux m'empêcher d'esquisser un petit sourire.

– Pour les pleurs, je peux rien faire. Par contre, je peux me mettre à genoux, si ça reste entre nous, dis-je.

– Trop tard. Mais garde ça pour la prochaine fois, répond-elle en levant les yeux au ciel.

– Il n'y aura pas de… commencé-je.

Mais Amy me coupe la parole en levant la main.

– Tu es un mec, un biker, et ton nom est Jackson, il y aura une prochaine fois, assène-t-elle. Allez, viens t'asseoir, grand frère.

J'avance prudemment et m'installe sur le lit pour lui faire face. Ma sœur semble détendue et m'offre à son tour un timide sourire. Je tente d'apercevoir les blessures qui ont nécessité l'aide de Millie, mais je ne vois rien. Je me doute qu'elle les dissimule sous ses vêtements, et même si je meurs d'envie de les voir, je me retiens. Je suis venu ici pour faire la paix, et non ressasser le passé.

– Je suis vraiment désolé, Amy, ajouté-je encore une fois.

– Je sais. Angel ? demande-t-elle en indiquant du menton ma lèvre fendue.

– Ouais. Ton mec a un sacré crochet, dis-je en effleurant ma blessure du bout des doigts.

– Pourquoi crois-tu que je l'aie choisi ! dit-elle fièrement.

– Amy, Angel m'a dit que tu avais accepté cette mission hautement risquée après notre petite discussion. C'est entièrement de ma faute si tu reviens blessée. Putain ! dis-je en prenant ma tête entre mes mains. Y a pas assez de mots pour te dire à quel point je regrette. À quel point ça me bouffe de savoir que t'as mis ta vie en danger à cause de moi. Bordel, Amy, t'as été blessée ! dis-je en soufflant de frustration et en braquant à nouveau mon regard plein de désespoir sur ma sœur.

– J'ai accepté cette mission de mon plein gré. Tu as raison, je ne l'aurais pas fait si je n'avais pas ressenti le besoin viscéral de me défouler. Alors certes, je reviens avec quelques bobos, mais rien de méchant.

– La prochaine fois, défoule-toi avec moi sur le ring, mais s'il te plaît, n'agis plus de la sorte.

– Ne me donne plus une raison de le faire ! Mais ne t'inquiète pas, j'ai déjà promis à Angel de me défouler sur lui la prochaine fois, me dit-elle en me faisant un clin d'œil et en souriant.

– Pitié…

– Oh, ça va. Je te rappelle qu'on ne compte plus les fois où on a entendu ta guenon hurler. En fait non, on dirait un goret.

J'éclate de rire. Ma sœur a toujours des références très colorées pour comparer une chose avec une autre.

– Comment ça se passe avec Millie ? demande-t-elle.

Et voilà comment briser un moment de légèreté. En abordant le sujet épineux et encore trop sensible de mon ex.

Comment réussir à mettre des mots sur ce que je pense vraiment de la présence de Millie au sein du club ? Évidemment que je suis en colère contre elle et j'ai toujours en travers de la gorge ce qu'elle m'a balancé tout à l'heure. Et pourtant, derrière cette façade de dégoût, de haine que j'ai pour elle, je ressens aussi une attirance manifeste, un désir palpable. Je ne comprends pas comment je peux à la fois la détester et la désirer autant. On dit qu'entre l'amour et la haine il n'y a qu'un pas. Mais quand ces deux sentiments se mêlent, qu'est-ce que c'est ? Voilà dans quel état d'esprit émotionnel je suis face à Millie. Un grand flou artistique de sentiments, d'émotions.

– Je n'étais pas là quand vous vous êtes séparés et je dois dire que je ne comprends toujours pas ce qui a pu se passer entre vous. Quand je suis partie, vous étiez heureux, vous parliez d'acheter une maison, de mariage ? Qu'est-ce qu'il s'est passé ? demande Amy.

– Ce qui s'est passé ? commencé-je en soufflant. Il s'est passé qu'elle m'a détruit. Elle m'a arraché le cœur pour le piétiner.

– Stan…

– Tout le monde semble vouloir me faire passer pour le salaud dans l'histoire. Évidemment, personne n'a remis en doute ma parole et pourtant je sais que beaucoup n'y adhèrent pas. Ils pensent encore qu'il y a quelque chose derrière notre histoire. Une part de mystère qui expliquerait tout. Mais vous n'étiez pas là. Moi je l'ai vue.

– Raconte-moi, s'il te plaît, me supplie presque ma sœur.

Je pose les coudes sur les genoux et je prends ma tête entre les mains. Je n'ai aucunement envie de penser à cette soirée, et encore moins d'en raconter les détails sordides, pas après toutes ces années. Mais c'est ma sœur qui me le demande. Elle qui, il n'y a pas si longtemps encore, nous racontait avec pudeur ce qu'elle avait vécu sous l'emprise de Carter. Alors pour elle et seulement pour elle, je ferme les yeux et laisse les mots combler les éléments manquants.

***

Sept ans plus tôt

Cela fait plusieurs soirs qu'avec Em' on ne passe que très peu de temps ensemble. Entre mes obligations envers le club et ses études, on ne fait que se croiser. C'est pourquoi ce soir j'ai décidé de lui faire une surprise. Je vais la rejoindre à son boulot et lui proposer d'aller manger un bout au bar qui se trouve juste en face de l'hôpital. Ce ne sera peut-être que l'histoire de vingt minutes, mais je préfère ça à rien du tout. Je n'ai pas eu ma dose régulière d'Em' et ça me manque. Elle me manque tout simplement. Son sourire, son rire, nos discussions, sans oublier ses caresses et le sexe, presque inexistant depuis quelques jours.

Il est loin le temps où Millie séchait les cours pour venir me rejoindre sous les draps ! Mais même si je crève d'envie de m'enfoncer profondément en elle, je ne lui tiens pas rigueur des heures qu'elle passe au boulot ni du fait que bien souvent, quand elle rentre le soir, elle est trop fatiguée pour faire quoi que ce soit. Entre les cours à la fac et son travail, elle est épuisée. Sans compter que ma chère et tendre n'a rien trouvé de mieux que de faire ses premiers pas au service des urgences. Autant dire qu'elle est vraiment rincée le soir quand elle finit. C'est pourquoi depuis quelques semaines, ma main droite et moi sommes devenus vraiment très proches.

J'arrive devant l'hôpital et je me gare sur le trottoir en face, non loin du resto. Je vais passer devant et en profiter pour voir s'il y a du monde ou non. Je suis à peine à quelques mètres de l'entrée que mon regard est attiré par un couple, assis près des fenêtres. Heureusement pour moi, il fait nuit et le ballet des voitures me rend presque invisible à leurs yeux, ce qui me permet de les observer, tapi dans l'ombre. L'homme et la femme se font face et semblent avoir une grande conversation. La femme semble triste, mais lui sourit, il semble vouloir la réconforter. Soudain l'homme se lève et vient s'asseoir à côté d'elle. Il la prend dans les bras et elle se blottit bien volontiers tout contre lui. De là où je suis, j'ai même l'impression qu'elle essaie de ne faire qu'un avec le corps de l'homme. Ce dernier se met à lui caresser les cheveux et ça crève les yeux que ces deux-là sont très proches, trop proches.

Je suis tellement obnubilé par ce spectacle que je ne me rends même pas compte que je ne suis plus seul.

– Ça y est, tu es au courant ? demande une voix que je ne reconnais que trop bien.

– Depuis combien de temps ? grogné-je sans tourner la tête dans sa direction.

Je me contente d'observer, tel un voyeur, le visage de celle qui il y a encore quelques minutes était tout pour moi. À cet instant, il est impossible pour moi de détourner le regard. Chaque seconde qui passe emporte avec elle mon amour pour le remplacer par de la haine. J'ai ce besoin viscéral de prolonger cette agonie qui consume tout en moi. Nos souvenirs, nos rêves, nos envies, mon amour pour elle.

– Quelques mois, me répond K' d'une voix un peu trop gaie à mon goût compte tenu de la gravité du moment.

« Quelques mois. »

Deux mots de rien du tout, qui pourtant ont le pouvoir de me briser. Je suis même certain d'avoir entendu mon cœur exploser en mille morceaux.

– Qui est au courant ? demandé-je d'une voix grave en lui lançant un regard assassin.

Je la vois déglutir péniblement.

Au fond, je sais qu'elle n'y est pour rien. Ce n'est pas elle la responsable de mon état. Mais en étant la messagère de cette sinistre nouvelle, elle devient par la même occasion la cible de toute ma rage.

– À ma connaissance, seulement moi, peine-t-elle à articuler.

Je ne lui demande pas pourquoi elle ne m'a rien dit, la réponse est tellement évidente. Em' est sa meilleure amie et moi finalement dans l'histoire je suis simplement le mec qui se fait prendre pour un con depuis plusieurs mois. Alors je garde le silence et reporte mon attention sur Em' et ce mec dont j'ai envie d'exploser la tronche à coups de batte de base-ball.

– Tu rentres chez toi ? demandé-je à K' en décidant que j'en ai suffisamment vu.

– Oui, je retourne au bus. J'étais juste passée à la pharmacie récupérer des médicaments, commence-t-elle à m'expliquer.

Mais j'en ai rien à foutre et je préfère la couper.

– Tu veux que je te ramène ?

L'arrière de ma moto n'appartient normalement qu'à ma femme, ma régulière. Mais quand cette dernière se trouve au même moment dans les bras d'un autre mec, je pense que le respect que je lui dois n'existe plus. K' me regarde avec des yeux ronds comme si elle n'en revenait pas, mais rapidement elle se reprend et hoche la tête en souriant.

La suite n'est qu'un vaste puzzle de souvenirs mal imbriqués. Je me revois au bar du club en compagnie de K' à enquiller les verres de whisky comme si je buvais du coca, tout en l'écoutant me raconter tout ce qu'elle sait sur Em' et cet Isaac. Car j'ai rapidement compris que K' n'a plus aucun filtre quand elle est pompette.

C'est ainsi que j'ai appris l'identité de l'homme aux côtés de Millie. Un collègue infirmier avec qui elle a commencé par se lier d'amitié dès son arrivée. Puis une limite a été franchie, mais K' ne semble pas savoir quand ni comment leur relation a évolué. Elle m'a juste dit que cela faisait des mois qu'ils étaient ensemble et qu'Em' ne savait pas comment me l'annoncer.

Mon envie de tout casser, de tout réduire en cendres ne fait qu'augmenter au fil de mon échange avec K'. Plus j'en apprends sur cette vérité dégueulasse, plus j'ai envie de faire du mal à Em'. De trouver le moyen de la briser, de la faire souffrir comme je souffre en ce moment même.

Je sais aussi que nous restons encore longtemps au bar, moi à noyer mon amour et à alimenter ma haine, et K'... Je ne sais pas vraiment ce qui la pousse à boire. Quoi qu'il en soit, c'est à partir de ce moment-là que ma soirée devient vraiment très floue.

Je nous vois K' et moi rejoindre ma chambre en titubant, elle s'agrippant à mon bras pour ne pas tomber. Ensuite, je me la rappelle se déshabillant pour finir complètement nue devant moi.

La suite en revanche n'est que succession de flash-back et de trous noirs. Je me souviens vaguement des gémissements de K', de moi la prenant à de multiples reprises. Pourtant, j'avais comme le sentiment d'être possédé et de ne rien contrôler.

Ce qui finalement m'a permis de sortir de ma transe, ça a été le regard profondément blessé, meurtri de celle pour qui j'aurais été prêt à tout. Jamais je n'oublierai ce regard.

***

Après mon récit, je reste silencieux. Évidemment, je passe sous silence le passage où Millie se tenait d'une main à la portière de sa voiture alors qu'elle vomissait ses tripes sur le sol du parking du club. Je ne lui raconte pas non plus comment, devant cette vision, j'ai cru mourir une deuxième fois et toujours de la main de la même femme. Celle qui représentait mon tout. Mon passé, mon présent, mon futur. Elle était ma moitié.

Quelque part entre l'incompréhension de sa trahison et ma colère, j'avais fini par obtenir ma vengeance. Oui, mais à quel prix ? Millie ne méritait pas cela. Même si sa tromperie n'était pas mieux que la mienne, elle avait au moins le mérite de rester discrète. Alors que moi, je suis certain que tout le club doit être au courant. Même si je ne me souviens de rien, il m'a suffi de croiser le regard des quelques membres présents au bar pour comprendre qu'ils savaient avec qui j'avais passé la nuit.

Je mourais d'envie de demander des explications à Millie concernant cet Isaac, mais après ce que je lui avais fait, je n'en avais plus le droit. Elle avait toutes les raisons du monde de me haïr, de me détester, et en cet instant, je partageais ce sentiment. Moi aussi, je me faisais vomir.

– Je suis désolée, Stan, finit par dire ma sœur, d'une voix triste, brisant ainsi ce silence presque solennel bercé de souvenirs encore trop vifs et épineux.

– C'est du passé, réponds-je platement en tentant de calmer le raz de marée de sentiments douloureux qui essaient de prendre le contrôle.

Je n'ai pas envie d'exploser devant ma sœur ni de montrer que cette trahison m'affecte finalement toujours autant sept ans après.

– Et tu réponds « C'est du passé » à chaque fois pour te convaincre que c'est la vérité ? Ou tu en as besoin pour justifier que tu n'as pas passé sept années à simplement survivre à son absence ? Je ne suis pas stupide, Stan, je vois bien la tension qu'il y a entre vous deux. Quoi que tu te racontes et que tu dises aux autres, il n'y a rien de terminé entre vous deux. Au contraire, il semble toujours y avoir une connexion qui vous lie, Millie et toi. Et il est peut-être temps d'en finir. Peu importe ce qui te rattache encore à elle, ce lien est toujours présent.

– Et qu'est-ce que tu proposes ?! Que je lui demande ce qu'il avait de plus que moi, cet Isaac ? craché-je.

J'ai toujours autant de difficulté à prononcer son prénom sans ressentir un goût amer dans la bouche.

– Non, crétin ! me rabroue-t-elle. Je te dis d'agir en homme et de porter tes couilles. Si tu es sûr d'en avoir fini avec elle et que tu veux qu'elle dégage, fais en sorte de lui faire comprendre qu'elle n'est pas la bienvenue ici. Je suis même prête à t'y aider si tu es vraiment certain que ton histoire avec elle appartient au passé.

J'écoute attentivement ma sœur, le regard perdu devant moi à regarder la porte de la chambre. Je sais que ce qu'elle dit a du sens et surtout qu'elle a raison. Mais j'appréhende autant de faire le choix de la rayer de ma vie que de lui laisser encore une place, quelle qu'elle soit.

Pour mon club, j'ai tué, torturé, brisé des hommes, rien ne me fait peur et je n'ai jamais reculé devant qui ou quoi ce soit. Et pourtant, me voilà aujourd'hui à l'aube de mes 30 ans, effrayé à l'idée d'affronter ce que je ressens vraiment pour Millie et de faire un choix.

– Tu as raison, réponds-je laconiquement.

– J'ai toujours raison, rétorque Amy, la voix légèrement sérieuse mais amusée.

– Tu me pardonnes ? demandé-je en reportant mon attention sur elle.

– Évidemment, répond-elle en levant les yeux au ciel et en souriant.

Je me lève et dépose un baiser sur le sommet de son crâne avant d'y poser mon front. Ma sœur pose ses mains sur mon avant-bras et je prends conscience douloureusement que c'est sûrement l'un des gestes les plus complices que j'aie eus avec elle.

– Je t'aime, petite sœur, chuchoté-je.

– Je t'aime, grand frère, répond-elle sans hésiter.

À sa réponse, mon cœur rate un battement. L'entendre prononcer ces quelques mots a toujours le même effet sur moi depuis son retour. Je me redresse et nous nous sourions d'un sourire sincère. Puis je décide qu'il est temps pour moi d'affronter mon passé pour vivre l'instant présent et me construire un avenir.

– Je dirai quand même que tu t'es mis à genoux, me balance ma sœur alors que j'ai la main sur la poignée.

Je ne rate rien de l'amusement dans sa voix et c'est pour moi encore plus difficile de rester calme.

– Je répondrai que t'as pleuré comme une fillette quand j'ai touché tes bandages, rétorqué-je.

– OK, t'as gagné, s'empresse-t-elle de répondre.

Et je referme la porte en me retenant difficilement d'éclater de rire.

17

Millie

J'arrive dans la chambre de Slade et je claque la porte derrière moi. Stan a toujours eu le don de me faire sortir de mes gonds en un temps record. Je pensais qu'il me connaissait mieux que ça, et malgré moi, je suis vexée qu'il ne me croie pas capable de faire la part des choses entre sa petite personne égocentrique et maléfique et sa famille. Une famille dont les membres ont toujours été bienveillants à mon égard à l'époque où nous vivions pratiquement sous le même toit.

– Fait chier ! soufflé-je en me pinçant l'arête du nez.

Il faut que je me calme et que je me recentre sur l'essentiel. Je suis là pour Slade et uniquement pour lui. Je me rapproche pour venir m'asseoir sur la chaise à côté de lui. Je regarde mon père et j'ai l'impression que son air n'est plus aussi paisible. Son visage semble afficher une mine plus contrite, moins sereine, mais je dois me tromper. Je suis tellement en colère contre Stan que je projette mes propres émotions sur mon père. Je secoue la tête en soufflant d'exaspération face au ridicule de la situation.

– La cohabitation commence à devenir compliquée avec Stan, alors si tu pouvais te réveiller rapidement, ça m'arrangerait. Et le mieux serait que tu lui passes l'envie de me parler. Parce que vraiment, je t'assure, ce…

– Mil…

Soudain je me fige, j'arrête de respirer et de bouger. Comme si le temps venait de s'arrêter. Je fixe mon père, déboussolée. Est-ce que je viens bien de l'entendre essayer de m'appeler ? Un rapide coup d'œil aux différents équipements médicaux m'indique que tout va bien. Je reporte mon attention sur lui, prends sa main dans les miennes et la presse gentiment.

– Sl… Papa, c'est moi, c'est Millie, tu m'entends ? dis-je en l'observant attentivement.

Je ne me souviens plus de la dernière fois où j'ai appelé Slade « papa », mais si ça peut l'aider à revenir d'entre les comateux, je suis prête à recommencer ! Je scrute avec attention le moindre signe de sa part m'indiquant que je n'ai pas rêvé. Que Slade a bel et bien tenté de dire mon prénom.

– Millie… prononce-t-il difficilement, à bout de souffle.

Sa voix est rauque. Il semble vouloir aligner plus de mots, mais au lieu de ça, il gémit de douleur. Formuler ne serait-ce que deux syllabes semble lui demander un effort surhumain.

Je ferme les yeux et pose ma tête sur nos mains jointes. Après ma colère contre Stan, me voici submergée par un profond sentiment de soulagement et de joie mêlés. Malgré l'ascenseur émotionnel que je suis en train de vivre, je dois me montrer forte pour Slade. C'est maintenant plus que jamais qu'il va avoir besoin de moi et de mon soutien. S'il ne se souvient pas de tout, voire qu'il a tout oublié – car c'est un risque lié au traumatisme qu'il a subi –, il aura besoin d'une bouée à laquelle se raccrocher pour ne pas sombrer dans la détresse.

Je rouvre les yeux et relève la tête pour fixer mon père. Au lieu de tenter à nouveau de parler, il essaie d'ouvrir les yeux. Il cligne rapidement et plusieurs fois des paupières avant d'arriver à me fixer. Quand son regard se braque sur le mien, j'ai l'impression de me perdre dans mes propres yeux.

– Oui, papa, je suis là, c'est moi. Tout va très bien aller, maintenant. Tu m'entends ? Je vais chercher Apo, dis-je en commençant à me relever.

Mais je sens une légère pression sur ma main. Je baisse les yeux sur mon père et je remarque qu'il essaie de me retenir malgré le peu de force qu'il possède. Mon cœur se serre. Ce geste, bien qu'anodin, est pour Slade et moi une étape que nous n'avons jamais franchie. Je ne me souviens même pas de la dernière fois où il m'a prise dans ses bras quand j'étais petite. C'est là aussi que je prends conscience de l'importance de ce moment. Et je sais qu'après ce que nous avons vécu ensemble et ce que nous nous apprêtons à vivre, notre relation actuelle ne sera plus la même. Son accident, je le sais et je le sens, sonnera soit le glas soit le renouveau de notre relation. Mais il est encore trop tôt pour en connaître l'issue.

– Papa, ne t'inquiète pas, je reviens tout de suite, je…

– Bia… Bianca… dit-il de nouveau péniblement.

– Non, c'est moi, Millie.

– Biannnnca, tente-t-il cette fois avec plus de fermeté.

Je mets du temps à comprendre, et enfin tout devient clair. Je souffle pour tenter de calmer les battements de mon cœur qui ne cessent de s'accélérer. Il ne faut pas que je tire de conclusion hâtive. Je respire un bon coup et m'adresse à mon père d'une voix calme, apaisante.

– Papa, dis-moi, c'est Bianca qui t'a fait ça ?

Slade commence à s'agiter, il bouge frénétiquement, secoue la tête de droite à gauche. Voyant qu'il n'arrive pas à se calmer, je n'ai pas d'autre choix que de le sédater. Ça me fend le cœur de devoir le replonger dans un état duquel il semble lui aussi vouloir s'échapper. Malheureusement, je ne peux pas prendre le risque qu'il se blesse d'une quelconque manière, comme il est tout aussi inenvisageable que j'attache les mains et les pieds de mon père au lit. Je préfère encore qu'il dorme plutôt qu'il soit maintenu par la force.

J'augmente légèrement le débit de sa perfusion, puis je reviens vers lui et je lui caresse les cheveux en lui murmurant d'une voix calme que tout va bien aller. Le sédatif fait rapidement effet et j'observe mon père replonger dans un profond sommeil.

Je reste encore quelques minutes à ses côtés afin de m'assurer qu'il dort, puis je sors de sa chambre en refermant doucement la porte derrière moi. Qu'est-ce que je vais faire ? Si j'en parle tout de suite à Apo sans avoir la certitude que Bianca est coupable, je la condamne. Si j'attends, je prends le risque qu'elle disparaisse, ce qui est peu probable vu que Slade est en vie. Non. Il vaut mieux que j'en aie le cœur net avant de sceller le destin de ma mère.

Je n'ai pas beaucoup de temps et encore tellement de choses à faire que je ne sais finalement plus par quoi commencer. Toutefois, je n'ai pas le temps de mettre de l'ordre dans mes idées que Drake et Diesel arrivent à mon niveau.

– Salut, Millie jolie, ça va ? me demande Drake d'une voix enjouée.

– Super, et vous les gars ? tenté-je de demander sur le même ton.

– Nickel. Tout est calme, alors on traîne, m'explique Diesel.

– Je vois… Au fait, est-ce que l'un d'entre vous pourrait m'amener chez un concessionnaire de voitures ? J'ai besoin de m'acheter un véhicule. Ça devient fatigant de prendre un taxi.

– Tu sais que tu peux emprunter une de nos caisses sans problème, me dit Drake.

– Je sais, mais j'aimerais autant ne pas avoir à serrer les fesses durant les trajets de peur de l'égratigner. Je sais à quel point, vous les mecs, vous tenez à vos petits bijoux comme à la prunelle de vos yeux.

Les deux frères rigolent à mon commentaire et Diesel se propose de m'y conduire. Ce que je me garde bien de leur dire, c'est la véritable raison qui me pousse à vouloir être autonome. Je sais que leurs voitures sont toutes équipées de traceurs, je n'ai vraiment pas envie de déclencher une quelconque alerte lorsque je me rendrai à ma destination finale.

Sur le chemin qui nous mène jusqu'à un pick-up, j'aperçois Apo et je décide d'aller tout de même lui parler. Quand il me voit arriver, il cesse de parler avec Devil et Jack pour se concentrer sur moi. Soudain, son visage se fait soucieux.

– Millie, un problème avec Slade ? me demande-t-il, vraiment inquiet.

– Non, non, au contraire. J'aurais besoin que tu veilles sur lui en mon absence, ça ne t'ennuie pas ?

– Non, bien sûr que non, avec plaisir, me dit-il, plus choqué que je lui pose cette question qu'inquiet comme il y a vingt secondes.

Je le remercie en souriant et je retourne auprès de Diesel. Sur le chemin, je lui indique exactement chez quel concessionnaire je souhaite qu'il me dépose. Sans surprise, il rit à gorge déployée. Diesel, comme tous les membres du club, connaît mon penchant pour les voitures rapides. S'il s'est rendu compte que certaines de mes habitudes ont changé, il sait maintenant que d'autres sont toujours bien présentes.

Diesel me dépose et je lui explique que je suis tout à fait capable de trouver une voiture et de gérer son achat. Je suis peut-être une femme, mais je suis avant tout une Johnson. Et heureusement pour moi, j'ai largement les moyens de m'offrir une voiture qui corresponde à tous mes critères de sélection.

J'ai à peine franchi les portes qu'un vendeur s'approche de moi. Évidemment, vu l'enseigne, on ne fait pas attendre le client. Sauf que ce cher vendeur n'est autre qu'une personne sortie tout droit de mon passé. Et évidemment, il ne figure pas dans la catégorie « amis du lycée ». Non, il serait plutôt en tête de la liste des « gros lourdingues toujours en rut ». Je me souviens parfaitement de lui et de ses regards libidineux. Sans oublier toutes ses demandes répugnantes de le rejoindre dans les vestiaires pour « me faire tringler ».

Non, mais qui parle vraiment comme ça ?! Et surtout à quel moment il s'est dit que ça pouvait fonctionner auprès des filles ?! Heureusement pour moi, je soupçonne Stan d'être allé le recadrer à l'époque. Car du jour au lendemain, je n'avais plus droit qu'à des regards en coin.

– Bonjour, madame, puis-je vous… commence-t-il avant que ses deux neurones se percutent et qu'il me reconnaisse. Oh, mon Dieu ?! Millie ?! Millie Johnson ?

– Je vous demande pardon ? réponds-je en feignant l'ignorance.

Même si je me souviens parfaitement de lui, il ne faudrait pas qu'il pense m'avoir laissé un souvenir impérissable.

– Millie, c'est moi, Tomy. On était au lycée ensemble, tu te souviens ? m'explique-t-il.

Comment l'oublier… ? Il n'a pas changé. Toujours ce sourire et ce regard libidineux. Bien qu'il essaie de rester professionnel, je ne rate rien de son regard qui me reluque de la tête aux pieds. Il y a effectivement une chose qui a changé chez lui : son corps. Autrefois assez athlétique, Tomy ne peut que se vanter d'avoir un ventre bien rond. Son crâne est rasé et je me doute que c'est plus dans le but de tenter de dissimuler sa calvitie que par choix esthétique.

– Désolée, vraiment, aucun souvenir.

Face à ma réponse, il perd un peu de son assurance sans pour autant se défaire du flegme du bon vendeur. Alors que je fais le tour des voitures, il s'évertue à vouloir me rappeler notre passé commun. Mais je lui prête une oreille distraite jusqu'à ce qu'il franchisse les limites de ma patience.

– Je vais prendre celle-ci, dis-je en montrant du doigt la voiture qui m'intéresse.

Je vois un sourire cynique apparaître sur ses lèvres.

– Eh bien, dis donc, Millie, t'as tiré le gros lot, ou quoi ? C'est sûr qu'il doit être mieux qu'un sale biker.

Non, mais pour qui se prend-il ?!

Heureusement pour moi, un autre vendeur passe devant nous et je décide de saisir l'occasion.

– Excusez-moi, dis-je à l'intention de l'autre vendeur.

– Oui ? demande-t-il poliment.

– Êtes-vous disponible pour une vente ?

– Euh oui… dit-il en lançant un regard interrogateur à Tomy.

Je sais que je le mets mal à l'aise, mais il pourra se consoler avec la jolie prime que mon achat va lui faire gagner.

– Parfait, attendez-moi trente secondes, dis-je avant de me retourner. Écoute-moi bien, Tomy l'obsédé des vestiaires. À l'époque déjà, tu n'avais pas la science infuse. Sérieusement, est-ce que ton fameux « Viens que je te tringle dans les vestiaires » a marché ne serait-ce qu'une seule fois au lycée ? Je parie que non. Sans compter que t'es loin d'avoir le physique de Jason Momoa. Si, par chance, beaucoup ont mûri en atteignant l'âge adulte, c'est pas ton cas. Presque dix ans après, te voilà encore à creuser pour trouver du pétrole. Tu veux savoir la vérité ? J'ai fait mine de ne pas te reconnaître pour nous éviter à toi comme à moi les humiliants souvenirs de nos échanges verbaux. Mais visiblement tu as décidé que le jeu en valait la chandelle. Alors voilà, non pas que ça te regarde, mais je n'ai mis le grappin sur personne. Je suis chirurgien ! Et cette voiture derrière moi, qui va faire gagner une jolie petite prime à ton charmant collègue, c'est moi et mon argent qui allons l'acheter. Et cash ! Alors tu peux remercier ta langue trop bien pendue comme toujours, car tu viens de perdre une jolie commission ! Oh, et la prochaine fois qu'on se voit, rends-nous service à tous les deux et change de trottoir, ou mieux, fais demi-tour.

Sans attendre une réponse de sa part, je me retourne et fais signe à l'autre vendeur que je suis prête. Ce dernier me regarde avec des yeux ronds avant de se reprendre et de m'inviter à le suivre dans son bureau. J'ai quand même le temps d'apercevoir la mine complètement déconfite de Tomy avant de le planter là, rouge de honte et peut-être un peu en colère aussi.

Pendant le court trajet qui nous mène jusqu'au bureau du deuxième vendeur, je remarque sans peine que tous les regards sont braqués sur moi. Visiblement, notre petit échange a eu l'effet d'un coup de tonnerre. Je pourrais être gênée et me sentir un peu coupable de l'avoir ainsi rabroué devant ses collègues, mais au contraire, ça me fait un bien fou. Sans compter que je suis restée linguistiquement correcte avec lui. Je n'ai pas prononcé les mots « merde » ou « putain » pendant mon monologue.

Une heure plus tard, me voilà l'heureuse propriétaire d'un petit bijou. Lorsque mon pied presse la pédale d'accélérateur, je souris en entendant le moteur vrombir. Bien plus que la chirurgie, j'adore les voitures qui en ont sous le capot. Certaines peuvent dépenser des fortunes dans une nouvelle garde-robe tous les mois, ou dans des bijoux, moi c'est dans les voitures. J'ai toujours été attirée par la vitesse. Ce qui peut paraître assez paradoxal pour un chirurgien en traumato, vu le nombre d'accidentés de la route que je dois remettre en état. Mais c'est comme le sens de la repartie, on a ça dans le sang ou on ne l'a pas. Et dans ma famille, on aime la vitesse de père en fille.

Après mon achat, je décide de faire un crochet par le supermarché pour acheter deux trois babioles pour Slade. Au moment de payer, c'est comme si j'étais à nouveau ramenée dans le passé. En caisse numéro un, je vois nulle autre que Cécilia. LA peste du lycée par excellence. Celle qui a essayé durant des années de mettre le grappin sur Stan. Heureusement pour moi, il n'a pas couché avec elle avant qu'on soit ensemble, et heureusement pour lui, sinon je lui aurais fait passer une batterie de tests pour être sûre qu'il n'avait aucune maladie vénérienne rare. Je me suis souvent dit en la regardant qu'elle aurait pu être la fille spirituelle de Bianca.

Bref, je regarde les autres caisses fermées et je comprends rapidement que je n'échapperai pas là encore à un retour vers le passé. Je resserre mon emprise sur la barre de mon chariot et je m'insère dans la file d'attente en espérant en avoir rapidement terminé.

– Bonjour, madame.

– Bonjour, Cécilia.

– Oh, Millie, je ne t'avais pas reconnue, ment-elle.

Je comprends mieux pourquoi sa carrière d'actrice n'a jamais décollé.

– Évidemment, nous avons toutes les deux tellement changé, dis-je avec une note de sarcasme dans la voix.

Puis un silence s'installe, seul le bruit des scans fait écho au pseudo-calme de surface. Elle est tendue et anxieuse, je le sais. Il suffit d'observer ses doigts crispés et son sourire forcé.

– Alors comme ça, tu es de retour en ville ? commence-t-elle par dire après plusieurs secondes de silence. Je pensais qu'après ce qu'il s'était passé avec Stan, tu n'oserais jamais revenir…

La voilà, la sale petite peste de mon adolescence. Je me disais bien que derrière ce faux sourire de circonstance se dissimulait toujours cette garce. Il ne lui aura même pas fallu une minute avant de commencer à cracher son venin. Mais sans lui montrer une seule seconde que ses mots ont eu un quelconque impact sur moi, je continue à ranger mes courses très minutieusement dans mes sacs, même si broyer le pain de mie que je tiens pourrait me procurer un peu de soulagement.

– Eh bien, n'ayant pas encore le don d'ubiquité, il semblerait qu'effectivement je sois bien revenue en ville.

Ubiquité : mot à quatre syllabes, trop compliqué pour elle.

– Toi et tes mots savants. Tu ne pourrais pas parler comme tout le monde ? me dit-elle.

– Alors tu bosses ici ? dis-je en feignant vouloir changer de sujet.

– Oui, mais c'est provisoire, s'empresse-t-elle de rajouter en essayant de paraître hautaine.

– Oui. Je comprends quand même que ton rêve de devenir actrice n'a pas fonctionné ?

J'entends que, derrière, sa collègue éclate de rire et Cécilia perd un peu de sa splendeur.

– Non, pas vraiment… répond-elle en toussant.

– C'est dommage. Je me souviens pourtant que tu bossais dur pour réaliser ton rêve. Tu ne te ménageais d'ailleurs pas si ma mémoire est bonne.

– Quoi ?

– Bah oui. Avec tous les mecs qui te sont passés dessus au lycée, je pensais que tu aurais été fin prête pour devenir actrice porno, dis-je en continuant de ranger mes dernières courses. Faut croire que dans ce domaine-là aussi, ils ont quand même un certain standing.

Je finis de mettre le dernier paquet de chips dans le sac avant de relever la tête pour croiser le regard choqué mais furieux de Cécilia.

– Tu aurais peut-être préféré que je dise que vu le temps que tu passais les jambes écartées ou à genoux dans les toilettes, ton CV richement garni aurait dû intéresser n'importe quel fournisseur de contenus pour adultes ? Tiens, garde la monnaie, ajouté-je en lui tendant mes billets.

Je me dirige vers la sortie sans même me retourner pour voir la tête de Cécilia que j'imagine rouge de honte et de colère. À ma décharge, c'est elle qui a commencé ! Je me dirige droit vers ma voiture et commence à ranger mes courses dans mon coffre.

– Bien joué, ma petite !

Je me retourne rapidement pour faire face à une petite mamie haute comme trois pommes.

– Je vous demande pardon ?

– Ça fait longtemps que j'attends que quelqu'un la remette à sa place, celle-là. Lorsqu'elle range nos courses, à nous les vieux, elle fait exprès de mettre toutes les bouteilles ensemble, car elle sait qu'on ne pourra pas porter le sac après ! explique-t-elle.

Je comprends qu'elle fait référence à Cécilia. Alors, après s'en être prise aux adolescentes, elle s'attaque aux personnes âgées ! Décidément, elle devrait se marier avec Tomy. Ensemble, ils pourraient découvrir un gisement de pétrole à force de creuser !

– La garce !

– Je vous le fais pas dire ! approuve-t-elle en hochant vigoureusement la tête. Encore merci ! Vous avez égayé ma journée, jeune fille !

– Avec plaisir. Il faut dire que j'attendais ça depuis longtemps.

La vieille dame se contente de sourire avant de repartir vers sa voiture aussi discrètement qu'elle est venue. Visiblement, ce petit séjour dans ma ville natale n'aura pas servi uniquement à revoir Slade, il m'aura aussi permis de régler quelques vieux comptes. Maintenant que la partie la plus facile est finie, il est temps que j'entame un chemin bien plus sinueux.

Je remonte à bord de ma voiture, et sans même mettre le GPS, je me dirige cette fois volontairement vers mon passé. Quelques minutes plus tard, j'aperçois au loin mon ancienne maison, encore plus délabrée que dans mes souvenirs. Pendant que je me gare dans l'allée, j'observe les murs jaunis et rongés par l'humidité, les volets rouillés et les tuiles qui, par je ne sais quel miracle, font toujours office de toit. Le jardin n'est qu'un vaste terrain semi-désertique où poussent tout de même çà et là des mauvaises herbes. Cela dit, ça correspond bien au personnage qui vit là.

Voilà donc à quoi ressemble sept ans plus tard la maison de mon enfance. Celle où j'ai vécu tellement d'affreuses années. J'ai beau essayer de me souvenir d'un jour heureux entre ses murs, soit j'étais trop petite pour m'en rappeler, soit il n'y en a jamais eu.

Soudain, la porte s'ouvre sur une silhouette que je reconnais aisément. Elle est encore plus frêle que dans mes souvenirs. Quand je la vois tenter de mettre un pied devant l'autre sans tomber, je me dis qu'elle est à l'image de sa maison : toujours debout et vieillissante, mais dans un piteux état.

Même avec les années en plus, elle porte toujours des vêtements minimalistes. Ses cheveux sont désormais courts, mais toujours blond platine. Et sans surprise non plus, elle tient dans une main une clope et dans l'autre une canette de bière. Toujours fidèle à elle-même.

Ses yeux se posent rapidement sur la voiture neuve, garée non loin de son allée. Son intérêt est flagrant, elle essaie de reprendre un peu de contenance, mais quand elle me découvre au volant, son humeur change. Elle ne met que quelques secondes à me reconnaître. La surprise, bien que passagère, laisse vite place à une expression bien plus malsaine, que je ne connais que trop bien.

– Tiens, tiens, mais qui voilà ? dit-elle en tirant sur sa clope et en s'approchant. Tu dois être sacrément bonne à écarter les cuisses pour que ton mec t'ait payé une voiture pareille ?!

Je descends de la voiture et m'adosse à ma portière en croisant les bras.

– Si c'était le cas, Bianca, je ne le devrais pas à ton côté de mon ADN. Toi, tes coups vite faits t'ont rapporté quoi ? Hormis des MST, de temps en temps une bouteille de vin de premier prix et une mine dégueulasse ? dis-je, la voix pleine d'animosité.

– Sale petite garce ! Comment oses-tu me parler comme ça ! siffle-t-elle, furieuse, en faisant un pas dans ma direction.

Un seul pas qui pourtant ne manque pas de la faire trébucher, c'est sûrement ce qui la retient de ne pas se poster pile devant moi. Ça, ou bien le fait que, malgré mon attitude nonchalante, elle devine que je suis moi aussi non loin de craquer.

– Tu préférerais que je mente et que je dise que t'es toujours aussi fraîche que la rosée du matin ? dis-je en arquant un sourcil.

– Dire que je t'ai élevée ! crache-t-elle. Je t'ai offert un toit au-dessus de ta tête ! J'aurais dû te laisser avec ton connard de père ! éructe-t-elle en pointant dans ma direction sa main qui tient la canette.

– Je t'arrête tout de suite, Bianca. La seule chose que t'as jamais élevée dans ta vie, c'est le nombre de mecs qui te sont passés dessus. Mais en ce qui me concerne, tout ce que j'ai aujourd'hui, je ne le dois qu'à moi et à moi seule ! dis-je rageusement en faisant à mon tour un pas dans sa direction.

Les bras le long du corps, je serre les poings pour tenter de me calmer.

– Sale petite traînée ! crie-t-elle. Tu as gâché ma vie ! Le plus beau jour fut celui où t'es partie pour ne plus jamais revenir ! s'emporte-t-elle cette fois en me pointant du doigt qui tient sa clope.

L'odeur du tabac de mauvaise qualité est une véritable agression olfactive, ce qui ne fait qu'exacerber ma colère contre elle.

Visiblement, elle a de la rancœur en stock et je sais que même si je n'en suis pas la cause, c'est sur moi qu'elle va la déverser. Comme elle l'a toujours fait quand je vivais encore sous son toit. J'étais son souffre-douleur, son bouc émissaire.

J'étais responsable de tous ses malheurs passés, présents et à venir.

– Tu n'as jamais été qu'un boulet à ma cheville. Une incapable. Mais tu sais quel jour a été le plus beau pour moi ? Celui où tu as compris que tout le monde se foutait de ta gueule, dit-elle en gloussant vulgairement.

Je peine à rester impassible face à la cruauté de ses paroles. Je ne me souviens, moi aussi, que trop bien de cette soirée. À cette époque, je ne le savais pas encore, mais mon altercation avec Bianca n'était que le début de ma longue et agonisante descente aux enfers.

– Oh… Je vois que tu t'en souviens… dit-elle, ragaillardie par mon expression.

Je comprends que j'ai lamentablement échoué à tenter de garder un visage neutre.

– C'était tellement pathétique de te voir chercher dans mon regard une quelconque trace de mensonge. Te voir me supplier du regard de te dire que tout ceci n'était qu'un mensonge, c'était une vision idyllique.

– Ravie d'avoir apporté un peu de gaieté dans ta vie si… flétrie, dis-je en la regardant de la tête aux pieds.

Bianca affiche une mine colérique, mais elle ne se défait pas de son air satisfait et de son sourire mauvais. Elle sait qu'elle vient te toucher un point sensible, et telle que je la connais, elle va continuer d'appuyer dessus. Comme un chien sur un os, elle ne lâchera rien.

– Tu sais ce qui est pathétique, Bianca ? C'est toi et ta minable vie de merde. Tu t'es toujours accordé plus de crédit que tu n'en mérites. Donne-moi un domaine dans lequel tu penses avoir des capacités ? Et je pense que nous avons établi toi et moi qu'offrir ton cul n'en fait clairement pas partie. Moi, je suis peut-être pathétique d'avoir cru en un avenir qui n'a jamais existé, mais j'avais 20 ans, bordel ! J'étais encore naïve et pleine de rêves. Toi, ma pauvre Bianca, c'est quoi ton excuse pour encore croire, à l'aube de tes 50 ans, que tu vaux quelque chose ? Qui de nous deux est pathétique ? Celle qui a décidé de tout quitter pour repartir à zéro et se construire l'avenir qu'elle mérite en se donnant les moyens de réussir ? Ou toi qui penses encore que ta vie va changer alors que tu es destinée à crever seule, dans ce quartier pourri, entourée de putes et de dealers ? Allez… dis-moi, Bianca. Qui du chirurgien réputé ou de la pute de bas étage fait le plus pitié ?

Je sais que j'ai visé dans le mille. Maintenant que les bases sont posées avec ma mère, je décide qu'il est temps d'en venir à la vraie raison de ma visite.

– Maintenant, tu vas me dire si tu as une quelconque implication dans l'accident qui a failli tuer Slade !

Bianca chancelle et cligne plusieurs fois des yeux. Et sans même qu'elle ouvre la bouche, je sais qu'elle est mêlée à cette histoire. Mais elle se reprend très vite. Je sais que Bianca n'a que très peu de limites, et malgré son passif avec Slade, j'étais tout de même persuadée qu'elle n'irait pas jusqu'à tenter de l'éliminer. Savoir que d'une manière ou d'une autre elle est responsable de l'accident me met dans un tel état de rage que j'ai toutes les peines du monde à ne pas lui sauter à la gorge. Soudain son regard est noir, sa posture rigide.

– Mais enfin, qu'est-ce que tu racontes ? demande-t-elle.

– Slade s'est réveillé, me contenté-je de dire.

À son expression horrifiée, j'ai la confirmation que j'attendais.

Elle ne s'attendait pas à ce qu'il survive. Encore une fois, cette vérité silencieuse ne fait qu'accentuer ma haine envers elle, mais étonnamment j'arrive à rester calme. Je dois garder le contrôle de notre échange.

– Fais attention à ce que tu dis, Millie. Je n'aimerais pas qu'il t'arrive à toi aussi quelque chose. Tu n'aurais peut-être pas la même chance que Slade, crache-t-elle.

– C'est une menace ? demandé-je en me rapprochant d'elle, les poings serrés.

– Prends ça comme un conseil d'une mère à sa fille. Une fille qui, avec les atouts qu'elle possède, plairait sûrement beaucoup à mes amis, dit-elle en passant la main dans une mèche de mes cheveux.

– Je t'interdis de me toucher avec tes doigts dégueulasses, grogné-je en repoussant violemment sa main.

– Maintenant tu es prévenue. Si tu ne veux pas rejoindre ton père, fais tes valises et retourne à Baltimore.

– Un conseil, Bianca, quand tu menaces quelqu'un, assure-toi que cette personne n'a pas les moyens humains ni financiers de te le faire regretter. Et sache aussi que pour Slade, je n'ai aucune limite. Oh, et si tu me cherches, je suis au club avec lui, ajouté-je d'une voix froide, dénuée d'émotion.

J'observe l'expression de ma mère changer. De bourrée d'assurance, elle devient soucieuse. Clairement, elle pensait mener la barque et elle vient de se rendre compte que je ne suis pas si inoffensive que ça. Je me battrai pour Slade même si cela doit me coûter cher.

Je remonte dans ma voiture et mets le contact non sans jeter un dernier regard à ma mère qui n'a pas bougé d'un millimètre. Elle fixe sur moi ses yeux bleus dont je remercie encore aujourd'hui tous les dieux de ne pas avoir hérité. Moins je lui ressemble, mieux je me porte. Il y aurait seulement ma couleur de cheveux qui me rapprocherait d'elle si Bianca, depuis des années, n'avait pas opté pour le jaune pisse.

Cette fois, je décide de rentrer directement au club. Il est temps que j'aie une discussion avec Apo. Si mon père à son réveil m'a soufflé le nom du chauffard responsable de son accident, ma mère vient de me le confirmer. Je sais très bien que je vais sceller le sort de Bianca, mais vu le regard noir qu'elle m'a lancé, aucun doute sur ses intentions à venir. Pour elle, je n'ai jamais été qu'une nuisance. Elle n'hésitera pas à m'écraser si l'occasion se présente. Je n'oublie pas non plus qu'en lui révélant que Slade est réveillé, je viens de mettre sa vie en danger. Pour obtenir les réponses dont j'avais besoin, j'ai dû lâcher des informations concernant Slade. Je sais que je joue un jeu dangereux, mais il fallait que je sache. Il fallait que je sois certaine que Bianca était impliquée, avant de divulguer à Apo le nom d'un des responsables de l'accident de son meilleur ami et VP.

C'est quand une personne pense qu'elle est au pied du mur qu'elle commet l'acte le plus désespéré. Et le mur de ma mère, c'est un club de motards dont le président souhaite la tête de tous les responsables de l'accident de son VP et meilleur ami.

18

Millie

Lorsque j'arrive au club, ma tension est à son comble. Maintenant que j'ai eu la confirmation de la bouche de Bianca qu'elle est impliquée dans l'accident de Slade, il est temps pour moi d'en informer Apo. Je passe rapidement le passage où j'ai dû endormir mon père pour l'empêcher de se blesser et j'aborde le sujet bien plus délicat. Celui de Bianca.

Dès que je mentionne son prénom, le visage d'Apo se ferme, devient quasi inexpressif. À cet instant, je sais que je viens de condamner Bianca, ma propre mère, à une mort certaine et cette seule pensée finit de me tordre l'estomac.

Ceci dit, cette fois elle est allée trop loin. Je ne sais pas ce qui a bien pu la motiver à prendre part à ce plan pour mettre un terme à la vie de Slade, mais il est trop tard pour les regrets. Si tant est que Bianca éprouve jamais un jour le moindre remords, ce dont je doute.

Malgré tous les chemins merdiques qu'elle a empruntés dans sa vie, Bianca a toujours su trouver un moyen de s'en sortir, sauf aujourd'hui. Rien de ce qu'elle fera ou dira ne pourra empêcher l'issue fatale que lui réservent Apo et le club.

Bianca a beau être une femme aigrie, n'ayant pour unique but dans la vie que celui de me blesser et de me rendre misérable, une minuscule partie de moi ne peut s'empêcher de la voir comme étant celle qui m'a donné la vie. Mais ce sentiment d'empathie disparaît rapidement quand les souvenirs de ses menaces contre Slade et moi refont surface. Je sais, j'ai lu dans son regard qu'elle n'hésitera pas à m'évincer si cela lui permet d'accéder à son but.

Durant mon récit, Apo reste silencieux. Malgré son mutisme, ses réactions parlent pour lui. Je le vois serrer les dents et les poings, les veines de son cou prêtes à éclater. Mais il sait faire preuve d'un calme olympien, puis il finit par prendre la parole.

– Tu sais ce que ça implique pour ta mère ? demande-t-il d'une voix ferme, grave.

Il ne le dit pas ouvertement, mais je sais le sort qu'il lui réserve, ou tout du moins l'issue de leur rencontre à venir.

– Oui, soufflé-je.

– Il sera trop tard pour changer d'avis après, insiste-t-il en ancrant son regard au mien.

– Je sais, lui dis-je. Mais cette fois, elle est allée trop loin.

– Je suis d'accord, dit-il.

Un silence lourd de non-dits s'installe entre Apo et moi. Visiblement, il semble aussi surpris que moi que ma mère ait pu commettre un tel acte. Bianca ne faisait clairement pas partie de la liste de suspects qu'il avait dû établir.

– Pourras-tu me dire pourquoi elle a fait ça ? dis-je en brisant le silence.

– Millie…

– Écoute, Apo, je ne te demande pas de m'expliquer comment tu comptes la torturer et la faire parler, ni si tu comptes l'enterrer vivante ou l'enfermer au sous-sol jusqu'à la fin de ses jours. Je te demande juste de me dire pourquoi Slade méritait de mourir selon elle. J'ai le droit de savoir.

– Si j'estime que ses réponses sont valables, je te les donnerai, se contente-t-il de me répondre.

C'est peu comme garantie de connaître la vérité, mais c'est toujours mieux que rien. Si je n'ai aucunement envie de savoir ce qu'il va advenir de ma mère, j'ai en revanche besoin de savoir pourquoi. Pourquoi mon père méritait-il de mourir ? Qu'a-t-il fait ou dit pour que Bianca estime qu'il devait payer de sa vie ?

– Par contre, Millie, j'aimerais que cela reste entre nous. Moins il y a de personnes au courant, mieux c'est. Sans compter que j'ai besoin d'élaborer un plan pour Bianca et ses associés. Ils doivent se douter qu'on est maintenant au courant et s'attendent à ce qu'on vienne. Il faut qu'on garde nos habitudes pour créer l'effet de surprise.

– Oui, pas de souci, dis-je en hochant la tête.

Durant la longue conversation qui a suivi avec Apo, nous en sommes venus tous les deux à la conclusion que ma mère n'avait sûrement pas agi seule. Elle n'a ni les compétences intellectuelles ni les ressources humaines de mettre en place un tel piège. Ma mère a bien des défauts, mais imaginer les plans d'un meurtre n'en fait pas partie. Pour autant, elle n'est pas innocente. Peu importe sa part de responsabilités dans cette affaire, elle devra en payer le lourd tribut.

Nous restons un long moment à observer mon père. Puis Apo décide qu'il doit y aller et j'ai besoin de me retrouver seule. J'ai tiré et tué quelqu'un pour nous protéger Slade et moi, et là, même si ce n'est pas moi qui vais porter le coup fatal à ma mère, j'en serai tout aussi responsable. Je vais devoir vivre avec deux morts sur la conscience dont l'un sera ma mère. Apo qui doit sentir mon trouble me murmure des mots réconfortants. Si, pour lui, Bianca n'est rien qu'un insecte qu'il s'apprête à exterminer, il a compris que, pour moi, la situation est un peu délicate à gérer.

Seule dans ma chambre, je ne cesse de réfléchir. Je repense à Bianca, à ses choix qui vont lui coûter bien plus que quelques points de suture aux urgences d'un hôpital. Elle ne le sait pas, mais implicitement elle a fait de moi son bourreau. Même si je ne suis pas celle qui lui ôtera la vie, je n'en suis pas moins une complice passive.

Sentant poindre la migraine, je décide que je dois trouver un moyen de me défouler. Oui, mais lequel ? Je pourrais aller courir, mais sans compter que j'ai toujours mon ennemi blessé de l'autre soir dans la nature, je me suis aussi probablement créé de nouveaux ennemis en allant parler à Bianca. Il est donc préférable que je me fasse discrète quelque temps. Soudain, je me souviens que le club est équipé de sa propre salle de sport et c'est pile ce qu'il me faut. Je récupère un short, un débardeur et des baskets, puis je file à la salle de bains pour m'habiller.

J'arrive rapidement dans la salle de sport et je suis surprise de ne trouver personne. En règle générale, il y a toujours au moins un membre qui s'entraîne. Là non, et c'est tant mieux. Du coin de l'œil, j'aperçois plusieurs sacs de frappe suspendus au plafond. Je n'ai jamais frappé dans un sac, mais j'ai vu suffisamment les films de Sylvester Stallone pour savoir que cela est très physique. Arrivée devant mon sac de frappe, je remarque plusieurs paires de gants alignées sur un banc. Toutefois, il apparaît impossible pour moi d'en porter. Déjà parce que je ne sais pas comment les mettre, mais surtout parce que je suis seule, et bien que je sois complètement novice, je comprends rapidement que c'est un équipement qu'on ne peut enfiler sans aide.

Mais qu'à cela ne tienne, avec ou sans gants, je suis bien décidée à me défouler sur ce malheureux sac qui, si j'en crois les nombreux rafistolages qu'il possède, a déjà bien servi. Je me positionne devant et lève mes poings. Je m'apprête à donner un premier coup quand j'entends une voix, *sa* voix.

– Tu vas te faire mal si tu frappes comme ça, me dit-il.

Je me retourne d'un bloc pour faire face à Stan. Combien y avait-il de chances pour que lui et moi ayons la même idée au même moment ? Mais peu importe. Pour l'heure, ce qui accapare mon esprit, c'est le spectacle de son corps divinement moulé dans une tenue de sport. À l'inverse de moi, qui ai tout l'air d'une touriste, Stan est torse nu et ne porte qu'un short de combat et des chaussures de boxe.

– Mais qu'est-ce que tu fous ici ? demandé-je, prise au dépourvu.

Je sais que ma question est rhétorique, car il est clair qu'il est venu ici pour les mêmes raisons que moi. Mais c'est la seule chose cohérente qui me vienne.

– Ça paraît évident. Je suis venu m'entraîner à jouer de la flûte traversière avec mon orchestre philharmonique, lâche-t-il avec sarcasme.

– Très drôle, rétorqué-je en levant les yeux au ciel.

– C'est ta question qui l'est, répond-il du tac au tac.

– Peu importe. Fais ce que tu as à faire et laisse-moi tranquille, dis-je en me retournant et en reprenant ma position devant mon sac de frappe.

Surtout ne pas lui montrer que sa présence m'affecte, que son corps éveille à nouveau en moi ce désir brûlant, cette envie subite de me jeter à son cou.

– J'aimerais bien, mais là, c'est impossible, dit-il.

– Et pourquoi ça ?! dis-je en me retournant à nouveau et en croisant les bras.

– Parce qu'avec cette posture, tu vas te blesser les mains. Et notre VP a besoin que tu sois entière pour l'aider à guérir, dit-il tout naturellement.

Évidemment, Millie, pour quelle autre raison voudrais-tu qu'il pense à ton bien-être…

Peut-être parce que je l'ai laissé me faire jouir avec ses doigts sur la table de la cuisine avant de me baiser la bouche avec son sexe ?

Je secoue la tête et tente de faire taire ces petites voix dans ma tête. Ce qu'il s'est passé dans la cuisine était un moment d'égarement. Une agréable et jouissive erreur qui ne doit pas se reproduire. Ce n'est pas parce que j'ai presque failli le supplier de me prendre que je suis à nouveau faible et irrésistiblement attirée par lui.

– Millie, dit Stan d'une voix volontairement traînante.

Je cligne plusieurs fois des yeux et je comprends que ma tentative de rester stoïque face à Stan a lamentablement échoué. Ce dernier sourit, complètement satisfait de savoir l'effet qu'il a sur moi. Mais on peut être deux à jouer.

– Il fait chaud, non ? dis-je en m'éventant le visage avec ma main.

Stan ne semble pas comprendre où je veux en venir, mais quand mes doigts saisissent le bas de mon débardeur, je vois son corps se raidir. Tout en le regardant droit dans les yeux, je soulève mon haut et le passe au-dessus de ma tête. Je me retrouve rapidement en soutien-gorge noir. Pas vraiment le vêtement idéal pour faire du sport, mais dans le cas présent, c'est un outil indispensable dans ma guerre contre Stan. Dans cette lutte acharnée qui n'a pour but que de déstabiliser l'autre et lui prouver qu'il a tort s'il pense être le seul à susciter le désir chez l'autre.

Je jette mon débardeur au sol sous le regard fiévreux de Stan. Je continue mon petit manège en prenant l'élastique à mon poignet pour me faire une queue de cheval. Le mouvement fait rebondir légèrement ma poitrine.

Je vois Stan serrer et desserrer les poings. Son regard glisse sur mes seins, mon ventre, avant de remonter sur mes lèvres, puis mes yeux.

– Tu joues à un jeu dangereux, Millie, dit-il d'une voix rauque.

– De mémoire, il faut être deux pour jouer, réponds-je du tac au tac.

Stan sourit et se lèche les lèvres avant de faire un pas, puis un second, puis un autre dans ma direction. Sa démarche est lente, assurée. Je comprends au regard bourré de désir que j'ai gagné cette manche. Mais à quel prix ? Et surtout que vaut cette victoire si je perds la partie suivante ?

Rapidement, Stan se trouve devant moi et ma respiration se fait plus rapide. Il continue à poser sur moi un regard qui ne dissimule en rien ses intentions.

– Je n'ai pas cessé de penser à toi. À tes gémissements lorsque je te faisais jouir avec mes doigts. À ta bouche autour de ma queue, avalant jusqu'à la dernière goutte de mon sperme, dit-il, la voix dangereusement suave.

– Tu pensais aussi à moi quand t'as baisé Kiara l'autre matin ? ne puis-je m'empêcher de cracher, la voix acide.

Au lieu de s'emporter, Stan sourit. Il fait un pas de plus et son visage n'est plus qu'à quelques centimètres du mien. Son souffle chaud me provoque des frissons et je peine à déglutir. Toutefois, alors que mon corps se liquéfie face à ce regard translucide, je le soutiens.

– Alors, c'est ça qui m'a valu ce regard noir de ta part ? Millie, Millie, Millie… dit-il en me caressant la joue. Je n'ai pas couché avec elle et je n'ai aucunement l'intention de le faire. K' et moi, c'est terminé.

Même s'il a prononcé ces paroles d'une voix sincère, je ne peux m'empêcher de douter.

– Tu mens. J'ai vu K' sortir de ta chambre et elle… commencé-je à dire.

Mais je ne peux pas continuer alors que Stan a penché la tête au creux de mon cou et qu'il mordille cette peau si sensible.

– Elle t'a dit quoi ? me murmure-t-il à l'oreille avant de mordre, puis de lécher le lobe de mon oreille.

– Elle…

Je déglutis bruyamment avant de reprendre.

– Elle m'a dit que vous avez baisé et…

– Elle t'a menti, Millie. Elle ne cherche qu'à te faire du mal, dit-il cette fois entre deux baisers dans mon cou, puis sur mon épaule.

– Pour… pourquoi elle ferait ça ? dis-je alors que je ne peux plus retenir les gémissements de plaisir que me provoquent les caresses de Stan.

De ses doigts, il baisse la bretelle de mon soutien-gorge et parsème ma peau de baisers mouillés. Ses caresses délibérément lentes sont tout simplement une torture. Je sais ce qu'il fait. Il me met au supplice. Il tente de se frayer à nouveau un chemin dans les défenses que je me suis forgées pour que je lui cède, sans retenue, sans crainte.

– Parce qu'elle sait ce que tu représentes pour moi, dit-il en prenant en coupe ma poitrine, qu'il soupèse, caresse.

Je suis tentée de lui en demander plus, mais quand il baisse mon soutien-gorge pour suçoter l'un de mes tétons durcis, c'en est trop. Jusqu'à présent je gardais les bras le long de mon corps en veillant à ne pas le toucher, mais là c'est impossible. D'une main, je m'agrippe à son épaule pour ne pas flancher, et de l'autre, je le maintiens en place. La tête basculée en arrière, je me laisse complètement aller.

Je sais que je devrais lutter davantage, le repousser, mais c'est au-dessus de mes forces. Et si je dois vraiment être honnête avec moi-même, je n'en ai pas envie. Lui seul est capable de déclencher une telle vague de plaisir rien qu'en me caressant la poitrine. À Baltimore, j'ai eu quelques aventures, deux pour être exacte, et l'une comme l'autre se sont révélées être de gigantesques erreurs. Après ces deux tentatives chaotiques, j'ai tout simplement décidé de me concentrer sur mon travail et mes études. Et jusqu'à maintenant, jusqu'à Stan, personne n'avait éveillé en moi un tel désir.

Alors que je commence à glisser ma main le long de son ventre pour venir caresser son érection durement plaquée contre mon estomac, j'entends un raclement de gorge. Rapidement je m'écarte de Stan pour constater avec effroi que Seth se trouve lui aussi dans la pièce et qu'il nous regarde tour à tour, complètement inexpressif.

J'ouvre puis referme la bouche à plusieurs reprises. Je ne sais absolument pas quoi dire pour expliquer la scène qui s'est offerte à ses yeux. Alors que je suis pratiquement morte de honte, Stan semble calme. Il se baisse lentement pour récupérer mon débardeur qu'il me tend et que j'enfile à la hâte, avant de reporter son attention sur son jumeau.

Aucun des deux ne prononce le moindre mot, pourtant je sais qu'ils communiquent. Cette manière de se parler en silence m'a toujours fascinée, mais ce n'est clairement pas le moment de faire l'étude de la connexion psychique entre jumeaux.

Alors que je me décide enfin à prendre la parole, Seth me devance.

– Millie, pa' t'attend au bar. Slade s'est réveillé, ajoute-t-il sans jamais quitter du regard Stan.

La nouvelle de Seth porte le coup fatal à ma libido. Si son irruption dans la salle n'avait pas déjà jeté un froid sur mon désir, la mention de mon père a radicalement fait chuter mes ardeurs.

Sans un regard pour Stan, je me dirige rapidement vers la sortie puis vers le bar. En chemin, je tourne légèrement la tête pour constater qu'aucun des jumeaux Jackson ne me suit. J'imagine facilement sur quel sujet porte leur communication non verbale, pourtant je chasse rapidement cette pensée et me dirige droit vers Apo.

– Millie, t'étais où ? me demande le président.

J'étais en train de succomber aux caresses de ton fils aîné dans ta salle de sport. Et j'étais bien à deux doigts de lui demander de me prendre à même le sol lorsque ton autre fils est intervenu, répond une petite voix dans ma tête.

– Je me défoulais dans la salle d'entraînement, dis-je à la place.

– Mouais, dit-il en me regardant de la tête aux pieds, pas franchement convaincu. Allez, suis-moi.

Je le suis d'un pas rapide jusqu'à la chambre de mon père. Même si je suis encore sous l'émotion de ce qu'il vient de se passer avec Stan, j'essaie de reprendre rapidement mes esprits et de me concentrer sur Slade. La porte à peine franchie, je me fige en voyant que mon père est assis dans son lit. Il semble un peu déboussolé et son regard s'attarde sur les nombreux appareils médicaux auxquels il est branché. Son teint est pâle, sa barbe et ses cheveux plus longs, mais hormis cela et une extrême fatigue, il n'a pas changé. Il ressemble toujours trait pour trait à ce père qui n'en est pas vraiment un. À cet homme dont j'ai longtemps tenté de capter l'attention pour finir par me faire à l'idée que je ne l'intéressais pas. À cet instant, je n'ai qu'une envie, celle de partir. De faire demi-tour et de rentrer chez moi. De le laisser avec la seule famille qui ait jamais compté pour lui. Mais une chose que j'ai retenue de Slade et qui m'a énormément servi est cette phrase qu'il m'a dite un jour : « Millie, quand tu fais les choses, soit tu les fais bien, soit tu ne les fais pas. » Ce mantra si souvent indispensable pour moi est aujourd'hui encore mon leitmotiv. Je suis venue ici pour une chose, m'assurer que Slade va bien, et je compte bien remplir ma mission jusqu'au bout.

Je continue de l'observer jusqu'à ce qu'il tourne la tête pour me faire face. Nous restons silencieux plusieurs longues secondes. Moi, pour permettre à mon cerveau de bien assimiler le fait que mon père est réveillé, tandis que Slade tente sûrement de digérer la même chose, en plus de ma présence devant lui.

– Millie… dit mon père d'une voix rauque en m'offrant un timide sourire.

Même si je sais que je devrais avancer, je suis incapable de faire le moindre pas. Côtoyer un Slade endormi, je maîtrise. Mais interagir avec un Slade éveillé, je ne sais pas comment m'y prendre. Est-ce que je dois le serrer dans mes bras ou bien le gifler parce qu'il m'a placée de force dans une position délicate ? Je ne sais comment me comporter. Finalement, décidant de mettre de côté Millie Johnson la fille, je décide d'être Millie Johnson le médecin.

– Comment te sens-tu, Slade ?

Mon père semble surpris. Est-ce parce que je l'ai appelé Slade et non « papa », ou parce que je m'adresse à lui sur le même ton que j'utilise avec mes patients ? Dans un cas comme dans l'autre, je préfère ne pas me laisser déstabiliser. Je contourne son lit pour venir éteindre tous les appareils désormais inutiles.

– Je me sens fatigué, dit-il simplement.

– C'est normal et ce sera le cas pendant encore quelque temps, dis-je en commençant par lui retirer le détecteur cardiaque, puis très délicatement sa perfusion. Tu as eu un grave accident.

– Je sais, Prés' m'en a parlé.

Je tourne légèrement la tête pour croiser le regard d'Apo et je suis ravie de constater qu'il est toujours présent. Je ne sais pas quelle sorte de retrouvailles j'avais espérées avec mon père, mais je ne me sens pas à mon aise. Quand on y pense, cela fait sept ans qu'on ne s'est pas vus Slade et moi, pas un appel, pas un message, pas une lettre, rien. Et nous voici, bien des années après mon départ, ensemble dans la même pièce et à seulement quelques centimètres l'un de l'autre.

– Il m'a aussi dit que je devais te remercier. Sans toi, je serais déjà mort et enterré. Les médecins n'avaient pas beaucoup d'espoir pour moi.

Clairement, je ne suis pas la seule à être mal à l'aise et ça me soulage.

– C'est ce que tout le monde attend de sa personne de confiance, j'imagine.

– Ouais… En parlant de ça…

– Je vais t'ausculter si ça ne t'ennuie pas, puis j'irai appeler le Dr Reed pour programmer un rendez-vous, le coupé-je.

Je ne suis pas prête à entendre les raisons qui l'ont poussé à me choisir comme personne de confiance. Je n'ai pas la force de l'écouter me dire pourquoi il a décidé de mettre sa vie entre mes mains.

– Bien sûr, se contente-t-il de dire.

Je récupère tout ce dont j'ai besoin et je pratique un premier bilan. Mon père répond très bien aux différents stimuli. Son pouls est lent et régulier, aucune difficulté respiratoire. Malgré mon conseil de rester encore couché et de reprendre des forces, il insiste lourdement pour se mettre debout. Avec l'aide d'Apo, il se tient devant moi, droit comme I. Bien que diminué, il arrive à faire quelques pas, ce qui le fait sourire et rire – de soulagement, j'imagine. Apo le félicite et l'aide à se remettre au lit. J'aimerais partager leur joie et leur bonheur en constatant que Slade ne souffre d'aucune séquelle, pourtant je n'y arrive pas. C'est un moment intime et personnel dans lequel je ne trouve pas ma place. Je suis mal à l'aise. Et finalement quelle meilleure manière de se protéger d'un trop-plein d'émotions que de se renfermer sur soi-même ?

– Millie, merci, je… commence mon père en s'installant confortablement dans le lit.

– Pas la peine, le coupé-je. Je vais demander qu'on t'apporte à manger, j'imagine que tu meurs de faim. Ensuite, je programmerai un rendez-vous à l'hôpital. Si tu veux, je viendrai avec toi, sinon il faudra que tu sois accompagné par quelqu'un qui puisse t'aider à te déplacer.

J'ai l'impression de parler comme un robot. Je débite un discours que j'aurais pu tenir auprès de la famille d'un de mes patients. Mon ton est neutre, détaché. J'essaie de rester professionnelle même s'il s'agit de mon père, mais j'ai besoin de repères et ce sont finalement les seuls que j'ai ici. Me raccrocher à mon savoir-faire médical me permet de ne pas me focaliser sur le tiraillement intérieur qui m'assaille. J'ai envie de pleurer de joie à l'idée que mon père est finalement en vie et semble indemne de l'accident. Et d'un autre côté, j'ai envie de le gifler et de partir sans me retourner.

Si je ne connaissais pas l'homme devant moi, je pourrais penser qu'il se sent rejeté, blessé. Mais Slade Johnson n'est pas comme tout le monde. Il est hermétique à tout sentiment humain et j'en sais quelque chose. J'ai longtemps attendu de lui qu'il décide d'assumer enfin son rôle de père. Et j'ai fait une croix depuis longtemps sur une quelconque marque d'affection.

Je reporte mon attention sur Slade, qui se contente de hocher la tête, puis je fais demi-tour pour regagner ma chambre. Juste avant que je sorte, Apo m'attrape la main.

– Merci, ma belle, dit-il en pressant gentiment mes doigts avant de les relâcher.

Je ne réponds rien et continue mon chemin. Lorsque je sors, je ne suis pas étonnée de tomber sur une foule de membres qui attendent dans le couloir. Bien au-delà de son statut de VP, il compte énormément pour tout le monde, tous ces gens sont sa famille. Atteindre la porte de ma chambre située pourtant à moins d'un mètre s'avère être un véritable parcours du combattant. Je suis remerciée à plusieurs reprises, étreinte. Puis quand je pense arriver enfin à destination, je croise *son* regard.

Tout mon corps se fige et je crois même avoir arrêté de respirer. L'ambiance si légère, si festive laisse place à une tension bien plus électrique. Tout comme moi, Stan porte toujours sa tenue de sport et cette seule image suffit à me renvoyer dans un passé tellement proche que j'en porte encore l'odeur et le goût sur moi.

Lui non plus ne semble pas savoir comme agir. Nos sentiments contraires et nos désirs communs nous empêchent de faire le moindre mouvement ou de prononcer un seul mot. Comment se comporter avec quelqu'un que l'on déteste, mais par qui on ne cesse d'être attiré ? Pour lui aussi, chaque caresse, chaque baiser devient de plus en plus dur à gérer. C'est une véritable bataille qui a lieu entre nous. Une lutte entre notre raison, notre cœur et notre corps. Pour l'un, il est question de ne pas oublier un passé tellement douloureux que son seul souvenir suffit à vous rendre faible, ridiculement vulnérable et petit. Pour l'autre, il est question de protéger ce qu'il vous reste de fierté et d'amour-propre. Quant au dernier, il s'agit d'assouvir une pulsion primaire. Un besoin vital de sentir l'autre, de continuer cette connexion entre nous qui semble ne jamais se tarir.

Je comprends à travers son regard torturé qu'il a envie de venir me parler, de me prendre dans ses bras, mais il ne peut pas. Il est retenu par un passé omniprésent. Tout comme moi. Je lui offre un timide hochement de tête pour lui faire comprendre que je sais ce qu'il ressent. Son visage se détend légèrement. Pour autant, il semble toujours tiraillé. Mais il a compris que, pour moi aussi, rien n'est simple. Après un dernier échange, je regagne enfin ma chambre.

Même la porte fermée, je les entends féliciter mon père. Tous lui disent à quel point son absence a été un véritable manque pour le club. Je m'assieds sur le lit et je ferme les yeux. Toutes ces marques d'affection, ces échanges fraternels ne cessent de me rappeler ma place au sein de ce club.

Tous semblent unis par un lien bien plus fort que celui du sang. Un lien où seule l'appartenance au club semble compter. Mais moi qui suis destinée à n'avoir aucun rôle au sein du club, je ne représente rien. Être la fille du VP des Hell's Dogs ne signifie rien. Même les brebis ont plus d'importance que moi, car elles servent le club et veillent au moral des membres. Leur sécurité est assurée par le club et ses membres alors que personne ne m'a protégée. On ne leur ment pas non plus, on ne leur promet rien. Alors qu'à moi, on m'a vendu du rêve pendant des années dans l'unique but de me briser et de me laisser seule.

Quand je comprends que c'est le tour des brebis de venir féliciter mon père, j'estime que c'en est trop. Je me lève du lit et file prendre une douche. Sous le jet d'eau chaude, je pense à l'avenir. Mon temps ici arrive à son terme. Toutefois, je décide de passer la nuit ici, et après une bonne nuit de sommeil, je reprendrai la route. Je retournerai à ma petite vie, à sa tranquillité.

Avant de me coucher, j'en profite pour appeler Martha. Une alliée ici ne serait pas un luxe, mais je sais que, même à distance, sa voix a le don de m'apaiser. Je m'allonge sur le lit et je compose son numéro.

– Millie, ma puce, ça va ? demande-t-elle en décrochant après seulement une sonnerie.

– Ça va, réponds-je en fermant les yeux, la voix incertaine, ce qui ne manque pas d'éveiller la curiosité de Martha.

– J'entends bien que ça ne va pas. Dis-moi ce qui ne va pas. Il est… commence-t-elle.

– Non, il est vivant, la coupé-je. Il s'est même réveillé et a fait ses premiers pas.

– Alors, qu'est-ce qui ne va pas, mon chou ? demande-t-elle gentiment.

– Je ne me sens pas à ma place ici. D'autant que maintenant qu'il est réveillé et qu'il marche, je n'ai plus d'utilité, dis-je.

Ma voix ne trahit pas la peine que je ressens en disant tout haut que je ne représente finalement rien pour ces gens qu'une aide temporaire.

– Millie, écoute-moi. Ne te laisse pas abattre par des bikers aux Q.I. de palourde. Tu vaux mieux qu'eux, et maintenant que tu as su le leur prouver, tu rentres ! Je vais te réserver une place dans le premier vol qui part de cette ville et tu rentres à la maison, dit-elle d'une voix ferme.

Je reconnais bien là celle qui, à chaque fois qu'il le faut, se place de mon côté pour me protéger.

– Je compte passer la nuit ici et partir dès que possible ensuite. J'apprécierais beaucoup que tu t'occupes de me trouver un vol.

– Considère que c'est déjà fait.

– Tu me manques, Martha, dis-je après plusieurs secondes d'un silence serein.

– À moi aussi, ma belle. À moi aussi, ajoute-t-elle avec plus de conviction pour me faire comprendre que si je ne compte pour personne ici, je compte énormément pour elle là-bas, à Baltimore.

– Je t'embrasse et à très vite, Ma'.

– À très vite, Millie, dit-elle avant de raccrocher.

Je repose mon téléphone sur la table de chevet avant de fermer à nouveau les yeux et d'essayer de trouver le sommeil. Mais c'est quasiment impossible avec tout le boucan dans la chambre de Slade et je commence à lourdement regretter d'avoir demandé la chambre juste à côté de la sienne. Mais heureusement pour moi, cette journée riche en émotions finit par avoir raison de moi et je m'endors.

19

Stan

Je continue à fixer la porte close de sa chambre, l'esprit complètement chamboulé. Cette lutte inlassable entre mon envie présente et mes souvenirs passés semble littéralement m'écarteler. Après ce qu'il s'est passé au gymnase, c'est une nouvelle preuve que je suis bien incapable de lui résister. Et en cet instant plus qu'à aucun autre moment, je suis complètement perdu. Je ne sais plus comment agir avec elle. C'est cette relation entre nous, non étiquetée, qui me bouffe. Nous ne sommes clairement pas amis et pourtant nous sommes bien plus que de simples connaissances, et malgré ce que nos pulsions nous poussent à faire, nous ne sommes pas amants. Moi qui suis réputé pour être quelqu'un de réfléchi et qui a tendance à tout cloisonner, je me trouve complètement paumé avec Millie.

Deux certitudes subsistent. La première, je ne peux pas lui résister. La deuxième, je ne peux pas oublier.

Pourtant, quand elle est sortie de la chambre de Slade, et malgré les remerciements et accolades qu'elle a reçus, j'ai senti son mal-être. Une partie de moi souhaiterait continuer à s'en foutre, mais elle perd progressivement la partie contre celle qui souhaite réconforter Millie.

Sans m'en rendre compte, je m'écarte du mur et commence à marcher en direction de sa chambre. Je ne suis plus qu'à quelques centimètres quand on me retient par le bras. Je me retourne pour faire face à mon jumeau.

– Non, mon frère. Ce n'est pas le moment, me dit-il d'une voix grave. On doit être là pour notre VP.

Je sais qu'il a raison. En tant que membre du club, je me dois d'être présent aux côtés de mon VP. Pourtant, ce n'est pas ce que je veux en cet instant. Mais le club et ses membres passent avant. Je jette un dernier regard en direction de sa chambre, puis je suis mon frère pour rejoindre les autres.

Quand j'arrive, la première chose que je vois, c'est un Slade qui apparaît certes diminué et amaigri, mais bel et bien vivant et éveillé. Je ne peux m'empêcher de ressentir une pointe de fierté en sachant que c'est beaucoup grâce à Millie qu'il est de retour parmi nous. Une fille qui malgré tout a su prendre soin de son père et répondre présent quand il en a eu le plus besoin. Alors que lui n'a jamais répondu qu'absent dans la vie de sa fille. Je ne peux réfréner un sentiment d'animosité quand je repense au comportement de Slade envers sa fille. Mais j'aurai beau le haïr ou l'idolâtrer, c'est trop tard. On ne peut pas revenir en arrière et j'en sais quelque chose.

Razor, qui entre en dernier, ferme la porte derrière lui et mon père prend place à gauche de son VP. À l'expression de mon père, je sais qu'il s'apprête à faire une annonce importante.

– Bon, comme vous avez tous pu le constater, Slade est de retour parmi nous.

Plusieurs frères applaudissent et sifflent.

– Vous vous en doutiez aussi, son accident n'en était pas un, une ou plusieurs personnes ont cherché volontairement à renvoyer Slade auprès de notre Créateur. Évidemment, c'était mal connaître notre VP et sa teigneuse de fille qui a su le ramener parmi nous.

À l'évocation de Millie, le visage de Slade se referme. Malgré tous ses efforts, il reflète de la peine et de la tristesse. J'imagine que ses retrouvailles avec sa fille unique ne se déroulent pas comme il le souhaiterait. Je pourrais presque avoir de la peine pour lui, mais ça, c'était si je ne savais pas quel père merdique et absent il a été pour Millie. Mais Apo continue.

– Nous avons pu connaître l'identité d'une des personnes responsables de cet accident, qui n'est autre que Bianca.

Bordel ! On avait pensé à tout le monde, sauf à elle ! Mais qu'est-ce qui lui est passé par la tête pour tenter de s'en prendre à Slade ?! Cette nana est complètement suicidaire. Même si ce plan avait toutes les chances de succès, je ne connais personne d'assez stupide, hormis elle, pour passer à l'acte. La surprise se lit sur tous les visages. Évidemment, tout le monde sait que Bianca n'est qu'un parasite. Mais pour nous, jusqu'à aujourd'hui, elle ne représentait aucune véritable menace.

– Et elle n'a sûrement pas agi seule, ajoute mon père au bout de plusieurs secondes. Évidemment, Bianca n'a aucun associé connu. Elle est plutôt réputée pour aller là où le vent la porte. Mais pour exécuter un plan comme celui-ci, elle doit tout de même bien connaître ses complices. J'ai missionné

Jack et Devil pour qu'ils me ramènent cette salope. À l'instant où je vous parle, Bianca est la prisonnière des Hell's Dogs.

Le moins que l'on puisse dire, c'est que mon père n'a pas perdu de temps. Je sais qu'il est avide de vengeance, mais là il n'a clairement pas souhaité laisser une chance à Bianca de mettre les voiles. Un sourire sadique étire les lèvres de notre VP, nul doute qu'il va vouloir se charger personnellement de mettre un terme à l'existence de son ancienne régulière. Par contre, je me demande bien comment Millie va réagir quand elle apprendra le sort réservé à sa mère. Personne n'ignore qu'entre la mère et la fille, il n'y a aucune relation, aucun sentiment. Il n'empêche que Bianca reste sa mère. Slade est-il prêt à creuser davantage le fossé qu'il y a entre Millie et lui ?

– Qui t'a balancé le nom de Bianca ? demande Seth.

Mon père semble ne pas vouloir répondre à la question, mais d'un hochement de tête de la part de son VP, il consent à répondre.

– Millie, dit-il en me regardant droit dans les yeux.

J'écoute mon père parler, mais je ne l'entends pas. Non, impossible que Millie ait pu obtenir cette information. À moins que…

– Comment l'a-t-elle appris ? demandé-je d'une voix grave.

– Elle a rendu une petite visite à sa mère. Quand Millie lui a clairement demandé si elle était responsable de l'accident de Slade, Bianca a confirmé.

– Elle a reconnu clairement en être l'auteur ? demandé-je.

Je me surprends à parler tranquillement. Mais tout le monde ici sait que ce calme n'est qu'une façade et que je suis à deux doigts de vriller.

– Elle en a eu la confirmation quand Bianca l'a menacée de l'envoyer rejoindre son père si elle ne cessait pas de poser des questions, finit-il par dire après plusieurs secondes de silence.

– T'es en train de dire que cette salope a menacé Millie et qu'elle est toujours vivante ?! craché-je.

– Calme-toi, frangin, tente Seth.

Je ne lui prête aucune attention pour me concentrer sur mon père.

– Ton frère a raison. Bianca n'est pas morte, pas encore. Car c'est à Slade que revient le droit de lui ôter la vie. Si cela ne tenait qu'à moi, elle serait déjà le festin des rats, dit mon père d'une voix ferme.

Je sais qu'il a raison, mais merde, cette femme ne devrait plus respirer le même air que sa fille ! Elle ne devrait tout simplement plus être en mesure de respirer du tout. Mais derrière ma colère, un éclair de lucidité se fraie un chemin. Si Millie est au courant, si c'est elle qui a balancé le nom de sa mère, elle est donc pleinement consciente de l'issue mortelle à laquelle n'échappera pas sa mère. Même si je comprends qu'elle n'avait pas le choix. Pour s'assurer que Bianca ne tentera pas à nouveau de tuer Slade et ainsi veiller à sa sécurité, elle a dû échanger la vie de son père contre la mort de sa mère. Si j'agissais encore par instinct, je courrais rejoindre Millie pour m'assurer qu'elle va bien. Mais j'arrive à me contrôler en me disant que Millie est consciente de tout ça. Je la connais suffisamment pour savoir qu'elle a dû envisager tous les scénarios possibles avant d'opter pour celui-ci.

– Comment est-ce qu'elle le prend ? demande mon jumeau, qui a sûrement dû deviner mes pensées.

– Je ne sais pas vraiment. Elle semble résignée, dit mon père.

Slade, toujours muré dans son silence, semble prendre conscience aussi de ce que sa fille a fait et des répercussions. Visiblement, il n'y avait pas pensé avant de s'imaginer tirer une balle entre les deux yeux de Bianca. Mais même si Millie est sa fille, Bianca a franchi une ligne de trop. C'est elle et elle seule qui a signé son arrêt de mort. Cela n'empêchera pas Millie de se sentir fautive. Tous les membres, Slade y compris, savent que Bianca va mourir.

Je n'aimerais pas être à la place de mon VP. Tiraillé entre ses sentiments pour sa fille et son attachement au club et à ses valeurs.

– Comment on procède ? demande Razor.

– On va commencer par l'interroger en employant la manière douce, puis si elle résiste, on utilisera d'autres méthodes pour l'obliger à nous révéler l'identité de ses complices. Je vais quand même lui laisser la nuit pour réfléchir. Peut-être que le froid et l'humidité de sa cellule vont l'aider à prendre la meilleure décision.

– Elle sait qu'elle va crever. Pourquoi est-ce qu'elle nous dirait le nom de ceux qui bossent avec elle ? demande Jack.

– Parce que c'est pour elle le synonyme d'une mort rapide. À l'inverse de la lente agonie que je lui réserve si elle ne délie pas sa putain de langue, répond cette fois notre VP d'une voix froide.

À le voir parler et réagir ainsi, on aurait du mal à croire qu'il sort à peine d'un coma de plusieurs jours. Malgré des kilos en moins, une barbe et des cheveux plus longs, Slade possède toujours une carrure plus qu'imposante. Beaucoup de nos ennemis ont rendu les armes face à lui et nombreux sont ceux qui l'ont supplié de les achever. Aucun doute que Bianca craquera. Tout le monde le sait, y compris notre VP. J'imagine qu'il souhaite simplement que cela n'arrive pas tout de suite. Il va vouloir la faire souffrir, autant parce qu'elle s'en est prise à lui que pour avoir menacé sa fille.

– Bon, les gars, on va laisser notre VP reprendre des forces. Demain, une longue journée nous attend. Sans oublier la grosse fête que l'on va organiser dans deux jours pour fêter le retour de notre ami, dit mon père en offrant une tape amicale sur l'épaule de son VP.

Vu le sourire qu'affiche mon père, j'imagine que la soirée sera à la hauteur de l'exploit de notre VP qui est presque revenu d'entre les morts. Tous mes frères acquiescent et sourient. Du coin de l'œil, je vois Drake et Diesel se taper dans la main. Ces deux-là… Je suis persuadé qu'ils pensent déjà à tous les p'tits culs que la soirée va faire rappliquer au club. Pour ma part, il n'y a qu'un seul corps, qu'une seule personne qui m'intéresse. Depuis que j'ai succombé à la tentation de ses courbes, à l'odeur de son parfum, au contact de ses caresses, rien ni personne n'éveille en moi un quelconque intérêt.

Après avoir tous salué notre VP, nous le laissons tranquille. Mes frères m'invitent à prendre un verre en bas, mais je refuse. Je préfère m'isoler dans ma chambre pour réfléchir. Quand je passe devant la porte de Millie, j'essaie d'entendre un bruit, mais rien, elle doit probablement dormir.

Mais soudain, j'entends comme de légers reniflements. Je tends l'oreille et je comprends rapidement que Millie est en train de pleurer. Ses pleurs sont suivis de lamentations. Elle ne cesse de demander « Pourquoi ? Pourquoi ? » d'un ton plaintif. Je ne sais pas ce qui lui arrive, mais quoi qu'il en soit, je décide d'en avoir le cœur net.

Je donne un léger coup à la porte, mais aucune réponse. Je tends à nouveau l'oreille et j'entends toujours ses pleurs. Je frappe à nouveau un peu plus fort, mais aucune réponse.

Peu importe qu'elle pleure sous l'effet de la nouvelle ou de la tension qui est redescendue, j'ai besoin d'en avoir le cœur net. Je tourne la poignée et je suis surpris de voir que la porte n'est pas fermée. Sa chambre est plongée dans l'obscurité, mais grâce à la clarté du couloir, mes yeux se posent tout de suite sur elle, et mon cœur cesse de battre quand je prends conscience de ce qui se passe.

20

Millie

Je sors de chez Jack et Kelly et file au club, complètement abattue. La seule fois où j'aurais aimé que Bianca ne raconte que des mensonges, il a pourtant fallu qu'elle dise vrai. Je suis blessée, trahie, mais aussi profondément en colère de m'être fait berner par ceux en qui j'avais une confiance totale.

Je remets tout en cause, nos années d'amitié, nos sorties. Plus rien ne semble sincère et tout me semble faux. La relation que je pensais basée sur la confiance et le respect mutuel n'était finalement qu'une énorme supercherie. Un jeu dans lequel, sans le savoir, j'avais le rôle principal. Je me suis longtemps faite à l'idée que le club passait avant tout le reste aux yeux de mon père. Je n'avais simplement pas encore conscience que la loyauté entre les membres n'avait aucune limite, pas même de se jouer des sentiments d'une pauvre fille comme moi.

Sur le chemin, la fatigue commence à se faire ressentir. J'ai fini ma garde à l'hôpital complètement sur les rotules. Je suis exténuée moralement et physiquement et vient de s'y rajouter un cataclysme émotionnel qui n'arrange en rien mon état. Heureusement que j'ai pu compter sur le réconfort de mon ami Isaac. Lui seul est au courant pour la proposition que j'ai reçue de l'hôpital Johns-Hopkins de Baltimore. Le chef des résidents me propose un poste d'interne. Tout est pris en charge par la faculté de médecine. Je n'aurai qu'à me trouver un logement, et encore… Si j'ai bien compris, l'hôpital possède un réseau de colocations entre étudiants. En somme, une proposition en or que j'ai refusée. Malgré l'amour qu'il a pour moi, Stan ne pourrait pas quitter le club, sa famille. Quant à moi, il est impensable d'être séparée par des milliers de kilomètres de l'homme que j'aime. Je ne me fais pas d'illusions, la distance finirait par nous briser et je n'imagine pas un avenir sans Stan à mes côtés. J'ai décliné leur offre en début de service et je dois dire que ma décision, bien que réfléchie, ne me laisse pas insensible. Des tonnes de questions se bousculent dans ma tête, la première étant : « Est-ce que je ne vais pas le regretter plus tard ? »

Isaac, sentant mon trouble, m'a alors proposé de nous éclipser le temps d'un rapide café au restaurant situé juste en face de l'hôpital. J'ai accepté bien volontiers sa proposition autant pour prendre l'air que pour me confier à quelqu'un. Car évidemment je ne peux pas en parler à Stan. Il me pousserait à partir. Mais après mon discours, j'ai fini par lamentablement craquer et mon ami m'a alors réconfortée du mieux qu'il a pu… J'ai pleuré de frustration, de crainte et, je dois le reconnaître, d'un peu de rancœur envers Stan. Un triste cocktail émotionnel qui me fait courber l'échine. Heureusement pour moi qu'Isaac est là en l'absence de Stan.

J'arrive enfin au club après un trajet qui m'a paru plus long que de coutume. Le prospect à l'entrée me reconnaît et me laisse entrer. Je le remercie d'un signe de main, puis je pars me garer à la place qui est finalement devenue la mienne après toutes ces années. J'ai à peine le temps de fermer ma portière qu'on me parle.

– Si tu cherches Stan, il n'est pas là, me dit Seth sur ma droite.

– Pardon ?

– Je disais, si tu cherches mon frère, il n'est pas là. Il a dû s'absenter pour régler un problème, m'informe-t-il.

– Pourtant sa moto est là.

– Ouais, mais il a dû prendre le pick-up pour régler une affaire du club.

Ça aurait pu, à un autre moment, me pousser à repartir. Je serais allée chez Jack et Kelly en quête de réconfort, mais maintenant je ne peux plus compter sur eux. Même si Stan n'est pas là, l'odeur de son parfum dans l'air m'apaisera. Je pourrai aussi m'allonger dans le lit en serrant contre moi son oreiller. Bref, même s'il est absent, être dans sa chambre suffira à me calmer en attendant qu'il revienne.

– C'est pas grave, je vais l'attendre, dis-je.

Je commence à me mettre en marche quand il m'attrape par le bras pour m'arrêter.

– Non, Millie, vraiment mon frère n'est pas là, tu devrais

retourner chez toi et je lui dirai que t'es passée.

Pourquoi ai-je le sentiment qu'à travers sa phrase il me supplie de faire demi-tour ? Peu importe ce qui motive Seth à vouloir m'empêcher de regagner la chambre de Stan, je ne suis pas d'humeur à tergiverser.

– Lâche-moi, Seth ! dis-je en retirant d'un coup sec mon bras de sa prise. Je vais l'attendre dans sa chambre, un point c'est tout.

Et cette fois, sans lui laisser la chance de me répondre et de me retenir plus longtemps, je marche d'un pas rapide vers le club. J'ouvre la porte du bar pour croiser les regards de membres que je considère presque comme ma famille. Certains semblent désolés, mais je ne comprends pas pourquoi. Je les salue en levant la main et je monte les escaliers. Comme d'habitude, j'ouvre la porte sans frapper et c'est exactement à ce moment-là que je sens mon monde s'effondrer. Je suis figée, telle une statue. Mes pieds semblent s'être enfoncés dans le sol. Il n'y a que mes paupières qui semblent encore fonctionner. Et je cligne plusieurs fois des yeux pour être sûre de ne pas être en train de vivre le pire cauchemar de ma vie.

– Plus fort, Stan, plus fort !

Mes yeux se posent sur la femme à quatre pattes sur le lit, gémissant de plaisir. Mon regard suit ensuite la courbe de cette femme pour aller se poser sur l'homme derrière elle. Celui qui est la source des râles de plaisir de la personne que je considérais comme ma sœur.

Comme au ralenti, je vois Stan tourner la tête dans ma direction. Quand il me voit, il s'immobilise. Nos regards se croisent, s'attirent. Nous restons ce qui me semble une éternité à nous regarder. Son regard paraît voilé, mais pas de désir. Il semble perdu, comme ailleurs.

– Non, Stan, bébé, t'arrête pas, dit-elle.

Mon regard quitte un bref instant celui de Stan pour se plonger dans celui de mon ancienne meilleure amie, Kiara. Nous nous connaissons depuis des années, elle a été là dès le début de ma relation avec Stan. Elle m'a toujours soutenue, elle a toujours été présente pour moi dans les moments difficiles. Elle avait juré de rester vierge jusqu'au mariage.

L'une était ma confidente, mon amie. L'autre était simplement mon tout. Mon passé, mon présent, mais surtout mon avenir.

Je la ressens enfin cette douleur, cette souffrance sans limites qui vous percute, vous assaille sans que vous puissiez l'en empêcher. Cette agonie brutale et féroce qui broie le cœur, vous retourne les tripes. Ma respiration est rapide, je sens que je tremble. Rapidement ma vision est embrumée, mes joues noyées de larmes.

Je reporte mon attention sur Stan et je cherche désespérément dans son regard des réponses à mes questions. Quand ? Pourquoi ? Comment ? Mais la seule chose qu'il daigne m'offrir, c'est un regard froid, un visage qui n'exprime aucun remords, aucune honte, aucune compassion. Pas la moindre émotion.

Je devrais crier, hurler. Me jeter sur lui, sur elle, et les rouer de coups. Oui, je devrais, mais je ne le fais pas. Aucune excuse au monde ne pourrait venir effacer les images de ce douloureux spectacle. Aucune raison ne pourrait justifier un tel acte de trahison. Aucune parole ne suffirait à apaiser ma douleur.

Sans avoir prononcé le moindre mot, je fais demi-tour. Si au début je pense marcher, je me rends rapidement compte que je cours, je dévale les escaliers comme si ma vie en dépendait. Je ne suis qu'à quelques mètres de ma voiture quand j'entends sa voix.

– Em', attends !

Malheureusement pour moi les vieux réflexes ont la vie dure et je me retourne par automatisme. Je le vois courir dans ma direction en finissant de reboutonner son jean et cette seule vision suffit à me briser. Mon ventre se tord de douleur, je me plie en deux en me tenant d'une main à ma voiture avant de vomir. Je me vide littéralement à quelques mètres à peine de celui qui est le responsable de mon état. En plus d'avoir été trahie, je me sens désormais humiliée, souillée. Quand les crampes d'estomac et les vomissements cessent, j'aperçois une main qui me tend un bout de tissu. Je suis du regard le bras qui me donne ce vêtement pour voir qu'il s'agit de Seth.

J'accepte ce que je reconnais être un tee-shirt avant de me redresser. Je m'essuie la bouche sous le regard désolé de celui qui ressemble trait pour trait à l'homme qui vient de me briser. Pendant que j'essaie de me calmer, je comprends que Seth savait, il était au courant et il a essayé de me mettre en garde. C'est une action aussi bienveillante que lâche. Il a pris le parti de protéger son frère tout en essayant de m'épargner un spectacle abominable.

Même si je ne relève pas la tête, je sens son regard sur moi, je sens sa présence. Je devine qu'il n'est qu'à quelques centimètres de moi quand l'odeur de son parfum parvient à mes narines. Seulement, dans son odeur, il y a autre chose. Elle est mélangée à une odeur de transpiration, de sexe et du parfum bon marché de Kiara. Je ferme les yeux pour retenir un nouveau haut-le-cœur. Je respire bruyamment et rapidement.

– Em', ça va ? demande Seth.

Je suis incapable de parler, déjà parce que ma gorge est en feu, mais surtout parce que j'ai peur de craquer. À la place, je secoue la tête.

– Pourquoi tu lui demandes si ça va ! C'est à cause d'elle tout ça ! grogne Stan.

– Ta gueule ! rétorque son frère.

Je ne sais absolument pas de quoi parle Stan et je n'ai finalement pas envie de le savoir. Visiblement, il avait des raisons de me trahir, mais ça ne m'intéresse pas de les connaître. Quelle que puisse être son explication, je ne pourrai jamais lui pardonner. Tout est fini entre nous, il a tout brisé. Il m'a complètement brisée. Il a réussi à anéantir six années de bonheur, de joie, de moments intimes, tendres et complices pour les remplacer par des images cauchemardesques.

Je m'installe derrière le volant quand il décide de reprendre la parole.

– Alors c'est ça ? Tu te casses comme ça ?! Tu ne cherches même pas à t'expliquer ! crache-t-il presque dans ma direction.

Je referme ma portière et attache ma ceinture tout

en restant étrangement calme. Je mets le contact et baisse la vitre. Je tourne la tête dans sa direction sans chercher à dissimuler ma peine et ma douleur. À quoi bon, il vient d'assister à ma chute et il n'a rien dit. Toutefois, je suis surprise de le voir reculer, comme si je venais de le gifler.

– Il n'y a rien à expliquer, tu as tout détruit.

Et sur ces derniers mots échangés avec la personne qui comptait le plus pour moi dans ma vie, je pars. Je quitte ce club, ses membres, cette famille, avec le sentiment inextricable d'avoir tout perdu. Je n'ai plus qu'une seule certitude, celle d'être seule pour affronter l'avenir.

Je suis seule avec en tout et pour tout quelques affaires, un peu de liquide et ma voiture. Je roule jusqu'à arriver aux portes de la ville. Je décide de me garer sur le côté et d'attendre un signe. Je suis complètement perdue, déboussolée. Je ne sais pas quoi faire ni où aller. Bien que Tucson avec ses presque cinquante-cinq mille habitants soit devenue une ville trop petite pour nous deux, je n'arrive pas à me résoudre à partir. Affronter l'avenir et l'inconnu à deux ne me faisait pas peur, mais là, seule, je suis terrifiée. Alors que je suis tiraillée entre mon besoin de partir et ma peur de rester, je reçois un message de Kiara.

[Je suis vraiment triste
que tu l'aies appris de cette manière.
Nous ne voulions pas te faire souffrir.
Mais il était temps que tu connaisses la vérité.]

Il n'y a pas qu'en amitié que je me suis fait avoir. J'ai bêtement cru au début que ce n'était qu'une erreur, une soirée d'égarement. Finalement, mon erreur a été de croire que j'étais la seule et l'unique.

Je dois tout de même remercier mon ancienne amie. Grâce à elle, mon avenir ne m'apparaît plus aussi flou. Je sais où je vais et ce qu'il me reste à faire.

À partir de maintenant, tout sera différent. L'ancienne Millie est morte. Sa naïveté, son amour inconditionnel, sa confiance ont disparu. La seule chose qu'il me reste, c'est un nom et un rêve que je vais m'efforcer de rendre réel.

– Millie, bordel, réveille-toi !

J'ouvre rapidement les yeux et tente de comprendre où je suis. Je cligne plusieurs fois des yeux tout en observant frénétiquement autour de moi. Je suis en nage et j'ai le souffle court, mais je commence à me calmer en comprenant que je suis dans ma chambre, au club, et que tout ceci n'était finalement qu'un affreux cauchemar.

Un mouvement sur ma droite attire mon attention. Je tourne la tête pour constater qu'il s'agit de Stan. Il me regarde l'air inquiet et les poings serrés.

– Qu'est-ce que tu… commencé-je.

– De quoi rêvais-tu ? me demande-t-il froidement.

Je suis tellement surprise par le ton qu'il emploie que j'ai un léger mouvement de recul. Se peut-il que j'aie parlé à voix haute durant mon sommeil ? Quoi qu'il en soit, que Stan soit au courant ou non de mon cauchemar ne lui donne pas le droit de paraître en colère, au contraire. Il devrait vouloir partir, me laisser seule. Au lieu de ça, il reste planté à côté de moi, à me fixer.

– À rien qui compte désormais, dis-je en relevant le menton, le défiant de continuer sur ce terrain-là.

Si tout à l'heure il a remporté une victoire, je m'apprête quant à moi à gagner la guerre. Car je le sais, je le sens. Une fois que nous emprunterons le chemin vers notre passé, il n'y aura plus de retour possible, plus de trêve, plus de pulsions sauvages, de désir. Il n'y aura que de la rancœur, de la haine et un passé malheureux qui s'obstine à s'imposer entre nous.

– Je t'ai entendue, commence-t-il.

J'arrête de respirer et mon cœur cesse de battre. Je me contente de l'observer en attendant qu'il mette un terme à cette torture.

– Tu demandais pourquoi. Tu suppliais de connaître la vérité, continue-t-il, son regard braqué sur moi.

– Ce n'était qu'un cauchemar, rien de plus, m'entêté-je à répéter.

– Ne crois-tu pas qu'il est temps d'être honnête l'un envers l'autre ? Que je mérite de savoir pourquoi ! tonne-t-il.

– De savoir pourquoi ?! répété-je, incrédule. Mais de savoir quoi ?!

– Pourquoi tu m'as trompé avec ce mec ?! Qu'est-ce qu'il avait de plus de moi ?! Des diplômes, c'est ça ! Je n'étais finalement pas assez bien pour toi ? Qu'un simple biker de seconde zone !

Alors que Stan semble décidé à vider son sac, pour ma part je suis dans l'incompréhension la plus totale. Je ne comprends absolument pas de quoi il parle. Qu'il tente de retourner la situation à son avantage ne fait qu'exacerber ma colère. Mais en attendant qu'il finisse son monologue, j'encaisse ses accusations de trahison en serrant les poings.

– Putain, mais dis-moi pourquoi ! hurle-t-il en se prenant la tête entre les mains.

– Que je te dise pourquoi quoi ? dis-je, la mâchoire serrée.

– À quel moment t'as commencé à écarter les cuisses pour ton putain d'Isaac ?

Stan a à peine le temps de finir sa phrase que je me lève d'un bond du lit et lui assène une violente gifle. Sa joue encaisse le coup et sa tête part violemment sur le côté. Lentement, il reporte son attention sur moi. Son regard est noir, meurtrier. Ses narines sont dilatées et je le vois serrer la mâchoire.

– Je t'interdis de m'accuser de t'avoir trompé, tu m'entends ! Je te l'interdis ! dis-je d'une voix grave. Je ne sais pas qui t'a raconté cette connerie, mais je n'ai jamais…

– Je t'ai vue, putain ! Je t'ai vue !

– Quoi ? demandé-je, incrédule.

– Ce soir-là, je suis venu à l'hôpital dans l'espoir de te croiser, de passer ne serait-ce que quelques minutes avec toi. Tu me manquais. Et bref, quand je suis arrivé, t'étais au restaurant en compagnie de cet Isaac, il t'a caressé la main avant de te prendre dans ses bras. Tu t'es lovée contre lui. Putain, Millie, tu as laissé ce mec t'enlacer.

– Je… Je… bégayé-je.

Je suis incapable de prononcer le moindre mot tant l'explication de Stan me prend par surprise. Je ferme les yeux et tente de me calmer, car ce que mon esprit a assimilé avec une rapidité affolante, mon cœur lui tente encore de lutter contre. Il se bat contre cette réalité bien plus douloureuse que l'ancienne. Je pose une main devant ma bouche pour m'empêcher de craquer. Toute cette souffrance, cette douleur. Tous ces souvenirs, ces mois de cauchemars dans une ville inconnue, entourée d'inconnus, ne sont finalement que le fruit d'une erreur. D'une mauvaise interprétation d'un geste purement amical qui, aux yeux de Stan, n'a pas trouvé d'autre explication que celle de la trahison.

– Je ne t'ai jamais trompé, soufflé-je en relevant la tête pour croiser le regard noir de Stan.

Mais dès que ses yeux se posent sur moi, toute trace de colère a disparu. Il comprend dans mon regard que je dis la vérité et c'est comme si je venais de lui asséner une violente gifle. C'est le regard bourré de remords qu'il esquisse un pas dans ma direction.

– Em'… dit-il d'une voix penaude.

– Va-t'en, dis-je en secouant la tête et en croisant les bras devant moi.

– Je t'en prie, Em'… plaide-t-il à nouveau.

– S'il te plaît, dis-je, la voix brisée.

– Non, Em', je t'en prie, j'ai besoin de savoir. Besoin de savoir si tout est de ma faute, me supplie-t-il.

Je lève les yeux pour le regarder. J'ai envie de crier qu'il n'a pas le droit d'utiliser ce surnom, mais je le vois si brisé, si vulnérable, que je ne dis rien. Si, moi, je dois accepter que toute cette souffrance ne soit que le fruit d'une erreur, Stan va devoir se résigner à vivre avec sa culpabilité. Pendant sept ans, il a nourri une forte haine à mon égard, pensant que j'étais l'unique responsable, que c'était moi qui avais tout brisé. Comment va-t-il gérer le fait d'apprendre que c'est finalement lui qui a tout détruit entre nous ? Il sera l'unique responsable de mon départ, de cette souffrance qui a bien failli me briser, de ces larmes qui aujourd'hui encore ne cessent de couler quand je repense à notre histoire.

– Que veux-tu savoir ? soufflé-je en m'asseyant sur le bord du lit, les mains sur les genoux.

– Tout… Qui est ce mec, la scène dans le restaurant, tout, dit-il d'une voix calme.

– Tu devrais t'asseoir, lui dis-je en indiquant le fauteuil dans l'angle de ma chambre. Isaac est, était un collègue de travail. Lui et moi, on s'est tout de suite très bien entendus, encore plus quand il a dû gérer plusieurs fois la venue de Bianca aux urgences. Bref, ce soir-là, en début de service, je venais de refuser une offre en or. Même si j'étais certaine de ma décision, j'étais très affectée et je me sentais aussi terriblement seule, car je ne pouvais pas t'en parler. Isaac m'a alors proposé de prendre un café. Une fois que je lui ai tout raconté, j'ai craqué et il m'a prise dans ses bras pour me réconforter.

Tout le long de mon monologue, je n'ai pas cessé de jouer avec mes doigts sans jamais lever les yeux vers Stan. Je sais que je n'ai fait que raconter les grandes lignes, et tel que je le connais, il ne va pas s'en contenter.

– C'était quoi cette offre ? demande-t-il rapidement.

– Un poste d'interne à l'hôpital Johns-Hopkins de Baltimore, réponds-je dans un souffle.

– Tu as refusé pour moi ? demande-t-il, la voix sérieuse.

– Évidemment ! dis-je trop rapidement en relevant la tête pour croiser son regard.

Le visage de Stan est dur. Il sait ce que représente l'hôpital Johns-Hopkins en matière d'enseignement. Quand nous étions ensemble, je n'ai jamais cessé de lui parler des innovations médicales qui y naissaient ou encore du nombre de chirurgiens qui avaient remporté des titres pour leurs essais cliniques révolutionnaires. En somme, c'était le paradis pour moi, un rêve inaccessible, car je n'avais jamais fait la demande pour intégrer leur cursus universitaire.

– Tu n'aurais pas dû, dit-il après plusieurs secondes de silence, sur un ton de reproche.

– Bien sûr que si ! commencé-je à me défendre. Tu crois vraiment que j'aurais pu accepter de partir en sachant que cela aurait mis un terme à notre relation ?

– Mais ça nous a séparés ! rétorque-t-il bruyamment.

– Par ta faute ! Uniquement par ta faute ! crié-je en serrant les poings sur mes jambes.

Stan encaisse ma réponse comme s'il venait de heurter un mur à pleine vitesse. Il sait que j'ai raison. Que l'unique responsable de notre séparation, ce n'est pas mon refus de partir, mais bel et bien son manque de confiance en moi. Bien que les traits de son visage s'adoucissent légèrement, il semble désormais profondément blessé.

Pendant plusieurs secondes, nous gardons le silence. Un silence lourd, asphyxiant émotionnellement, car c'est moi qui vais être affectée par la suite de la discussion. Je ferme les yeux et prends une profonde inspiration avant de braquer mon regard sur Stan. Il sait que c'est à son tour de parler. Il sonde mon regard, et quand il comprend que je suis enfin prête à connaître la vérité, il commence son macabre récit.

– J'étais venu pour te voir, ne serait-ce que cinq minutes. Comme je t'ai dit, je t'ai vue avec ce mec. J'étais figé sur place, complètement tétanisé, quand Kiara est arrivée. Elle sortait de la pharmacie, et quand elle a suivi mon regard, elle m'a annoncé que tu sortais avec ce mec. Votre relation durait depuis quelque temps déjà, et si tu pleurais, c'est parce que tu avais enfin pris la décision de me quitter pour lui.

J'écoute sans broncher le récit de Stan. Quand je l'entends mentionner Kiara, je ne suis finalement pas surprise de savoir qu'elle a joué un rôle dans ce mensonge. Avec le recul, je me rends compte que tous les signes étaient là, montrant clairement qu'elle désirait Stan. Ses regards, ses commentaires, ses attentions. Tout ce que je prenais pour de l'amitié n'était en fait qu'une manière d'attirer son attention.

– Tu sais à quel point j'ai douté d'être assez bien pour toi. Même si tu n'as jamais rien fait pour alimenter mes incertitudes, elles étaient bien là. Et Kiara en a profité. Elle m'a dit ce que je redoutais d'entendre. Elle a soufflé sur un brasier de peur, celui de te perdre, car je n'étais pas assez bien. Cela n'excuse pas ce que j'ai fait, mais ça l'explique en partie. La suite, et j'ai besoin que tu me croies, n'est qu'une succession de souvenirs mal ficelés. Je me souviens d'elle et moi au bar à picoler, puis de ma chambre, et ensuite c'est un peu le trou noir. Et finalement, la seule chose que je me rappelle, c'est ton regard quand t'es entrée dans la chambre.

Stan finit son récit sans me quitter des yeux. Je sais qu'il est désolé et je sais aussi qu'il dit vrai quand il m'explique ne pas se souvenir du déroulement de la soirée. Pour autant, cela n'excuse en rien son manque de confiance en moi. Il ne m'a pas laissée m'expliquer, il a tiré des conclusions hâtives. Il s'est laissé berner par Kiara. Je sais que Stan a souvent estimé qu'il ne me méritait pas, que j'étais beaucoup trop bien, trop intelligente pour lui. Pourtant, j'étais persuadée d'avoir réussi à faire disparaître ses peurs et ses angoisses.

– Parle-moi, dit-il timidement.

– Et que veux-tu que je te dise, Stan ? lâché-je d'une voix plus cinglante que je ne l'aurais souhaité.

– Que tu me détestes. Que tu ne me crois pas quand je te dis ne pas me souvenir de ma soirée au club avec elle, dit-il furieusement.

Mais je comprends que sa colère est dirigée contre lui, contre son comportement passé.

Il veut que je le blesse avec mes mots, que je lui dise à quel point je le méprise. Il souhaite trouver dans mes propos le début de son chemin de rédemption. Je pourrais et je devrais chercher à le blesser par n'importe quel moyen. Mais comment briser un homme qui a déjà un genou à terre ? Même si Stan tente de faire bonne figure, je le connais suffisamment pour savoir que ce n'est qu'un masque.

– Je ne sais pas quoi te dire, Stan, dis-je d'un ton las. Oui, je t'en veux pour ce que tu as fait. Tu n'as pas eu assez confiance en moi, en mon amour pour toi, tu ne m'as pas accordé une seule chance de m'expliquer. Et pour tout ça, évidemment que je t'en veux énormément. Par contre, je sais aussi que ton manque de confiance en toi, ta peur de ne pas être à la hauteur de notre relation étaient un lourd fardeau. Même si tu n'en parlais pas, je sais que ça te rongeait. Et pour ne pas avoir su te rassurer, apaiser tes incertitudes, c'est moi qui suis désolée. Peut-être que si j'avais trouvé…

– Hé, ma belle, dit-il en s'agenouillant devant moi et en prenant mes mains dans les siennes. Tout est de ma faute, tu n'as absolument rien à te reprocher. C'est mes doutes qui nous ont séparés. Toi… Je suis désolé, Em'. Je sais que pour le moment tu es sûrement encore sous le choc d'avoir appris la vérité, car il ne peut en être autrement. Moi-même, j'ai envie de m'arracher le cœur pour t'avoir fait autant de mal. Mais… Em'… je t'aime, dit-il le plus honnêtement possible.

Je relève la tête pour croiser son regard. Des yeux sincères, qui malgré les remords, montrent clairement un amour profond. Je continue à l'observer, bien incapable de prononcer le moindre mot tant c'est l'anarchie dans ma tête. J'aurais envie de lui répondre que je l'aime aussi, mais je ne peux pas. Mon amour toujours présent se heurte aux souvenirs du passé, ceux qui font mal. Ceux qui empêchent mon cœur de cicatriser. Les images de lui et de Kiara sont bien trop ancrées dans ma mémoire pour que je me laisse aller à m'ouvrir davantage à lui.

– Em', je t'aime et je t'ai toujours aimée, et je sais que je n'en ai absolument pas le droit. Mais je t'ai déjà perdue une fois et je ne veux pas te perdre à nouveau.

– Je ne comprends pas, dis-je sincèrement.

Comment peut-on avoir perdu une personne et penser encore qu'on la perd davantage ?

– Je prends ça comme un signe, le fait que tu sois revenue. Et ce qu'il s'est passé entre nous, cette attirance, cette alchimie, ce n'est pas rien. On a lutté, toi et moi, contre nos pulsions. Dieu seul sait à quel point j'ai lutté contre mon envie de toi. Mais si nous avons échoué, ce n'est pas parce que nous sommes faibles, mais parce que ça, dit-il en nous pointant tous les deux du doigt, c'est beaucoup trop fort pour résister.

J'écoute Stan parler avec conviction et ses mots trouvent un écho dans ma tête et dans mon cœur. Depuis mon retour, j'ai souvent cherché une explication à cette attirance. Cette incapacité à lutter contre le besoin de l'autre. Je n'en ai trouvé aucune. Et je commence à penser qu'il n'y en a jamais eu et qu'il n'y en aura jamais. Stan et moi, c'est finalement un peu comme le yin et le yang. Opposés, mais complémentaires. Individuellement, nous ne sommes que la moitié de nous-mêmes, ensemble nous formons un tout.

Je regarde Stan et je l'écoute, l'esprit ailleurs. Il se confond encore en excuses. Me dit qu'il ne comprend pas pour Kiara. Que malgré sa haine, il n'aurait jamais pu me tromper. Une partie de moi veut le croire quand l'autre le croit déjà. C'est pour dire quelle lutte intérieure je suis en train de vivre.

– J'ai besoin de temps, finis-je par le couper.

– De temps pour ? demande-t-il, un peu paniqué.

– Pour réfléchir. Pour assimiler tout ce que tu viens de me dire, expliqué-je.

– Pour me rayer de ta vie ? demande-t-il, la voix brisée.

– Je n'ai pas su le faire il y a sept ans, j'en suis incapable aujourd'hui, dis-je en posant ma main contre sa joue.

Stan ferme les yeux et presse sa joue contre ma paume.

– Je ne supporterai pas de te perdre à nouveau, dit-il, les yeux fermés, la voix mélancolique teintée d'une peine qui brise un peu plus mes défenses.

– Je ne peux pas te promettre de t'accorder une nouvelle chance. En revanche, ce que je peux essayer de t'offrir, c'est mon pardon et de voir, pendant que je suis encore là, où tout cela nous mène, dis-je pour tenter d'apaiser ce mal qui semble le ronger.

– Tu pars quand ? demande-t-il en braquant à nouveau son regard sur moi.

– J’avais prévu de partir dès que Slade se réveillerait, expliqué-je en reposant ma main sur mon genou.

– Reste encore quelques jours, au moins jusqu’à la soirée organisée pour le retour de Slade.

– Stan…

– Em’, je t’en prie, accorde-moi ce laps de temps pour te prouver que toi et moi, ça vaut la peine, plaide-t-il. Que notre nous n’est pas mort. Laisse-moi te montrer que je suis l’homme que tu mérites, dit-il d’une voix déterminée tout en me regardant.

– D’accord.

J’ai répondu rapidement. Pourquoi prendre le temps de la réflexion quand c’est l’évidence même qui s’exprime ? Stan me sourit d’un air un peu trop confiant.

– Ne te surestime pas trop. Tu vas sortir bien plus que les rames pour me récupérer, dis-je en le toisant du regard et en croisant les bras.

– Em’, je serais prêt à traverser un océan à la nage si je savais que tu m’attendais de l’autre côté, dit-il.

Et je sais qu’il pense chacun de ses mots.

– Parfait. Maintenant, laisse-moi me reposer.

Stan se relève et me prend la main. Nous sommes tous les deux face à face et seuls dans ma chambre. Je sais qu’il pense à la même chose que moi quand son regard se fixe sur ma bouche et qu’il se lèche la lèvre. Mais j’ai décidé de prendre mon temps, d’y aller doucement. Céder aussi vite à Stan ne ferait que prouver que je suis faible face à lui.

– Em’, dit-il, la voix rauque, en posant ses mains sur mes hanches et en me rapprochant de lui.

J'ai la confirmation de son désir quand son érection bute contre mon estomac. Je peine à déglutir et j'ai soudain très chaud, trop chaud. Stan se penche en avant et je ne sais par quel miracle j'arrive à tourner légèrement la tête si bien qu'il embrasse ma joue. Sans se débarrasser de son sourire à faire mouiller les petites culottes, Stan me regarde.

– Diablesse, dit-il.

– Allumeur, rétorqué-je.

Je retrouve là un peu de nos joutes verbales d'antan et je sais que nous sommes déjà sur le même chemin, celui de la réconciliation. Toutefois, je refuse de lui faciliter la tâche. Je m'écarte de lui et me dirige vers la porte, que j'ouvre. Je lui fais signe de partir, et d'une démarche de félin, Stan m'obéit.

– Bonne nuit, Em', dit-il en me frôlant au moment de sortir, ce qui me provoque un véritable raz de marée de désir.

Avant que je fasse machine arrière et le supplie de me prendre, je lui claque la porte au nez en lui souhaitant, à lui aussi, une bonne nuit.

Je retourne me coucher et je prends conscience que je suis complètement détendue. Comme si on m'avait libérée d'un poids dont j'ignorais jusqu'alors la présence, mais dont l'absence me permet de me sentir mieux, plus vivante.

Je trouve rapidement le sommeil, mais plutôt que mes songes m'emportent cette fois vers des souvenirs douloureux, je me surprends à rêver à nouveau à un avenir commun.

21

Stan

Cela fait deux jours que j'ai eu ma conversation avec Em'. Deux jours durant lesquels je n'ai pas cessé d'être à ses côtés. Quand il a fallu appeler ses deux employés et leur donner leur chèque de fin de contrat, je me suis proposé pour l'accompagner. J'ai su m'imposer quand elle a accompagné Slade et Apo au rendez-vous auprès du Dr Reed. Lequel médecin était d'ailleurs littéralement sur le cul de voir que notre VP ne souffrait d'aucun traumatisme. Il a même proposé en riant un poste à Em' qu'elle a poliment décliné, évidemment.

Avec mon aide et celle de Drake, elle a aussi rendu tout le matériel médical de Slade. Au lieu de le revendre, elle en a fait don à une association qui s'occupe de l'hospitalisation à domicile des patients en fin de vie. Quand mon frère Seth lui a dit qu'elle aurait pu récupérer un peu d'argent à la revente, elle s'est contentée de répondre qu'elle en avait suffisamment et qu'elle disposait de trop peu de temps pour le dépenser. Autant en faire profiter ceux qui n'en ont pas et qui en manquent.

Em' a toujours eu cette bonté en elle. Elle a toujours voulu aider les gens, s'occuper d'eux. Si elle n'était pas devenue médecin, elle travaillerait probablement en tant qu'assistante sociale ou dans l'humanitaire. Elle à qui pourtant personne n'a tendu la main.

Par contre, quand elle a décidé de laver l'extérieur de sa voiture, j'avoue sans aucune honte que je me suis tranquillement assis sur un banc et que je l'ai matée pendant des heures, son cul parfaitement moulé dans un petit short en jean. Évidemment, j'ai à plusieurs reprises senti le regard noir et réprobateur d'Em', et pourtant elle n'a pas demandé mon aide. Je suis quasiment sûr que ça l'excitait autant que moi de m'allumer avec son tee-shirt mouillé et son mini-short.

Mais c'est aussi deux jours durant lesquels la vie du club a repris une semi-normalité. Nous avons dû effectuer une livraison d'armes et évidemment commencer l'interrogatoire de Bianca. Cette dernière d'ailleurs a surpris tout le monde par sa soudaine combativité… ou loyauté, allez savoir. Le fait est qu'elle n'a pour le moment rien lâché sur ses complices. Si au début mon père a opté pour la manière légère, persuadé qu'en apercevant les instruments de torture que l'on utilise pour les autres prisonniers Bianca se mettrait à table, depuis ce matin il a déjà dû passer à la vitesse nettement supérieure. Mais même après qu'on lui a arraché une grande partie de ses ongles, elle ne lâche rien. Soit elle est vraiment loyale envers ses alliés, soit elle les craint bien davantage que nous, et c'est malheureusement ce que nous pensons tous. Ce qui rend d'autant plus vital pour nous de connaître l'identité de notre ennemi.

Pour ma part, je fais pour le moment acte de présence lors des interrogatoires de Bianca, mon esprit étant ailleurs. Je ne cesse de penser à la soirée qu'on organise ce soir pour Slade. Si elle rime pour la plupart avec baise, alcool à gogo et déconnade entre frères, pour moi elle sonne plus comme mon unique chance de convaincre Em' de m'accorder une seconde chance.

Je ne connais pas l'étendue de ses responsabilités à Baltimore, mais je sais que son patron ne va pas l'attendre indéfiniment. Mon temps est donc plus que limité et je sais que cette soirée sonnera le début ou la fin de notre relation. Mais ce qu'elle ignore, c'est que si jamais elle décide de partir, de retourner à Baltimore, je la suivrai. Quand j'ai appris qu'elle avait refusé la proposition pour moi, j'ai été envahi par un profond sentiment de culpabilité. Certes, elle n'arrêtait pas la médecine, toutefois elle allait se contenter d'être un médecin diplômé d'une petite faculté de médecine sans envergure, au lieu de devenir un chirurgien de renom. C'est pourquoi, si aujourd'hui elle décide de repartir, je quitterai tout. Le club, ma famille, mon jumeau. Cette séparation ne se fera pas sans mal, mais ce sera un mal nécessaire.

En sept ans, j'ai bien compris que ma vie n'était finalement rien sans elle à mes côtés. Qu'est-ce qu'une vie auprès de sa famille s'il vous manque l'élément essentiel ?

Il est presque dix-neuf heures et les membres d'autres chapitres commencent à arriver. Quand je parlais de grosse fête, c'était un euphémisme. Slade est aussi craint que respecté et apprécié par tous les membres. C'est donc sans surprise que beaucoup d'entre eux ont répondu présents ce soir pour célébrer son retour. Le parking se remplit à vue d'œil et je suis moi-même très content de revoir certains visages. Il est finalement rare que nous soyons amenés à tous nous revoir. Hormis lors des grands rassemblements ou des grosses livraisons, chaque membre reste dans son club. C'est parfois dommage, mais ainsi va la vie au sein d'un club de motards. Certains ont tout de même fait le choix de devenir nomades. Ils vont et viennent dans tous les chapitres du pays. Ils sont libres, indépendants. Ils servent les intérêts du club en exécutant certains contrats. Cette vie pourrait être sympa pour celui qui n'a pas d'attaches. La route, sa bécane, des tonnes de gonzesses à baiser. Aussi attrayante que puisse paraître cette vie, elle ne pourrait jamais me convenir. J'aime mon club, ses membres et surtout ma famille dont j'ai besoin dans ma vie.

Je rejoins mon jumeau, adossé au mur, un peu en retrait des festivités. Je lui tends une bouteille de bière et nous trinquons ensemble, tout en observant le club et ses membres.

– Tu vas tenter de la récupérer ? demande Seth.

– Ouais.

– Tu sais qu'il y a des chances pour que ça soit trop tard, me prévient-il.

– Je sais, mais…

– Tu as raison. Vous êtes faits l'un pour l'autre.

– Ça s'annonce quand même comme une mission impossible.

– Et depuis quand ça te fait peur ? demande-t-il.

– Depuis que je l'ai brisée il y a sept ans.

– Stan, je me suis toujours demandé une chose. Tout au fond de toi, tu ne t'es jamais dit que tu avais merdé en couchant avec cette salope de Kiara ? Que tu t'étais trompé ?

Je me contente de regarder devant moi, perdu. Les questions de mon frère sont légitimes. Est-ce que je me suis déjà demandé si je n'avais pas commis la plus grosse erreur de ma vie ?

– Si. Mais j'ai toujours refusé d'écouter cette petite voix dans ma tête qui me disait que j'avais fait la plus grosse connerie de ma vie.

– T'es prêt pour tout à l'heure ? demande-t-il.

Je tourne la tête en direction de mon frère et je lui offre mon sourire le plus sadique. Mon frère hoche la tête et nous reportons notre attention sur la fête qui bat son plein. Slade, notre invité d'honneur, goûte déjà au plaisir d'être à nouveau maître de son corps. Tina est en train de lui prouver toute l'étendue de ses talents.

Quant à mon jumeau et moi, nous restons silencieux. C'est souvent dans nos silences que l'on communique le plus. Alors que j'observe mes frangins Drake et Diesel en excellente compagnie, une voiture attire mon attention, ou plutôt son conducteur.

Millie se faufile lentement entre les membres et les motos pour se garer. Lorsqu'elle sort de la voiture, j'ai l'impression de recevoir un coup de poing en plein dans le ventre. Elle est d'une beauté à couper le souffle. Je ne sais pas si c'est intentionnel ou si elle s'habille tout le temps comme ça quand elle sort, mais elle est à tomber. Peut-être a-t-elle décidé de me mettre au supplice, de tester ma patience… Quelles que soient ses intentions, je ne peux que les saluer. Elle est tout simplement outrageusement sexy. Elle porte un jean taille basse qui donne l'impression d'être une seconde peau. Elle a décidé de mettre un petit haut avec de la dentelle sur les épaules. Sexy, mais toujours classe. Le tout juché sur des talons aiguilles vertigineux qui allongent ses jambes.

Je la déshabille une nouvelle fois du regard en sentant mon érection tendre mon jean douloureusement. Je commence presque à regretter d'avoir accepté d'y aller doucement entre nous. Mais même si une folle envie de la prendre m'envahit, je me retiens, car je sais qu'elle a besoin de temps pour laisser une bonne fois pour toutes le passé derrière elle. De mon côté, je dois aussi lui prouver qu'elle peut me faire confiance.

Évidemment, je capte aussi les regards libidineux et envieux de beaucoup de frères présents ce soir. Une vague de possessivité m'envahit et je serre les poings. Évidemment, pour tout le monde, elle est libre. Elle ne porte pas de cuir, pas de bague. Mais cela n'empêche pas qu'elle m'appartient. Du coin de l'œil, j'observe un membre que je ne reconnais que trop bien se diriger tout sourire vers ma nana.

Putain, pas ce connard !

22

Millie

J'arrive au club légèrement tendue et stressée. Même si j'ai décidé d'accorder du temps à Stan pour qu'il gagne ma confiance, je ne sais finalement pas trop où me situer. Est-ce que nous sommes tout de même dans une sorte de relation platonique ? Sommes-nous célibataires ? Autant de questions sans réponses auxquelles je dois ajouter les e-mails de mon chef à Baltimore me demandant quand je compte rentrer. Même si chacun de ses messages est habilement tourné pour se concentrer sur l'état de santé de Slade, j'arrive tout de même à lire entre les lignes son empressement à me voir revenir. Mais je ne peux pas lui en vouloir, d'autant que je ne sais pas vraiment quoi lui dire.

Au début, j'étais bien décidée à ne rester qu'un laps de temps très court, et aujourd'hui, je ne sais plus du tout où j'en suis. La vérité sur ce qu'il s'est réellement passé il y a sept ans avec Stan est encore douloureuse. Et bien que j'aie décidé de lui pardonner et de voir où cela nous mène, je ne peux m'empêcher d'être incertaine quant à notre relation. Sommes-nous réellement capables de laisser le passé là où il devrait être ?

Je me gare et descends de la voiture, toujours l'esprit embrumé par un présent incertain, et je ne prête aucune attention aux personnes à proximité, quand soudain :

– Mon Dieu, dites-moi que je rêve, que j'ai une hallucination !

Lentement, je me retourne pour faire face à Trick, un membre d'un autre chapitre, celui de San Diego. Quand je vivais ici, on ne se voyait que lors des grands rassemblements, et à chaque fois, je passais un très bon moment à ses côtés !

– Trick ! dis-je en souriant et en le serrant dans mes bras.

– T'es encore plus belle que dans mon souvenir.

– Je te retourne le compliment. Je vois que t'as pas fait que soulever ta bière ! m'exclamé-je en tâtant ses bras musclés.

– Que veux-tu, ça plaît aux gonzesses, rétorque-t-il en me faisant un clin d'œil.

– J'en doute pas !

– Et toi… commence-t-il à dire en me détaillant des pieds à la tête. Comment tu fais pour conduire cet engin avec des talons pareils ?

– L'habitude.

– Alors, Millie, qu'est-ce que tu deviens ? demande-t-il.

– Je suis chirurgien en traumatologie à Baltimore, annoncé-je fièrement.

– Bordel de merde, beauté ! Félicitations ! dit-il en me prenant dans ses bras pour m'offrir une amicale étreinte.

– Merci, réponds-je en souriant et en reculant. Et toi ?

– Eh bien, je suis marié et père de trois beaux enfants, annonce-t-il à son tour le regard plein de fierté et de joie.

– Trick, c'est super ! Mais je croyais que tu n'avais d'yeux que pour moi, le taquiné-je.

– Tu sais bien que je n'ai rien contre le fait de partager, dit-il en me faisant clin d'œil.

– Moi, oui ! répond une voix grave que je reconnais tout de suite.

Je tente de garder un visage neutre, mais Trick me lance un regard interrogateur avant de reporter son attention sur Stan. Entre ces deux-là, les relations ont toujours été tendues et je pense que j'en suis l'unique responsable.

– Stan, mon frère, comment ça va ? demande simplement Trick.

– Ça ira mieux quand tu te seras éloigné de Millie, annonce Stan durement.

Je me retourne pour observer Stan et je constate qu'il fulmine. Visiblement, il n'apprécie toujours pas que je parle avec Trick. Même s'il ne s'est jamais rien passé entre Trick et moi et qu'il ne se passera jamais rien, Stan a toujours eu du mal à accepter mon amitié avec lui. Et même si Trick a l'air heureux et comblé dans sa vie, cela ne semble faire aucune différence pour Stan qui continue à le fusiller du regard.

– Toujours aussi homme des cavernes avec Millie, ajoute Trick.

– Que veux-tu, certains savent se montrer plus protecteurs que d'autres et ne laissent pas leur régulière en plan, renchérit Stan.

– Et d'autres savent les garder, rétorque Trick.

Je commence à avoir mal à la tête rien qu'en les observant tour à tour se lancer des piques, sauf que là, je le sens, Trick est allé trop loin. Stan serre les poings et fait un pas dans sa direction quand je décide de m'interposer entre eux.

– Ça suffit ! crié-je en les regardant tour à tour, les mains levées pour les empêcher de se jeter l'un sur l'autre. Stan, je te rejoins dans quelques minutes, lui dis-je en lui faisant signe de reculer et de m'attendre plus loin.

Stan continue de toiser Trick du regard avant de m'observer pendant plusieurs secondes. Je sais qu'il n'est pas ravi par ma demande, toutefois il s'exécute de mauvaise grâce, non sans jeter un dernier regard lourd de menaces à Trick.

Je me retourne vers Trick et je le vois sourire.

– Tu ne pouvais pas t'en empêcher, dis-je en croisant les bras.

– Quoi ? C'est plus fort que moi. Ce mec transpire la possessivité quand ça te concerne, m'explique-t-il.

– Et alors ? Pourquoi tu continues à l'asticoter ? Tu sais, un jour, je ne serai pas là pour vous empêcher de vous sauter dessus.

– Au lieu de jouer les arbitres, tu joueras l'infirmière, me taquine-t-il.

– Chirurgien… rétorqué-je en soufflant de désespoir.

Ces deux-là sont irrécupérables !

– Ma petite Millie, ce n'est pas que je m'ennuie avec toi, mais je dois m'assurer que ma régulière va bien et qu'elle n'a pas vendu un de mes mômes. Ces trois p'tits mecs la font tourner en bourrique, ajoute-t-il en souriant.

– Je suis vraiment contente pour toi, Trick, dis-je en m'approchant de lui pour le prendre à nouveau dans mes bras.

– Tu joues avec le feu… murmure Trick en me serrant contre lui.

– Et ça ne sera sûrement pas la dernière fois, réponds-je en m'écartant de lui.

Trick me fait un clin d'œil avant de repartir, non sans avoir lancé un regard noir en direction de Stan, qui affiche une mine satisfaite.

– T'es content ? dis-je en croisant les bras. C'était quoi ça encore ?!

– Ce mec a toujours voulu coucher avec toi !

Dites-moi que je rêve !

J'ai l'impression de repartir dix ans dans le passé. Stan a toujours été jaloux de Trick. Cette jalousie nous a valu quelques grosses engueulades, d'ailleurs. Stan ne tolérait pas que je sois aussi proche de Trick, quant à moi je ne supportais pas son manque de confiance en moi. Ce n'est pas moi qui n'ai qu'à claquer des doigts pour faire pleuvoir les petites culottes !

– Tu sais bien que c'est faux, c'est un jeu entre nous, dis-je d'un ton las.

– Un jeu, mon cul ! rétorque froidement Stan. Il a toujours voulu coucher avec toi.

– Et de mémoire, je n'ai jamais couché qu'avec un seul biker, dis-je, la voix plus grave que d'ordinaire.

À mon commentaire, les yeux de Stan, qui lançaient des éclairs, se voilent de désir. Entre nous, l'air est électrique, le besoin de l'autre palpable.

– Et tu serais prête à coucher encore avec ce même biker ? dit-il, la voix rauque, en s'approchant de moi d'une démarche de prédateur.

– S'il continue à se comporter comme le pire des machos, il y a peu de chances, dis-je en haussant un sourcil.

– Même si ce macho sait comment te faire grimper aux rideaux comme personne ? ajoute-t-il.

Cette fois, son corps est à quelques centimètres de moi, si bien que je sens son souffle chaud sur mon visage. Il lève la main dans ma direction pour replacer une mèche de cheveux derrière mon oreille. Ce simple contact m'électrise et un violent frisson me parcourt le corps. Stan fait glisser ses doigts derrière mon oreille, puis sur l'arête de ma mâchoire avant de les poser sur ma joue. Je m'appuie contre sa paume, le regard empli de désir, perdu dans le sien qui reflète, lui aussi, cette envie de l'autre, ce besoin de communion entre nos corps.

– Bébé, il n'y a que toi pour me rendre fou à ce point-là, commence-t-il à dire. J'ai besoin que les autres sachent que t'es à moi.

– Et qu'est-ce que je devrais dire quand toutes les brebis me lancent des regards noirs, car elles estiment que tu les délaisses ? ajouté-je.

– Rien à foutre d'elles.

– Prouve-le, rétorqué-je du tac au tac sans réfléchir aux conséquences.

Sans penser que je viens de donner le feu vert à Stan pour qu'il me revendique devant tout le club.

Il ne lui en faut pas plus, d'ailleurs. Il se jette sur mes lèvres, avec ce besoin viscéral de m'enflammer par un simple baiser. Il met tout dans notre échange. Ce qu'il ressent, ce qu'il veut, ce qu'il désire, tout comme les non-dits. Les choses laissées en suspens entre nous, mais qui tôt ou tard nécessiteront une grande conversation.

Je m'accroche à son cuir pour le rapprocher davantage de moi. Je colle ma poitrine à son torse et je l'entends grogner. Une main derrière ma tête et l'autre sur ma hanche, Stan m'immobilise, empêchant tout mouvement de recul.

Alors que notre baiser déclenche chez lui comme chez moi une furieuse envie de passer à l'étape supérieure, nous sommes interrompus par des applaudissements. Nous nous écartons l'un de l'autre, à bout de souffle, sans nous quitter des yeux. Il me sourit, satisfait de savoir l'effet qu'il me fait. Quant à moi, je dois me mordre la lèvre pour ne pas lui sauter dessus.

– Bravo ! C'est vraiment trop mignon.

Rapidement nous tournons tous les deux la tête en direction de la personne qui se dirige vers nous.

– Vous êtes trop mignons tous les deux, vraiment. On se croirait repartis à l'adolescence.

– K', ta gueule, dit Stan, la voix hargneuse.

– Qu'est-ce que tu fiches ici ?! ne puis-je m'empêcher de demander sèchement.

– J'ai su pour Slade, c'est super. Son retour signe aussi ton départ. Je suis restée en retrait pour vous laisser du temps à toi et Stan, mais il est temps pour moi de revenir et de reprendre la place qui est la mienne, dit-elle la voix pleine de dédain.

Cette nana est folle, vraiment cinglée. Elle parle avec un tel aplomb, pour elle il ne fait aucun doute que sa place est ici, dans ce club, auprès de Stan.

– Et quelle est ta place selon toi ? demandé-je en faisant un pas dans sa direction pour lui faire face.

– Millie, tu as toujours été très intelligente… Je pense que toi et moi connaissons déjà la réponse, dit-elle en arborant un sourire sadique.

– C'est parce que je le suis que j'ai rapidement compris depuis mon retour que personne ne t'apprécie ici.

– Et pourtant, voilà sept ans que je couche avec Stan, me coupe-t-elle.

Je serre les poings en encaissant ses paroles. Certes, je sais qu'ils couchent, ou du moins couchaient ensemble, mais je n'avais aucunement besoin de l'entendre de sa bouche. Cette petite piqûre de rappel me fait bouillir de rage. Sans m'en rendre compte, je fais un pas dans sa direction, mais je suis retenue par une main ferme et délicate autour de mon bras. Je me retourne pour voir qu'il s'agit de Stan. Il secoue la tête pour me faire comprendre de ne pas rentrer dans son jeu. Son regard bienveillant rencontre le mien et il suffit d'à peine une seconde pour que je me calme. Il se rapproche de moi, passe une main autour de mon épaule et je me love contre lui.

– En tout cas, brebis, c'est vraiment le métier fait pour toi, dis-je en croisant les bras.

– Je vois… Tu te prends pour une princesse parce que madame est devenue médecin. Mais moi, je sais qui t'es au fond et laisse-moi te dire qu'on n'est pas si différentes, toi et moi.

– Vraiment ? demandé-je.

J'ai hâte d'entendre ce qu'elle va me sortir comme stupidité.

– On a grandi toutes les deux dans un milieu de merde, entourées de minables. Ta mère est une salope autant que la mienne. Tu fais ta mijaurée, mais t'as écarté les cuisses à 15 ans pour un mec qui n'a pas hésité, quand l'occasion s'est présentée à lui, à te jeter… Et t'es là à faire ta reine. T'es pathétique de penser qu'il s'intéresse encore à toi.

Je l'écoute déblatérer tout son flot de débilités. Toutefois, je ne lui prête qu'une oreille distraite en espérant qu'elle finira bientôt son monologue. Quand soudain elle pousse le bouchon trop loin.

– Tu vois, Millie, ton mec a aimé coucher avec moi il y a sept ans et c'est encore le cas aujourd'hui.

Des images de cette fameuse matinée ressurgissent dans mon esprit et j'explose. Sans qu'elle ni personne ne s'y attende, je me jette sur elle. D'une main, je lui attrape les cheveux pour frapper sa tête violemment et à plusieurs reprises contre le capot de ma voiture. Elle pousse des hurlements qui alimentent ma rage.

23

Stan

J'observe, complètement abasourdi, la scène qui se déroule devant moi. Un instant, j'embrassais ma nana à pleine bouche, l'instant d'après, K' gâchait tout en faisant irruption, et là devant mes yeux, ma nana est en train d'exploser le visage de K' sur le capot de sa voiture. Finalement, ce sont les encouragements des frères présents qui me sortent de ma léthargie.

Je ceinture Em' et l'éloigne d'une K' sanguinolente. Cette dernière se tient le visage et je suis presque sûr qu'Em' lui a cassé le nez. Toutefois, je me soucie plus de ne pas blesser la furie qui se débat dans mes bras que de K'.

– Lâche-moi, Stan ! Lâche-moi ! Je vais lui faire payer ce qu'elle a fait il y a sept ans ! éructe Em'.

À peine ces mots prononcés, je croise les regards interrogateurs de mes frères, et notamment celui de mon jumeau. Tous fulminent de colère.

Seth se place devant K' et la foudroie du regard.

– Il est temps que tu nous dises ce que tu as fait à notre frère cette nuit-là !

– Qu'est-ce que tu racontes ? demande K' en feignant l'ignorance, tout en se tenant le nez.

– Je te parle de ce qui a poussé mon jumeau à coucher avec toi alors qu'il sortait avec Millie !

– Sûrement la même raison qui l'a poussé à me baiser pendant sept ans ! rétorque-t-elle.

Toutefois, je n'ai rien raté de son mouvement de surprise quand mon frère a évoqué la possibilité qu'elle m'ait fait quelque chose il y a sept ans. Quand je leur ai raconté ma soirée ou plutôt les bribes de souvenirs qui me restaient, mes frères ont échangé un drôle de regard. Mais j'étais bien trop en colère pour leur demander de s'expliquer. Aujourd'hui, alors que je sens que la vérité sur ce qu'il s'est réellement passé entre K' et moi est sur le point d'éclater, je me demande à quoi ils pouvaient bien penser.

– Kiara… la menace mon jumeau. C'est trop tard, il est temps que tu nous dises la vérité !

– Mais il n'y a rien, se défend K' avant d'être coupée par ma sœur.

– Je te conseille de parler, sale garce. Sinon, moi et mon Beretta, on va s'amuser à faire de ton corps un joli petit gruyère, en s'assurant de ne rien toucher de vital pour que tu souffres jusqu'à te vider de ton sang, là devant nous et sans personne pour te venir en aide, la menace cette fois ma sœur.

Kiara tremble de peur. Tout le monde sait ce dont Amy est capable et K' sait aussi que ma sœur n'hésitera pas. Elle a suffisamment prouvé depuis son retour qu'elle ne l'aimait pas.

– Pourquoi m'as-tu menti il y a sept ans ? lui demandé-je d'une voix grave. Pourquoi m'as-tu dit qu'Em' me trompait avec ce mec ?

– Parce que tu es à moi. Tu l'as toujours été.

– Putain, elle est complètement barge, la meuf, dit Drake.

– Tu sais ce que ça m'a coûté de te voir avec elle ! continue Kiara en pointant du doigt Em'. J'ai dû attendre mon tour, attendre le bon moment. Et ce soir-là, quand je t'ai vu noyer ton chagrin dans l'alcool, quand tu m'as demandé les yeux presque suppliants de t'expliquer pourquoi ta nana était dans les bras d'un autre, j'ai su que mon heure était enfin arrivée. Je t'aime, Stan, je t'ai toujours aimé, je…

– Tu m'as menti ! Tu t'es servie d'un moment de faiblesse pour me détruire ! hurlé-je. Em' était tout pour moi ! À cause de toi, j'ai brisé la seule nana que j'aie jamais aimée ! Par ta faute, elle me déteste !

– J'ai fait ce que j'avais à faire ! hurle-t-elle.

– Et qu'as-tu fait au juste à notre frère ? dit cette fois Drake, la voix menaçante. Est-ce que tu as mis quelque chose dans son verre pour qu'il ne se rende pas compte qu'il baisait avec toi ?

Un silence de mort s'abat sur le parking. Tout le monde reste suspendu aux lèvres de Drake. Alors, c'était à ça que mes frangins pensaient depuis le début ! De la drogue ? Putain, mais pourquoi je n'y ai jamais pensé ! J'observe attentivement K' qui devient livide sous le coup des accusations de mon frère. Elle secoue la tête machinalement en jurant qu'elle n'a rien mis. K' est assez intelligente pour savoir que si elle avoue m'avoir drogué, elle signe son arrêt de mort. Manipuler un membre des Hell's Dogs est une chose grave, le droguer en est une mortelle. Cela explique le trou noir qui entoure ma fin de soirée. Pourtant, sans preuve, je ne peux pas la rayer de la surface de la terre.

Voyant que tout le monde l'assassine du regard, K' commence à se diriger vers moi, suppliante. Bien que rapidement stoppée par Diesel, elle semble vouloir continuer dans sa folie.

– Mais enfin, elle ne pourra jamais t'aimer comme je t'aime ! Toi et moi, on est faits pour cette vie et je suis faite pour être ta régulière. Combien de fois m'as-tu entendue me plaindre de tes coucheries à droite et à gauche ? Pas une seule fois je ne t'ai demandé de changer pour moi. Et tu sais pourquoi ? Parce que je te prends comme tu es. Ensemble, nous dirigerons d'une main de maître ce club quand ton père te cédera les rênes.

Je l'écoute me débiter tout son discours merdique. Elle semble vraiment convaincue par ce qu'elle raconte. Comme si j'aurais fait d'elle ma régulière un jour. Même sans Em' dans les parages, jamais je ne me serais lié à K' plus que durant le temps de nos parties de jambes en l'air. Elle pense avoir les épaules et la carrure pour être régulière, alors qu'elle n'a que l'étoffe d'une brebis. Et encore, j'ai plus de respect pour elles que je n'en ai pour Kiara. Cette nana est folle, manipulatrice, machiavélique. Elle est aussi faible, lâche, sans valeur ni conviction. Elle ne sait pas ce que veut dire la loyauté, la famille. Il me suffit de repenser à toutes les fois où je l'ai vue et entendue rabrouer sa mère et sa sœur devant les autres membres. Je ne suis jamais intervenu, ni moi ni un autre, car nous avons bien compris qu'il était préférable de ne pas se mêler des histoires entre chattes sous peine d'attirer la fureur sur soi-même.

Du coin de l'œil, j'observe Em' qui fixe un point au sol. Elle sait en partie ce qui m'a poussé entre les cuisses de Kiara. Le reste, c'est à moi qu'il appartient de le lui dire. Sans compter que je dois en finir une bonne fois pour toutes avec cette garce de Kiara.

Je fais un signe de tête à mon jumeau et il jette au sol une grosse valise contenant les vêtements de Kiara. Elle l'observe avant de me lancer un regard inquiet, suppliant. Si elle pensait que j'allais la laisser traîner au club, que j'allais l'autoriser à tourner autour de mes frères et à leur retourner le cerveau comme elle a pu le faire avec moi, elle s'est lourdement trompée. J'aurai mis le temps, sept ans pour être exact, avant de me rendre compte de l'énorme connerie que j'ai commise. Même si j'ai toujours su que Kiara n'était pas quelqu'un de bien, jamais je n'aurais pensé qu'elle soit capable d'aller si loin.

Elle n'a pas simplement détruit la vie d'Em', elle a aussi fracassé la mienne. Et tout ça pour quoi ? Dans le but de prendre la place d'Em' dans ma vie et dans mon cœur ? Certes, elle a su gagner l'accès à mon lit, mais jamais elle ne prendra la place d'Em'. Personne ne le pourra. Si Em' décide de ne jamais me pardonner, elle restera toujours la seule nana que j'aie jamais aimée, la seule à qui je serai lié pour toujours.

– Tu prends tes affaires et tu te casses. Tu n'appartiens plus à ce club et tu n'as plus la protection de ses membres, dis-je d'une voix froide en regardant K'.

– Non, tu ne peux pas me faire ça. Stan, je t'en prie, je n'ai rien, je… commence-t-elle, paniquée.

– Ce n'est pas mon problème, et ça ne l'a jamais été, lâché-je laconiquement.

– Stan, je t'en prie ! me supplie-t-elle en simulant des larmes de regret.

Mais elle pourra geindre et pleurer autant qu'elle le veut, je sais que venant d'elle, rien n'est sincère.

– Dégage maintenant.

– Non, je refuse ! Tu ne peux pas me mettre à la rue. Je n'ai personne, dit-elle.

– Pour ça, tu ne peux t'en prendre qu'à toi. Tu as écrasé tout le monde, rabaissé tes proches, pensant que tu leur étais supérieure, alors que finalement tu ne vaux pas mieux que la merde sous ma chaussure. Et estime-toi chanceuse de rester debout, tu pourrais très bien repartir les deux pieds devant.

– Non, je refuse et tu ne m'y obligeras pas ! dit-elle en s'asseyant sur sa grosse valise.

– Comme tu veux, dis-je en regardant mes frères qui me font signe de la tête qu'ils ont compris.

Kiara continue de me fixer et de ne pas bouger sans se rendre compte que Drake, Diesel et Seth s'approchent d'elle. Quand Drake l'attrape par la taille, elle sursaute et tente de se débattre violemment en lui donnant des coups de pied, mais Diesel lui attrape les chevilles pendant que Seth pousse sa valise.

– Lâchez-moi ! Lâchez-moi, bordel ! hurle Kiara tout en continuant à gaspiller son énergie à se libérer de l'emprise de mes frères.

Cette fois, elle semble vraiment prendre conscience que tout est fini pour elle. Sa posture devient rigide et elle me foudroie du regard.

– Tu le regretteras, Stan, crois-moi, me menace-t-elle au moment où la grille s'apprête à nous séparer définitivement.

Mais je préfère garder le silence. Je missionne quand même Justice, un membre du club, pour garder un œil et veiller à ce qu'elle quitte la ville une bonne fois pour toutes.

– Tu auras mis le temps, mais tu as fini par te débarrasser de tes vieilles affaires, dit soudain mon père.

– Ouais, mais son départ ne résout rien, dis-je en me retournant pour chercher Em' du regard.

– Non, tu as raison. Mais c'est un grand pas. Si tu cherches Millie, je l'ai vue rentrer dans le club. Je pense qu'elle est partie dans sa chambre.

Je ferme les yeux et tente de me calmer. Je m'attendais à quoi ? Qu'elle me saute dans les bras en comprenant qu'en plus du quiproquo du restaurant, on m'avait aussi drogué ? Évidemment que non. Même si je n'étais pas moi-même, cela n'effacera pas les images de cette matinée.

– Allez, mon fils, dit mon père en mettant sa main sur mon épaule. Maintenant que Kiara n'est plus là, il est temps que tu portes tes couilles et que t'ailles récupérer ta régulière. T'es un Jackson, mon fils, rends-nous fiers.

– T'as raison, dis-je en me mettant en marche pour aller retrouver ma nana.

24

Stan

Je monte les escaliers et je me dirige droit vers sa chambre. Em' n'est sûrement pas en mesure de parler, mais elle pourra au moins m'écouter. J'imagine qu'elle doit être perdue et surtout se sentir complètement dépassée par les événements. Certes, le mensonge de Kiara est en partie responsable de notre rupture, mais pas seulement. Em' ne détient pour l'instant qu'une partie de la vérité, celle que je m'apprête à lui révéler sera pourtant bien plus dure à dire pour moi qu'à entendre pour elle. Je vais devoir me mettre à nu, dévoiler mes sentiments les plus enfouis, mais je n'ai pas le choix. Je sais que si je veux avoir une chance, même infime, de garder Em' auprès de moi, je vais devoir être honnête et lui parler de mes peurs, de mes craintes, de mes doutes. Ce qui m'a rongé pendant les six années passées à ses côtés. Ces incertitudes qui ont faussé mon jugement et m'ont fait commettre l'impardonnable.

J'arrive devant sa chambre et je vois de la lumière sous la porte. J'imaginais mal de toute manière qu'elle puisse avoir déjà trouvé le repos. Je frappe quelques coups légers et je décide d'entrer sans attendre de réponse. Em' est debout au milieu de sa chambre temporaire. Lorsqu'elle tourne la tête dans ma direction, je remarque que ses doigts sont posés sur sa bouche. Des lèvres dont j'ai encore la saveur sur les miennes. Je ne m'attendais pas à embrasser Em' et encore moins aussi brutalement. Ce qui m'a le plus étonné, c'est sa manière de répondre à mon contact. Je pensais qu'elle m'aurait repoussé, insulté, mais non. Elle m'a rendu mon baiser avec autant de ferveur et de passion. Rien que le fait de repenser à son corps collé contre le mien et à sa poitrine pressée contre mon torse déclenche mon érection.

Rapidement elle se reprend, son corps se tend et elle m'offre un regard noir, assassin.

– Qu'est-ce que tu fiches là ? aboie-t-elle.

– Em', il faut qu'on parle, dis-je calmement.

– Non, tout a été dit.

– Au contraire, tu dois m'écouter. Tu ne sais pas tout.

– Oh, et tu crois que ça va changer quelque chose ?

– Em'... dis-je doucement.

– La ferme ! Je ne veux rien entendre, ça ne change rien. Absolument rien !

Je comprends qu'elle est en train d'assimiler tout ce qu'il vient de se passer. Toute cette abominable vérité et ce cruel mensonge qui nous ont séparés, qui nous ont brisés. Car si l'un comme l'autre nous pensions avoir été trahis par l'autre et étions rongés par la haine, nous étions aussi deux êtres complètement anéantis.

– Em' ! dis-je en la prenant par les épaules pour la forcer à me faire face.

Elle ferme les yeux comme pour fuir ma présence, nier que je suis là tout près d'elle, mais pas question. Je prends son visage entre mes mains et relève sa tête.

– Stan, je t'en prie. C'est trop… c'est trop dur, dit-elle en rouvrant les yeux et en les braquant sur moi.

Son regard est torturé. Elle lutte pour ne pas craquer, pour ne pas laisser cette peine qui a failli la détruire il y a sept ans refaire surface. Je le sais, car moi-même, je lutte à présent chaque seconde pour ne pas me laisser submerger par la culpabilité et le remords. Je suis finalement le seul fautif du chaos et de la destruction de notre couple. Je suis le seul responsable de cette peine qui se lit sur son visage, de cette douleur que je vois le déformer.

Elle semble tellement vulnérable en cet instant. Mais je suis un putain d'égoïste et je crève d'envie de la posséder à nouveau, de la sentir, de la toucher, de la goûter. Elle s'en voudra sûrement demain. Elle me traitera de tous les noms, hurlera que j'ai profité de sa faiblesse. Elle aura raison, mais c'est peut-être aussi pour moi le moyen de montrer à Em' qu'elle est tout pour moi.

Sans attendre plus longtemps, je rapproche mon visage du sien et pose mes lèvres sur les siennes. C'est un baiser tendre, doux, dans lequel je veux mettre tout mon amour et exprimer tous mes regrets. Je ferme les yeux et laisse parler mon cœur. À cet instant, je comprends qu'il n'y a jamais eu qu'elle et qu'il n'y aura jamais personne d'autre. La douceur de ses lèvres, leur goût, tout me rend immédiatement accro. J'ai envie de plus, tellement plus !

– Em', tu es sûre ?

– Fais-moi tout oublier, me dit-elle.

Il ne m'en faut pas plus pour fondre à nouveau sur elle. Mais cette fois, plus aucune trace du baiser tendre d'avant. Non, la tendresse a laissé place à la brutalité, à une envie bestiale de posséder l'autre. Em' fait rapidement passer mon tee-shirt au-dessus de ma tête et commence à s'attaquer à la ceinture de mon pantalon tandis que je tire violemment sur son petit débardeur qui se déchire. Mon geste ne semble pas offusquer Em', bien au contraire. Alors qu'elle finit de faire glisser son jean le long de ses jambes, je fais voler le mien à l'autre bout de la pièce et je la plaque contre le mur.

À ma vue s'offre une chose que je n'ai pas vue, pas touchée ni caressée depuis sept ans. Ce petit bout de peau qui m'appartient depuis ses 18 ans. Une marque que même des milliers de kilomètres n'ont finalement pas effacée. Em' se fige et comprend ce que je fixe avec autant d'attention. Mon doigt passe délicatement sur cette partie hautement sensible et je remarque qu'elle frissonne. Je suis tellement obnubilé par le symbole de notre amour que je ne me rends pas compte qu'Em' fait de même. Elle a posé la paume de sa main sur mon cœur et ne semble pas étonnée de la voir. Je l'observe et je comprends qu'Em' est perdue, plongée dans des souvenirs.

Le passé n'a jamais semblé aussi présent, aussi palpable. Les souvenirs peuvent disparaître, cette marque, nos marques ne le pourront jamais.

Je devrais être surpris qu'elle porte toujours le symbole de notre amour, pourtant je ne le suis pas. Elle semble tout aussi incapable que moi de mettre un terme à notre histoire, à notre nous. Je mentirais si je disais qu'au début je n'avais pas pris rendez-vous pour le faire recouvrir, mais lorsque le moment est venu, j'ai finalement opté pour autre chose. Pour moi, cette marque est bien plus que le symbole de notre amour, c'est aussi le rappel quotidien de ce que j'ai eu, mais perdu.

Soudain nos regards se croisent, tous les deux nostalgiques de cet instant. Mais comme si pour Em' cela sonnait comme un déclic, elle se remet en action. Elle baisse légèrement mon boxer pour permettre à mon érection plus dure que l'acier de faire surface et elle commence à me branler lentement. J'incline sa tête et dépose une pluie de baisers dans son cou, sur son épaule, avant de revenir m'emparer de ses lèvres. Il est temps pour moi aussi de jouer. D'une main, je pétris l'un de ses seins quand l'autre s'aventure bien plus au sud. Je glisse lentement ma main dans sa petite culotte en dentelle noire et je ne suis pas surpris de la trouver déjà trempée. Mon index glisse le long de sa fente trempée avant de la pénétrer. Bordel ! Elle est toujours aussi serrée. Je fais quelques va-et-vient avant de commencer à l'entendre gémir.

– Oh, putain, Stan, t'arrête pas, dit Em' en basculant sa tête en arrière et en s'agrippant à mes épaules.

Je penche la tête en avant pour venir taquiner de ma langue son autre sein et Em' me tient fermement la tête en place. Ses seins ont toujours été une zone très sensible chez elle. J'accélère le rythme en ajoutant un autre doigt quand je sens ses parois internes commencer à se resserrer.

– Oh, mon Dieu, je…

Quelques secondes plus tard, Em' jouit dans un râle de plaisir et je prends conscience que ce son m'avait vraiment manqué. Seuls ses gémissements sont capables de m'exciter autant. Je pourrais presque jouir en l'entendant avoir un orgasme. Sa voix devient rauque, suave, et son visage est radieux. Je ne lui laisse pas le temps de redescendre que je retire mes doigts, décale légèrement son sous-vêtement et la pénètre d'un coup jusqu'à la garde.

Em' gémit de plaisir et je crois avoir atteint le paradis. Je pose mon front sur son épaule pour tenter de me calmer, sinon je risque de jouir en un temps ridiculement rapide. Au bout de quelques secondes, je commence à la pénétrer lentement.

– Putain, c'est tellement bon !

– Plus vite ! me somme-t-elle.

Je m'exécute et accélère le rythme. Dans la pièce ne résonne que le bruit de nos gémissements mêlé à celui de nos corps qui entrent en contact. Nos peaux claquent l'une sur l'autre et nos râles de plaisir se mélangent et se confondent.

Sentant ma délivrance toute proche, je glisse une main entre nous et viens titiller son petit nœud de chair.

– Jouis encore pour moi, bébé, ordonné-je.

Comme si Em' n'attendait que ça, elle jouit à peine les mots sortis de ma bouche et je la rejoins quelques secondes plus tard. Je pose ma tête dans le creux de son cou et tente de retrouver une respiration normale. J'en profite pour respirer son doux parfum. Nos deux corps sont transpirants et la pièce sent le sexe à plein nez. Pour rien au monde je n'aimerais me trouver ailleurs. Mais soudain, l'air dans la pièce change et je sens le corps d'Em' se raidir sous le mien. Je relève la tête pour la regarder, mais elle se contente de garder la tête baissée.

– Em' ?

– Tu peux te retirer, s'il te plaît ? demande-t-elle doucement.

Je recule prudemment pour ne pas la blesser et j'ai à peine quitté la chaleur et le contact de son corps que je suis déjà en manque. Je pourrais passer des heures, voire des jours, enfoui profondément en elle. Mais à l'expression qu'affiche Em', je sais que ce sentiment n'est pas partagé. Est-ce qu'elle regrette ? Cette pensée me fait mal et une partie de moi me dit que je n'aurais pas dû céder. Em' est dépassée par toutes ces vérités plus dégueulasses les unes que les autres. Elle a finalement appris que j'avais été drogué. Que les images qui continuent de la hanter ne sont que le fruit d'une habile manipulation de celle qu'elle considérait comme sa meilleure amie.

Em' se dirige lentement vers sa salle de bains, toujours nue. Je ne sais pas si je dois dire ou faire quelque chose. Je savais que ce n'était qu'une question de temps avant qu'elle et moi succombions pour de bon. Pourtant, j'avais espéré que notre nouvelle première fois se passerait différemment. J'aurais voulu d'une Em' comblée, satisfaite et qui assume fièrement d'avoir à nouveau couché avec moi. Au lieu de ça, elle semble vouloir oublier ce qu'il s'est passé. Mais même si cette idée me brise, je n'ose pas prononcer le moindre mot de peur de précipiter sa décision de rester ou de partir. Je n'attends que quelques minutes, qui me semblent durer une éternité, avant de voir Em' ressortir de la pièce, uniquement vêtue d'un tee-shirt trop large et d'un mini-short.

Quand je vois que son visage est fermé et son corps tendu, je me doute que la suite ne va pas me plaire. Mais quoi qu'elle dise désormais, quoi qu'elle fasse, elle est à moi. Et moi à elle. Même si je sais qu'un long chemin nous attend, je suis aussi désormais persuadé qu'Em' a toujours des sentiments pour moi. Nos ébats ont été certes sauvages, mais aussi passionnés et amoureux. Je mettrais d'ailleurs ma main à couper que c'est ce qui torture actuellement ma belle blonde. Elle sait que, l'espace de quelques minutes, elle a cédé à ses pulsions, à ses envies, mais elle a aussi laissé parler son cœur.

25

Millie

– Va-t'en, s'il te plaît, j'aimerais me reposer, dis-je à Stan en croisant les bras.

– Pardon ? demande-t-il, surpris.

Je me doute qu'après notre petite séance contre le mur, il doit s'attendre à tout sauf à ce que je lui demande de me laisser seule. Je ne sais pas ce qui m'a pris. Enfin si, je sais. J'avais besoin d'oublier. De penser à autre chose qu'aux viles manipulations de Kiara pour me détruire et détruire mon couple. Même si je suis en colère contre Kiara, je ne peux m'empêcher de l'être aussi contre Stan. Comment a-t-il pu être assez stupide pour se laisser droguer ? Je sais que mon raisonnement n'est pas rationnel, mais pour l'heure il me faut un coupable, et faute de Kiara, je fais de lui le responsable de mon mal-être.

– Tu as très bien compris, laisse-moi seule.

– Tu me fous dehors après ce qu'on vient de vivre ? dit-il en se rapprochant de moi.

– N'approche pas, dis-je en levant ma main.

– Tu vas faire quoi ? Comme si rien ne s'était passé entre nous ?

– Non, même si j'aimerais.

Ma réponse, bien qu'honnête, ne semble pas du tout lui plaire. Stan se raidit et serre les poings.

– Alors quoi ? T'avais besoin de relâcher la pression ? De tirer un coup vite fait bien fait, et j'étais là ?

– Évidemment j'avais besoin de relâcher la pression, mais tu t'attends à quoi ? Qu'après avoir finalement découvert que t'as merdé sur toute la ligne il y a sept ans, je t'accueille les bras ouverts et je te pardonne de t'être tapé cette garce pendant sept ans ?!

– Non, bien sûr que non ! Bordel, Em' !

– Alors nous voilà d'accord sur un point. Écoute, Stan, tu m'as brisée il y a sept ans. Tu n'as pas cru en moi, en mon amour pour toi, et tu as tout foutu en l'air. Je te l'accorde, Kiara a sûrement jeté de l'huile sur le feu, sans compter qu'elle t'a probablement drogué. Mais ce brasier, c'est toi qui l'as déclenché, et toi seul. Je me souviens très bien de cette soirée et même si je peux comprendre que, d'un point de vue extérieur, les gestes d'Isaac pouvaient prêter à confusion, tu aurais dû me laisser m'expliquer. Tu aurais dû avoir assez confiance en moi. Mais surtout, tu aurais dû avoir assez de respect pour la personne que je suis pour me laisser me défendre ! Au lieu de ça, tu as gobé les bobards d'une nana que tu détestais. Tu t'es apparemment laissé droguer, et sous prétexte que maintenant nous connaissons la vérité, je devrais oublier ?! Eh bien, non, je ne suis pas d'accord ! Je n'oublie pas que tu as continué à coucher avec elle pendant sept ans !

– Putain, Em', arrête. Tu crois que je ne me sens pas assez minable ? dit-il sur la défensive.

– Apparemment non, puisque tu es là devant moi à tenter de comprendre pourquoi je ne t'accorde pas une place dans mon lit, rétorqué-je.

– Em', s'il te plaît. Calme-toi… plaide-t-il.

– Non, va-t'en. Ça ne change rien. Je ne te pardonnerai jamais, dis-je froidement.

Stan serre les dents et les poings, et je comprends qu'il essaie de garder le contrôle de ses émotions. Le connaissant, je me doute qu'il réfrène autant que possible son envie de me prendre dans ses bras comme de m'insulter. Le désir entre nous est toujours palpable, mais je me dois de tenir bon. Finalement, après ces dernières révélations, je commence à me dire que notre couple a vécu trop de choses pour renaître de ses cendres. Si nous affrontons depuis tant d'années autant d'épreuves, ce n'est peut-être pas le moyen de tester notre amour, mais plutôt de nous prouver que nous ne sommes pas faits pour être ensemble. Nous nous aimons d'un amour fort, puissant, mais destructeur. Souffrir pour aimer ou aimer souffrir ? À ce stade, je ne saurais pas quoi choisir.

Ma vie à Baltimore est terne et sans saveur, mais au moins je ne souffre pas. Finalement, cette dernière manipulation de Kiara aura atteint son objectif. Elle a fini par nous séparer pour de bon.

Alors que tout devient subitement très clair dans mon esprit, Stan continue de me toiser du regard. Là où je commence à apercevoir cette lumière au bout du tunnel, lui semble ne pas être prêt à accepter que ce qu'il s'est passé entre nous ait été une erreur.

– De rien pour la baise ! dit Stan en ouvrant violemment la porte de ma chambre.

– J'ai connu mieux ! rétorqué-je rapidement avant de l'entendre claquer bruyamment la porte derrière lui.

Je respire plusieurs fois pour tenter de me calmer, puis je m'allonge sur le lit, un bras sur les yeux. Évidemment que j'ai menti quand je lui ai dit ne plus l'aimer et aussi avoir connu mieux que lui. C'est complètement faux. Cet enfoiré a réussi à programmer mon corps pour qu'il ne trouve aucun plaisir avec personne d'autre.

C'est sur les vestiges de ma dignité que j'arrive à m'endormir. Évidemment, mon sommeil n'est pas de tout repos, et lorsque je me réveille le lendemain, je suis loin d'être calme. Je me prépare en vitesse et descends déjeuner. En chemin, je tombe sur Slade qui, si j'en crois le collier de suçons qu'il porte autour du cou, a passé une excellente soirée malgré l'incident avec Kiara.

– Millie, ma puce, ça va ? demande-t-il.

– Ça ira mieux quand je serai partie.

– Oh, je pensais que tu voudrais peut-être rester un peu plus longtemps pour que toi et moi…

– Pour que toi et moi quoi ?! le coupé-je.

– Eh bien, tu sais, j'ai eu tout le loisir de méditer sur mon rôle dans ta vie et…

– Pitié ! dis-je en secouant la tête. C'est le moment, c'est ça ?

– Le moment de quoi ?

– Le moment où tu me dis que d'avoir frôlé la mort t'a fait comprendre tout un tas de choses, et notamment le fait que tu n'as jamais été qu'un père merdique dans ma vie. Tu vas aussi m'annoncer que tu veux arranger les choses entre nous et recoller les morceaux ?

– Millie…

– Non, attends, dis-je en levant la main comme si je venais d'avoir une idée lumineuse. Tu viens de te rendre compte qu'après presque vingt-huit ans d'existence de ta fille sur terre, tu es prêt à endosser ton rôle de père et à me faire une place dans ta vie ?

Je sais que c'est mal de me servir de lui comme d'un exutoire à toute cette colère et à cette frustration que je ressens au fond de moi. Stan, Bianca, Kiara, autant de personnes qui ont mis à mal mes nerfs, et mon père, malheureusement pour lui, est simplement la goutte d'eau qui fait déborder le vase. Toutefois, il n'est pas innocent. Lui, il est responsable d'années d'ignorance, d'années de considération médiocre. Pour lui, il n'y en a jamais eu que pour son club.

– Millie, je suis désolé pour tout, commence mon père.

– Tu sais, Slade, je me suis longtemps demandé comment tu faisais pour te regarder dans le miroir tous les matins sans ressentir de la honte. Ah, mais voilà, je comprends mieux pourquoi tu t'es fait tatouer mon prénom dans le cou. Pour te souvenir que tu avais une fille, ou bien…

– Ça suffit ! rugit une voix derrière moi.

Je me retourne d'un bloc pour faire face à Apo dont les poings et la mâchoire sont serrés. Je ne sais pas depuis combien de temps il est là, mais vu sa tête, j'imagine qu'il m'a entendue en mettre plein la tronche à mon père. Mais sa présence ne fait qu'exacerber ma colère. Qui croit-il être pour m'interrompre dans ma mise au point avec Slade ?!

– Laisse, Apo, elle en a besoin, dit calmement mon père.

– J'ai bien compris qu'elle avait de la rancœur et de l'animosité à revendre te concernant, mais elle ne manquera pas de respect à mon VP dans ce club ! assène Apo.

– Tu vois ce que je te disais, Slade. Tu ne seras jamais que le VP des Hell's Dogs. Jamais on ne parlera de toi comme du père de Millie, dis-je tristement. Quant à toi… dis-je cette fois à l'intention d'Apo dont le regard s'est adouci, je vous emmerde, toi et ton club. Vous m'avez volé mon père, et pour couronner le tout, j'ai été humiliée et trompée par l'un de tes fils. Alors tu sais où tu peux te le foutre ton respect, Apo ?

– Millie, me coupe Slade, cette fois la voix inquiète.

Il sait que je suis en train de jouer avec le feu en parlant ainsi à Apo, pour qui la patience et la tolérance n'ont jamais été des vertus. Je suis même convaincue qu'il ne m'a pas encore jetée dehors uniquement parce que j'ai su ramener mon père d'entre les comateux.

– Si tu as si peu de considération pour ce club et ses membres, qu'est-ce que tu fiches encore ici ? demande-t-il d'une voix dénuée de toute émotion.

– Tu as raison, je me casse.

– Non, Millie, attends, je t'en prie. Ne pars pas, pas comme ça, tente de me retenir mon père.

– Prends soin de toi, Slade. Et veille à changer de personne de confiance, ajouté-je en le regardant droit dans les yeux.

Dans son regard si semblable au mien, je lis toute une myriade d'émotions. Du chagrin, de la peine. Il aura donc fallu vingt-huit ans à mon père pour éprouver les sentiments avec lesquels j'ai dû grandir en étant sa fille. Je pénètre à nouveau dans ma chambre et je sors la valise du placard. J'y jette mes vêtements sans prendre le temps de les plier.

J'étouffe ici, il faut que je parte. Je dois retrouver de toute urgence le confort de ma vie à Baltimore. Je n'ai peut-être pas grand monde qui m'attend là-bas, mais je n'aurai pas à vivre avec le sentiment de n'être rien pour les gens que je considérais comme ma famille.

Une fois ma valise prête, je descends rapidement les escaliers. Heureusement pour moi, Slade et Apo ne sont plus dans les parages. Je quitte le bar sous les regards interrogateurs mais aussi inquiets des membres présents, auxquels je ne prête aucune attention particulière.

Je referme le coffre et démarre le moteur.

Quelques kilomètres plus loin, je m'arrête à une station essence et je regarde sur Internet les prochains vols pour Baltimore. Aucun vol direct avant demain après-midi. Je pourrais faire le trajet en voiture, après tout je l'ai déjà fait une fois. Mais je sais que je ne suis pas en état émotionnel de conduire. La première fois, c'est ma détermination à prouver qu'ils avaient eu tort de me sous-estimer qui m'a permis d'arriver entière à Baltimore après des jours passés à sillonner les routes.

Mais aujourd'hui, je sais que ma conduite n'est menée que par ma colère et ma rage. Et ce n'est généralement pas le mélange optimal pour rester concentrée et avaler les kilomètres. Je réfléchis quelques minutes avant de réserver un vol et de rechercher les hôtels dans les parages. Quand j'ai enfin trouvé le lieu idéal, je me remets en route avec une envie insatiable de quitter une bonne fois pour toutes cette ville et ces gens.

26

Stan

Alors qu'Em' est partie depuis déjà quelques minutes, je ressens encore la douleur de notre dernier échange. Bordel, j'ai l'impression que j'ai perdu une couille. Mais là où ma douleur est physique, la sienne est bien plus profonde, moins palpable, bien que faisant surface quand ses défenses sont au plus bas. Ses magnifiques yeux marron sont tellement expressifs quand elle laisse parler ses sentiments. Au-delà de la colère qu'elle ressentait, j'ai su y détecter aussi une profonde fêlure. Une brisure créée par ma faute, façonnée par ma trahison et mon rejet.

Bien que je sois conscient d'être responsable de son mal-être, à l'heure actuelle je sais que ce n'est pas uniquement moi qu'elle fuit en ayant décidé de partir. Sans compter que lorsqu'elle a dit que c'était trop tard, je ne suis pas convaincu qu'elle parlait uniquement de sa relation avec Slade. Même si tout en moi me crie que c'est de son ancienne vie dont elle parlait et des gens qui en faisaient partie, mon cœur lui ne peut pas s'y résoudre.

Je reste encore quelques secondes à savourer ce picotement que je ressens sur ma peau avant de repartir en direction du club et d'avoir une explication avec Slade. Quoi qu'il lui ait dit, il a réussi là où beaucoup ont échoué. Il a su donner à Em' l'envie de ne plus se battre et de laisser tomber.

Alors que je grimpe en direction de la chambre, je surprends un vif échange entre mon père et Slade. Visiblement, ces deux-là sont en train de se prendre la tête, et au vu des premiers mots que je capte, c'est d'Em' qu'il est question.

– Comment t'as pu la laisser partir ?! dit Slade en colère.

– J'allais pas la laisser continuer à cracher sur toi et sur ce club ! Si t'en as rien à foutre qu'elle te manque de respect, il est hors de question qu'il en soit de même pour ce club et ses membres ! hurle mon père.

– Mais ce putain de club m'a tout pris déjà ! Tu ne comprends pas que je n'ai qu'elle ! rétorque Slade d'une voix qui se brise à la fin.

– Slade… commence mon père d'une voix plus calme.

– Non, Apo. Toi, tu as tes fils et Amy qui est revenue. Moi, je n'ai que Millie, ma fille. Tu n'avais pas le droit de la pousser à partir.

Mon sang ne fait qu'un tour quand j'entends Slade prononcer ces derniers mots et je décide de les rejoindre.

– Qu'est-ce que tu as dit à Em', pa' ? grogné-je.

– Depuis quand t'écoutes aux portes, fils ?

– Réponds à la question, pa'. Qu'est-ce que tu lui as dit ?!

– Et toi ? rétorque-t-il.

Sa question me prend totalement par surprise. Mais je n'ai pas le temps de répondre, car il continue dans la brèche que ma réaction vient de créer.

– N'espère pas me tenir pour l'unique responsable de son départ, tu y es en grande partie pour quelque chose. OK, cette salope t'a sûrement drogué il y a sept ans, mais quelle est ton excuse pour avoir continué à baiser avec elle tout ce temps ?! Tu crois que Millie est partie uniquement parce que j'ai haussé le ton avec elle ? Assume tes erreurs, fiston. Je pensais t'avoir élevé mieux que ça, finit-il par dire sur un ton méprisant.

J'encaisse les paroles de mon père. Même si je suis furieux contre lui, je ne peux pas nier qu'il a raison. Si Em' est partie, c'est en grande partie par ma faute. Mais il était plus simple pour moi de rejeter la responsabilité de son départ sur quelqu'un d'autre que d'assumer que si elle ne revient pas, ce sera à cause de moi.

– Tu as raison. Si Em' est partie, c'est uniquement parce que j'ai merdé il y a sept ans et que j'ai continué jusqu'à son retour. Mais elle n'avait pas besoin que tu en rajoutes une couche, dis-je sérieusement. D'autant que Kiara est toujours introuvable et que les complices de Bianca n'ont toujours pas été identifiés, lui fais-je remarquer.

À l'expression sérieuse de mon père, je sais qu'il m'a compris. Il ne le reconnaîtra pas ouvertement ni publiquement, mais il sait qu'il a merdé. Certes, pas autant que moi, mais son discours a sûrement été celui de trop. Celui qui a fini de convaincre Em' que sa vie n'est plus ici. Même si j'ai tout fait pour l'empêcher de partir, je sais qu'elle n'espérait qu'une phrase de trop qui lui servirait d'excuse pour fuir. Et même si je ne peux décemment pas en vouloir à mon père, il lui aura finalement donné ce qu'elle attendait.

Quand j'ai évoqué les complices de Bianca, j'ai vu dans le regard de mon père une étincelle de lucidité, de regret. Peu importe la teneur et la portée des propos d'Em', il n'aurait jamais dû la laisser partir. Au pire, il aurait dû l'obliger à rester confinée dans sa chambre. Mais Apo a oublié qu'Em' est et sera toujours un membre du club. Son père étant le VP des Hell's Dogs, il se devait de la protéger contre la menace, comme il l'aurait fait pour n'importe quel autre enfant d'un membre officiel. La seule chose que je puisse espérer maintenant, c'est qu'Em', où qu'elle se trouve, est en sécurité.

Je continue à observer mon père avant de reporter mon attention sur mon VP. Ce dernier semble porter sur ses épaules toute la culpabilité et le remords du monde. Son visage est creusé par le regret et je me doute que c'est en rapport avec Em'.

– Comment ça va, Slade ? dis-je en m'approchant de lui.

– Physiquement ? Je me sens comme une merde. Mais mentalement, je me sens comme une grosse merde, dit-il. Elle a raison sur toute la ligne, je n'ai jamais mérité le titre de père à son égard. Et il m'aura fallu frôler la mort pour me rendre compte que ma fille aurait dû passer avant tout le reste.

Je me retiens de lui dire qu'effectivement le rôle de sa vie n'aurait pas dû être celui de VP des Hell's Dogs, mais celui d'un père auprès de sa fille. Mais il est bien trop tard pour le lui rappeler, et vu son air triste et résigné, j'imagine qu'il vient de le comprendre aussi. Mais qui suis-je pour le juger ? Je n'ai pas eu d'enfant à 16 ans avec une nana complètement tarée. Je n'ai pas dû affronter aux côtés de mon meilleur ami le virage à cent quatre-vingts degrés du club. Je n'ai pas dû me battre parfois contre mes propres frères pour mes choix et en soutien à mon prés'. Est-ce que j'aurais fait mieux que lui à sa place ? Je ne sais pas. Le club, les chattes, l'alcool, la drogue, on se laisse rapidement avoir. Et quand on comprend finalement que ce qui était essentiel à notre bonheur résidait dans la personne qui se trouvait juste à côté de nous mais que nous avons laissée partir, la vérité est insoutenable.

Si j'ai souvent méprisé Slade pour son inexistante implication dans la vie de sa fille, je me surprends aujourd'hui à avoir de la peine pour lui. Une peine que je partage, qui me consume. Moi, j'ai merdé pendant sept ans, mais avant cela, j'ai au moins eu le bonheur de partager des moments inoubliables avec elle. Des souvenirs que je continuerai de chérir jusqu'à la fin de ma vie. Pour mon VP, c'est différent. Il n'a rien à quoi se raccrocher si ce n'est vingt-huit années à faire passer le club, ses membres et son rôle avant tout, avant sa fille. Tant de sueur et de travail accompli pour aujourd'hui perdre finalement ce qui est le plus précieux dans sa vie : sa fille, son unique enfant.

Si au début de ma relation avec Em' cela a créé des tensions entre Slade et moi, aujourd'hui son départ semble nous rapprocher. Un lien tissé sur un sentiment de manque, de peine et de regret.

Nous sommes interrompus par Drake nous annonçant que notre « invitée » est enfin prête à parler. Lorsque nous arrivons, je ne suis pas surpris de trouver tous les membres présents. Si j'avais un tant soit peu de considération et de sympathie pour Bianca, je pourrais avoir de la peine pour elle. Tous les frères semblent vouloir prendre part à sa mort.

Mon père est le premier à pénétrer dans la cellule, suivi de Slade, de moi et de mes frères. La pièce est de taille normale, mais avec nous tous, elle est trop petite. Bianca est attachée au mur, les bras et les jambes écartés. Ses lèvres sont craquelées, signe d'un début de déshydratation. Le bout de ses doigts est recouvert de sang séché, là où mon père lui a arraché les ongles. Mais malgré sa position et les signes de sévices qu'elle a endurés, son visage affiche une mine détendue. Elle cligne plusieurs fois des yeux avant de reporter son attention sur chaque membre dans la pièce. L'espace d'une fraction de seconde, je jurerais avoir lu de la peur sur son visage, mais elle est assez maligne pour savoir qu'elle n'aura droit à aucune pitié. C'est donc son air hautain et suffisant qu'elle affiche.

Pourtant, elle qui a fait partie pendant plusieurs années de notre monde devrait savoir que les rumeurs sur nos cellules sont avérées. Combien de fois elle a dû laver les vêtements tachés de sang de Slade ? Combien de fois l'a-t-elle vu revenir les jointures des mains complètement abîmées ? Elle ne pouvait pas ignorer le rôle de Slade au sein du club à ses débuts. Si certains pensent que nous nous contentons de faire de l'intimidation, ils ont tort. J'en ai perdu le compte, mais beaucoup ont rencontré la Faucheuse entre ces murs.

– Drake m'a dit que tu étais enfin prête à te mettre à table. Je t'écoute, dit mon père en croisant les bras.

– Je voulais savoir à quelle heure était livrée la bouffe ici. Parce que j'ai un peu la dalle, dit-elle après de longues secondes de silence et en souriant.

– Tu trouves ça drôle, Bianca ? demande Slade.

– Oh, t'es pas mort, toi, dommage…

– Contrairement à toi, ce n'est pas encore mon heure, répond-il.

– Ça l'aurait été s'il n'y avait pas eu notre satanée fille pour te ramener d'entre les morts !

– Je t'interdis de parler de Millie !

– Sinon quoi ? Tu vas faire quoi ? Me kidnapper ? M'attacher à un mur ? Me laisser crever de faim et de soif pendant presque trois jours ? Autoriser tes putains de frères à m'arracher les ongles à la pince ? aboie-t-elle.

– Et visiblement, tu n'as pas su apprécier ces trois jours de repos, dit mon père. Mais il est temps pour toi de nous révéler le nom de tes complices.

– Tu peux crever !

– C'est toi qui vas crever Bianca. Mais il n'appartient qu'à toi de rendre ta mort douce, reprend-il en soulevant son tee-shirt pour lui montrer l'arme qu'il porte à la ceinture. Un flingue synonyme d'une mort rapide, sans souffrance. Ou tu peux décider, et sans trop m'avancer je peux dire que moi et tous les frères on espère que ça sera le cas, de choisir la manière forte, ajoute-t-il en se décalant légèrement pour laisser Bianca apercevoir derrière lui tout l'arsenal d'instruments de torture que nous possédons.

Merci à Amy d'ailleurs d'avoir enrichi nos connaissances et notre matériel. C'est fou comme on peut faire de l'art avec la pointe d'un couteau. Bianca observe attentivement les objets qui se trouvent sur la table et que vient de nous ramener Seth, avant de braquer à nouveau son regard sur Apo.

– Montre-moi de quoi tu es capable, monsieur le président, dit-elle à mon père qui esquisse un sourire sadique.

– Tu ne pouvais pas me faire plus plaisir. Je tiens aussi à te prévenir qu'il y a autant de membres à l'extérieur de la cellule qui attendent leur tour. Tu devrais t'estimer heureuse, tu es une petite célébrité.

Je ne lâche pas du regard Bianca et je note que son assurance commence à s'étioler. Si elle pensait que tout ceci n'était qu'une farce, des menaces en l'air, elle se goure royalement. Mon père prend une pince entre ses mains et se dirige lentement vers Bianca.

– Tu es sûre de ne pas vouloir parler ?

Bianca lui crache au visage. Au lieu de péter un plomb, mon père sourit, ce qui est bien pire, et elle va l'apprendre à ses dépens.

J'observe en retrait mon père torturer pendant presque une heure maintenant Bianca qui hurle de douleur, mais ne lâche rien. Finalement, on a peut-être sous-estimé cette garce en croyant qu'elle n'avait de loyauté qu'envers elle-même.

Je reçois un message, et quand j'en lis le contenu, je sors de la cellule. Je retrouve Angel à l'extérieur.

– Tu as trouvé ce que je t'ai demandé ?

– Évidemment, répond-il.

Angel me tend un petit bout de papier que je fourre dans ma poche et je pars en direction de ma moto. Vingt minutes plus tard, j'arrive à destination.

27

Millie

J'ai trouvé un hôtel très charmant à mi-chemin entre le club et l'aéroport. Ce n'est pas le grand luxe, mais ça fera l'affaire pour le peu de temps que je compte rester. Après une heure à barboter dans le bain, je fais appel au *room service*. Je ne veux surtout pas que quelqu'un me reconnaisse. On frappe à ma porte et je suis persuadée que c'est mon repas qui arrive. Raison pour laquelle j'ouvre la porte sans prendre la peine de regarder à travers le judas la personne qui se trouve derrière. J'aurais dû…

Malgré ma colère qui pointe à nouveau le bout de son nez, je ne peux pas m'empêcher de déshabiller Stan du regard. Malgré la rancune, il y a aussi et toujours ce désir pour lui. Stan est le symbole de la tentation à l'état pur. Le fruit défendu. Pourtant, là où il y a du désir, il y a aussi de la répulsion. Comment lui pardonner sept années à se taper Kiara ?

Je remarque qu'il porte son éternel jean, un tee-shirt noir qui moule à la perfection ses bras musclés ainsi que son torse sculpté dans la pierre. Et pour parfaire l'image du biker sexy, il porte son cuir. Quand j'ai fini de le reluquer ouvertement, mon regard se braque à nouveau sur le sien. Et je remarque qu'il sourit. Évidemment qu'il sourit, il n'a rien raté de mon admiration ! Pourtant, derrière cet air taquin, je note de l'inquiétude, de la fatigue aussi. Stan semble las. Sait-il que j'ai l'intention de partir ? Est-il venu pour me dire au revoir ? Autant de questions que je me garde bien de poser afin d'éviter d'éveiller un quelconque espoir de sa part.

– Mais qu'est-ce que tu fous là ?! demandé-je.

– Il faut qu'on parle.

– On n'a plus rien à se dire, dis-je en commençant à refermer la porte.

Mais c'était compter sans la ténacité de Stan.

– Em', je t'en prie, écoute-moi. Avant de repartir à Baltimore, écoute-moi, c'est tout ce que je te demande, me supplie-t-il.

J'aurais pu lui dire d'aller se faire foutre et lui claquer la porte au nez. J'aurais aussi tout simplement pu lui dire non. J'aurais dû, mais une partie de moi sait que si je veux pouvoir avancer et tirer un trait définitif sur lui, je dois l'écouter. Voilà comment je me retrouve à lui ouvrir la porte et à le laisser pénétrer dans ma chambre. Satané désir ! Encore une fois, j'écoute mes pulsions au lieu de ma raison. Décidant qu'il est tout de même préférable de mettre de la distance entre lui et moi, je décide de m'asseoir sur un fauteuil quand Stan opte pour une chaise. Il n'y a que quelques mètres entre nous, et pourtant j'ai l'impression qu'un océan nous sépare.

– Je ne sais pas vraiment par où commencer… dit-il.

Vraiment, Stan ?

Il débarque comme ça à la porte de ma chambre d'hôtel pour me sortir le bon vieux « Je ne sais pas vraiment par où commencer » ?! C'est comme Slade qui se rend compte, après avoir embrassé la mort, qu'il a une fille. Ma rage monte d'un cran.

– Tu me détestes vraiment ? lâche-t-il soudain.

– Tu poses vraiment la question ? Si les rôles étaient inversés et que c'était moi que tu avais surprise au lit avec un membre, tu ressentirais quoi à mon égard ? De la sympathie ? On sait tous les deux que je ne représenterais plus rien à tes yeux et tu ne prendrais même pas le temps de m'accorder trente secondes pour parler.

– C'est oui ? insiste-t-il.

– C'est compliqué, dis-je en soupirant. Ce que je peux te dire, c'est que je t'ai longtemps haï et détesté.

– Et plus maintenant ?

– J'aimerais te répondre que si. Que malgré les années, ma haine envers toi n'a fait que croître. Pourtant…

– Pourtant ?

– Pourtant on s'est embrassés, on a baisé et je me retrouve à t'écouter parler. Si je te haïssais toujours autant, rien de tout ceci ne serait arrivé.

Stan m'écoute attentivement, son regard plongé dans le mien. Je ne sais pas si c'est la réponse qu'il attendait, mais en tout cas, il ne semble pas en colère ni déçu. Quant à moi, je suis encore plus perdue. Me sentir à la fois si proche et si éloignée de lui me perturbe. Ce qui est d'autant plus déstabilisant quand vous comprenez que la haine n'est pas le sentiment le plus fort que vous ressentez pour cet homme. Un homme qui vous a tout pris, mais tout donné aussi. Pendant mes sept années loin de lui, cette fameuse matinée a eu le pouvoir d'occulter celles passées à ses côtés. Tous ces moments de joie, de bonheur, d'amour enfermés dans une boîte tout au fond de ma mémoire.

Mais depuis que je suis revenue, j'ai l'impression que Stan a rouvert la boîte de Pandore. Celle qui renfermait tous ces souvenirs refoulés et ces sentiments d'amour bafoués. Et il m'est désormais impossible de vivre sans. Plus je passe du temps ici, avec lui, plus les bons souvenirs prennent le pas sur des images plus douloureuses. Une matinée d'enfer n'est finalement rien contre six ans passés au paradis.

– Comment as-tu pu croire que je te trompais ? finis-je par demander pour briser le silence qui s'est une nouvelle fois imposé à nous.

– Parce que j'étais con, jeune et que j'ai laissé mes craintes de te voir un jour me quitter pour un mec bardé de diplômes, au volant d'une Porsche, prendre le pas sur ce que me criait mon instinct, m'explique-t-il d'une voix lasse, comme si c'était une possibilité évidente qu'un jour je le quitte.

– Stan, je ne comprends pas. Je ne t'ai jamais rabaissé parce que tu n'avais pas de diplôme. Je ne t'ai jamais demandé de changer pour moi, tenté-je afin de lui faire remarquer que son argumentation ne tient pas la route.

Je n'ai jamais, à aucun moment, laissé penser à Stan qu'il ne serait pas assez bien pour moi.

– Em', je sais que tu ne me crois pas, mais… commence-t-il avant de baisser la tête et de fermer les yeux.

Il semble torturé. Devoir m'expliquer les véritables raisons qui l'ont poussé à croire Kiara semble faire ressurgir de vieux démons. Quand il rouvre ses yeux et qu'il pose sur moi un regard tourmenté, mon estomac se tord et mon cœur se comprime. À l'époque où nous étions ensemble, j'ai toujours soupçonné Stan de me cacher certains de ses sentiments. Mais j'avais l'intime conviction qu'il finirait par m'en parler. Si je lui laissais le temps, il se mettrait à nu et m'ouvrirait complètement son cœur. Finalement, c'est aujourd'hui, alors que le passé nous a détruits et que le présent semble nous séparer à tout jamais, qu'il se décide à parler. L'ironie est mordante.

– Au lycée, tu as dû te battre pour prouver aux gens que tu valais mieux que la vie à laquelle tu étais prédestinée en étant la fille d'une pute et d'un biker. Moi, à l'inverse, j'ai dû prouver à chaque instant que je méritais ton amour, que j'en étais digne, mais surtout que j'étais à la hauteur. Tout le monde me voyait comme le boulet attaché à ta cheville. Le bon à rien qui s'accroche à la nana à l'avenir brillant. Toutes les fois où tu as dû jouer à l'infirmière avec moi et où je disais que je m'étais battu sur le ring ou avec un frangin, en fait je mettais des raclées à ceux qui pensaient que je te retenais ici et que je t'empêchais d'ouvrir tes ailes. Évidemment, au début, je n'y ai pas cru, puis petit à petit, les insultes, les piques ont fini par créer une brèche et j'ai commencé à douter. Douter de te suffire, d'être assez bien pour toi, du fait que tu n'aurais pas honte de me présenter à tes futurs collègues.

– Pourquoi tu ne m'as rien dit ? demandé-je, complètement déstabilisée par toutes ces révélations.

J'imagine assez bien comment on peut laisser les remarques des autres nous atteindre. J'ai peut-être toujours fait mine d'être forte, pourtant il suffit de voir comment Bianca arrivait à me mettre à mal alors que j'y étais habituée depuis toujours. On se persuade que rien ne nous atteint alors que si, on fait juste le choix de ne pas écouter cette part de nous qui n'a qu'une envie : celle de pleurer et de baisser les bras.

– Tu avais déjà tes propres soucis. Ta mère, Slade, les études… Puis tu as dû aussi t'occuper de moi après la disparition d'Amy. C'était à mon tour de te protéger de leurs attaques pour que tu te concentres sur ton avenir. Je ne voulais pas que tu passes ton temps à me rassurer, m'explique-t-il.

Il a donc préféré encaisser seul toutes les moqueries pour moi… Comment en vouloir à quelqu'un qui, pendant toutes ces années, a fait passer votre bien-être avant le sien ? Comment ne pas pardonner à la seule personne qui a essayé de vous protéger au risque d'être blessée ? Si, avant son arrivée dans ma chambre d'hôtel, j'avais du mal à garder la tête hors de l'eau, là je suis littéralement en train de couler sous le poids d'une telle confession et surtout de ce que ça éveille en moi. Des sentiments contre lesquels j'ai longtemps lutté, mais aujourd'hui le combat semble vain. Comment lui en vouloir après un tel sacrifice ?

– Je t'aurais probablement dit que tous ces gens n'étaient que des cons.

– Probablement, dit-il en souriant à ma remarque. Mais je ne voulais pas que tu te focalises sur autre chose que la médecine. C'était ton rêve, tu avais trop travaillé pour échouer à cause de ragots.

– Le silence ne m'a pas protégée, au contraire, il nous a séparés. Il nous a détruits à petit feu en creusant un peu plus le doute dans ton cœur.

– Tu as raison. Mais il est trop tard pour réécrire le passé. Aujourd'hui, je ne peux qu'espérer que tu arrives à l'oublier et que tu profites de la vie.

– Tu espères que je nous redonne une chance ?

– Tu veux la vérité ? me demande-t-il.

– Tu sais bien que oui.

– Il y a encore quelques heures, j'étais persuadé de pouvoir t'amener à me pardonner et à nous offrir une seconde chance. Je pensais pouvoir te convaincre que notre amour valait la peine qu'on se batte et que, si tu me permettais d'être à nouveau à tes côtés, je passerais ma vie à te prouver que tu avais pris la bonne décision.

– Et ce n'est plus le cas ?

– Si, bien sûr que si, je t'aime plus que tout, Em'. Il faut que tu me croies quand je te dis qu'il n'y aura jamais personne d'autre pour moi. Mais je me suis aussi rendu compte que j'avais tué ton amour pour moi. Je pourrais tenter de rejeter la faute intégralement sur Kiara, sur ses mensonges, ses manipulations, mais finalement ça n'effacera pas de ta mémoire cette matinée-là. J'aimerais aussi te dire que personne ne saura te rendre heureuse autant que moi. Mais je suis aussi celui qui t'a fait le plus de mal.

Je laisse les paroles de Stan s'insinuer dans mon corps et mon esprit. Je sais ce qu'il est en train de faire. Il me rend ma liberté. Mon cœur saigne à l'entendre prononcer ces mots, mais je ne saurais dire ce qui me blesse le plus. Qu'il me laisse partir sans se battre ou qu'il m'avoue que par amour pour moi il est prêt à sacrifier son bonheur. Je ne sais pas quoi répondre. J'ai envie de lui crier de lutter, que s'il m'aime vraiment autant qu'il le prétend, il doit tout faire pour me récupérer. Mais en même temps le combat n'est-il pas perdu d'avance ?

Voyant que je garde le silence, Stan se lève doucement. Il dépose une enveloppe sur la table et se dirige vers la porte.

Je sais que je devrais dire ou faire quelque chose pour le retenir. Mais quoi ? Je ne sais pas. Une lutte féroce de sentiments contradictoires fait rage dans tout mon corps. L'amour et la haine. L'envie de rester, celle de partir. Le rejet, le besoin.

– Tu es l'amour de ma vie, Em'. Jamais je ne me pardonnerai le mal que je t'ai fait. Sache qu'il n'y aura jamais personne d'autre. J'aurais simplement voulu que toi et moi, ça soit jusqu'à ce que la mort nous sépare, dit-il avant de refermer doucement la porte derrière lui.

Je laisse les larmes couler le long de mes joues. Je me mords violemment la lèvre pour ne pas hurler de douleur. Stan vient de m'offrir ma liberté, et pourtant je me sens tellement abandonnée. Je comprends que je viens peut-être de parler pour la dernière fois avec Stan, cet homme qui longtemps a été mon univers. Aussi vital que le sang qui coule dans mes veines, aussi essentiel à ma survie que l'air que je respire.

Je me lève et m'approche de la table. Délicatement, j'ouvre la lettre portant mon nom et j'en sors des documents. Mon souffle se coupe, mon cœur cesse de battre.

Jusqu'à ce que la mort nous sépare…

***

Alors que j'ai le nez plongé dans une revue scientifique, Stan qui bosse sur sa moto juste à côté se relève pour s'asseoir à côté de moi. Je détourne légèrement mon regard de l'article super intéressant sur la réparation des cartilages articulaires pour l'observer. Il semble ailleurs, un peu perdu. Ça lui arrive souvent depuis la disparition d'Amy. C'est comme s'il se déconnectait de la réalité pour laisser son esprit vagabonder je ne sais où. Quand je lui demande à quoi il pense, sa réponse est toujours la même : « À rien en particulier. »

Bref, cette fois n'est pas différente, alors je le laisse à ses rêveries et je continue ma lecture.

– Je pense qu'on devrait se marier, finit-il par dire.

– Je te demande pardon ? soufflé-je, persuadée d'avoir mal entendu.

– Je pense qu'on devrait se marier. Je t'aime comme un dingue, tu m'aimes comme une folle. La vie est trop courte. Je sais que je veux passer le reste de ma vie à tes côtés. Alors pourquoi attendre ?

Je reste muette plusieurs longues secondes. Il me faut quand même une bonne minute pour comprendre qu'il vient vraiment de me demander en mariage. Par contre, il me faut moins de temps pour lâcher ce que j'ai dans les mains et me jeter dans ses bras, manquant de nous faire tomber au sol tous les deux. Stan m'enlace pendant que je passe mes bras autour de son cou.

– Je comprends que tu acceptes, me dit Stan amusé.

– Évidemment que j'accepte ! hurlé-je dans ses oreilles avant de me jeter sur ses lèvres.

Nous nous embrassons langoureusement pendant plusieurs secondes avant de reculer et de nous perdre dans le regard de l'autre. Certes, ce n'est pas la demande en mariage la plus romantique qui soit, mais l'essentiel c'est que je m'apprête à devenir Mme Stan Jackson. J'ai toujours aspiré à devenir chirurgien, mais depuis que je suis avec Stan, je ne rêve que du jour où il fera de moi sa femme.

Trente minutes plus tard, nous roulons en direction de Las Vegas, la ville du « Tout est possible ». Moins de vingt-quatre heures après sa demande, nous nous disons oui devant la réplique d'Elvis qui nous chante « I Love You Because ». Nous avons clairement agi sur un coup de tête, mais quand j'ai demandé à Stan s'il était vraiment sûr de lui, il m'a dit qu'il n'imaginait pas une seule seconde sa vie sans moi. Son corps, son âme et son cœur m'appartenaient déjà, alors je pouvais bien en contrepartie prendre son nom.

Toujours dans l'euphorie du mariage, nous avons tout de même les idées assez lucides pour décider de garder notre mariage secret. Nous sommes déjà la cible de bon nombre de critiques, pas la peine d'en rajouter. Sans compter que ce côté mystérieux rend notre union encore plus excitante.

Évidemment, une bague éveillerait les soupçons, et bien que j'aie répété à maintes reprises à Stan que je n'avais besoin de rien, il a de son côté lourdement insisté pour qu'on garde un souvenir, encré sur notre peau. Une heure plus tard et après quelques sueurs froides pour moi, nous portons tous les deux, tatoué au plus proche de notre cœur, le signe de l'infini.

Nous passons les deux jours suivants à profiter du corps de l'autre sans retenue. Stan tient vraiment à remplir sa part du contrat qui, comme il l'a juré devant Elvis, est de me chevaucher aussi souvent que sa bécane.

***

Un divorce. Voilà ce que mes mains tremblantes tiennent : les papiers qui me délient pour de bon de mon serment envers Stan Jackson.

C'est un secret pour tout le monde que Stan et moi sommes mariés. Nous avions décidé de garder notre union secrète quelque temps, c'était notre petit jardin secret. Puis cette fameuse matinée est arrivée, emportant avec elle notre histoire et notre secret.

Cela fait maintenant dix ans que je porte sur moi la marque de notre mariage. Je n'ai jamais tenté de la recouvrir ni même de l'effacer. Je pourrais dire que c'est parce qu'elle n'est finalement pas visible, mais ce serait un pur mensonge. Il me suffit de me regarder nue dans le miroir pour la voir. Parfois, je fais comme si elle n'existait pas. D'autre fois, cette marque indélébile semble me narguer, me rappeler ce que j'ai perdu, ce que je n'ai plus. Mais le plus souvent, notre tatouage me rappelle que quoi qu'il arrive, peu importe le nombre de Kiara qu'il y aura, une partie de Stan m'appartiendra pour toujours. Chacun de nous emportera dans sa tombe la marque de cette appartenance.

Est-ce que je suis prête à reprendre ma liberté ? À effacer le dernier symbole de notre amour ? On frappe à nouveau à la porte.

Je me rue sur cette dernière, pensant me perdre dans un regard bleu turquoise. Au lieu de ça, mes yeux croisent un regard meurtrier et tout devient noir.

28

Stan

Durant le trajet jusqu'au club, j'essaie de me convaincre que j'ai pris la bonne décision. Em' se porte mieux sans moi dans sa vie. Elle a su relever la tête, avancer et se construire loin de moi et de cette ville.

Même si j'ai le sentiment d'avoir enfin été l'homme qu'elle mérite en la laissant partir et en lui rendant sa liberté, une partie de moi ne l'accepte pas. Cette même part de moi qui me hurle de faire demi-tour, de défoncer sa porte et de lui rappeler à quel point c'est bon et beau entre nous. Je lui prouverai mon amour pendant des heures s'il le faut. Mais ni l'extase du moment ni le plaisir charnel n'auront la capacité d'effacer la trahison et la douleur.

L'idée de la voir un jour mariée à un autre que moi me donne envie de vomir, autant que de l'imaginer porter l'enfant d'un autre. Mais il est temps que j'arrête d'être égoïste. Em' mérite tout et tellement plus. Elle doit se reconstruire, et pour cela, je ne dois plus être un lien avec son passé douloureux.

Je finis par arriver au club et je retrouve certains de mes frères dehors en train de fumer. Je coupe le moteur de ma bécane et vais les rejoindre.

– Vous n'êtes pas avec les autres ?

– Nan, répond Drake. On commençait à étouffer dans cette cellule. Sans compter qu'elle a fini par se pisser dessus quand elle a vu Seth s'approcher de ses yeux avec une longue aiguille.

– Mec… dis-je en regardant mon jumeau.

– Je voulais juste lui faire peur !

– Mouais… En attendant, ça pue la mort là-bas dedans, le rabroue Diesel.

Mon frère fait mine de prendre un air vexé alors que tout le monde sait qu'il est ravi de son petit effet sur Bianca. Je dois même avouer que je suis un peu déçu d'avoir raté ça. Jusqu'à présent, Bianca a su rester forte, nul doute que cette humiliation a dû mettre à mal ses défenses.

– T'étais où, toi, d'ailleurs ? demande Drake.

– Je suis allé régler quelque chose, me contenté-je de dire en sortant à mon tour une cigarette.

– Avec Millie ? insiste Diesel.

– Ouais, fais-je après avoir tiré longuement sur ma clope.

Mes frères se contentent de hocher la tête, mais je remarque tout de même qu'ils ne sont pas ravis de ma décision. Tout le monde apprécie Em' et il ne fait aucun doute qu'elle est la femme de ma vie, même pour eux.

Les discussions reprennent sur un ton plus léger et je me surprends à y prendre part.

Alors que Seth nous parle de son prochain tatouage, je vois Angel se diriger d'un pas rapide vers nous. Les traits de son visage sont tirés, son corps est tendu, et je note dans son regard de la colère mais aussi de l'inquiétude.

– Angel, qu'est-ce qui…

– Bianca est encore en vie ? demande-t-il à bout de souffle.

– J'en sais rien, pourquoi ? demandé-je.

– Oh, mec, t'inquiète pas, c'est qu'une question de temps maintenant, dit Drake en plaisantant.

– Putain ! hurle Angel en partant en courant.

Nous le suivons, perplexes, et il se dirige tout droit vers la cellule de Bianca. Nous arrivons pile au moment où Slade s'apprête à couper la langue de son ex.

– Arrête ! hurle Angel.

Slade suspend son mouvement et tourne la tête en direction de notre *road captain*.

– Qu'est-ce qui te prend, Angel ? demande-t-il.

– Arrête, Slade, ils ont Millie, dit Angel.

– Quoi ?! grogné-je en même temps que Slade et mon père.

– Putain, mais qu'est-ce que tu racontes ! demandé-je.

– Vous savez que j'ai installé un système de sécurité sur les adresses e-mail de nos boîtes, commence à expliquer Angel.

– Et ? le presse Slade.

– Sur celle du garage, on a reçu un message avec une photo…

– Une photo de quoi ? demandé-je.

– Pas de quoi, Stan, de qui… dit Angel en me regardant avec un air désolé.

– Montre-moi ! tonné-je en espérant me tromper sur l'identité de celle qui figure sur cette photo.

– Attends, Stan, tu…

– Ta gueule, et montre-moi ! hurlé-je.

À contrecœur, Angel sort son portable de sa poche et me le tend. Mon sang se glace dès l'instant où mes yeux se posent sur la photo. Em', mon Em', est allongée sur un matelas pourri et ses cheveux or sont rougis par du sang. Elle a les yeux fermés et j'espère pour celui qui a fait la connerie de l'enlever qu'elle est bien en train de dormir. J'ai tellement la rage que je suis à deux doigts d'exploser le téléphone d'Angel. Jamais je n'aurais dû partir. Pour une fois, une seule putain de fois, il a fallu que je lutte contre mon instinct qui me criait de faire demi-tour. Alors que j'ai l'impression que le temps s'est arrêté, quelqu'un m'arrache le téléphone. Je relève rapidement la tête pour voir qu'il s'agit de Slade. Je le vois se décomposer, et alors que je m'attends à une explosion de colère, il redonne son portable à Angel et part récupérer un couteau. L'instant d'après, il maintient la tête de Bianca en arrière d'une main pendant que de l'autre il appuie la lame de son couteau sur son cou.

– Tu vas me dire où elle se trouve, sinon je te saigne comme un porc, t'as compris, la menace-t-il.

Slade est fou de rage, si bien qu'il a du mal à se contenir et il enfonce un peu trop le couteau dans la jugulaire de Bianca. Elle saigne légèrement, et au lieu d'avoir peur, elle sourit. Qu'est-ce que j'ai envie de prendre une batte de base-ball et de lui retirer ce putain de sourire satisfait du visage !

– Bah, vas-y, qu'est-ce que t'attends ? Fais-le et tu verras ce qu'il réserve à ta chère Millie.

Slade hurle de rage et Drake et mon père l'éloignent rapidement de Bianca.

– C'est ta fille aussi, salope ! Tu vas les laisser la tuer ? grogne-t-il en tentant de repousser ses frères.

– Parce que tu crois qu'il va la tuer ? dit-elle en souriant. Ils vont s'amuser avec elle, ajoute-t-elle en rigolant avant de cracher du sang par terre.

– Lâchez-moi, je vais la buter, cette salope ! hurle Slade.

Au même moment où Slade tente à nouveau de se libérer, je me rapproche dangereusement de Bianca et pose le canon de mon arme pile entre ses deux yeux.

– Dis-nous où est Em', dis-je d'une voix grave, mortelle.

Bianca continue de sourire, mais quand j'enlève la sécurité de mon flingue et que je presse davantage le canon sur son front, je la vois déglutir et afficher une mine apeurée.

– Tu ne peux pas, Stan, commence Angel, alors que mon doigt a commencé à presser dangereusement la détente. Ils veulent la mère contre la fille.

Je regarde notre *road captain* comme si une deuxième tête venait de lui pousser avant de reporter mon attention sur Bianca, qui ne cesse de m'offrir un sourire satisfait. Je ferme les yeux et tente de me maîtriser.

– C'est bon, lâchez-moi, dit Slade d'une voix calme qui ne trahit pas sa fureur.

Drake et mon père reculent et Slade me rejoint face à Bianca. D'un geste rapide, il l'attrape par le cou et serre.

– Il vaut mieux pour toi et tes petits copains que Millie revienne saine et sauve. Sinon crois-moi, je te trouverai et tu le regretteras, lui dit-il.

Bianca ne sourit plus, au contraire, elle a peur. Elle sait que Slade ne plaisante pas. Il retournera ciel et terre pour lui mettre la main dessus, et cette fois, il veillera à ce qu'elle meure.

– Comment on procède à l'échange ? demande mon père.

– Il y a un numéro de téléphone dans le message, dit Angel.

– OK, appelle, dis-je en devançant mon père.

Angel compose le numéro et enclenche le haut-parleur.

– Allô, dit une voix d'homme.

– Sale enfoiré de merde ! S'il arrive quoi que ce soit… s'emporte notre VP, provoquant le rire de son interlocuteur.

– Miller Johnson, alias Slade, c'est un plaisir. Je crois que vous avez quelque chose qui m'appartient, et moi, j'ai quelque chose à vous.

– Fils de pute ! Je vais te crever ! s'emporte notre VP.

Contrairement à lui, je fais preuve d'un calme olympien. Ce n'est pas le moment de faire étalage de sa colère. Il nous faut mettre au point un plan, une stratégie, mais avant tout, il faut garder en ligne le plus longtemps possible ce nouvel ennemi de l'ombre pour espérer pouvoir le localiser.

– Tout doux, monsieur Johnson. Ce serait dommage que je m'en prenne à votre fille pour me calmer.

Slade se fige, comprenant sûrement que son comportement met en péril la vie de sa fille. Il serre les poings et continue sur un ton plus contenu.

– Où et quand ? demande-t-il.

– Dans deux heures à votre club.

Je jette un regard interrogateur à mon père. Peu importe l'identité de notre interlocuteur, ce mec est complètement taré. Venir se jeter dans la gueule du loup…

– OK, répond Slade.

– Parfait. Et, monsieur Johnson, il n'est pas utile que la vie de votre ravissante fille soit mortellement liée à celle de sa mère. Si Bianca…

– Elle sera en vie, répond Slade.

– Parfait. Je vous dis à bientôt, messieurs.

L'homme raccroche et un silence de mort s'abat dans la cellule.

– Bande d'enfoirés, je vous avais dit que vous alliez le regretter, dit Bianca sarcastiquement.

Mon père me retient par l'épaule afin de m'empêcher de m'en prendre à Bianca. Alors que je respire bruyamment pour tenter de me calmer, je vois notre VP sortir en trombe de la cellule.

– J'espère pour toi que tu sais ce que tu viens de faire, Bianca, lui dit mon père très sérieusement.

C'est au tour de mon père et de mes frères de sortir. Je suis désormais seul avec la mère de la femme que j'aime. Bianca me regarde, elle m'offre son regard bourré de suffisance et de mépris. Celui-là même qu'elle a lancé à sa fille durant tant d'années. Aucun de nous deux ne parle, mais je crois que dans mon silence, elle a su comprendre la promesse de la mort lente et douloureuse que je lui réserve.

Après plusieurs secondes à nous défier du regard, je finis par sortir et rejoindre le reste de mes frères.

– Je suis désolé, je n'ai pas pu remonter le signal, nous dit Angel en se joignant à nous.

J'ai envie de lui hurler de retourner faire son putain de boulot, mais je sais qu'il a fait tout ce qu'il pouvait. S'il avait été capable de les localiser, il l'aurait fait. Il n'a pas échoué dans sa mission, et pour cette unique raison, je ne vais pas faire de lui mon punching-ball.

– Qu'est-ce qu'on fait alors ? demande soudain Drake, la voix dure.

– On attend, réponds-je à la place de mon père. En attendant, on va se tenir prêts. Seth, appelle les autres membres et dis-leur de rappliquer avec femme et enfants. Je veux savoir tout le monde sous protection au club. Diesel et Drake, occupez-vous d'aller soigner un peu cette raclure. Il ne faut absolument pas qu'elle meure avant qu'on ait récupéré Millie. Angel…

– Amy est déjà en route, dit Angel. C'est normal que j'aie senti une pointe d'excitation quand je lui ai annoncé qu'on allait affronter un ennemi inconnu, dit-il, blasé, en croisant les bras.

– C'est bien ma fille, répond mon père très fier.

– Pa'… dis-je.

– Ça va aller, fils. On va te la ramener, dit-il en braquant son regard sur moi.

– Je ne peux pas la perdre, prononcé-je dans un souffle.

– Et tu ne la perdras pas. Je ne supporterais pas qu'un de mes enfants vive avec cette douleur.

Je me contente de hocher la tête, incapable de prononcer le moindre mot. Que répondre à l'homme qui a perdu la femme de sa vie ? Ce qui est sûr, c'est que mon père est un homme fort que pas même la mort de sa moitié n'a su briser complètement. Contrairement à lui, je suis faible, car je ne le dirai jamais à haute voix, mais si Em' ne s'en sort pas, il faudra qu'il creuse en plus de la tombe de Slade la mienne, car je ne pourrai jamais survivre à la perte de la femme de ma vie. Vivre seul dans cette vie ou savoir que dans la mort nous vivrons ensemble pour l'éternité…

– Allez, fils. Je sais que c'est dur, mais dans deux heures, tout sera terminé. Tu dois être fort pour Millie, me dit mon père avant de me laisser seul pour aller rejoindre les autres.

Il a raison, je dois rester fort pour Em'. Plus qu'une heure et cinquante-neuf minutes avant que notre cher ennemi embrasse la mort à tout jamais. Car j'en fais le serment ici et maintenant, il est hors de question qu'il reparte du club en vie.

29

Millie

J'ouvre péniblement les yeux et je porte tout de suite ma main à ma tête. J'ai affreusement mal au crâne. Je cligne plusieurs fois des yeux avant que ma vision s'habitue à la pièce. Rapidement, je comprends que je ne suis pas dans ma chambre d'hôtel. Et vu le matelas crasseux sur lequel je suis allongée, je ne suis pas non plus au club. Rapidement, tout me revient en mémoire. Ma conversation avec Stan, son implicite adieu à notre relation et les coups à ma porte, puis le trou noir. Mes cheveux sont tous collés, et quand je regarde ma main, je comprends mieux pourquoi. J'ai du sang sur les doigts. La porte s'ouvre.

– Tiens, tiens, la Belle au bois dormant s'est réveillée, dit un homme, la quarantaine, vêtu d'un costard et très propre sur lui.

– Qui êtes-vous ? Qu'est-ce que je fous ici ? Et qu'est-ce que vous me voulez ?!

– Je crois que mon bras droit ne vous a finalement pas frappé si fort sur la tête. À un moment, je me suis quand même demandé s'il ne vous avait pas tuée. Tenez, dit-il en me jetant une bouteille d'eau.

– Vous savez où vous pouvez vous la foutre votre bouteille d'eau droguée !

– Décidément, vous êtes bien la fille de votre père. Sachez, mademoiselle Johnson, que si j'avais voulu profiter de vous, ce serait déjà fait, dit-il d'une voix froide, mais ferme.

– Qu'est-ce que vous me voulez ?

– Vous êtes une monnaie d'échange.

– D'échange ? Et avec qui ?

– Bianca, évidemment.

– C'est une blague ?

– Vous trouvez que tout ceci est une plaisanterie ? dit-il en désignant la pièce dans laquelle je suis retenue prisonnière.

– Une fois encore, Bianca n'a pas su choisir ses amis.

– Oh, mademoiselle Johnson, je suis désolé que ma compagnie vous indispose, mais dites-vous que ce n'est que passager. Une fois que j'aurai récupéré votre mère, vous serez libre.

– Et si elle est déjà morte ?

– Eh bien, commence-t-il en se rapprochant de moi, on apprendra à se connaître davantage, vous et moi.

Quand son regard noir se pose sur moi, aucun doute sur le sort qu'il me réserve. Au mieux, j'aurai le droit à une mort rapide, une balle entre les deux yeux sûrement. Au pire… Non, je ne préfère pas y penser.

– Vous vous tapez ma mère ?

– Je vous en prie… Ce n'est pas une manière de parler de sa mère.

– Sérieusement ?! Et vous prétendez la connaître…

– Je n'ai rien dit de tel. Bianca et moi, nous avons des intérêts communs.

– Qui sont ?

– Vous êtes bien curieuse…

– Désolée de vouloir savoir pourquoi je risque de mourir, réponds-je sarcastiquement.

– Sachez seulement que votre mère me doit énormément d'argent, m'explique-t-il d'un calme olympien comme si on parlait chiffons et couture.

– En gros, ce que vous me dites, c'est que vous fournissez ma mère en drogue et qu'elle vous doit de l'argent.

– On peut dire ça, dit-il en m'offrant un sourire satisfait.

– Et sans indiscrétion, à combien s'élève l'ardoise de ma mère ?

– Cent mille dollars.

– Quoi ?! Mais comment c'est possible ?!

– Disons que votre mère n'a pas comme seul vice la drogue, elle est aussi une joueuse compulsive depuis quelque temps. Bref, de mauvaises mains en mauvais jeux, j'ai décidé de récupérer mon argent.

– Argent qu'elle n'a pas… dis-je en soufflant.

– Non, en effet.

– Et comment la mort de mon père aurait-elle pu l'aider à rembourser sa dette ?

– Bianca a sous-entendu qu'à la mort de son ex-conjoint, elle empocherait la modique somme d'un demi-million de dollars.

– Et vous l'avez crue ?!

– Au début, oui. Disons qu'elle a su se montrer très persuasive.

– Je vois…

J'imagine tout à fait comment ma mère a réussi à faire gober à cet homme visiblement très pragmatique cette stupide histoire d'assurance-vie.

– Un moment d'égarement qui m'aura coûté cher. Non que je n'apprécie pas votre compagnie, mais j'aurais préféré rester dans l'ombre et régler cela d'une manière plus… conventionnelle.

Par « conventionnelle », j'imagine qu'il veut dire torturer ma mère, abuser d'elle, pour finir par la tuer. Cette idée me révulse, mais bien moins que celle d'imaginer qu'il puisse vouloir me faire subir le même sort. Bianca a fait ses choix et elle va devoir les assumer. Quant à moi, je ne suis qu'un dommage collatéral. Mon impuissance m'agace, et pourtant je comprends qu'avec cet homme il vaut mieux que je ne tente rien de stupide.

– Ce n'est pas tout, mais j'ai une réunion à préparer, dit-il en partant vers la porte.

– Attendez ! Qui vous a dit qui j'étais et comment m'avez-vous trouvée ?

– Disons que j'ai mes relations, dit-il la main sur la poignée.

– Et vous, qui êtes-vous ?

– Cela n'a pas d'importance. Moins vous en saurez, mieux vous vous porterez, faites-moi confiance. Oh, et j'allais oublier, mon homme de main va venir vous tenir compagnie. Il s'est attaché à Bianca et ça le rend fou de désespoir de l'imaginer entre les griffes de votre père et de ses acolytes. Vous comprendrez qu'après tant d'années de bons et loyaux services, je ne pouvais lui refuser la faveur qu'il m'a demandée…

– Quoi ?!

– À tout à l'heure, mademoiselle Johnson. Et ne faites pas trop de bruit. Je dois rester concentré, finit-il avant de partir et de laisser son homme de main pénétrer dans la pièce.

Un seul regard dans la direction de cet homme et je comprends qu'il n'est pas venu pour qu'on discute. La peur m'envahit, mais pas question de m'avouer vaincue. Malgré son imposante carrure, il n'est pas question que je paraisse faible.

– T'es encore plus canon que ta salope de mère. On va bien s'amuser toi et moi, dit-il, un sourire libidineux sur le visage.

Je me redresse et recule jusqu'à sentir le mur derrière moi. Je regarde autour de moi à la recherche d'une arme, mais rien.

Allez, Millie, il est temps de montrer qui tu es vraiment. Il est temps de prouver à tous que tu es la digne fille de ton père !

Il fait courir sur moi son regard affamé.

– Vous me touchez, vous êtes mort.

– Ma mignonne, j'ai plus de vies qu'un chat et c'est pas trois bikers de seconde zone et une salope dans ton genre qui vont m'atteindre, dit-il en défaisant sa ceinture.

Je sens la bile monter, mon estomac se tord et mes mains tremblent, mais je dois rester forte.

– J'espère que je serai là quand ils mettront la main sur toi, dis-je en levant le menton et en lui offrant un regard belliqueux.

Il semble prendre mon commentaire pour un défi. Je vois dans son regard cette étincelle de folie, et avant que j'aie le temps de me préparer, il se jette sur moi.

***

Je ne sais pas depuis combien de temps il est parti. Sûrement que quelques minutes. Mais je reste prostrée, recroquevillée sur moi-même sur le matelas crasseux de ma cellule. Je ne sais pas si mon corps pourra encaisser de nouveaux coups. Cet homme s'est acharné sur moi avec une rage à peine contenue. Quand je l'ai vu s'approcher de moi, ceinture à la main, je pensais que c'était pour me ligoter avant d'abuser de mon corps. Finalement, il s'en est servi comme d'une arme pour me marquer. Chaque coup était encore plus douloureux que le précédent. Au début, j'ai essayé de me défendre, mais sous la colère de cet homme, j'ai baissé les armes et j'ai tenté de me protéger comme je le pouvais. J'ai encaissé pendant ce qui m'a paru une éternité.

J'essaie de faire un inventaire de mes blessures, mais j'ai mal partout, aucune partie de mon corps ne semble avoir été épargnée. Par chance, il n'a pas tenté d'abuser de moi. Il aurait pu, j'étais complètement sans défense, mais je sais qu'il a retiré énormément de plaisir à me voir hurler de douleur. J'ai vu son sourire à chaque fois que je criais, il prenait son pied, l'enfoiré !

Je ferme les yeux en tentant de trouver dans mes songes le réconfort qui me manque cruellement en cet instant, et la seule image qui se matérialise derrière mes paupières, c'est celle de Stan. Penser à lui m'apaise. Il serait si fier de moi d'apprendre que je n'ai pas supplié mon agresseur. Je ne l'ai pas imploré d'arrêter.

– Je vois que mon homme a eu la main un peu lourde avec vous, dit mon kidnappeur en entrant dans la pièce accompagné de deux hommes.

– Vous rigolez, il frappe comme une gonzesse, dis-je.

Celui qui a passé ses nerfs sur moi ne semble pas apprécier que je remette en doute sa capacité à me briser. Il fait un pas dans ma direction, mais son patron place une main devant lui.

– Vous jouez avec le feu, mademoiselle Johnson. Imaginez que l'échange ne se passe pas comme prévu et que vous restiez notre invitée… dit-il.

À cette hypothèse, mon estomac se tord et mon rythme cardiaque s'accélère. Pourtant, je fais en sorte de garder un visage neutre et de ne rien laisser paraître.

– Il faudra alors lui apprendre les bonnes manières.

Ma réponse le fait sourire.

– Mademoiselle Johnson, vous êtes vraiment très rafraîchissante. J'en viens presque à souhaiter que votre mère soit déjà morte. J'apprécie énormément votre compagnie !

– Vous ne m'en voudrez pas si je ne vous retourne pas le compliment.

– Mes hommes vont vous aider à vous relever, il est temps pour nous de rejoindre votre famille.

Sans plus attendre, ses hommes me remettent debout sans aucune délicatesse. Tout mon corps proteste et je me mords la lèvre pour ne pas crier de douleur.

– Le boss a raison, elle est forte, dit l'homme à ma droite, que je ne connais pas.

– Ouais, répond mon tourmenteur. J'ai hâte de m'amuser avec elle si cette salope de Bianca ne revient pas.

Je les suis et nous regagnons l'extérieur. J'avais raison, j'étais bien détenue dans une cave. J'essaie de regarder autour de moi, mais les deux gorilles qui me servent d'escorte m'en empêchent. Ils me pressent, me poussent pour que j'accélère. Nous montons tous les quatre à bord d'une grosse berline noire.

– C'est un joli temps pour mourir, vous ne trouvez pas ? demande le patron.

– À vous de me le dire, rétorqué-je.

Il a le teint légèrement hâlé, les cheveux noirs et les yeux marron foncé presque noirs. Vu qu'il semble se réjouir de me voir blessée, aucun doute sur le fait que derrière son air séduisant se cache un monstre.

– Voici comment cela va se passer, reprend-il. Nous allons arriver au club de votre père où nous procéderons à l'échange. Votre mère contre vous. Une fois que j'aurai récupéré Bianca, nous partirons et vous n'entendrez certainement plus jamais parler de moi.

– Parce que vous pensez vous en sortir ? ne puis-je m'empêcher de dire.

– Évidemment. J'ai l'impression que vous me sous-estimez, mademoiselle Johnson, et vous auriez tort de le faire.

– Oh non, croyez-moi, je sais très bien quel monstre se dissimule derrière ce costard hors de prix. Vous pouvez toujours essayer de paraître agréable et plaisant avec vos paroles, mais un regard ne ment jamais.

– Et que lisez-vous dans le mien ? demande-t-il.

– Que c'est celui d'un homme en sursis.

– Ce n'est pas de votre mère que vous tenez cette combativité. Vous devriez supplier pour votre vie, au lieu de ça, vous vous efforcez encore à me tenir tête, dit-il en m'observant. Vous auriez fait la compagne idéale pour quelqu'un comme moi.

– Non, merci. Je préfère encore cette brute qui vous sert d'homme de main.

– Vraiment ?

– Lui au moins, il ne cache pas sa vraie nature. Sans compter que j'ai bien vu que ça le faisait bander de me voir hurler. J'imagine qu'au lit, il serait moins enflammé.

– Espèce de sale… commence mon tourmenteur quand le deuxième homme éclate de rire.

– Ne jouez pas trop avec le feu, mademoiselle Johnson, vous pourriez vous brûler.

– Vous oubliez, vous aussi, qui je suis. J'ai grandi auprès de Bianca, je vous rappelle.

– Très juste. Voilà, nous arrivons. Ne faites rien de stupide, me prévient-il. Visiblement, on nous réserve un petit comité d'accueil.

Nous nous arrêtons et ses hommes sont les premiers à sortir. Je descends à mon tour, suivie de près par mon ravisseur qui me tient fermement par le bras. Je balaye rapidement du regard la foule de bikers devant moi. Même s'ils ont simplement répondu à l'appel de leur prés', cela me touche qu'ils soient tous ici dans le but d'assurer ma sécurité. Comme toujours, mon regard trouve celui de Stan. C'est à ce moment-là qu'un déclic se produit. J'aime cet homme, tout chez lui m'attire. Ce regard glacial qui sait se faire bienveillant. Ces mains un peu calleuses qui savent comment me caresser. Ce corps taillé dans la pierre, mais contre lequel j'aime me lover. Soudain, tout devient clair et c'est une évidence. Je lui appartiens corps et âme. Et je suis bien décidée à ne plus perdre une seule seconde. La vie est trop courte.

Quand il m'aperçoit, je le vois péter un plomb. Il tente de s'approcher, mais ses frères le maintiennent en place. Je n'avais pas de miroir dans ma cellule, mais j'imagine assez bien à quoi je dois ressembler. Je tente de lui offrir un sourire réconfortant, mais j'échoue à cause de la douleur. Nous ne nous quittons pas du regard. Je puise dans la prunelle de ses yeux la force qu'il me faut pour ne pas craquer. Pour garder la tête haute et être digne, même si je n'ai qu'une envie, me ruer vers lui et pleurer. Soudain, Apo s'écarte pour laisser avancer Bianca. Cette dernière n'est pas en grande forme, elle tient péniblement sur ses genoux, et sans l'aide de Devil, elle serait sûrement au sol. Sa lèvre fendue est craquelée, signe d'un début de déshydratation. J'imagine que l'assoiffer est une technique d'interrogatoire comme une autre. Je note également quelques bleus et du sang sur ses mains, mais sinon rien qui semble véritablement douloureux ou mortel.

Tous les membres du club sont à cran et portent une main dans leur dos. Ils sont prêts à dégainer leurs armes si besoin.

– Tu vois, Bianca est en vie, commence Apo. On procède à l'échange, et toi et tes hommes déguerpissez rapidement de mes terres.

– Entendu.

Apo se contente de hocher la tête et Devil lâche Bianca qui a toutes les peines du monde à rester debout. C'est en titubant qu'elle se met à marcher dans notre direction. Mon ravisseur me lâche et je comprends que c'est le signe pour moi d'avancer.

– Bonne journée, mademoiselle Johnson, dit-il.

Pour toute réponse, je lui offre mon majeur et je continue de marcher lentement mais sûrement vers ma famille.

Ma famille. Ces mots sonnent étrangement normaux dans ma tête. Instinctivement, mes pieds me guident vers celui qui n'a pas quitté mes pensées durant ma captivité. Celui qui, sans être physiquement présent à mes côtés, a su me donner la force de tenir et de ne pas craquer. Stan est toujours à cran, mais quand il voit que je marche vers lui, il semble étonné avant de m'offrir un visage soulagé et heureux.

Lorsque nous sommes au même niveau, ma mère et moi, je prends le temps de la regarder. Elle a été torturée, mais garde toujours assez de force pour se tenir droite et marcher vers sa mort. Elle pense sûrement rejoindre son sauveur alors qu'en réalité elle quitte un enfer pour un autre, bien plus sordide. Elle doit encore être persuadée d'être une pièce maîtresse dans cette histoire alors qu'elle n'est qu'un pion. Quand je vois l'ébauche d'un sourire sur ses lèvres craquelées, j'ai presque de la peine pour elle. Bianca ne m'offre même pas un regard, rien.

Je reporte mon attention sur Stan qui m'attend, impatient. Il ne cache plus sa joie de me voir me diriger vers lui et je vois qu'il se retient difficilement de ne pas courir vers moi.

J'ai besoin de ses bras puissants, de son contact pour m'aider à surmonter ce que je viens de vivre. Je sais aussi qu'une fois que je serai en sécurité auprès de lui, je vais craquer. Je vais enfin relâcher toute la peur de mourir et la crainte de ne jamais m'en sortir que je retenais jusqu'à présent.

Alors que je ne suis plus qu'à quelques centimètres de lui, j'entends une lourde détonation suivie de crissements de pneus. Je hurle de douleur, j'ai l'impression qu'on a enfoncé un tisonnier incandescent dans ma cuisse. Mes yeux se baissent et je remarque une trace rouge qui s'agrandit sur le haut de ma cuisse droite. Je comprends rapidement qu'on m'a tiré dessus. Heureusement, Stan est là pour me rattraper avant que mon corps percute le sol. Rapidement, je suis allongée par terre, la tête sur les genoux de Stan.

– Em', bébé, regarde-moi, ça va aller, ça va aller.

Je pourrais paniquer et j'aurais toutes les raisons de le faire, sauf qu'en étant chirurgien traumato, je sais que cela ne ferait qu'empirer la situation. La panique augmente les battements du cœur, accélérant ainsi l'afflux de sang dans le cœur, et par là même, la vitesse de propulsion. Si je ne veux pas me vider de mon sang, je dois me calmer.

– Une ambulance est en route, dit Angel dont je reconnais facilement la voix.

– Mais putain, il s'est passé quoi ? hurle Stan.

– Pa' est sur le coup, occupe-toi de Millie, dit Seth.

Stan reporte son regard sur moi.

– Désolé, ma belle, dit-il en écartant une mèche de cheveux de mon visage.

Alors que je me perds une fois de plus dans ce regard si captivant, je sens une pression atroce au niveau de ma cuisse et je hurle. Je baisse le regard pour voir qu'il s'agit d'Amy en train d'appuyer sur ma blessure.

– Je suis désolée, Millie. Ça fait un mal de chien, mais c'est pour éviter que tu te vides de ton sang.

– Non, sans rire ! Moi qui croyais que tu appuyais sur le trou béant que j'ai dans la cuisse rien que pour le plaisir d'avoir tes mains pleines de mon sang !

– Millie, ma belle, je t'adore. Ton sens de la repartie m'avait manqué. Tout le monde ici a tendance à prendre des pincettes pour me parler, c'est fatigant, dit-elle en pressant davantage sur ma blessure.

– Ah, vraiment ? Et pourquoi ça ?! dis-je les dents serrées.

– Parce que je gagne ma vie en tuant des gens. Mais de mauvaises gens, je tiens quand même à le préciser.

– Quoi ?

– Oh, Stan ne t'en avait pas parlé ? dit-elle en jetant un regard à son frère.

– Non, frangine ! Et à quel moment aurais-tu voulu que je lui dise, hein ?! Oh, tiens, Em' j'ai oublié de te dire que ma sœur est revenue et que son métier est désormais tueur à gages. Non mais, sérieux, Amy, tu me vois balancer ça comme ça ?

– Bah, tu viens de le faire, lui fait remarquer Drake.

– La ferme ! crie Stan à son intention. Em', ma belle… commence-t-il.

– Tais-toi, le coupé-je. Tu pourrais m'apprendre deux trois trucs ? demandé-je à Amy.

Elle semble un peu étonnée de ma question, mais se reprend rapidement.

– Bien sûr, une fois que tu seras recousue, me répond Amy en me faisant un clin d'œil.

Nous nous sourions toutes les deux avant qu'une sensation étrange m'envahisse. Je commence à ne plus ressentir la douleur. Je n'ai ni froid ni chaud. Je me sens même plutôt bien. Je suis juste très fatiguée et je peine à garder les yeux ouverts. Cela n'a rien d'étonnant pour autant, j'ai vécu des heures très traumatisantes, et un peu de sommeil ne serait pas de refus. J'aurai le temps d'analyser tout cela à mon réveil.

Mais soudain, je prends conscience que non, tout ne va pas bien, au contraire.

– Stan… dis-je d'une voix à peine audible.

– Bébé, reste avec moi, reste avec moi.

Et au son de sa voix, j'ai la confirmation que, non, je ne vais pas bien. Sa voix trahit sa peur et son inquiétude. Quand je le regarde à nouveau, je vois toute une myriade d'émotions passer dans son regard et je sais qu'il a compris. Je tente d'ouvrir la bouche pour prononcer les mots qui me brûlent les lèvres, mais c'est trop tard, je sombre.

30

Stan

Même dans tout ce chaos, je reconnais les sirènes des secouristes. Mais pour moi, rien n'est plus important que la femme inerte que je tiens dans mes bras. Sa tête penche légèrement sur le côté, et si je ne voyais pas sa poitrine monter et descendre lentement, je pourrais penser qu'elle est morte. Ma sœur continue de faire pression sur le trou qu'Em' a dans la jambe. Elle est concentrée sur ce qu'elle fait, et tout comme moi, rien ni personne ne pourra l'empêcher d'essayer de sauver la vie d'Em'.

Deux secouristes s'agenouillent de part et d'autre d'Em' et l'un des deux prend le relais d'Amy. Évidemment, ma sœur ne peut pas s'empêcher de faire un commentaire cinglant sur le sort qu'elle lui réserve si Em' vient à mourir et il blanchit quelque peu. J'imagine que ce n'est pas la première fois qu'on le menace, mais pour le coup je pense qu'il a compris que ma sœur ne bluffe pas. Loin de perdre son professionnalisme, il s'occupe rapidement d'Em' pendant que son collègue retourne chercher le brancard.

– Monsieur, s'il vous plaît, il faut que vous reculiez, nous devons la transporter à l'hôpital le plus rapidement possible.

Je continue de fixer Em' qui ne bouge toujours pas. Et si c'était la dernière fois que je la tenais dans mes bras ?

– Stan, frangin, il faut que tu les laisses emmener Em', dit ma sœur toute proche.

– Je ne peux pas, réussis-je à prononcer péniblement alors que j'ai l'impression d'avoir un serpent enroulé autour de mes cordes vocales.

– Mais si, il le faut. Et nous allons les suivre…

– Non, je ne peux pas me lever, avoué-je à demi-mot.

Je relève la tête pour regarder ma sœur qui semble comprendre mon dilemme. J'aimerais pouvoir me lever, mais je suis littéralement cloué sur place. Je suis paralysé par la peur d'être en train de la perdre.

– Stan, Millie a besoin de toi. C'est vers toi qu'elle s'est dirigée quand ils l'ont libérée. J'ai vu le regard qu'elle t'a lancé. Stan, Millie t'aime et elle aura besoin de toi à ses côtés à l'hôpital quand elle se réveillera.

J'écoute ma sœur prononcer les mots qu'il me fallait pour que je reprenne possession de moi. Les secouristes en profitent pour placer Em' sur le brancard et ne perdent pas de temps pour la transporter dans l'ambulance. Je les suis du regard avant que leur véhicule ne soit plus visible.

Soudain, je regarde autour de moi et je prends la mesure de ce qu'il vient de se passer. Ce mec nous a trahis, il a volontairement tiré sur Em'. Il mérite la mort. Je me relève et me dirige rapidement vers mon père qui est en train d'aboyer des ordres au téléphone. Me voyant arriver, il coupe la communication.

– Fils, ça…

– Ce mec est à moi ! grogné-je en serrant les poings.

– Tu as ma parole, me répond avec beaucoup de sérieux mon père. Allez, tous à l'hôpital !

Chaque membre présent rejoint sa bécane et je roule à toute vitesse jusqu'à l'hôpital aux côtés de mes frères et d'autres membres du club. Quelques-uns sont restés au club pour nettoyer le bordel laissé par notre ennemi dont nous ne connaissons pas encore l'identité. Mais je sais que ce n'est qu'une question de temps. Angel est sur le coup.

Je me dirige rapidement vers l'accueil des urgences.

– Millie Johnson, elle est où ?

– Euh… Elle… est…

– Bordel, elle est où ? hurlé-je en frappant du poing.

– Calme-toi, fils, dit mon père d'une voix calme en posant une main sur mon épaule. Jeune fille, pouvez-vous dire à mon fils où se trouve sa femme à l'heure qu'il est ?

Alors qu'elle tape frénétiquement sur son clavier, je percute ce que vient de dire mon père. « Sa femme », c'est ainsi qu'il a décrit Em'. Il a raison, Em' est ma femme, ma régulière, mon tout. Je l'ai perdue pendant sept ans à cause de ma connerie, je vais peut-être la perdre ce soir, mais Dieu m'est témoin, si j'ai une chance, même infime, de pouvoir me perdre à nouveau dans ses yeux chocolat, je ne la lâcherai plus. Elle en aura sûrement marre de moi, mais si Em' survit à cela, jamais plus je ne la laisserai partir.

– Elle a été transférée immédiatement en chirurgie. Le Dr Reed s'occupe d'elle, répond soudain la secrétaire.

– Est-ce qu'elle est…

Je ferme les yeux pour tenter de calmer mes émotions. Mon père presse sa main sur mon épaule comme pour m'apporter tout son soutien, alors je rouvre les yeux et éclaircis ma voix avant de reprendre.

– Est-ce qu'elle est vivante ?

– Je ne sais pas, monsieur, je ne suis pas habilitée à vous répondre, mais je vais prévenir le docteur et son équipe que vous êtes là. Si… si vous voulez bien attendre sur les chaises plus loin.

– Bien sûr, répond mon père, qui me pousse à le suivre.

Je m'assieds sans prendre la peine de regarder qui est autour de moi. Je me contente de contempler mes mains couvertes de son sang. Je ne sais pas combien de temps je reste dans cet état, mais je vois quelqu'un me tendre une serviette humide. Je lève péniblement les yeux de ma contemplation macabre pour découvrir qu'il s'agit de ma sœur.

– Je ne sais pas si tu t'es découvert des talents de voyant, mais je sais que tu ne trouveras aucune réponse en regardant tes mains, dit-elle.

J'accepte bien volontiers la serviette et je nettoie mes mains du mieux que je peux. Soudain, une odeur amère d'agrumes parvient à mes narines. Je lance un regard interrogateur à ma sœur qui me répond en souriant.

– Je l'ai imbibée de citron, je me suis dit que ça sentirait quand même meilleur que l'odeur âcre du sang.

C'est une gentille attention et je me contente de hocher la tête pour la remercier. Amy s'éloigne pour rejoindre Angel et je constate rapidement que tous mes frères, mon père et les régulières sont présents. Tous m'adressent des regards compatissants et m'apportent par leur présence leur soutien. Soudain, les portes s'ouvrent et le Dr Reed apparaît, les traits du visage tirés.

– La famille du Dr Johnson, je présume ? dit-il en balayant du regard la salle d'attente.

D'un bond, je me lève pour venir à sa rencontre, suivi de près par mon père et Slade.

– Oui, je suis son mari, dis-je sans réfléchir. Slade est son père et…

– Moi, je suis donc le beau-père ultra-protecteur, conclut mon père en croisant les bras.

Je sais que je viens de lâcher une mini-bombe, mais je n'ai fait qu'écouter mon instinct qui me criait de lever enfin le voile sur notre secret. Em' a toujours été bien plus que ma régulière, elle est ma femme, mon infini.

– Très bien, dit le médecin. Donc, si le mari, le père et le beau-père ultra-protecteur veulent bien me suivre.

Le Dr Reed nous indique de le suivre jusqu'à une salle de réunion. Dans les films, c'est là qu'ils conduisent les familles pour leur dire que la personne n'a pas survécu et leur demander de ne pas créer d'esclandre devant les autres patients. J'emmerde ça !

– Est-ce qu'elle est vivante ? demandé-je sans attendre d'être assis.

Malgré ma voix menaçante, le Dr Reed prend le temps de fermer la porte avant de se retourner. Même s'il est face à trois bikers à bout de nerfs, il fait preuve d'un professionnalisme à toute épreuve. Je dois reconnaître que ce mec a du cran. La plupart des gens se seraient déjà pissé dessus.

– Elle est vivante. Son état était critique à son arrivée, mais c'était uniquement dû à la perte de sang. Nous lui avons fait deux transfusions et tout va bien. La balle n'a fait que traverser de part en part le haut de sa cuisse. Aucune artère de touchée. Concernant les coups qu'elle a reçus, elle n'en gardera par chance aucune cicatrice. Le Dr Johnson est actuellement en salle de réveil, elle a repris connaissance. Au moment où je vous parle, mon équipe est en train de la transférer dans sa chambre. Je vous laisse quelques minutes pour faire votre choix, et quand ce sera fait, une infirmière sera derrière la porte pour accompagner l'heureux élu auprès du Dr Johnson. Messieurs, nous dit le Dr Reed en quittant la pièce.

Le silence règne dans la pièce et c'est Slade qui finit par prendre la parole.

– Vous êtes vraiment mariés ? demande-t-il.

J'imagine qu'il a dû croire que j'avais balancé ce mot pour obtenir le droit d'être aux côtés d'Em' et surtout d'être tenu informé de son état de santé. Ce n'est pas du tout comme cela que j'imaginais annoncer à ma famille notre union. Mais comme je n'imaginais pas non plus un jour qu'elle se fasse kidnapper puis tirer dessus, je pense que je peux mettre mes attentes de côté.

– Ouais.

– Depuis quand ?

– Depuis qu'elle a 18 ans.

Il est temps de jouer cartes sur table. Em' a besoin de l'un d'entre nous à ses côtés. Pas la peine de tourner autour du pot. Mon père ne semble pas vraiment surpris. À l'époque, il connaissait très bien mes sentiments pour Em'. Pour lui comme pour mes frères, cela ne faisait aucun doute qu'Em' finirait par devenir ma femme. Pour Slade, c'est autre chose. Un mélange de colère et d'approbation. Lui non plus n'ignorait pas les profonds sentiments que nous partagions à cette époque. Toutefois, avec tout ce qu'il s'est passé entre nous, il est légitime qu'il ait des doutes quant à l'avenir de mon mariage avec sa fille.

– Et vous avez fait ça dans le dos de tout le monde, ajoute cette fois mon père, plus comme un constat que comme une question.

– C'était notre petit jardin secret à nous. On comptait en parler, mais ensuite… Eh bien, l'histoire, vous la connaissez maintenant, finis-je par dire, la voix triste.

– Donc, si je comprends bien, t'es en train de me dire que t'es mon gendre ? Et qu'en plus d'avoir ce connard comme meilleur ami et président, il est aussi le beau-père de ma fille ? dit Slade en jouant la colère.

Mais je note une pointe d'humour dans sa voix.

– La ferme ! dit mon père. Ça pourrait être pire, elle aurait pu se marier avec Drake…

– Pitié ! Tout, sauf ça, ajoute Slade en riant franchement cette fois.

J'avoue qu'imaginer Slade en beau-père de Drake, ça aurait été plus que jouissif. En plus d'être un aimant à chattes, mon frère est surtout un déconneur. Toujours dans les mauvais coups. Slade aurait vite eu fait de lui tirer une balle pour calmer ses ardeurs. On se souvient encore tous de la fois où Drake a remplacé le contenu de quelques bières par du coca… C'était hilarant, surtout quand Devil, qui ne supporte pas cette boisson, avait tout recraché sur le visage du June.

– Je l'aime, Slade. J'ai conscience d'avoir merdé par le passé, mais je veux me racheter, dis-je d'une voix solennelle.

– Je sais, mon frère, finit par dire Slade après plusieurs secondes à m'observer. Tu lui diras qu'on est là.

Et je comprends qu'il me donne le feu vert pour rejoindre Em' et être à ses côtés quand elle se réveillera. Même si je sais que Slade meurt d'envie d'être auprès de sa fille, cela ne me surprend pas qu'il me cède sa place. Em' est sa fille, mais les liens qui m'unissent à elle vont bien au-delà d'un simple lien du sang. Notre amour n'a pas de limite.

Certes, elle est ma femme sur le papier, mais elle est tellement plus que ça. Elle est mon tout.

Mon père m'adresse également un signe de tête et je me dépêche de retrouver l'infirmière pour qu'elle me conduise auprès de ma femme.

Ma femme. Ces petits mots gonflent mon cœur de joie et de fierté. Mais même si je la sais en vie, ça ne m'empêche pas d'être nerveux et mon rythme cardiaque s'accélère.

– Voilà, nous y sommes. Si vous avez besoin de quoi que ce soit, je suis là. Surtout n'hésitez pas, ajoute l'infirmière avec un sourire aguicheur.

Je ne prends même pas la peine de lui dire qu'elle n'a aucune chance face à la bombe atomique que j'ai comme femme, et je pénètre dans la chambre. Mes yeux se posent immédiatement sur Em'. Son teint est certes moins pâle que tout à l'heure, mais il reste quand même trop blanchâtre à mon goût. Je contourne le lit et rapproche la chaise. Je prends sa main si délicate, si fragile, entre les miennes et je pose un délicat baiser dessus. Elle est branchée à tout un tas d'appareils et j'ai peur de la blesser. La machine qui indique son rythme cardiaque ne cesse de biper, m'indiquant qu'elle est en vie. Et je peux enfin respirer à nouveau.

– Bébé, je suis là. Repose-toi, je suis là pour veiller sur toi, mon cœur. Je ne te quitterai plus jamais. Je ne te laisserai plus jamais partir. T'es la femme de ma vie, dis-je en fermant les yeux et en posant ma tête sur sa main.

– Et il a fallu que je prenne une balle pour que tu t'en rendes compte ? dit-elle en arquant un sourcil.

Je relève rapidement la tête, pensant rêver, mais non, Em' est bel et bien réveillée et me fixe, les yeux cernés, le teint pâle, mais avec une petite étincelle de malice au fond des yeux. Je n'ai pas assez de mots pour décrire ce que je ressens. Un mélange de soulagement, de bonheur, d'amour, mais aussi cette peur de l'avoir presque perdue. Le souvenir de son regard quand elle a pris la balle, de ce sang, son sang, m'oppresse et me comprime le cœur.

– Em'...

– Réponds à la question.

Visiblement, même fatiguée et diminuée, Em' ne perd rien de sa repartie.

– Non, j'ai toujours su que tu étais la femme de ma vie. Mais jusqu'à présent, je doutais encore d'être l'homme de la tienne, dis-je sincèrement.

– La prochaine fois que tu as un éclair de lucidité, fais en sorte d'être sur le chemin de la balle, ça fait un mal de chien.

– Promis, ma belle. Tu as mal quelque part, tu veux que j'appelle une infirmière ? dis-je en commençant à me lever pour aller chercher quelqu'un.

Mais Em' me retient par le poignet et je me rassieds.

– Tu ne vas nulle part, Stan Jackson. Si tu veux vraiment une autre chance, c'est le moment de sortir l'artillerie lourde et de me prouver que je ne ferai pas une erreur monumentale en t'accordant à nouveau ma confiance, dit-elle très sérieusement.

Je me contente de contempler Em', ma femme. Malgré tout le sérieux dont elle tente de faire preuve en cet instant, je sens qu'elle doute. Elle a besoin que je la réconforte, que j'exprime ce que je ressens, ce que je veux. Mais comment mettre des mots sur mes sentiments ? Des sentiments tellement puissants qu'il n'existe aucun terme suffisamment fort pour les décrire.

– Tu aurais pu mourir, Em'. Tu aurais pu mourir et me laisser seul dans cette vie qui n'est rien sans toi, dis-je, la voix rauque chargée d'émotion.

– Mais je ne suis pas morte, dit-elle timidement.

– Oui, mais le simple fait d'imaginer ma vie sans toi m'est tout simplement insupportable. Bordel, Em', je t'aime ! Je n'ai jamais aimé que toi et je n'aimerai personne d'autre. Même la mort ne pourra pas nous séparer, car même dans l'au-delà, je trouverai un moyen de te rejoindre, dis-je avec conviction sans jamais la quitter du regard.

– Stan… commence Em', les yeux larmoyants.

– Em', la coupé-je. Je sais que tu n'as aucune bonne raison de me pardonner ce que je t'ai fait dans le passé…

– Sérieusement ? demande-t-elle en arquant un sourcil.

– Tu me laisses finir ! la rabroué-je. Bref, je disais que…

– Que je n'ai aucune raison de te pardonner, me coupe-t-elle une nouvelle fois.

– 'tain, mais Em' ! J'ai répété ce speech des centaines de fois, alors je sais quoi dire ! Bon, du coup…

Fait chier…

J'ai effectivement imaginé des centaines, des milliers de fois le moment où je pourrais enfin avoir la chance d'essayer de la récupérer, et voilà que maintenant que c'est le cas, j'ai tout oublié. Évidemment, vu le sourire qu'elle affiche, j'imagine qu'elle s'en doute.

Et finalement, face à mon trouble, Em' sourit tendrement et abrège mon supplice.

– Donc, pourquoi devrais-je t'accorder une nouvelle chance ? demande-t-elle.

– Parce que, toi et moi, on est comme le feu et la glace. Entre nous, ce sont des étincelles à chaque fois, bébé. Nous sommes différents, mais nous nous complétons. Tu es mon âme sœur, Em', mon tout, mon infini. J'adore nos engueulades et nos prises de tête, et ce que j'aime par-dessus tout, ce sont les réconciliations torrides qui suivent. Toi et moi, on est différents sur plein de choses, mais tu ne peux pas nier l'alchimie sexuelle qu'il y a entre nous. Je n'ai jamais ressenti ça avec personne d'autre et crois-moi…

– C'est bon ! dit-elle en levant la main pour me couper la parole. Ton discours est parfait jusque-là. Il serait dommage que tout capote parce que tu auras fait allusion à toutes les nanas que tu as sautées pour en venir à cette conclusion. Tu ne crois pas ?

– Si, évidemment. Accorde-moi une autre chance. Em', laisse-moi te prouver que je suis l'homme de ta vie, la supplié-je.

Em' se contente de me fixer avec intensité tout en inclinant la tête sur le côté. Je donnerais tout pour savoir ce qui se trame dans cette tête bien faite.

– Tu as toujours été l'homme parfait pour moi et je pensais te l'avoir démontré pendant ces années à tes côtés. Tu m'as trahie, trompée, humiliée et il a fallu que je me fasse tirer dessus pour que tu voies enfin la lumière au bout du tunnel.

Quel gâchis ! Nous avons passé autant de temps à nous aimer qu'à nous haïr… finit-elle dans un murmure et en baissant les yeux.

– Em', regarde-moi, dis-je en prenant sa main dans les miennes.

Quand j'ai enfin de nouveau toute son attention et que mon regard plonge dans le sien, je peux y lire une profonde tristesse, mais aussi de la peur. Je sais qu'elle craint d'être à nouveau blessée, et par moi. Elle a peur de m'accorder encore une fois sa confiance de crainte que je la piétine. Mais ce qu'elle ne sait pas encore, c'est que je chérirai la moindre chose venant d'elle. Le moindre geste, la moindre parole seront pour moi autant de précieux cadeaux.

– Bébé, je t'aime. J'ai cru que j'allais te perdre et j'ai pris conscience que je n'y survivrais pas. Avant ça, j'aurais été prêt à te laisser partir en sachant qu'une vie heureuse t'attendait à Baltimore. Je serais resté dans l'ombre pour que tu puisses briller, mais toujours en chérissant l'espoir que tu m'appartiennes à nouveau.

– Et aujourd'hui, ce n'est plus le cas ?

– Non, là maintenant, je te le dis clairement. T'es à moi, Millie Johnson. Tu es ma femme et, je l'espère, bientôt à nouveau ma régulière. J'ai besoin de toi dans ma vie. Je mérite sûrement pas ton amour ni ton pardon, mais tu me connais, je suis un gros connard égoïste et je refuse que tu sois heureuse avec un autre homme que moi. Car je sais que personne d'autre à part moi ne pourra être à la hauteur, dis-je avec plein de conviction dans la voix.

– Tu as oublié « prétentieux », dit-elle sarcastiquement.

– Oui, mais je suis *ton* prétentieux, dis-je.

Ma phrase sonne à la fois comme une question et une affirmation. Ma voix est ferme, mais mon regard interrogateur.

– J'ai mon travail à Baltimore.

– Tu en trouveras un autre ici, et puis avec le club et ma sœur, tu auras bien assez de travail.

– Très juste.

– Ça veut dire que tu acceptes ?

– J'aimerais pouvoir te dire non et t'envoyer balader. Crois-moi, j'aimerais tellement pouvoir le faire. Mais je t'aime, je t'ai toujours aimé… dit-elle d'un ton las en laissant sa tête retomber sur l'oreiller et en fixant le plafond d'un air perdu.

– Je crois que c'est la plus romantique des déclarations… dis-je, vexé.

– Stan… commence-t-elle en relevant la tête. Ce que tu dois comprendre et accepter, c'est que tu m'as fait énormément de mal. Un jour, je me sentais la nana la plus chanceuse du monde, et l'instant d'après, j'étais dans la peau d'une pestiférée. Tu as failli me détruire et je ne dis pas ça pour remuer le couteau dans la plaie. Mais il faut que tu comprennes que si je t'accorde une nouvelle fois ma confiance, tu n'auras pas simplement mon cœur entre les mains, mais ma vie. Je ne survivrai pas à une nouvelle trahison.

Cette déclaration me met complètement sur le cul. Mon cœur se gonfle de joie, mais de peine aussi. Car derrière ce qui ressemble à ma seconde chance avec Em' se cache aussi une facette bien plus triste de notre amour et de notre relation. Notre amour est aussi passionnel et fusionnel qu'il peut être destructeur.

– C'est pareil pour toi, bébé, dis-je.

Pendant plusieurs minutes, nous nous contentons de nous fixer du regard. À travers ses magnifiques yeux chocolat, je peux lire l'amour, la peur et la dévotion. Quant à elle, j'espère qu'elle peut lire dans les miens à quel point je l'aime et qu'elle est tout pour moi.

– Em', accorde-nous une seconde chance. Je sais que je ne pourrai jamais effacer ces images de ta tête, mais je te jure que je passerai le reste de ma vie à te prouver qu'il n'y a que toi. T'es tout pour moi, dis-je sincèrement.

– Une dernière chance, précise-t-elle. (Je hoche la tête.) Il faut vraiment qu'on apprenne à communiquer, toi et moi. Pendant ma captivité, j'ai aussi compris que j'avais été hypocrite. Je t'ai reproché de ne m'avoir accordé aucune chance de m'expliquer, mais j'ai fait la même chose. Je suis partie sans te laisser parler. On aurait peut-être évoqué la possibilité que tu aies été drogué, que…

– Je te le promets, me contenté-je de répondre.

Comment lui répondre qu'elle a raison, qu'elle aurait dû attendre avant de partir, quand moi-même j'ai tiré des conclusions hâtives ?

– Et plus de Kiara ! ajoute-t-elle.

– Bébé, il n'y a jamais eu que toi. Elle, c'était…

– Je sais, dit-elle en me coupant la parole. Un trou, voire trois. Quoi qu'il en soit, ni elle ni une autre, c'est clair ?!

– Limpide, dis-je en souriant. Tu sais que pour sceller un accord, il faut parfois se serrer la main ou…

– Ferme-la et embrasse-moi, dit-elle.

Je m'exécute et embrasse Em' tout en souriant. Je voulais notre baiser tendre, amoureux, mais Em' ne semble pas de cet avis. Elle met une main derrière ma tête pour me retenir pendant qu'elle me dévore littéralement la bouche. Je ne sais pas ce qu'il y a dans sa perfusion, mais à ce train-là, je vais jouir dans mon froc !

– Bébé, dis-je en me reculant à contrecœur, il faut qu'on arrête.

– Pourquoi ? dit-elle la voix rauque, les yeux mi-clos et les lèvres gonflées.

Elle est tellement belle en cet instant que j'ai envie de me tirer une balle dans le pied pour me punir de briser ce moment.

– Ne commence pas quelque chose qu'on ne pourra pas finir.

– Et pourquoi on ne pourrait pas finir ? demande-t-elle, mutine.

– Tu veux une liste ? Premièrement, tu es dans un lit d'hôpital, car tu as pris une balle. Deuxièmement, ton corps est presque entièrement recouvert de bleus. Et troisièmement, n'importe qui pourrait rentrer dans la chambre et tu n'aimes pas particulièrement te donner en spectacle.

– Et c'est pour toutes ces raisons, enfin sauf la dernière, que j'ai besoin de me sentir vivante. J'ai besoin que tu me fasses ressentir à nouveau quelque chose de bien, de bon. J'ai envie que tu remplaces les souvenirs douloureux par des bons…

– Em'…

– Stan, je t'en prie. Je viens de prendre une balle, j'ai pris conscience que je t'aime et que je ne veux pas passer une minute de plus loin de toi. Je suis littéralement en manque et tu ressembles à un dieu vivant.

– Un dieu vivant ? dis-je en souriant.

– Avec un sourire à faire mouiller les petites culottes, en plus !

– Em'...

– Et sache que je n'en porte pas, dit-elle en se mordillant la langue.

– Diablesse !

J'ai entendu tout le désespoir dans la voix de ma femme. Elle a besoin de moi pour oublier, pour se sentir à nouveau vivante. Même si tout mon corps me hurle de la prendre, je sais que ce n'est pas raisonnable. Toutefois, je connais d'autres moyens pour apaiser la douleur d'Em'.

– Tu ne portes pas de culotte, hein ?

Elle secoue la tête et je me relève. Je m'approche et m'incline. Je pose un bras au-dessus de sa tête sur l'oreiller pendant que je fais glisser mon autre main sous les draps. Em' m'interroge du regard sans savoir où je veux en venir, mais quand ma main arrive à destination et que je prends en coupe son sexe, je la vois écarquiller les yeux. Visiblement, ma femme est vraiment en manque au point de penser que je vais la prendre ici, sans préliminaires. J'avoue que cette idée m'a effleuré l'esprit pendant au moins une bonne minute. Mais même si Em' brûle de désir, son corps a besoin de se reposer. Même surprise, Em' ne semble finalement pas se plaindre de mon geste, car elle écarte davantage les jambes et relève légèrement son bassin.

– Stan, qu'est-ce que...

– Chut, ma belle. Je ne te ferai pas l'amour dans un lit d'hôpital alors que tu viens à peine de te faire recoudre et que tu ressembles à un punching-ball. Par contre, je peux faire en sorte de te faire beaucoup de bien...

Je baisse la tête pour l'embrasser. Notre baiser est tendre, doux, et Em' semble complètement envoûtée. Je continue mes caresses, lentement, en prenant mon temps, alors que je sais qu'à tout moment quelqu'un pourrait rentrer dans la pièce. J'imagine déjà le tableau que nous offrons, mais je m'en fous. Le corps de ma belle est dissimulé sous les draps, et finalement, ce serait une manière comme une autre de déclarer qu'elle est à moi.

– Plus… dit Em' dans un gémissement. S'il te plaît, bébé…

J'adore quand elle m'appelle « bébé » ou « mon cœur ».

– Ma nana est en manque, dis-je en riant.

– Tu sais bien que de toi, toujours… répond-elle.

Si moi je sais où appuyer pour lui faire du bien, elle sait quoi dire pour obtenir ce qu'elle veut de moi. Et elle a raison, car à peine ces mots prononcés, j'accélère le rythme.

Je rajoute un deuxième doigt puis un troisième, tout en titillant du pouce son petit nœud de chair. Em' ne reste pas immobile et ondule légèrement des hanches. J'imagine que le plaisir annihile sa douleur. Elle pose sa tête au creux de mon épaule tout en s'agrippant à mon cuir. Ses gémissements de plaisir sont de plus en plus bruyants et je suis certain que si quelqu'un passe à côté de notre porte, il saura instantanément ce qu'il s'y passe. Em' n'a jamais été silencieuse et ses râles de plaisir m'ont toujours excité.

– Stan… dit-elle à bout de souffle.

– Je sais, ma belle, vas-y, dis-je en comprenant qu'elle va bientôt jouir.

Je sens les parois internes de son sexe se resserrer. Je donne encore quelques va-et-vient rapides et profonds quand Em' explose tout autour de mes doigts. Elle jouit dans un râle de plaisir, la tête bien enfouie au creux de mon épaule. Je continue d'aller et venir en elle plus lentement pendant encore quelques secondes avant d'arrêter. Je ne retire pas mes doigts pour autant, j'adore être en elle, ressentir sa chaleur.

Em' relève la tête et me sourit. Elle tire ensuite sur mon cuir pour me faire baisser la tête et m'offre un baiser amoureux, tendre.

– Merci, dit-elle tout sourire.

– Tout le plaisir est pour moi, dis-je en retirant cette fois mes doigts pour les porter à ma bouche.

Je ne lâche pas du regard Em' dont les yeux deviennent noirs. Ce qu'elle voit l'excite. Elle se mord la lèvre en fixant ma langue qui lèche mes doigts portant son goût et son odeur. À la voir dans cet état et à la goûter, je pourrais moi-même presque en jouir dans mon froc. Elle est tellement bandante, et le pire, c'est qu'elle ne semble pas s'en rendre compte.

Em' est toujours sur son petit nuage, si bien qu'elle n'entend pas les bruits de pas qui se dirigent vers nous. Mais moi, je reconnaîtrais ce pas lourd entre mille.

– Au fait, j'ai dit à tout le monde qu'on était mariés, dis-je.

– Quoi ?! crie Em'.

Mais heureusement pour moi, la porte de la chambre s'ouvre à la volée pour laisser entrer nos invités.

Je sais qu'Em' est en train de bouillir de rage. Elle m'en veut sûrement d'avoir dévoilé notre petit secret à tout le monde sans son accord, mais je saurai me faire pardonner plus tard. Ma femme, bien que momentanément satisfaite, est en manque et je saurai utiliser tous les moyens en ma possession pour l'aider à avaler bien plus que la pilule.

– Salut, les gars, dit mon jumeau en entrant dans la chambre, suivi de Slade, Drake, Diesel, Amy et mon père.

Em' a toujours les joues rouges, mais je ne saurais dire si c'est à cause de l'orgasme que je viens de lui offrir ou de la colère. Vu le regard courroucé qu'elle me lance, je dirais un peu des deux.

– Salut, dit-elle timidement.

– Je croyais qu'Em' n'avait le droit qu'à un visiteur ?

– Que veux-tu, commence ma sœur en haussant les épaules, pa' a su se montrer très persuasif.

– Ma puce, ça va ? demande Slade en s'approchant d'Em' de l'autre côté du lit, pour prendre sa main dans la sienne.

– Je vais bien, lui répond-elle en souriant avant de m'offrir un regard désolé.

J'observe Slade parler à sa fille et lui dire combien il est désolé pour tout. Em' semble décidée à lui offrir à lui aussi une seconde chance et j'en suis ravi. Même si j'ai toujours pensé qu'il était un père minable pour elle, il n'en reste pas moins qu'il est mon frère et je ne lui souhaite donc que du bonheur.

Je lance un regard interrogateur à mon père qui secoue la tête. Visiblement, il n'a pas encore mis la main sur ce connard et sur Bianca. Mais pour le moment, le plus important, c'est Em' et son rétablissement.

– C'est moi ou ça sent le sexe ? dit tout d'un coup Drake en levant le nez en l'air comme s'il était un chien renifleur.

Du coin de l'œil, je vois Em' rougir et je fusille mon frère des yeux. Ce simple regard de ma part suffit à le faire sourire davantage et à lui offrir la réponse qu'il connaissait déjà.

– Bordel, me dites pas…

– La ferme, Drake ! assène mon jumeau.

– Donc, si on comprend bien, toi et Em'… demande Amy.

– Ouais, commencé-je en bombant le torse. Em' a décidé de m'accorder une seconde chance.

– Dernière chance, précise-t-elle.

– Dernière chance, reprends-je en reportant mon attention sur elle.

– C'est super, frangin ! s'exclame Diesel en m'offrant une accolade.

Je souris comme un con, puis c'est au tour de Drake, Seth, et mon père de me serrer dans leurs bras. Quand vient celui de ma sœur, je ne suis pas étonné de l'entendre me chuchoter que si je foire cette dernière chance avec Em', elle s'occupera de faire de moi le premier eunuque de la famille Jackson. Puis elle dépose un rapide baiser sur ma joue et se dirige vers Em' pour la féliciter.

Finalement, c'est comme si rien n'avait changé. J'ai l'impression de faire un bond dans le passé. La boucle est enfin bouclée, Em' fait de nouveau partie de ma vie et je suis bien décidé à tout faire pour lui prouver qu'elle a raison de nous accorder une seconde et dernière chance.

Au début de notre relation, ensemble nous étions forts, nous n'avions peur de rien et nous nous sommes brûlé les ailes. Aujourd'hui, notre amour est invincible, et avec elle à mes côtés, j'aborde l'avenir avec envie.

31

Millie

La porte s'ouvre une nouvelle fois, sur le Dr Reed. Quand il voit tout le monde dans la chambre, il fronce légèrement les sourcils, mais finit par secouer la tête et sourire.

– Eh bien, je vois que vous avez de la compagnie, docteur Johnson !

– Que voulez-vous, une balle perdue, dix amis de retrouvés, dis-je en riant.

– Je vois, répond-il, amusé. Par contre, je vais devoir vous ausculter et vous parler un peu des suites de l'opération.

– Oui, bien sûr.

Drake, Diesel, Seth, Amy et Apo sont déjà en train de sortir de la chambre. Mon père, toujours très affecté par ce qu'il s'est passé, ne semble pas vouloir me laisser. Mais après que je lui ai offert un sourire réconfortant et la promesse de le laisser revenir quand ce sera fini, il part. Évidemment, il dépose un nouveau baiser sur mon front tout en me disant qu'il m'aime.

Entendre un père dire à sa fille combien il l'aime, cela n'est pas anodin. Mais avec Slade, ces trois petits mots prennent une autre ampleur. Il aura fallu presque trente ans, un coma et une balle pour qu'il se décide enfin à dévoiler ses sentiments. Et l'attente en valait largement la peine. Je sais qu'il s'en veut, qu'il regrette son comportement par le passé.

Alors aujourd'hui l'entendre me dire qu'il m'aime et qu'il sera désormais là pour moi a plus de valeur que n'importe quel prix médical ou citation dans une revue scientifique.

Puis c'est au tour de Stan, mon homme, ma moitié, mon mari, mon tout de s'approcher de moi. Il dépose un tendre baiser sur mes lèvres. Ce contact, bien que bref, me permet quand même de ressentir tout l'amour qu'il me porte. Sans compter qu'il montre au Dr Reed que je suis prise, que je lui appartiens. Une manière plus civilisée de dire que je suis à lui que de pisser tout autour du lit pour marquer son territoire. Même si je suis persuadée qu'il serait capable de le faire.

Stan pose son front sur le mien et son souffle chaud caresse la peau de mon visage.

– Je t'aime, murmure-t-il, la voix chargée d'émotion, sincère.

Je relève la tête et ancre mon regard au sien. Dans ses magnifiques yeux bleus, je ne lis que de l'amour, de la dévotion.

– Tu as plutôt intérêt. Rappelle-toi que je suis médecin, je connais des dizaines de manières de tuer et de faire passer ça pour un accident. Sans compter que je pourrais tout aussi bien te tuer, puis te ramener à la vie, autant de fois que je le souhaite, dis-je avec un sourire sadique.

Stan continue de me fixer sans sourciller, même si lui comme moi savons que ce que je dis est vrai. J'ai peut-être prêté serment quand je suis devenue médecin, je n'en reste pas moins une femme qui, si son honneur était à nouveau bafoué, ne ferait pas preuve de clémence. Comme on dit si bien : « Trompe-moi une fois, honte à toi. Trompe-moi deux fois, honte à moi. »

– J'en attends pas moins de ma femme, bébé, dit-il en souriant avant d'adresser un signe de tête au Dr Reed et de quitter la pièce.

Enfin seul avec moi, le Dr Reed me tend mon dossier médical. Je pense qu'il a bien compris à qui il a affaire. Je le remercie en souriant et commence à feuilleter les premières pages.

– Comment vous sentez-vous ? demande-t-il.

– Comme une nana qui vient de se prendre une balle après avoir été passée à tabac…

– Je vois, répond-il en souriant. En tout cas, vous serez sûrement ravie de savoir que la balle n'a fait que traverser votre cuisse. Mais j'imagine que vous deviez déjà vous en douter. La balle est passée à quelques centimètres de l'artère fémorale, une véritable chance.

De la chance, je n'en suis pas certaine. J'imagine qu'un homme du calibre de mon kidnappeur ne possède pas dans son équipe quelqu'un qui vise mal. Soit c'était une manière de créer une diversion, soit – et pour moi, c'est plus probable – il s'agissait de faire passer un message. Quoi qu'il en soit, je laisse toutes ces interrogations pour Stan et le club qui, je n'en doute pas un seul instant, se démènent pour retrouver ma mère et son mystérieux complice au costard.

– Effectivement, c'est le moins que je puisse dire, dis-je tout en balayant du regard mes comptes-rendus médicaux.

Ne voyant rien d'alarmant, je referme le dossier et le tends au Dr Reed.

– J'aurai simplement deux jolies cicatrices, dis-je.

– Oui, mais très légères.

– Du coup, quand puis-je espérer sortir ?

– Je me demandais combien de temps vous alliez mettre avant de me poser la question !

– Vous aviez parié combien ? demandé-je en souriant.

– Cinq minutes.

– Perdu alors.

– Effectivement. Par contre, j'attends encore le résultat de quelques examens complémentaires, et si tout est OK, vous pourrez sortir d'ici quelques heures. Début de soirée au plus tard, annonce-t-il.

Je suis un peu déçue, mais en même temps je sais qu'il a un protocole à respecter.

– Ça sera parfait.

– Bien. Je vous laisse relever votre blouse et soulever le drap, je vais examiner les sutures.

Je m'exécute et surveille le moindre mouvement du Dr Reed. Je dois le reconnaître, il reste très professionnel et surtout ne se laisse pas intimider par mon attitude. Lorsque délicatement il retire le pansement sur le haut de ma cuisse, je prends le temps de regarder et d'analyser mes sutures. Elles sont propres et régulières, parfaites. Celui qui a fait ça s'est vraiment appliqué et j'en suis ravie. Je n'avais pas envie de ressembler à un gruyère.

– Tout me semble parfait. Aucune douleur ? demande-t-il en palpant légèrement la peau tout autour.

– Non, ça tire un peu, mais c'est normal.

– Parfait. Je vous laisse vous incliner légèrement sur le côté. Je vais examiner celle de derrière.

Je m'exécute et je sens que le Dr Reed procède de la même manière pour ma deuxième cicatrice. Ses gestes sont précis, minutieux et très professionnels. J'en oublierais presque que je suis cul nu – j'ai dit « presque ». Car lorsque je sens un léger courant d'air sur mon postérieur, je ne peux m'empêcher de me dire qu'il a une vue imprenable sur mon derrière.

– Tout est parfait. Il faudra revenir dans quelques jours pour qu'on vous retire les points et qu'on procède à un contrôle de routine. Mais j'imagine que vous allez prendre soin de vos blessures. Je ne me fais donc pas de souci pour votre guérison et votre cicatrisation, dit-il en refaisant les pansements.

– Ça devrait aller, dis-je.

– Alors, dans ce cas, je vous dis à plus tard.

Sur un dernier sourire bienveillant, le Dr Reed sort de la chambre et Stan prend sa place. Lorsqu'il me regarde, je sais que quelque chose le tracasse. Son regard est inquiet, son visage est légèrement crispé.

– Qu'est-ce qui se passe ? demandé-je d'emblée.

– Qu'est-ce qui te fait penser qu'il y a quelque chose ? dit-il en arquant un sourcil.

– Je te connais par cœur, accouche.

– Bon, OK. Les autres sont au courant que tu vas sortir ce soir et…

– Mais enfin, le Dr Reed vient à peine de partir !

– Oui, eh bien, Drake a su faire preuve de persuasion auprès d'une infirmière… dit-il en souriant.

Je lève les yeux au ciel, pas la peine qu'il m'en dise davantage.

– J'imagine qu'il a dû donner de sa personne, dis-je sarcastiquement.

– Il a su recevoir aussi, rétorque Stan en retenant difficilement un sourire complice.

Je suis sûre que tous les frères Jackson ont dû lui donner une tape sur l'épaule accompagnée d'un « Bien joué, mec ». Ces gars ne pensent qu'au sexe, et des quatre, je crois que Drake, c'est le pire. Même si Diesel et Seth ne sont pas en reste, ils sont plus malins et savent faire preuve de discrétion. Drake n'a aucune gêne ni pudeur. Je me souviens encore parfaitement de la fois où nous l'avons surpris, Stan et moi, le pantalon sur les chevilles juste à côté de la sortie du club. Il n'avait même pas pu atteindre sa chambre pourtant à quelques mètres.

Ceci dit, je me souviens bien aussi de son cul, un fessier musclé, très…

– Arrête de penser au cul de mon frère ! me rabroue Stan.

– Mais comment sais-tu que je pensais à ça ?

– Je te connais ! dit-il en plissant les yeux, feignant l'énervement.

– Bref, tu disais… dis-je pour changer de sujet.

– Les autres ayant appris que tu sors ce soir, ils veulent organiser une fête.

– Est-ce que j'ai le choix ?

– Pas vraiment…

– C'est si gentiment imposé…

– Em'…

– Je plaisante, je suis partante. Ça permettra aussi à tout le monde de se détendre, car j'imagine que vous n'avez toujours pas mis la main sur monsieur Costard et ma mère ?

– Bébé, tu sais bien que ce sont les affaires du club. Mais tu n'as rien à craindre, je te protégerai… répond Stan.

Ce qui veut dire, en clair et en décodé, qu'ils sont sur le coup mais que, oui, nos deux ennemis sont toujours en fuite.

– Dans ce cas, je m'en voudrais de priver tout le monde d'une soirée de détente.

– T'es la meilleure, dit Stan en s'approchant de moi.

– Je suis surtout la seule, rétorqué-je.

– Aussi.

– Ils t'attendent pour préparer le club ?

– Oui, mais t'inquiète, je passerai te récupérer plus tard. C'est juste l'histoire de quelques heures.

– Pas de souci. C'est pas comme si de toute manière j'avais mieux à faire… Et pour la police ? demandé-je en me rappelant que toute blessure par arme à feu doit être portée à la connaissance des forces de l'ordre.

– T'inquiète, Apo s'en est chargé. Toi, tu as juste à prendre soin de toi. Le reste, on s'en occupe, ajoute-t-il.

Stan me sourit et m'offre à nouveau un baiser plein de tendresse et d'affection. Je n'ai rien contre cette marque d'amour, mais là tout de suite, j'aimerais tellement qu'il m'arrache ma blouse avec les dents pour me faire l'amour sauvagement ! Quand je commence à tirer sur son cuir, Stan se recule et m'offre son sourire diabolique.

– Bébé…

– La ferme ! C'est de ta faute si je suis en manque, protesté-je en croisant les bras et en faisant mine de bouder.

Stan éclate de rire et dépose un nouveau baiser sur ma joue avant de me dire à plus tard et de s'éclipser.

Me voilà seule dans ma chambre d'hôpital. Au lieu de ressasser les récents événements, ce qui m'assurerait un mal de crâne, j'en profite pour appeler Martha.

– Ma puce, comment tu vas ?

– Oh, tu sais, la routine. Je me suis fait tirer dessus, mais ça va. La balle n'a fait que…

– Tu quoi ? hurle Martha à l'autre bout fil.

– T'inquiète, c'est trois fois rien.

– Trois fois rien ?! Tu te fiches de moi ? Dis-moi que celui qui t'a fait ça est en train de rôtir en enfer, dit-elle très sérieusement.

– Il est en chemin, je pense, dis-je en restant vague. Bref, comment ça va au travail ? Tu t'ennuies pas trop toute seule ?

– Ma belle… commence Martha qui a soudainement pris une voix sérieuse.

– Quoi ?

– Je ne te l'ai pas dit avant, mais ils ont essayé de recruter une nana pour pallier ton absence.

– Quoi ?! dis-je soudain très étonnée.

– Désolée, ma puce, je ne voulais pas te l'apprendre comme ça, mais c'est comme retirer un sparadrap. Il faut faire ça d'un coup sec. Bref, le Pr Brett a fait passer des entretiens, m'informe-t-elle sur un ton plus doux.

– L'enfoiré ! Il m'a dit que je pouvais prendre le temps que je voulais ! grogné-je. Jamais il n'a mentionné le fait de me remplacer.

Dire que je suis étonnée d'apprendre que le Pr Brett a tenté de me remplacer est un euphémisme. Je suis complètement sous le choc et aussi très remontée. Lui qui me disait de prendre tout le temps nécessaire, qu'il se chargerait de mes patients. Foutaise !

– Je sais, ma puce, je sais. Mais ne t'inquiète pas, c'est déjà réglé, dit-elle sérieusement.

– Martha… Qu'est-ce que tu as fait ? demandé-je, un peu inquiète, mais surtout très curieuse.

– Disons que la pauvre doit encore chercher ses dents sous ton bureau… dit-elle simplement.

Je suis sûre qu'au même moment elle doit contempler ses ongles, l'air de rien.

– Le coup de la chaise ?

– Dans le mille, mon petit. La pauvre a tapé le menton directement contre le rebord du bureau. Tout l'étage l'a entendue hurler. M'enfin, depuis le temps que je dis qu'il faut arrêter d'acheter du made in China.

– Martha ! dis-je en riant. Merci…

– Ce fut avec plaisir, ma belle, crois-moi. Bon, et sinon, il est toujours aussi con mais craquant ? me demande-t-elle sur un ton enjoué.

Je ferme les yeux et penche la tête en arrière.

– Pire que ça… dis-je en soufflant d'exaspération.

– Oh, merde !

– Comme tu dis. C'est le même. Toujours ce regard bleu glacial qui donne envie de partir en courant tout en lui jetant sa petite culotte. Et tu rajoutes à ça une tonne de muscles, de tatouages et l'attitude de bad boy.

– Mazette ! Il a un père ce jeune homme qui m'a l'air très intéressant ?

– Eh bien, figure-toi que oui et célibataire en plus. Par contre, c'est le président du club, alors autant te dire qu'il faudra prendre ton ticket comme les autres si tu espères l'atteindre.

– Tss-tss, tu sais bien que je plaisante. De toute manière, j'ai Bunny qui me tient compagnie, et lui au moins, il ne me critique pas si je décide de rester en pyjama le dimanche.

Je souris à la référence du sextoy que je lui ai offert pour son anniversaire. Un joli petit lapin tout rose, très mignon. Au début, c'était juste pour rigoler, mais quelle ne fut ma surprise un soir de recevoir un appel de Martha me demandant si les piles incluses dans le jouet étaient rechargeables ou si elle devait en racheter d'autres.

– Il a essayé de te parler ? demande-t-elle.

– Eh bien, nous avons parlé et nous avons…

– Bordel de crotte ! Vous vous êtes remis ensemble ?

– Mais comment tu sais ?

– Ma fille, je pourrais dire que je te connais comme si je t'avais faite. Tu es sûrement en train de sourire rien qu'en parlant de lui.

Martha a complètement raison, je souris en pensant à lui et en parlant de lui, c'est automatique. C'est aussi le signe que je suis vraiment foutue. Si tant est qu'un jour j'aie cessé de l'être en ce qui le concerne. Je souris aussi en entendant Martha dire qu'elle pourrait être ma mère. Elle le sait, elle est bien plus une figure maternelle pour moi que Bianca ne l'a été et ne le sera jamais.

Nous passons les minutes suivantes à parler de tout et de rien. Puis Martha finit par avouer que je lui manque et que, sans nos joutes verbales quotidiennes, le travail est bien moins palpitant pour elle.

– Sans compter que la qualité de tes ovaires n'est plus aussi bonne qu'à tes 20 ans et… commence Martha en coupant le fil de mes pensées.

– À bientôt, Martha ! Je t'embrasse !

– Moi aussi, ma belle, tu me manques, ajoute-t-elle.

– Moi aussi, Ma', tu me manques.

Je raccroche en souriant et de bonne humeur. Martha a toujours su me remonter le moral. Même quand elle s'évertuait à me pourrir la vie à mes débuts, finalement cela me faisait sourire. Une chose est sûre, je ne suis plus indispensable à Baltimore. Le Pr Brett a cherché à me remplacer sans même avoir la décence de me prévenir. Finalement, je me rends compte que je ne suis pas indispensable là-bas. Certes, j'aime mes patients, le travail, l'hôpital, mais je comprends maintenant que ce n'est pas assez. Ici, entourée de mes proches, je me sens entière et moi-même. Travailler à l'hôpital Johns-Hopkins, c'est un peu comme avoir des projecteurs constamment braqués sur votre travail. C'est galvanisant et très stimulant, mais finalement le soir, quand votre journée de travail est finie et que vous rentrez, vous êtes seule et vous n'êtes plus personne.

Ici à Tucson, je n'aurai peut-être pas cette renommée, mais au moins, après une journée de travail, je sais qu'à la maison m'attendra le spécimen mâle dans toute sa splendeur. Et rien que ça suffit à me redonner l'amour de cette ville.

Évidemment, il y a Martha, à qui je n'ai pas encore eu le courage de dire que je ne reviendrai pas à Baltimore. Je dois l'avouer, je redoute sa réaction. Je sais que ma décision va la rendre malheureuse et c'est bien là le seul revers de la médaille.

Alors que je suis perdue dans mes pensées, la porte s'ouvre à nouveau sur le Dr Reed qui affiche une mine contrite et soucieuse.

– Il y a un problème ? demandé-je aussitôt.

32

Stan

J'arrive au club et je ne suis pas surpris de retrouver déjà tous les membres et quelques régulières. La fête de ce soir s'annonce gigantesque et tout le monde met la main à la pâte, y compris les brebis. Nous sommes tous encore à cran et nous avons besoin de nous détendre. Pour certains, ce sera autour d'une bière ou d'une partie de billard, et pour d'autres, ce sera entre les cuisses de la première qui passe. Bref, ce soir, les choses risquent de dégénérer, mais je ne me fais pas de souci pour Em', elle a grandi dans ce milieu.

Je descends de ma bécane et je rejoins mon jumeau, adossé au mur du club.

– Tout se passe bien pour Millie ? demande-t-il.

– Nickel. Elle sort ce soir.

– Je suis sûr qu'elle a été ravie d'apprendre le sacrifice de notre frère.

– Tu peux le dire !

– Alors, les suppôts de Satan, on récite des incantations pour faire pousser sa bite ? lance Drake d'une voix amusée en s'approchant de nous.

– Tu te le fais ou je me le fais ? demandé-je à Seth d'une voix sérieuse.

– Je me le fais, répond-il en courant vers Drake.

Ayant compris qu'il allait se faire botter le cul, ce dernier déguerpit à toute vitesse.

Je ris doucement en voyant ces deux-là se comporter comme deux crétins, mais ça me fait aussi du bien de voir que, malgré les emmerdes, on garde un peu de légèreté. Sur une table de pique-nique plus loin, je remarque ma sœur qui assiste tout aussi amusée à cette scène entre nos deux frangins, et je la rejoins.

– Tu crois qu'un jour il va grandir ? demande-t-elle en pointant du menton notre frère Drake.

– C'est trop tard. Je pense que sa première cuite à l'adolescence a mis un terme à son évolution. Il restera à tout jamais un gros débile.

Amy éclate de rire, et bordel, ça fait du bien de l'entendre et de l'avoir à nouveau dans nos vies.

– Comment va Angel ?

– Il rame toujours.

– Me dis pas que tu lui en veux encore pour avoir dragué la nénette à l'hôpital ?!

Ma sœur tourne sa tête si vite que je recule instinctivement. Elle braque son regard doré et meurtrier sur moi et reste silencieuse quelques secondes.

– En fait, je m'en fous, je sais qu'il ne faisait ça que pour aider, mais j'ai quand même une réputation à tenir, explique-t-elle tout en regardant Seth et Drake se battre gentiment dans la cour.

– Bordel, sœurette, t'es dure !

– Je sais. Et toi avec Millie, ça va ?

– Super.

– Elle reste ici alors ? demande ma sœur.

Sa question me prend complètement au dépourvu. S'il y a bien une chose dont nous n'avons pas parlé, c'est de son travail. Ceci dit, pour moi il est clair qu'elle ne repart pas à Baltimore. Comment pourrait-elle envisager de me pardonner et de redonner une chance à notre couple tout en étant à des milliers de kilomètres ? Mais c'est un mystère qu'il va me falloir vite éclaircir.

– Eh, les gars, vous faites quoi ? lance Diesel qui nous rejoint à son tour.

Mon frère arrive pile au bon moment. Je ne sais pas du tout quoi répondre à Amy et je suis bien content de ne pas avoir à ramer pour trouver une réponse adéquate.

– On regarde un combat de coqs, répond Amy, amusée.

– Merde, ça a commencé depuis longtemps ? demande Diesel qui s'assied de l'autre côté d'Amy.

– À peine quelques minutes, réponds-je.

– Seth ou Drake ?

– Je parie sur Seth, il a l'air bien remonté.

– Moi aussi, ajoute Amy.

– Bordel, vous me laissez pas d'autre choix que de soutenir Drake, râle notre frère, faussement vexé. Dix dollars ?

– Vendu ! répondons-nous en chœur.

– Mais bordel de merde ! Vous pouvez m'expliquer ce que vous foutez tous les deux par terre, hein ?! On a du boulot, bande de petits cons! claque la voix de mon père qui s'approche rapidement de nos deux frères.

– C'est lui qui a commencé! tente Drake, toujours pris au piège de Seth.

– Ta gueule! rétorque mon jumeau.

– Levez-vous, bande de sales merdeux, et rejoignez les autres à l'intérieur, on a du pain sur la planche! tonne mon père d'une voix grave avec une pointe d'humour.

Seth et Drake ne demandent pas leur reste. Ils se relèvent et filent en direction du club, non sans se donner quelques coups de coude et de poing. Tous les trois, nous observons la scène, amusés, jusqu'à ce que mon regard croise celui de mon père.

– Eh merde! dis-je.

– Quoi? fait Diesel.

– Hé, vous deux, là?! Vous foutez quoi?! Vous croyez que vous allez rester le cul vissé sur la table alors qu'on se crève à la tâche? lâche Apo, les bras croisés.

– Bah, on avait cet espoir-là, ouais. En plus, il fait beau… commence Diesel, rapidement coupé par notre père.

– Bouge ton cul!

– OK, OK! dit-il en commençant à partir. Et pourquoi, eux, ils ne bougent pas?!

– J'ai des courses pour Stan. Quant à Amy, elle est exempte, finit mon père en souriant à notre sœur.

– Exempte? répète Diesel en regardant tour à tour Amy et notre père. Et pourquoi elle est exempte, elle?!

– Parce que j'ai mes règles, ducon! rétorque Amy tout naturellement.

– Mais c'est dégueulasse! Et tu parles de tes… à notre père?! s'exclame Diesel, la mine complètement dégoûtée.

– Que veux-tu, ça me déclenche d'affreuses crampes d'estomac, répond-elle en haussant les épaules.

– C'est clair que t'as l'air au bout de ta vie… fait sournoisement Diesel.

– Diesel ! tonne notre père.

Diesel lance une dernière fois un regard noir à notre sœur qui lui répond par un clin d'œil, avant de regagner l'intérieur du bar. Notre père s'approche de nous et me tend une liste de courses.

– Tiens, fils, il faudrait que tu ailles chercher ça pour ce soir.

J'observe la liste, qui ne contient que des broutilles sans importance, et je ne comprends pas pourquoi c'est moi qui suis chargé de m'en occuper.

– Des joints en silicone ? À quel moment dans la soirée on va se servir de joints en silicone ?

– Occupe-toi d'acheter tout ce qu'il y a sur la liste.

– Et pourquoi t'envoies pas un prospect ?

– Parce que je t'envoie toi.

Super la réponse de mon père ! Mais quoi que je dise, je suis bon pour une virée shopping.

– Amy, Angel te cherche et il n'a pas l'air content du tout. Une idée ? demande notre père en arquant un sourcil.

– Non, aucune, fait-elle tranquillement.

Je tourne la tête en direction de ma sœur. Elle affiche un air parfaitement innocent et se contente de contempler ses ongles sous tous les angles.

– Si je te dis qu'on dirait un Schtroumpf, ça te rafraîchit la mémoire ?

– Ah, ça !

– Ma puce, il va falloir que tu lui pardonnes pour la nana de l'hôpital, c'est plus possible. C'est quand même mon *road captain*… dit mon père d'une voix calme.

– Ça va ! C'est juste du bleu de méthylène, répond Amy comme si c'était normal.

– Je sais, ma puce, mais là quand même…

– Mais qu'est-ce que t'as fichu, Amy ? lui demandé-je, complètement amusé.

J'imagine très bien Angel recouvert de bleu des pieds à la tête. Mais ce que j'aimerais savoir, c'est comment elle s'y est prise. J'ai des frères à qui j'aimerais faire le même coup…

– J'en ai mis quelques gouttes dans son shampoing et dans son gel douche, m'explique-t-elle le plus calmement possible.

– Putain, mais c'est super ! dis-je avec un tel enthousiasme que mon père se rend compte assez vite de l'idée que je suis en train d'avoir.

– Stan, ôte-moi vite cette idée débile de ton crâne ! me dit mon père en me lançant un regard noir. Quant à toi, Amy, arrête de filer tes idées à la con à ton frère et arrange-moi ce merdier, finit mon père sur un ton ferme mais doux.

– Très bien, je vais voir ce que je peux faire pour me faire pardonner… Mais si on fait du bruit, rappelle-toi que c'est toi qui l'as voulu, lance-t-elle à mon père en descendant de la table et en se dirigeant vers le club.

– Par pitié, fils, si tu as des enfants, jamais de fille, dit mon père en suivant du regard Amy.

– Je ferai tout pour, pa'.

Et je regagne ma moto. Finalement, il ne me faut pas longtemps pour acheter tous les articles sur la liste de mon père. Quand mes yeux tombent sur le dernier objet à acheter

– une ventouse –, aucun doute sur le fait que mon père m'a sciemment écarté du club. Cette mise en scène pour me tenir éloigné éveille ma curiosité. Toutefois, je ne peux en être qu'amusé. Mon père s'est quand même donné du mal pour ne pas m'avoir dans les pattes pendant plusieurs heures. Il aurait simplement pu me dire de dégager, mais il devait faire en sorte que cela reste crédible. Rien que par respect pour le mal de crâne que j'ai dû lui donner, je m'attelle à la tâche et pars acheter le dernier article tout en sachant pertinemment qu'il est peu probable qu'il soit d'une quelconque utilité pour la soirée. Cela dit, avec Apo, il vaut mieux rester prudent.

Une fois ma bécane chargée jusqu'à la gueule, je retourne au club. Quand j'arrive, le parking est déjà plein à craquer. Je remarque que plusieurs membres d'autres chapitres ont pu se joindre à la fête et ça promet une soirée démentielle. Mais à peine suis-je arrivé sur le parking que mes frères me sautent limite dessus. Chacun leur tour, ils prennent les articles et Seth m'explique que ma présence n'est pas nécessaire et que je peux retourner à l'hôpital attendre la sortie d'Em'.

Je suis carrément sceptique, là. Clairement, il se trame quelque chose, mais vu que je n'ai pas voix au chapitre, j'obéis docilement à mes frères et je retourne auprès de ma nana.

33

Millie

J'observe attentivement le Dr Reed se rapprocher lentement de moi. Comme dans les films où on devine qu'une chose grave va se produire, j'ai des frissons, les battements de mon cœur s'accélèrent, et surtout, surtout, il faut vite abréger les souffrances. Bordel, que va-t-il m'annoncer ?! Je suis certaine que la balle n'a fait aucun dégât, alors il doit s'agir d'autre chose. Je me souviens qu'il a parlé d'examens complémentaires. Est-ce que les résultats de l'un d'entre eux sont mauvais ?

– Docteur Johnson, les résultats que j'attendais sont enfin arrivés, dit-il après plusieurs secondes de pure agonie.

– Et ?

– Peut-être voudriez-vous attendre votre mari pour qu'on en parle tous les trois ensemble ? ajoute-t-il timidement.

C'est une plaisanterie ! Il me met au supplice en me demandant d'attendre Stan pour en parler ! Non, pas moyen. Si je dois apprendre que je souffre d'une maladie incurable, je veux avoir le temps de digérer seule l'information et de pouvoir prendre la meilleure décision qui soit.

– Non, allez-y. Dites-moi.

Mais au lieu de répondre à ma demande, il me tend à nouveau mon dossier médical. Je l'attrape d'une main fébrile, mon cœur prêt à sortir de ma poitrine. Mes mains sont moites, et ma gorge sèche. C'est finalement ça que l'on ressent lorsqu'on est patient et qu'on attend le verdict. On a le sentiment d'avoir une épée de Damoclès au-dessus de sa tête. Mes yeux se baissent et je commence ma lecture.

– Non, c'est impossible, dis-je en secouant vivement la tête et en relisant plusieurs fois les mêmes lignes.

– Docteur Joh…

– C'est impossible ! Je suis… je suis quand même médecin ! Je l'aurais su.

– Vous êtes à un stade très précoce, personne n'aurait pu le savoir.

– Non, c'est impossible, continué-je à nier.

Je sais que je suis dans le déni, car les preuves sont là, écrites noir sur blanc. Mais à cet instant, il est plus facile pour moi de refuser la réalité que de l'accepter. Je ferme les yeux et tente de faire le vide. Il faut que je sois rationnelle, mais comment l'être ? Je suis là depuis quelques semaines à peine. J'ai cru d'abord perdre mon père, j'ai ensuite revu ma mère qui a avoué être responsable du coma de Slade. J'ai dû faire face à mon ancienne meilleure amie qui s'est tapé mon mec pendant des années. J'ai renoué avec lui, avec mon ancienne famille ou presque, pour ensuite être kidnappée et finir par prendre une balle. Non, vraiment là, j'aurais pensé que la coupe était plus que pleine, mais visiblement quand on pense qu'on a fini de creuser, il y a toujours quelqu'un pour vous tendre une pelle plus grosse.

– Je me dois de vous demander s'il y a des antécédents dans votre famille, demande doucement le Dr Reed.

Je pense qu'il ne faut pas être bardé de diplômes comme nous pour comprendre que cette nouvelle me fait l'effet d'une véritable bombe.

Je ne peux toutefois pas répondre avec des mots, alors je me contente de hocher la tête et de respirer calmement. Je sens que je suis à deux doigts de craquer et je me mords la lèvre pour retenir un cri de frustration.

– Très bien. J'ai demandé au Dr Lang de m'accompagner et il attend derrière la porte. Il vous expliquera mieux que moi la suite et surtout la prise en charge, ajoute-t-il.

Je rouvre alors les yeux et je vois le Dr Reed qui tente de m'offrir un sourire compatissant et chaleureux. Je sais qu'il n'y est absolument pour rien, mais tout de même, il est le messager. Et en clair, il est pour le moment le coupable de tous mes maux.

– On est vraiment sûrs ? Il ne peut pas y avoir d'erreur ? tenté-je quand même.

Après tout, on ne sait jamais, sur un malentendu ça peut passer. Mais quand le Dr Reed m'offre un sourire indulgent, je comprends que non, il n'y a pas de quiproquo.

– Ça va aller, vous n'êtes pas seule, dit-il avant de se diriger vers la porte pour faire entrer son confrère.

Je ne suis pas seule, j'aimerais pouvoir en être certaine. Si encore il m'avait annoncé que j'ai un ongle incarné ou un éclat de balle dans le ventre, je lui aurais répondu sans hésiter que non, je ne suis pas seule, que j'ai une famille et un homme à mes côtés pour me soutenir. Mais face à cette nouvelle, je ne sais plus. Le doute est devenu mon compagnon d'infortune.

La porte se referme et je secoue la tête pour m'obliger à revenir dans le présent. Même si l'idée de rester à jamais dans les pensées d'un avenir radieux me plairait, je dois affronter la réalité et préparer l'avenir. Je n'ai jamais été de ceux qui préfèrent faire l'autruche, pensant que les problèmes vont disparaître d'eux-mêmes. Moi, je fais partie de ceux qui les regardent bien en face et les affrontent.

J'écoute pendant plus de trente minutes le Dr Lang m'expliquer la suite des festivités. J'ai soudain très envie de vomir et une boule à l'estomac. C'est fou comme lorsque nous sommes dans l'ignorance, tout va bien, et dès que nous savons, tous les maux se réveillent.

Ceci dit, je ne peux pas m'empêcher de me dire que le sort s'acharne. On vient de se retrouver avec Stan après avoir déjà vécu tant de choses. S'agit-il de l'épreuve ultime qui soudera à jamais notre couple ou sera-t-elle l'obstacle de trop ? Celui qui finalement aura raison de notre amour ?

Après le départ du Dr Lang, je reste seule, le regard perdu dans le vide, mon esprit torturé dans les méandres d'un avenir flou, indécis. Je ne sais pas combien de temps je reste dans cette position, mais je sors de ma catatonie en entendant des coups portés à ma porte. Je tourne la tête et observe Stan qui est de retour. Il ferme la porte derrière lui, mais dès que son regard croise le mien, son sourire disparaît.

– Qu'est-ce qu'il y a, Em' ? me demande-t-il, inquiet, en s'approchant rapidement de moi.

– Stan… commencé-je à dire.

Mais voilà que je craque. Moi qui voulais rester forte, il aura suffi d'un seul regard de sa part pour me faire flancher.

– Ma puce, qu'est-ce qu'il y a ? Tu as mal ? Tu veux que j'appelle une infirmière, un médecin ? demande-t-il frénétiquement.

Mais alors qu'il s'apprête à appuyer sur le bouton d'appel, je pose ma main sur son bras pour le stopper.

Stan me regarde complètement paniqué et désemparé. Je sais qu'il souffre de me voir dans cet état et qu'il se sent impuissant faute d'en connaître les raisons, c'est pourquoi je me force à respirer calmement pour tenter de reprendre le contrôle de mes émotions. Je ferme les yeux et respire longuement. Stan ne reste pas inactif, il s'assied à côté de moi et prend ma main dans la sienne. Je savoure son contact, sa proximité, l'odeur de son parfum qui parvient à mes narines m'apaise et me tourmente en même temps. Car si jamais Stan décide de me laisser seule pour affronter la suite, c'est une odeur que je ne sentirai plus jamais.

– Em', je t'en prie… dit-il d'une voix suppliante. Qu'est-ce qui se passe ? C'est en train de me tuer de te voir dans cet état, ajoute-t-il.

Je rouvre les yeux pour le fixer. Il semble profondément affecté par mon état, ce qui ne rend que plus difficile pour moi de lui avouer la vérité. Pourtant, il faut que je mette un terme à son calvaire ainsi qu'au mien. Plus tôt il connaîtra la vérité, plus tôt je saurai de quoi mon avenir sera fait, ou plutôt avec qui.

– Ne m'en veux pas, commencé-je doucement.

– T'en vouloir de quoi, bébé ? dit-il, complètement perdu.

– Ça n'aurait pas dû se produire.

– Qu'est-ce qui n'aurait pas dû se produire ?

– Je veux dire, ce n'est arrivé qu'une fois et les probabilités que cela se produise sont infimes…

Ça y est, je commence à paniquer et à parler sans réfléchir et de façon incohérente.

– Em'…

– Il faudrait d'ailleurs que je me renseigne, car je crois que ça tient même du miracle.

– Em'…

– Enfin, je veux dire une fois, une seule fois, et paf ! Mais il n'y a pas d'erreur possible et…

– Putain, Em', merde ! s'énerve-t-il. Tu vas me dire…

– Je suis enceinte ! hurlé-je.

– Quoi ? demande Stan, soudain figé telle une statue.

– J'ai dit que je suis enceinte, répété-je, cette fois la voix plus calme.

– Comment c'est possible ? demande-t-il très sérieusement.

– T'es sérieux là ?! fais-je en arquant un sourcil.

– Non pas ça, je veux dire… Je croyais que tu avais un stérilet, clarifie-t-il.

– Eh bien, ce n'est pas sûr à cent pour cent ce genre de chose, tu sais…

– T'es en train de me dire que j'ai un sperme super puissant ? dit-il en souriant.

– Oh, bordel, j'y crois pas…

– Em', dis-moi combien il y avait de chances que tu tombes enceinte ?

– Je ne sais pas, je n'ai pas les chiffres exacts, mais sûrement autant que d'attendre des jumeaux…

– Des quoi ? Mais comment c'est possible ?!

Je m'attendais à tout sauf à cette question. Visiblement, la nouvelle lui a grillé quelques neurones.

– Bordel, Stan, tu vas arrêter avec tes questions à la con. Toi et ton sperme super puissant avez réussi l'exploit de me mettre enceinte alors que j'étais sous contraceptif, et de pas seulement un mais deux êtres vivants, dis-je en finissant à bout de souffle.

– Putain, Em'… dit-il en se relevant et en passant une main dans ses cheveux.

Il est paniqué, je le vois bien. Il ne cesse de faire les cent pas devant moi pour tenter de se calmer et je comprends que ça y est, le moment que je redoutais est arrivé. Il n'est pas prêt. Il va me quitter et je vais me retrouver seule à élever deux enfants. Ses enfants. Soudain, une vague de colère s'empare de moi. Il ne veut pas de ses enfants, il veut renier sa paternité. Pas de problème, j'y arriverai seule. Je suis bien repartie de zéro il y a sept ans, je peux le refaire.

Même si cela me brise le cœur de savoir que Stan ne fera pas partie de cette aventure, je ne peux pas me permettre de m'apitoyer sur mon sort. Dans quelques mois, je serai mère, et si pour lui nous ne signifions rien, mes enfants et moi nous serons tout les uns pour les autres.

Face à la réaction de Stan, je prends enfin conscience de ce que va devenir ma vie dans quelques mois, mais aussi qu'il est temps pour lui de partir.

– Ferme la porte en sortant, tu veux bien, lui dis-je froidement.

Stan se fige et relève la tête pour me lancer un regard complètement perdu.

– Quoi ?

– Je te demande de partir et de fermer la porte derrière toi, répété-je en lui adressant un regard noir.

– Qu'est-ce qui te prend, Em' ? demande-t-il, la voix grave.

Son incompréhension est toujours présente, mais je sens une colère sous-jacente qui ne demande qu'à exploser.

– Ce qui me prend, c'est que je viens d'annoncer à mon mari que je suis enceinte de lui, que j'attends des jumeaux, et qu'a-t-il répondu à cela ? Rien. Absolument rien. Il n'a exprimé aucune joie.

– Em', attends…

Mais je le coupe en levant ma main pour lui faire signe de se taire. Il veut savoir ce que j'ai, il va être servi.

– Je t'ai pardonné pour Kiara. Je t'ai aussi pardonné d'avoir douté de moi à l'époque. Je t'ai pardonné les sept années que nous avons passé loin l'un de l'autre à cause de ta stupidité. Par contre, je ne pardonnerai jamais ton choix de nous abandonner tes enfants et moi. Sache qu'il n'y aura pas de retour en arrière. Je ne reviendrai pas la prochaine fois que mon père aura un accident ou que l'un d'entre vous sera à l'article de la mort. Tu ne verras jamais tes enfants naître ni grandir et je veillerai à ce qu'ils ne sachent qui est leur père que lorsqu'ils en feront la demande. Et le plus tard sera le mieux.

– Tu as fini ?! me demande-t-il.

Son corps est tendu, et son regard noir.

– J'ai fini, tu peux partir, dis-je en lui montrant la porte d'un signe de la main.

– Écoute-moi bien, Millie Jackson, tu n'iras nulle part et encore moins en emportant avec toi mes bébés, dit-il d'une voix ne trahissant pas toute la colère qu'il ressent.

Soudain, mon estomac se serre à l'idée que j'ai peut-être mal interprété son silence et sa panique. Mais je croise son regard furieux et je sais qu'il est trop tard, je vais devoir encaisser sans broncher ce qu'il aura à me dire.

– Il ne t'a pas traversé l'esprit que j'étais sous le choc ?! Putain, Em' ! Tu as été enlevée, battue, tu as même pris une balle par un homme dont on ignore tout. Tu as peut-être une menace qui plane au-dessus de ta tête sans qu'on le sache, et là, tu m'annonces que nous allons avoir des enfants. Des jumeaux ! dit-il en haussant la voix.

Et je finis par comprendre. Stan ne panique pas à l'idée de devenir père, mais plutôt de me perdre moi et les enfants. Dans son esprit, il a presque failli me perdre tout à l'heure. Malgré ma blessure sans gravité, il a cru me serrer dans ses bras pour la dernière fois. En plus de me savoir peut-être en danger, il doit aussi protéger nos bébés.

J'ai envie de pleurer tellement je me sens minable d'avoir douté de lui. Je suis la première à lui avoir jeté en pleine figure qu'il ne m'avait pas fait confiance il y a sept ans, mais aujourd'hui je ne vaux pas mieux que lui à l'époque. J'ai honte et je ne sais pas quoi dire ou faire pour me racheter. Pour ôter de son esprit le souvenir de mes mots.

– Stan… commencé-je à dire après plusieurs secondes d'un atroce silence.

– C'est donc cette image que tu as de moi ? demande-t-il, blessé. Celle d'un lâche, d'un homme prêt à renier sa femme et ses enfants ?

– Je suis désolée, Stan, commencé-je à dire.

Mais trop rapidement les larmes jaillissent et je m'effondre.

– Je suis tellement désolée, articulé-je entre deux sanglots.

– Pourquoi ? demande-t-il, perdu.

– J'ai peur. On vient à peine de se retrouver. Mon travail est à Baltimore, mes affaires, mon appartement. Comme tu l'as dit, j'ai pris une balle et j'ai peut-être toujours une menace qui plane au-dessus de ma tête et on vient de m'apprendre que je suis enceinte. J'ai paniqué à l'idée que ça soit peut-être trop pour toi, pour nous, notre mariage.

– Bébé, dit Stan en s'approchant de moi et en me prenant les mains dans les siennes.

– On a déjà traversé tellement d'épreuves. Je voulais simplement du temps pour nous. Rien que toi et moi, dis-je, la voix un peu plus brisée.

– Em', dit-il en souriant.

– Et comment est-ce que je pourrai être une bonne mère ? Tu connais mes parents, Bianca, dis-je dans un murmure.

Je viens finalement de prononcer à haute voix ce qui m'effraie le plus depuis que je sais que je suis enceinte. Comment offrir à mes enfants l'enfance qu'ils méritent ? Celle que je n'ai jamais eue ? Comment savoir si je fais les choses correctement ?

Stan se redresse et prend ma tête entre ses mains. Des pouces, il chasse les larmes de peur qui ruissellent le long de mes joues.

– Em', tu ne ressembles en rien à ta mère. Et si tu as peur de ne pas être à la hauteur, rappelle-toi que je serai là, toujours à tes côtés. Je ne suis pas Slade. Même si moi aussi j'aurais aimé passer plus de temps seul avec toi, on a toute la vie devant nous. Toi et moi, Em', c'est pour toujours, à l'infini.

– Alors tu es heureux ? ne puis-je m'empêcher de lui demander.

Même s'il est évident, au sourire béat qu'il affiche, que cette nouvelle le ravit.

– Je suis extatique, bébé. Tu fais de moi le mec le plus heureux de la terre. Et des jumeaux en plus, dit-il en posant sa main sur mon ventre encore plat.

Sa main envoie une vague de chaleur dans tout mon corps. Mes doutes s'évaporent, et même si beaucoup de choses restent encore très floues, mon avenir auprès de Stan n'en fait pas partie. Je lis dans son regard tout l'amour qu'il a pour moi, mais aussi pour nos enfants à naître.

– Qu'est-ce que j'ai fait pour te mériter ? dit-il en observant sa main sur mon ventre.

– Tu m'as harcelée pendant des semaines au lycée, ajouté-je en riant après plusieurs secondes de silence.

– La meilleure chose que j'aie jamais faite, dit-il en braquant son regard amoureux sur moi.

Nous restons ainsi plusieurs secondes à savourer le calme et l'instant présent. Alors que Stan dessine des petits ronds sur mon ventre, je ferme les yeux et repose ma tête sur son épaule.

– Stan…

– Oui, ma puce…

– C'est quoi la suite du programme ? demandé-je.

Je sais que le moment est peut-être mal choisi, et même si je sais que je peux compter sur Stan, j'ai aussi besoin de savoir comment il envisage la suite.

– Tu parles de ta vie ici ?

– Oui.

– Tu vas évidemment démissionner à Baltimore et rapatrier toutes tes affaires. En attendant de trouver la maison de nos rêves, on va rester au club, mais le temps de quelques jours, quelques semaines au maximum. Je veux pouvoir avoir accès à ton corps et profiter de toi sans craindre qu'un de mes frères te reluque. Et puis, quand les deux petits monstres ici seront nés, tu pourras chercher du travail à Tucson.

– Tu sais que ça pourrait être des furies, lui fais-je remarquer.

– Mais pourquoi est-ce que tu vois toujours le mauvais côté des choses ? Tâchons de rester positifs, dit-il en souriant.

Mais je ne rate pas le furtif regard paniqué qu'il a eu quand il m'a entendue parler d'avoir des filles.

Finalement, pour moi, le sexe des enfants n'a aucune importance. L'essentiel, c'est que tous les deux soient en bonne santé.

– Je t'aime, dis-je en le regardant droit dans les yeux.

– Moi aussi, bébé, dit-il en m'embrassant chastement.

C'est autant une déclaration d'amour pur qu'un signe de reconnaissance. Stan a su trouver les mots pour me donner confiance en notre avenir. Même si je sais que nous ne sommes pas au bout de nos peines, j'ai en revanche la conviction que quoi qu'il se dresse devant nous, rien ne sera insurmontable, car il sera là à mes côtés.

Est-ce que ma vie à Baltimore me manquera ? Pas vraiment. Mon travail ? Oui, mais là encore, rien d'irremplaçable. Finalement, la seule chose qui va cruellement me manquer ici, c'est Martha. Je n'imagine pas une seconde ne pas l'avoir à mes côtés. Elle qui n'a jamais eu d'enfant et qui, je le sais, en rêvait secrètement ferait une parfaite grand-mère de substitution.

– À quoi tu penses ? me demande Stan.

– À Martha, dis-je. C'est mon assistante à Baltimore, mais elle est aussi un peu comme une mère pour moi. Elle sait tout de mon passé, de toi et de nous…

Parler de Martha à voix haute ne fait qu'accentuer le manque créé par son absence.

– Ma puce, ça va aller, elle comprendra, dit Stan pour me rassurer.

Et j'espère qu'il a raison.

– Je vais me préparer, on va nous attendre, dis-je.

– Très juste, me répond Stan qui m'aide à me lever.

Il me tend un sac contenant quelques-unes de mes affaires et je souris, vraiment reconnaissante de cette attention. Même si je me doute que c'est plus pour éviter qu'on me mate en blouse à la sortie qu'autre chose, j'apprécie quand même le geste.

Une fois que j'ai fini de me préparer, je rejoins l'accueil et signe mes papiers de sortie. Je récupère également les ordonnances de grossesse ainsi que mon dossier d'hospitalisation. Stan ne le sait pas encore, mais cette pochette renferme les premiers clichés de nos bébés. Évidemment, pour le moment ils ou elles ne ressemblent qu'à deux pois chiches semblant perdus dans une tempête, mais ils sont tout de même bien présents. Je décide de garder cette information sous silence. J'ai envie de voir son regard et sa réaction quand il posera les yeux sur ses enfants. Et j'ai envie que cela se déroule en toute intimité, et non dans le couloir d'un hôpital.

Nous regagnons la sortie et marchons main dans la main vers le pick-up. Comme si j'étais déjà enceinte de plusieurs mois, Stan m'ouvre la porte et la referme, puis il se dirige de son côté. J'aurais envie de lui rappeler que je suis enceinte et non invalide, mais je me retrouve bien incapable de lui faire la moindre remarque quand je l'observe et vois à quel point il semble heureux.

Avant de démarrer le moteur, Stan tourne la tête dans ma direction et le regard qu'il me lance me coupe le souffle. Il me fixe avec tellement d'amour, tant d'adoration que j'ai même l'impression de rêver.

– Pour toujours, me dit-il.

– À l'infini, réponds-je en souriant, heureuse.

34

Stan

Voilà plusieurs minutes que nous roulons avec Em' et aucun de nous ne semble décidé à briser notre bulle avec des paroles. Cette parenthèse me permet de dresser la liste des choses à mettre en place pour assurer la sécurité d'Em'. Malgré nos recherches et l'aide de nos alliés, son ravisseur reste toujours une énigme. Et tant qu'on n'aura pas identifié la menace, hors de question de la laisser seule. Évidemment, Em' ne le sait pas encore, mais pour le moindre de ses déplacements elle sera accompagnée par moi ou par un autre membre. On ne prendra pas le risque de la laisser seule, elle et son précieux colis.

Quand je repense à l'annonce de sa grossesse, je suis évidemment heureux, mais je ne peux m'empêcher de repenser à l'attitude d'Em' : au premier abord, elle a imaginé que j'allais les abandonner, elle et mes enfants. Je ne suis pas en colère contre elle. Au contraire, je le suis contre moi-même. Cette méfiance, ce doute qui s'est emparé d'elle ne sont que le résultat de mon comportement envers elle. Par le passé, j'ai remis en cause son attachement pour moi et l'importance de notre relation à ses yeux.

Si Em' a pu croire que j'allais leur tourner le dos, c'est uniquement à cause de mes actes passés. Et je me fais le serment de ne plus jamais lui donner matière à douter de moi. Jusqu'à mon dernier souffle, je ne cesserai de lui prouver que je suis digne de confiance, de son amour. En m'accordant une seconde chance, elle a fait de moi l'homme que j'étais il y a sept ans. Un homme entier. Et en faisant de moi un père, Em' fait de moi l'homme le plus heureux et le plus reconnaissant sur cette terre.

Alors que nous arrivons au club, un étrange pressentiment s'empare de moi. Quand Smiley m'ouvre le portail et m'offre un sourire amusé, c'est le signe que quelque chose se trame. Le club est calme, beaucoup trop calme si on tient compte du nombre de motos stationnées dans le parking. Je ralentis pour trouver un endroit où me garer quand je remarque rapidement mon père, mes frères ainsi qu'Amy accompagnée de quelques régulières se dirigeant vers nous. Ma tension monte d'un cran, surtout quand je croise le regard impatient de Drake.

– Stan, commence Em', c'est normal que j'aie peur de ta famille là tout de suite ?

Je tourne la tête pour la regarder et je sens son corps légèrement tendu.

– Oh merde, dit-elle en écarquillant les yeux.

Je reporte mon attention devant moi. L'exclamation d'Em' n'est pas assez forte pour décrire ce qu'il se passe devant nous. Je regarde le groupe qui se dirige vers nous se scinder en deux. D'un côté les hommes et de l'autre les femmes. Rapidement, ma portière s'ouvre sur mes frères qui me sourient.

– Tiens, mets ça, me dit Seth en me tendant un bandana noir.

– Pas moyen.

– Allez, frangin, ça va être marrant, insiste Diesel.

– Non, réponds-je catégoriquement en tournant la tête pour voir que la portière d'Em' s'ouvre aussi.

– Euh, salut, tout le monde. Ça va ? dit Em' en regardant tour à tour les nanas devant elle.

– Super, elle ne se doute vraiment de rien, c'est encore mieux ! s'exclame presque hystériquement June en tapant dans ses mains.

– Vous m'expliquez ? demande Em'.

– T'inquiète, Millie, tu vas A-DO-RER, dit Amy avec à la main ce que je reconnais être un bandeau.

– Amy… Pourquoi tu t'approches de moi avec ce truc dans la main ? dit Em', la voix un peu paniquée.

– Mais c'est quoi ce bordel ?! grogné-je en m'adressant à tout le monde.

Quand je croise le regard de mon frère Drake, je m'attends au pire.

– Fais-nous confiance, Millie, et mets ça, lui dit ma sœur calmement en lui tendant le bandeau.

– J'ai le choix ? demande tout de même Em'.

– Non, répondent toutes les femmes en secouant fermement la tête.

Em' respire longuement avant de saisir le bout de tissu tendu par ma sœur.

– Em', putain, tu vas pas rentrer dans leur jeu ! dis-je, presque dépité de voir qu'elle cède alors que j'étais prêt à remettre le contact et à repartir aussi sec.

– Parce que tu crois que, toi aussi, tu vas avoir le choix ? dit-elle en me regardant.

– Mais, Em', tu es…

– En bonne santé, me coupe-t-elle en faisant des gros yeux.

Je comprends rapidement que ma nana ne veut pas annoncer tout de suite la bonne nouvelle. Même si tout le monde semble excité et de très bonne humeur, elle ne veut pas gâcher la surprise que tout le club nous réserve. J'observe ma sœur prendre la main d'Em' pour la poser sur son bras en lui expliquant que tout va bien, qu'elle n'a qu'à la suivre. Je continue à la regarder jusqu'à la voir disparaître derrière la porte du club. Je reporte alors mon attention sur mon père et mes frères qui m'observent, très impatients.

– Je vous préviens, si jamais…

– La ferme, Stan, et enfile ce putain de bandana ! aboie mon père, exaspéré par mon attitude.

Si seulement il savait qu'Em' porte en elle la future génération de Hell's Dogs, il ne serait pas là à me prendre la tête avec ce putain de bout de tissu, mais bel et bien à lui dérouler le tapis rouge. Je continue à toiser ma famille, mais au bout de plusieurs secondes, je comprends que c'est peine perdue et je cède.

– File-moi ce truc, dis-je à mon jumeau.

Je revêts le bandana qui me rend complètement aveugle. Seth me prévient qu'il va me prendre le bras pour me guider. Bien malgré moi, je me laisse faire, mais au bout de quelques secondes, un éclair de lucidité se fait.

– Qui a organisé la soirée ? demandé-je.

– C'est moi, répond Drake, la voix pleine de malice.

Voilà pourquoi je le sentais mal !

À coup sûr, mon frère me réserve une surprise qui ne va pas plaire du tout à Em', du style une voire plusieurs strip-teaseuses.

Je tente de retirer le bandeau, mais je suis ceinturé par mes frères.

– Putain, mais tenez-le ! crie mon père alors que je me débats violemment.

– Lâchez-moi, putain, lâchez-moi. Je vous jure que je vais… commencé-je avant d'être réduit au silence.

Je ne sais pas lequel de mes frères a fait ça, mais l'un d'entre eux vient de me foutre du Scotch sur les lèvres, ce qui me surprend. Mes adversaires en profitent alors pour me menotter.

– Allez, fils, tiens-toi tranquille, me dit mon père.

Je tente de lui répondre d'aller se faire foutre, mais avec mon entrave sur les lèvres, rien n'est compréhensible. Ils avaient peut-être tout prévu avec le Scotch et les menottes, mais ce qu'ils n'ont pas compris, c'est que je ne compte pas me rendre si facilement. N'est pas Jackson qui veut et je compte bien le leur rappeler.

Je cesse de hurler et de me débattre, mais j'arrête aussi de marcher. J'ancre mes pieds au sol avec la ferme intention de ne pas bouger d'un millimètre.

– Bordel, mais c'est pas vrai ! éructe mon père. Tu vas bouger ton cul, Stan !

Je ne sais pas exactement où il se trouve, mais à l'écho de sa voix, je comprends qu'il est devant moi. Je me penche légèrement sur le côté et étire mes bras de l'autre côté. En guise de réponse, je lui offre mes deux majeurs. Le message semble être passé quand je reconnais le rire de Diesel.

– Et dire que c'est l'aîné de la famille, souffle Seth.

Plus aucun d'eux ne parle, mais je sens leur présence. Ils sont tous proches. Je me sens acculer de toutes parts et je comprends qu'ils sont en train de m'encercler. Mais je n'ai pas le temps d'agir qu'on m'attrape par les coudes. Deux bras se positionnent avec force sous les miens, et sans plus attendre, on me traîne au club.

– Je vois qu'il y a eu de la résistance, dit Jack en riant.

Je hurle derrière mon entrave, ce qui ne fait qu'accentuer son rire et exacerber ma colère.

Je repère exactement le moment où je pénètre dans le club. Cette odeur, mélange d'alcool, de tabac et de sexe, m'est tellement familière. Pourtant, une chose manque, la musique. Ce fond sonore, constant, qui finit de parfaire l'ambiance d'un vrai club de motards. Mais là, tout est silencieux, trop silencieux.

Rapidement et sans même que j'aie le temps de réfléchir, on m'assied et on m'attache à ce que je reconnais être une chaise, en passant une corde autour de ma taille. Une fois que ma famille s'est assurée que je suis dans l'incapacité de faire le moindre mouvement, on me retire mon bandeau.

Je cligne plusieurs fois des yeux avant de jeter un regard noir à mes frères et à mon père. Tous se contentent de me sourire.

Je regarde alors autour de moi et je remarque que tous les membres et leurs régulières sont présents. Je note aussi que la salle est décorée avec des ballons où il est inscrit

« Not just married ». Il y a des mini-motos et des mini-stéthoscopes un peu partout dans la salle en guise de décoration. Il y a aussi un énorme cœur rouge avec une photo géante d'Em' et moi en train de nous embrasser.

Je reporte mon attention sur ma droite pour voir qu'Em' est elle aussi assise sur une chaise. Visiblement, elle s'est montrée plus conciliante que moi, car elle n'est pas attachée. Ma femme attend tranquillement, droite comme un I, qu'on lui retire son bandeau.

Comment fait-elle pour paraître si calme alors que je suis au bord de la crise cardiaque ? J'aperçois ma sœur qui se dirige vers Em' pour lui retirer son bandana. Comme moi, Em' cligne plusieurs fois des yeux avant de regarder autour d'elle. Sentant sûrement le poids de mon regard sur elle, elle tourne la tête et écarquille les yeux en me voyant.

– Mais qu'est-ce… commence-t-elle à demander.

– Mon frère n'a pas été aussi coopératif que toi… la coupe Amy.

Nous nous regardons encore pendant quelques secondes avant que je reporte mon attention sur mon jumeau pour lui jeter un regard sans équivoque. Je lui fais signe de la tête qu'il peut enfin me détacher et je le vois se rapprocher de moi. Sans aucune délicatesse, il retire d'un coup sec le bout de Scotch qui me rendait muet. Je ressens une vive douleur que j'occulte pour focaliser mon attention sur ma femme.

– Bordel, Em', ça va, ma puce ?! Tu n'as rien ?!

– Hormis le fait d'être coincée sur une chaise, dans un bar, entourée de bikers, je dirais que oui, ça va, me répond-elle.

– Et de quoi tu te plains, Millie ?! C'est pas toi qui lisais ces livres sur ce mec, là, multimillionnaire, qui fouettait sa copine attachée au plafond ? lui dit Drake, amusé.

– C'est quoi comme livre ? demande à son tour ma sœur le plus sérieusement du monde.

– Non, non, non, chaton, dit Angel en la rapprochant de lui par la taille.

– Mais quoi, ça pourrait être sympa… dit-elle en faisant une petite moue.

– Nan ! répond-il fermement en secouant la tête.

– Tu m'étonnes… Le pauvre, c'est un coup à ce qu'il se retrouve suspendu, notre sœur tenant la cravache, lance Diesel en se marrant.

– Dis donc, pour un mec, t'as l'air de bien connaître ce livre… balance Amy, prenant la défense de son homme.

– Et sinon ?! Quelqu'un pourrait nous dire pourquoi on se retrouve dans cette position avec Em' ? demandé-je en croisant les regards de tous ceux qui me font face.

– Parce que, très cher frère, vois-tu… commence Drake que je n'avais pas vu approcher. Tu t'es marié avec elle dans notre dos !

J'ouvre la bouche pour répondre, mais Drake lève sa main pour me signifier de me taire, il n'a visiblement pas fini.

– Comme je disais, vous vous êtes mariés tous les deux sans vos familles respectives et c'est juste inadmissible ! s'écrie-t-il tout en arborant un sourire mutin.

– Drake… commencé-je, bien conscient qu'il prépare un mauvais coup.

– Nous n'avons pas été présents pour la cérémonie et encore moins pour faire la fête ! Mais vous savez ce qu'on dit, les amis… Mieux vaut tard que jamais ! hurle-t-il.

À peine a-t-il prononcé ces mots que des cris et des applaudissements jaillissent dans tout le bar.

– Drake… dis-je d'une voix menaçante.

– Fils, tais-toi ! grogne Apo. Ton frère a raison.

– Profite, frangin, me dit Drake en posant ses mains sur mes épaules.

Soudain, quelqu'un met la musique et j'entends des sifflets et des applaudissements. Pas la peine d'avoir bac plus dix pour savoir de quoi il retourne, et ce d'autant que c'est Drake l'organisateur de soirée. Je reporte alors mon attention sur Em' qui, elle, semble complètement paumée. Elle regarde tout autour d'elle et tente d'obtenir des réponses auprès des gens qui l'entourent, mais elle ne reçoit que des sourires amusés.

– Je suis désolé, Em', dis-je soudain.

Em' reporte son attention sur moi, mais elle n'a pas le temps de répondre quoi que ce soit que June la coupe.

– Ne le sois pas, mon chou, il y en aura pour tout le monde, lui dit-elle en lui faisant un clin d'œil.

Je sais exactement à quel moment le pire est à venir. Il me suffit d'observer le visage d'Em' qui passe de soucieux à choqué. Son regard est attiré par quelque chose ou quelqu'un derrière moi. Ses yeux sont écarquillés et sa bouche est ouverte. Je souffle un bon coup pour tenter de me calmer et je décide d'affronter la surprise de mon frère.

Et quelle surprise ! Je distingue très nettement non pas une, mais deux silhouettes qui se dirigent vers nous, l'une roulant des hanches sous les sifflets de mes frères et l'autre bombant le torse sous les huées des régulières.

– Pas moyen que ce mec touche ma nana ! grogné-je quand je vois le type se positionner devant Em'.

– Du calme, mon frère, il est au courant, me dit Diesel.

– Même chose pour elle ! menace Em' en toisant Drake de son regard le plus mauvais.

– Putain, ce que vous êtes rabat-joie tous les deux, commence Drake. Rocco et Lips sont tous les deux très professionnels et ils savent aussi les limites à ne pas franchir.

– Lips ? demande Em' au moment même où je prononce le prénom de l'autre gigolo.

– On saura peut-être s'il y a une quelconque référence sous ces surnoms, nous dit Drake en jouant des sourcils.

– Je vais te… commencé-je avant d'être coupé par la musique qui démarre.

C'est typique d'une musique de club, lente mais avec du rythme. La danseuse que mon frère m'a choisie est mignonne, je dois le reconnaître. Brune avec de jolies courbes et un regard bleu turquoise. Toutefois, elle n'éveille aucun désir en moi. Et quand elle commence à se déhancher lascivement devant moi, c'est toujours le calme plat dans mon froc. Je l'observe rapidement avant de reporter mon attention sur Em'.

Elle non plus ne semble pas être captivée par le danseur qui se caresse le torse devant elle. Quand il commence à se titiller les tétons, je vois ma nana arquer un sourcil en lui lançant un regard qui veut clairement dire « Sérieusement, mec » avant de lever les yeux au ciel, dépitée. Je souris en constatant qu'elle a autant hâte que moi d'en finir rapidement.

Malgré notre manque d'intérêt manifeste pour nos deux danseurs, rien ne paraît les arrêter. Au contraire, ils semblent s'être donné comme mission d'obtenir de nous une quelconque réaction. Mais quand Em' mime un haut-le-cœur en voyant le danseur passer sa main sous son caleçon, Drake intervient. J'éclate de rire en voyant la mine du danseur complètement déconfit d'être ainsi escorté vers la sortie. Quant à moi, je fais signe à mon jumeau de faire de même avec la brune devant moi.

– Pas à ton goût ? me demande ma femme.

– Non, j'ai un faible pour les belles blondes, réponds-je.

– Les belles blondes ? me reprend Em'.

– Une belle blonde. La seule et l'unique, rajouté-je.

Ma réponse semble la satisfaire, car ma femme m'offre son plus beau sourire et mon cœur se gonfle davantage de bonheur en sachant qu'elle est à moi, rien qu'à moi.

– Maintenant qu'on a tous compris que ces deux-là n'avaient plus d'intérêt pour personne d'autre, je vous propose de faire un bond dans le passé. Seth…

Mon père se décale et un projecteur descend lentement du plafond. Le bar est plongé dans une semi-obscurité, et devant nos regards se met en marche un film ou plutôt un montage vidéo de toutes les photos d'Em' et moi depuis que nous sommes ensemble. Je ne peux m'empêcher de sourire quand je nous revois à nos débuts. Je tourne la tête et constate que ma femme arbore elle aussi un sourire radieux.

Finalement, pour la plupart, il s'agit de photos prises à la volée dont j'ignorais l'existence, mais que je suis ravi de découvrir.

On peut aussi voir Em' avec Seth en grande conversation autour d'un paquet de chips. Je me souviens de ce moment. C'était la fois où elle essayait de lui prouver par A plus B que ces chips nuiraient considérablement à sa santé sexuelle. Évidemment, tout ceci n'avait que pour but de ne pas partager le paquet. Seth avait écouté avec attention tout le discours d'Em'. Il avait même fait mine d'être presque convaincu par sa rhétorique avant de finalement briser tout espoir et de refuser. Il avait aussi passé la soirée à lui démontrer qu'il ne souffrait d'aucune dysfonction.

Sur une dernière photo nous montrant Em' et moi en train de réviser nos cours de langue, Apo reprend la parole.

– Et maintenant que tout le monde est bien attendri par l'image de ces deux-là bien souvent en train de se lécher les amygdales, il est temps de célébrer comme il se doit l'union d'un biker avec sa régulière, déclare fièrement mon père sous les cris et sifflements du club. Drake, Diesel, si vous voulez bien libérer votre frère qu'il puisse prendre place devant moi avec Millie.

Mon cœur rate un battement et mon souffle se coupe quand je comprends ce qui est en train de se passer. Pendant que mes frères me libèrent de mes entraves, je vois mon père se placer au milieu du bar avec de part et d'autre une rangée de bikers et de régulières.

Je reporte rapidement mon attention sur Em' et je vois qu'elle m'observe. Je tente de sonder son regard à la recherche du moindre doute, de la moindre hésitation, mais rien. Au contraire, elle semble excitée à l'idée de célébrer notre union devant le club. Soudain, Slade se place à côté d'elle.

– Millie, ma fille, je sais que je ne le mérite probablement pas, mais me ferais-tu l'honneur d'accepter que je t'accompagne jusqu'à Apo ? demande Slade, la voix un peu hésitante.

Tout le club observe la scène qui est en train de se jouer entre le père et la fille. Em' se contente de regarder son père pendant plusieurs secondes.

– J'en serais honorée, finit-elle par répondre après plusieurs secondes de pure agonie.

Je me place devant mon père avec, à ma droite, Seth.

Soudain la chanson « I Love You Because » résonne dans le bar. Je tourne rapidement la tête en direction d'Em' et je vois qu'elle est surprise. Puis son regard se braque sur moi et elle me sourit. C'est la même chanson que lors de notre mariage devant Elvis. Je ne sais pas comment ma famille a fait pour le savoir, mais je m'en fous. Une seule personne compte en cet instant et c'est la femme qui me regarde avec amour et dévotion. Celle qui dans quelques mois fera de moi le père le plus heureux de la terre.

Slade tend le bras à sa fille qui l'accepte. Em' s'avance vers moi sans jamais me lâcher du regard. Elle boite légèrement de sa jambe blessée. Elle porte un jogging noir et un débardeur rouge. Sa tenue ne pourrait pas être plus inappropriée et pourtant elle est parfaite.

Lorsqu'ils arrivent à ma hauteur, Slade lui dépose un tendre baiser sur le sommet du crâne. Avant de m'offrir la main de sa fille, il me lance toutefois un regard noir, qui se veut intimidant.

– Quoi ?! Je sais que j'ai dix ans de retard, mais c'est pour le principe ! ajoute-t-il, faussement vexé.

Son commentaire provoque le rire de l'assemblée.

Je saisis la main de sa fille qu'il me tend et place Em' juste à ma gauche.

– Mes chers frères, mes chères sœurs, commence mon père d'une voix solennel, nous sommes réunis ce soir pour célébrer l'union officielle d'un biker avec sa régulière, et ce, comme nous l'a rappelé Slade, avec dix ans de retard, ajoute-t-il en ponctuant sa phrase d'un regard sévère dans ma direction. Mais peu importe, le plus important, c'est que cette union se déroule selon nos règles. Stan, mon fils, es-tu prêt à prendre Millie déjà Jackson, pour unique régulière ? De lui apporter la sécurité, le respect et l'amour qu'elle mérite ?

– Je suis prêt, réponds-je d'une voix déterminée en braquant mon regard sur Em'.

– Es-tu prêt à la protéger de ta vie ?

– Je suis prêt.

– À la respecter et à la chérir jusqu'à ton dernier souffle ?

– Je suis prêt.

– Et pour finir, es-tu prêt à la monter aussi souvent que ta bécane ?

– Plus que prêt, réponds-je en faisant un clin d'œil en direction d'Em' qui éclate de rire.

– Quant à toi, Millie déjà Jackson, dit mon père en reportant son attention sur Em', es-tu prête à prendre Stan pour régulier ?

– Je suis prête, répond Em' avec autant de conviction que moi.

– Es-tu prête à sacrifier ta vie pour le sauver ?

– Je suis prête.

– Es-tu prête à le respecter et à le chérir jusqu'à ta mort ?

– Je suis prête. À condition qu'il fasse la cuisine, rajoute Em', provoquant une nouvelle fois une vague de rires parmi les membres présents.

– Et pour finir, es-tu prête à te laisser grimper dessus aussi souvent que sa bécane ?

– Je suis prête à l'être bien plus, répond Em' avec un sourire mutin sur les lèvres.

– Alors, en tant que président de ce club, j'ai l'honneur de vous déclarer officiellement, par les lois des Hell's Dogs, régulier et régulière. Vous pouvez à nouveau vous bouffer les amygdales, déclare mon père, un sourire aux lèvres.

Je ne demande pas mon reste, saisis Em' par la nuque et plaque mes lèvres sur les siennes. Sous les applaudissements et les sifflets des membres qui nous entourent, je fais littéralement l'amour à la bouche de ma régulière, de ma femme. Ce qui ne semble pas déranger Em', au contraire. Elle tire sur mon cuir pour me rapprocher davantage d'elle.

– À poil ! s'écrie Drake.

Je m'écarte brusquement d'Em', la laissant pantelante, pour braquer un regard sévère sur mon frère.

– Quoi ? dit-il en haussant les épaules avec un sourire.

Em' se blottit contre moi, mais rapidement nous sommes cernés par les membres venus nous féliciter. Em' et moi nous prêtons au jeu, plus par respect pour tout le travail effectué pour organiser cette soirée que par envie. Car moi, je n'ai qu'un souhait, celui de me perdre profondément dans ma régulière. Et vu le regard voilé de désir d'Em', je comprends que pour elle, c'est la même chose.

Au bout de plusieurs heures, je décide que le supplice a assez duré. Je me dirige vers Em', qui est en grande discussion avec ma sœur, et lui saisis la main. Sous les sifflements et les huées, je traîne ma femme jusqu'à ma chambre. Je claque la porte d'un coup de pied et plaque Em' contre le bois.

– Bébé, tu ne sais pas l'effet que tu me fais, dis-je en la plaquant doucement contre moi et en mettant mes mains de part et d'autre de son visage.

– Mmm, si j'ai une idée… Une grosse idée, ajoute-t-elle en faisant référence à mon érection dure, plaquée contre son ventre. C'est pour moi ? demande-t-elle en se léchant les lèvres.

– Rien que pour toi, bébé. Tu sais qu'il n'y a que toi pour me faire cet effet-là, dis-je en ancrant mon regard voilé de désir au sien.

– Vraiment ?

– Et toi, bébé, je te fais quel effet ? demandé-je en faisant glisser une main le long de son bras pour venir la plaquer sur le bas de son ventre.

– T'as qu'à aller voir…

Lentement, je glisse ma main à l'intérieur de son pantalon, puis de son sous-vêtement. Rapidement, mes doigts explorent son intimité et je souris en comprenant que j'ai obtenu ma réponse.

– Putain, bébé, t'es trempée, dis-je, la voix grave, tout en continuant mes lents va-et-vient dans sa moiteur.

– C'est pour toi, Stan, répond-elle dans un gémissement.

Em' ferme les yeux et savoure les caresses que je lui prodigue. Il est vrai que depuis que nous avons décidé de nous accorder une autre chance, les choses n'ont jamais été propices à une réconciliation digne de ce nom. Il y a bien eu la fois à l'hôpital, mais ce n'était qu'un amuse-bouche. Et depuis, je meurs littéralement de faim pour elle.

Soudain, j'accélère le rythme et Em' ne peut s'empêcher de gémir. Des bruits qui m'excitent, m'affolent.

– Putain, tu me tues, bébé ! Tes bruits, ta chatte, tes seins ! dis-je en commençant à palper de mon autre main sa poitrine si ronde, si pleine. Ça m'a manqué. Je ne sais pas si je vais arriver à être doux.

– Ne le sois pas, répond-elle en me regardant dans les yeux.

– Tu la veux sauvage ?

– Je te veux toi, simplement toi. Je veux te sentir en moi, Stan.

– Et les deux minis ? dis-je en posant une main sur son ventre.

– Ils iront beaucoup mieux quand leur mère sera satisfaite, dit-elle en posant sa main sur la mienne comme pour me rassurer.

J'observe nos mains pendant quelques secondes avant de reporter mon regard sur ma femme.

– OK, bébé, retourne-toi et penche ton magnifique cul en arrière. Ce sera rapide et puissant, mais je te garantis qu'ensuite, ce sera lent et profond, dis-je.

– Tout ce que tu veux, me dit Em' qui s'exécute rapidement.

Quand elle se retourne et que mon regard se pose sur son magnifique cul, je ne perds pas de temps. Je baisse rapidement mon pantalon, puis je fais courir mes doigts sur ses fesses. Em' a la chair de poule et je sais que je viens de provoquer une vague de frissons.

– Tu peux pas savoir à quel point j'ai envie de toi, bébé, lui chuchoté-je au creux de l'oreille.

Je souffle volontairement sur sa peau comme sur un brasier, car je sais que je ne fais qu'attiser le désir qui brûle en elle. Em' courbe le dos et murmure mon prénom. Elle me supplie de mettre un terme à son supplice, et sans plus attendre, je m'exécute. D'un seul coup de reins, je la pénètre.

Je ne peux retenir un râle de plaisir. Son intimité m'enserre et m'enveloppe à la fois d'une chaleur dans laquelle je ne cesserai jamais de me perdre. Mais j'ai promis à Em' une baise rapide et sauvage et je veux tenir parole. Sans plus attendre, je commence à la pilonner sans merci. Je tire légèrement sur ses cheveux pour incliner sa tête, me donnant ainsi accès à son cou. J'embrasse, aspire, lèche sa peau si sensible à cet endroit.

– Putain, bébé, j'y suis presque, dis-je entre deux souffles. T'es vraiment trop bonne !

Je la connais par cœur et je sais qu'elle aussi est au bord de l'explosion, mais il lui manque une petite chose pour enfin trouver la délivrance. Je fais glisser une main entre ses jambes, l'autre tenant en coupe son sein, pour venir m'attaquer directement à son petit nœud de chair. Je le titille, le pince légèrement et il n'en faut pas plus à Em' pour exploser.

Comme si nos deux âmes étaient en parfaite symbiose, je jouis au même moment. Ensemble, nous crions le prénom de l'autre dans une parfaite alchimie.

Je pose ma tête au creux de ses omoplates. Nous sommes tous les deux à bout de souffle. Nous restons encore quelques secondes immobiles, et même si je pourrais rester à jamais enfoui en elle, je me retire. Je remarque que dans la précipitation, nous avons tous les deux gardé nos hauts. J'amène Em' jusqu'au lit où je termine de nous déshabiller.

Em' m'observe lui retirer avec douceur et tendresse son débardeur puis son soutien-gorge. Mais quand il s'agit de mes vêtements, je procède avec beaucoup moins de délicatesse et je les fais voltiger dans la chambre. Em' me sourit et nous nous allongeons sur le lit, Em' venant se blottir tout contre mon corps.

– Accorde-moi cinq minutes, bébé, et je te repaye un vol direct et sans escale pour le nirvana, dis-je.

– Rien que ça, monsieur Jackson ? demande-t-elle, faussement sarcastique.

– Oui, madame Jackson. Je vous rappelle que j'ai fait vœu de vous chevaucher autant de fois que ma bécane.

– Et vous la chevauchez souvent votre bécane, monsieur Jackson ?

– Très souvent, ma belle, dis-je en la rapprochant de moi pour déposer un baiser sur son front.

– Tu me dois aussi une danse, me rappelle-t-elle.

Je me souviens effectivement très bien qu'Elvis nous avait invités à danser pour célébrer notre union, mais c'était mal me connaître. Ce mec pensait sérieusement que j'allais encore passer trois minutes de plus loin de la moiteur de ma femme. J'avais alors jeté Em' sur mon épaule tout en sortant de la chapelle en courant.

– T'inquiète, bébé, je vais te faire danser toute la nuit.

– Quel genre de danse ?

– Le collé-serré. Tu seras collée à moi, et moi, je serai serré, bien au chaud en toi, ajouté-je, provoquant le rire hilare de ma femme.

Et c'est sur ce son mélodieux que nous nous endormons, blottis l'un contre l'autre. Évidemment, durant la nuit j'ai réveillé plusieurs fois Em' pour lui faire l'amour, et comme promis, nous avons pris notre temps. Comme si nous redécouvrions le corps de l'autre.

Ce matin, je me réveille délicieusement fatigué et un peu courbaturé. Je pose ma main sur ma droite, pensant caresser le cul rebondi et ferme de ma nana, mais rien. J'ouvre les yeux en constatant que la place à mes côtés est vide, le drap froid.

Je crois qu'il est temps de rappeler quelques règles à ma nana. La première étant de ne jamais quitter son homme sans l'avoir embrassé. Je m'habille en vitesse et je rejoins la cuisine. Presque arrivé à destination, j'entends quelques bribes de conversation, et quand je reconnais la voix de ma nana, je souris.

– Alors comme ça, tu as épuisé notre frère ? demande Diesel au moment même où je pénètre dans la pièce.

Em', de dos, ne me voit pas. Elle se prépare tranquillement un thé en compagnie de mes frères.

– Tu plaisanteras moins le jour où ça t'arrivera, lui rétorque ma nana.

– Pas moyen, répond mon frère, presque dégoûté à l'idée qu'un jour il puisse trouver l'amour.

Je souris et avance doucement en direction d'Em'. Je me place derrière elle et la prends dans les bras. À ma grande surprise, elle ne sursaute pas, au contraire, elle se retourne et passe les bras autour de mon cou.

– Bonjour, bébé, murmuré-je.

– Bonjour, Stan, répond-elle en souriant.

– Je crois que vous avez oublié d'embrasser votre mari en quittant le lit conjugal, lui fais-je remarquer.

– Qui vous dit que je n'ai pas embrassé mon époux ? rétorque-t-elle.

– Je n'avais pas ton goût sur mes lèvres, femme.

– Ça, c'est parce que je ne t'ai pas embrassé sur la bouche… répond-elle du tac au tac.

À sa réponse, tout mon sang converge au même endroit. Em' ne met que quelques secondes à comprendre l'état dans lequel je suis, mais ma femme est visiblement d'humeur taquine, car elle dépose un bref baiser sur mes lèvres avant de s'écarter et de retourner s'asseoir aux côtés de Drake et de Diesel.

– Allumeuse, dis-je.

– Chaudière, rétorque-t-elle, provoquant le rire de mes frères.

– Ce que tu nous avais manqué, Millie jolie, lui dit Drake en lui offrant une gentille accolade.

– Où est pa' ? demandé-je en me préparant à mon tour un café.

– Là, répond ce dernier en entrant dans la cuisine accompagné de Slade. Quelque chose à me dire ? Ou à annoncer peut-être ? dit-il en regardant Em' avant de reporter son attention sur moi.

Nous nous jaugeons du regard pendant plusieurs secondes. C'est impossible qu'il sache. Il ne peut pas être au courant pour les deux petits pois chiches.

– C'est quoi ces regards, bordel ?! demande Drake. Quelqu'un a…

– Em' est enceinte de jumeaux, dis-je en coupant la parole à mon frère et en regardant Em'.

– Bordel, Stan ! dit-elle en recrachant son thé devant elle.

– Quoi ? Je l'aurais annoncé hier soir si j'avais pas eu une violente envie de…

– Stop ! dit-elle en levant la main pour me faire taire. On a compris.

– Millie, tu es vraiment enceinte ? lui demande Slade, un peu perdu.

– Euh… Oui, j'ai su ça hier, et enfin oui, j'attends des jumeaux, bredouille Em', un peu mal à l'aise de sentir tous les regards sur elle.

– Je vais être grand-père ? demande-t-il cette fois un sourire aux lèvres.

– Oui, répond-elle en triturant sa tasse de thé.

Sans un mot de plus, Slade se dirige vers Em' et la prend dans ses bras. Je ne sais pas ce qu'il lui chuchote à l'oreille, mais je vois ma nana commencer à renifler tout en rendant son étreinte à son père. C'est ensuite au tour de mes frères de féliciter Em' avant de venir m'offrir une accolade bien virile.

– Comment as-tu… demandé-je à mon père en observant Drake tenter de caresser le ventre d'Em'.

Heureusement pour moi, ma régulière lui donne une petite tape sur la main en lui disant qu'il pourra toucher son ventre quand sa grossesse commencera à se voir.

– J'ai remarqué que Millie ne buvait pas hier soir et là elle boit du thé au lieu de son infâme café noir sans sucre.

Décidément, mon père est très observateur.

– Vous avez déjà réfléchi à des prénoms de mecs ? demande Diesel.

– Pas encore, surtout que ça pourrait être des filles, répond Em'.

– Nan, répond Diesel.

– Parle pas de malheur, s'exclame Drake.

– Impossible, ajoute Seth.

Em' lève les yeux au ciel face aux commentaires de mes frères, mais je note qu'elle sourit. Nous restons encore plusieurs minutes à parler de l'avenir avec ma famille. Chacun y va de sa petite idée de prénoms, évidemment exclusivement masculins. Slade, quant à lui, ne quitte plus Em'. Je ne sais pas de quoi ils parlent tous les deux, mais au sourire heureux de ma nana, j'imagine que son père vient de lui faire la promesse d'être présent pour elle et les enfants.

Soudain, je regarde mon jumeau et je remarque qu'il m'observe. Sans un mot prononcé, simplement par le regard, je sais qu'il est heureux pour moi et aussi fier que je devienne le père de jumeaux. Notre lien à tous les deux est un bien précieux, une connexion inexplicable que je souhaite à tout le monde de pouvoir partager.

Les heures suivantes passent à une vitesse folle. Une fois tous les membres et leurs régulières debout, la nouvelle se répand comme une traînée de poudre et la cuisine devient le témoin de hurlements et d'applaudissements.

J'observe du coin de l'œil ma famille recevoir les félicitations et les accolades de tout le monde et je remarque qu'elle n'a pas cessé de sourire.

Bien que je lui aie fait la promesse que tout allait bien se passer, il nous reste encore beaucoup de choses à régler, mais ensemble nous les affronterons.

ÉPILOGUE

Millie

Il est encore tôt quand je décide de sortir sur la terrasse pour contempler la magnifique forêt qui s'étire à perte de vue devant moi. Cela fait quinze jours maintenant que Stan et moi avons emménagé dans notre nouveau chez-nous. Une magnifique bâtisse de trois étages. Pour moi, ce fut un véritable coup de cœur. Pour Stan, ce qui l'a finalement convaincu de faire une offre, en plus de sa situation géographique proche du club, c'est le petit chalet pour les invités au bout du jardin. Dès que l'agent immobilier a mentionné la maisonnette, j'ai tout de suite compris qu'il avait mis Stan dans sa poche. Cette petite maison serait parfaite pour accueillir Seth chez nous, tout en préservant l'intimité de chacun.

Notre maison se compose de trois étages. Elle possède cinq chambres, trois salles de bains et deux toilettes. La pièce à vivre immense est ouverte sur une cuisine américaine tout équipée. L'extérieur est aussi grand que la maison elle-même. Nous avons un grand jardin avec une piscine que Stan va rapidement sécuriser et un immense barbecue.

Il y a quelques jours, j'ai eu ma première échographie. Stan était à mes côtés et a filmé tout le long du rendez-vous. Il m'a dit que c'était pour se souvenir de ce moment et le montrer à sa famille. Je ne remets pas en doute ses paroles, toutefois je l'ai surpris avec son jumeau dans le jardin de notre nouvelle maison à regarder avec lui la vidéo de nos enfants. Quand je les ai vus si complices, mon cœur s'est serré et j'ai posé la main sur mon ventre. J'espère que nos enfants auront ce même lien indéfectible.

Évidemment, Stan, comme tous les autres membres, voit déjà deux pénis. J'ai beau dire et répéter qu'il est trop tôt pour le savoir, même avec les premières photos, il n'en démord pas. Alors que concrètement, pour le moment, nos bébés ressemblent plus à deux têtards luttant contre un courant marin. Mais à chaque fois, je suis gentiment rabrouée par mon mari qui me dit que c'est l'instinct masculin qui parle.

L'instinct masculin, bien sûr. Je pense que c'est plutôt pour se rassurer. J'imagine bien Stan courir après deux petites filles qui le feront sûrement tourner en bourrique. Sans parler de l'âge de l'adolescence, des premières sorties, des premiers baisers et des petits copains. Rien que pour ça, j'aimerais avoir des filles. J'imagine tout à fait Stan attendre les futurs petits amis de ses filles, l'arme au poing. Je sais aussi qu'il pourra compter sur l'aide de ses frères, de son père et de tous les autres membres du club pour faire comprendre aux prétendants qu'ils n'ont pas le droit à l'erreur.

Alors que si nos deux enfants venaient à être des garçons, je les imagine assez tous les trois à retaper une bécane, conduire une moto. Je vois aussi très bien le tableau de mes enfants écoutant avec attention les conseils de leur oncle

Drake en matière de drague. Sans compter que si Stan envisage de se comporter en homme des cavernes si l'on a des filles, moi à l'inverse, je compte faire perdurer la lignée des belles-mères connasses s'il s'agit de garçons.

Je vois déjà la scène où j'appelle Natacha et Marine les copines de mes fils qui en réalité se prénomment Morgane et Priscillia. Évidemment, tant que mes enfants sont heureux, c'est l'essentiel, mais quand même, il faut aussi qu'elles me plaisent, au moins un minimum.

Finalement, le plus important, c'est que nous ayons deux enfants en bonne santé. Le reste ne compte pas. Garçon, fille, un de chaque, peu importe. Nous aimerons nos enfants comme ils seront. Par contre, ce qui ne changera pas, peu importe le sexe, c'est l'entourage ultra-protecteur et omniprésent du club dans leur vie. Ça, ils n'y échapperont pas. De plus, tous les deux pourront toujours compter l'un sur l'autre dans la vie. Je vois bien le lien qui unit Stan et Seth. Cette connexion invisible et pourtant perceptible. Étant enfant unique, j'ai souvent jalousé cette relation. Et je ne peux qu'être ravie de savoir que mes enfants la connaîtront aussi.

Ces derniers jours également, le corps sans vie de ma mère a été éjecté d'une camionnette juste devant l'entrée du club. Je me souviens encore parfaitement de ce matin-là. Il faisait beau et le club avait décidé d'organiser un petit repas. Alors que nous mangions tous en parlant de sujets légers autour d'un bon repas, nous avons entendu des crissements de pneus. Les hommes et Amy se sont levés d'un bond et, l'arme à la main, se sont dirigés vers le portail.

Avec les autres femmes, nous sommes restées en retrait, mais mon instinct me criait de me lever et d'aller voir. J'ai un peu hésité puis, n'entendant aucun coup de feu ni cri, j'ai fini par me lever pour aller les rejoindre. Rapidement, mon regard a croisé celui d'Apo et de Seth qui semblaient désolés, mais de quoi, je le ne savais pas encore. Puis mon regard a lentement glissé vers le sol, juste à l'entrée du club où Slade et Stan étaient tous les deux accroupis devant le corps inerte d'une femme. Il ne m'a fallu que quelques secondes pour la reconnaître : ma mère.

En m'apercevant, Stan s'est levé d'un bond pour venir me prendre dans ses bras. Il a tenté de me faire reculer, mais c'était trop tard.

Son corps à peine couvert par une robe en lambeaux était recouvert de bleus, de coupures, d'entailles. J'ai repoussé Stan et continué d'avancer. Plus mes pas me rapprochaient d'elle, plus je comprenais avec effroi que la barbarie d'un homme n'a finalement aucune limite. Il ne fallait pas être chirurgien pour comprendre qu'on lui avait crevé les yeux, coupé la langue et les oreilles. Je ne saurais en revanche pas dire ce qui lui avait été fatal tant elle était recouverte de sang.

Toute ma vie, j'ai su que je serais présente le jour où on retrouverait le corps sans vie de ma mère. J'avais simplement espéré qu'elle mourrait d'une overdose ou d'un banal accident de la route. Au lieu de ça, j'ai assisté impuissante au spectacle macabre du corps de ma mère balancé depuis une camionnette.

Même si elle est la raison de mon enlèvement et d'une enfance merdique, elle reste ma mère. Jamais je ne lui aurais souhaité une telle mort. Mon cœur s'est serré en comprenant qu'elle avait dû énormément souffrir dans les mains de mon ancien bourreau. Évidemment, aucun enterrement, aucune déclaration à la police. C'était une histoire du club, qui se réglerait comme à chaque fois dans le sang et les armes, mais loin des regards curieux et des oreilles indiscrètes.

Si j'éprouvais de la peine pour ma mère, je ressentais aussi un sentiment profond de soulagement. Cette page de ma vie était terminée, d'une affreuse manière, mais je pouvais enfin faire le deuil d'une relation mère-fille qui n'aura jamais vu le jour.

Depuis cette sinistre matinée, notre ennemi s'est fait discret et le calme semble être revenu. J'ai cru comprendre que le club ignorait toujours l'identité de mon ravisseur ainsi que celle de son homme de main. Cette nouvelle ne me ravit pas, mais j'ai le sentiment que cet homme tient à tenir sa parole. Pour autant, je n'ai pas le droit de me déplacer seule et ce n'est pas pour me contrarier. Qu'on s'en prenne à ma vie, c'est une chose, mais qu'on tente de faire du mal à mes bébés, c'est tout simplement impensable.

Je n'en reviens toujours pas du tournant qu'a pris ma vie en l'espace d'à peine quelques mois. Je pensais avoir trouvé une certaine tranquillité à Baltimore, mais j'avais tort. Dès que mes pieds ont foulé à nouveau le sol de Tucson, j'ai su tout au fond de moi que c'est ici que se trouve mon bonheur.

Je n'ai pas eu de mal à vendre mon appartement à Baltimore, il est situé à côté de l'hôpital et c'est finalement sans surprise que j'ai su par le notaire que les acheteurs étaient chirurgiens. En revanche, quitter mon travail n'a pas été aussi simple. Le Pr Brett, au début très compréhensif, a fini par se révéler être un abruti. Il a menacé de ruiner ma carrière et je l'ai défié de le faire. À ce jour, j'attends toujours une quelconque retombée négative de sa part.

L'autre temps fort de ma démission a été l'annonce à Martha. Je m'attendais aux cris, aux pleurs, à presque tout, sauf à Martha m'annonçant qu'elle démissionnait elle aussi pour me rejoindre. Même si je mourais d'envie de l'avoir à mes côtés, je ne pouvais décemment pas lui demander de tout quitter pour moi. Mais après plusieurs minutes à essayer de la faire changer d'avis, j'ai cessé de lutter. Sa décision était sans appel. Pour elle, je suis un peu comme la fille qu'elle n'a jamais eue, et par conséquent, il était hors de question pour elle d'être loin de moi, surtout maintenant que je suis enceinte.

Ce n'est plus qu'une question de temps avant qu'elle nous rejoigne et je mentirais si je disais que je ne compte pas les jours. Avec ma grossesse, j'ai besoin d'une figure maternelle à mes côtés qui me rassure et me conseille. Même si Martha n'a jamais eu d'enfant, il me suffit de repenser à sa manière de se comporter avec moi quand elle a su pour Bianca pour savoir qu'elle saura m'épauler.

– Ça va, ma puce ? me demande soudain la voix endormie de mon mari avant qu'il me prenne dans ses bras.

– On ne peut mieux, réponds-je en posant ma tête dans le creux de son épaule.

Je sais que Stan aussi aime la vue depuis notre terrasse. Ma tasse de thé entre les mains posée sur la rambarde, je savoure les caresses de Stan sur mon ventre. Il ne cesse de m'étonner. Bien que je n'aie jamais douté du fait qu'il sera un bon père, il a toujours des attentions à mon égard qui ne font que renforcer mon amour pour lui.

Un silence s'installe entre nous, mais un silence heureux, bienveillant. Pas besoin pour nous de mettre des mots sur ce qui semble tellement logique. Je me blottis davantage contre Stan et je me laisse bercer par notre amour.

Je ferme les yeux et repense à notre rencontre, à notre passé, à notre séparation et à notre relation actuelle. Auprès de lui, j'aurai vécu un paradis à deux, survécu à l'enfer solitaire pour vivre désormais une vie à plusieurs.

Stan fut mon premier amant, mon premier amour et il sera mon dernier. Il est le gardien de mon âme, le protecteur de mon cœur, le défenseur de ma vie.

Il m'aura fallu affronter un nouvel enfer pour me rendre compte que ma vie n'est rien sans lui. J'ai dû frôler la mort pour comprendre que mon destin est d'être à ses côtés.

J'étais venue ici pour leur prouver que j'avais réussi, que j'étais devenue celle que je voulais et que je n'avais pas besoin d'eux. Finalement, c'est tout le contraire qui s'est produit. Ce sont eux qui ont su me prouver que ma vie n'était que fade et sans relief sans eux.

Notre boucle de l'infini est enfin bouclée. Le cycle de notre vie, lui, ne fait que commencer.

FIN

BONUS

Stan

– Ne t'approche pas de moi !

– Em'… Bébé… dis-je d'une voix plaintive tout la regardant enfiler une robe de chambre avant de quitter la pièce.

Je bondis du lit et pars à sa suite.

– Bé…

– Arrête tes Em' et tes bébés ! Retourne dans ton monde bercé de stupidité et d'illusions, me crache-t-elle tout en se dirigeant d'un pas rapide dans la cuisine.

– D'illusions ?! répété-je d'une voix incrédule. Excuse-moi de prendre à cœur la santé de mes enfants !

– Je t'ai dit mille fois qu'ils ne risquaient rien. Mais après tout, je ne suis *que* chirurgienne. Je n'ai passé que *quelques* années à étudier la médecine. Je suis certaine que les articles que tu as lus sur des sites Internet ont été rédigés par des personnes d'expérience, dit-elle, la voix bourrée de sarcasme.

– Évidemment ! m'empressé-je de répondre.

– Laisse-moi deviner… Ces personnes s'appellent « connaisseuse en grossesse gémellaire », « gourou des jumeaux », « adepte des doublons ».

Alors que je vais pour lui répondre, un éclair de lucidité me fait refermer aussitôt la bouche. Évidemment Em' a tout faux ! Mais il n'est peut-être pas si judicieux que ça d'avouer que la personne avec qui j'ai échangé sur le Net a pour pseudo « l'experte en grossesse ».

En y repensant, ce n'était pas forcément la meilleure personne à consulter pour répondre à mes questions. D'autant qu'elle a plus soulevé de problématiques que dissipé mes doutes. Mais à ma décharge, j'ai eu ce besoin de réponses à trois heures du mat'. Je n'allais quand même pas réveiller ma femme pour ça !

À en juger par le regard noir d'Em', je sais qu'elle a compris qu'elle venait de mettre le doigt sur quelque chose. Pour autant je suis un Jackson et j'ai une réputation à tenir. Notamment celle de ne jamais s'avouer vaincu même quand on sait qu'on ne va pas gagner.

– Là n'est pas la question…

– Tu as raison ! Ça n'est pas la question mais le problème ! me coupe Em'. Tu as préféré parler de tes inquiétudes à une parfaite inconnue sur Internet, qui n'a sûrement d'expérience que la sienne, au lieu d'en discuter avec ta femme ! Avec ta femme chirurgienne qui plus est !

– Admettons, dis-je avec flegme.

– Admettons… répète Em' d'une voix dure, le visage rouge de colère.

Elle déteste quand j'utilise mon fameux « admettons » qui, en somme, n'est rien d'autre qu'une vague formulation pour dire qu'elle a raison mais sans pour autant le dire clairement.

– Mon inquiétude est légitime, la coupé-je. Ils sont deux. Comment être certain que je ne vais pas en blesser un pendant…

– Oh je t'en prie ! Elle n'est pas si longue, déclare Em' en levant les bras au ciel.

– Qu… quoi ? demandé-je, incrédule.

– Je te dis qu'elle n'est pas si longue, répète Em'.

– Je crois qu'on ne parle pas de la même chose bébé. Car sinon tu saurais qu'elle est effectivement *si* longue. Longue et large et…

– Salut, déclare mon frère en pénétrant dans la cuisine, un sac de viennoiseries à la main.

– Salut Seth, répond ma femme d'une voix calme.

– Tu tombes bien ! dis-je en apostrophant mon jumeau. Tu peux dire à Em' que chez nous tout est long et large et…

– Au revoir Em', déclare mon frère en quittant la cuisine sans même prendre la peine de me jeter un regard.

– Au revoir Seth et merci ! ajoute Em' en prenant un pain aux raisins.

Mon regard incrédule passe d'elle à mon frère quittant la pièce, avant de retourner sur Em'.

– C'était quoi ça ? dis-je en faisant référence à mon jumeau.

– Ça, c'était ton frère préférant partir plutôt que d'écouter tes idioties. D'autres n'ont pas cette chance, murmure-t-elle dans sa barbe avant de se préparer un thé.

– Pour en revenir à tout à l'heure. Il faut que tu comprennes, bébé…

– Que je comprenne quoi ?! Qu'après m'avoir chauffée comme une baraque à frites en plein mois de juillet tu as décidé que forniquer avec moi revenait à mettre en danger les bébés ?! Et bien évidemment cet éclair de lucidité, tu l'as eu lorsque je me trouvais aux portes de l'orgasme !

Vu sous cet angle, effectivement, j'ai peut-être manqué de finesse et de jugeote.

– Em', il faut que tu comprennes… Je ne suis pas médecin et…

– Mais je le suis ! me coupe-t-elle.

– Je sais mais… commencé-je d'une voix lasse en fermant brièvement les yeux.

Comment avouer à ma femme, que j'aime et que j'admire, que j'ai préféré me confier à une parfaite inconnue sur Internet plutôt qu'à elle en raison de mon manque de confiance en moi ? Comment lui expliquer que malgré le fait que j'admire son intelligence, il y a des moments comme celui-ci où j'apprécierais qu'elle ne soit pas si intelligente ? Que j'aimerais que nous soyons tous les deux au même niveau de connaissance. Qu'elle partage mes doutes et mes craintes, au lieu de les balayer du revers de la main sous prétexte qu'*elle* sait de quoi elle parle.

– Stan, dit Em' d'une voix calme en posant sa main sur mon bras.

Je rouvre les yeux pour croiser son regard empathique. Elle me connaît mieux que personne et parfois même mieux que moi-même, c'est pourquoi elle sait ce que je ressens en cet instant. Je n'ai pas besoin de mettre des mots sur mes maux, elle sait tout simplement.

– Est-ce que tu aimerais que je prenne un rendez-vous avec le Dr Lang ? Il pourrait répondre à toutes nos questions et nos doutes, propose-t-elle en sondant mon regard.

– Parce que tu as des interrogations ? demandé-je, la voix rauque.

– Bien sûr. J'aimerais savoir s'il est vraiment impossible

de se revirginiser faute de sexe pendant la grossesse, ajoute-t-elle d'une voix moqueuse.

– Prends rendez-vous. Et prépare-toi à avoir du mal à t'asseoir si le Dr Lang me donne le feu vert, ajouté-je d'une voix suave en prenant Em' par la taille pour la ramener vers moi.

– Des promesses, toujours des promesses… dit-elle en levant les yeux au ciel avant d'enrouler ses bras autour de mon cou.

– Je t'aime, dis-je simplement en ancrant mon regard au sien.

– Je t'aime aussi, répond-elle juste avant de se mettre sur la pointe des pieds pour m'embrasser.

– Et je vous aime aussi mes chéris, rétorque une voix que j'ai appris à connaître mais pas forcément à toujours apprécier.

Notamment dans un moment comme celui-ci.

Em' glousse doucement avant de s'écarter pour saluer notre invitée inopinée.

– Martha, dit Em' en offrant une étreinte affectueuse à son amie.

– Ma chérie, répond Martha sur le même ton tendre.

Martha se recule, avant de se tourner dans ma direction et d'avancer pour m'étreindre moi aussi juste avant de hurler.

– Doux Jésus, Stan ! Il est bien trop tôt dans la journée pour subir une telle agression visuelle, s'exclame-t-elle en me tournant rapidement le dos.

– Martha… dis-je d'une voix amusée avant de placer mes bras autour de sa taille et de déposer un rapide baiser sur le sommet de son crâne.

– J'espère pour toi que cette chose est propre ! Je n'ai pas envie que mes affaires sentent la concupiscence, ajoute-t-elle sur un ton amusé en me tapotant gentiment la main.

– Pour ça, il faudrait qu'il y en ait… murmure Em' tout en mangeant son pain aux raisins.

Je jette un regard faussement colérique à ma femme qui me répond par un clin d'œil avant de reculer.

– Martha a raison, tu aurais au moins pu mettre un boxer, ajoute Em'.

– Et priver nos invités de cette vision ?! dis-je en pointant mon corps du doigt. Jamais.

Em' me regarde longuement en clignant plusieurs fois des yeux avant de répondre un « mouais » étouffé dans une bouchée.

– Sinon Martha, que nous vaut l'honneur de ta visite si tôt ? dis-je en m'asseyant sur une chaise.

Je la vois lancer un regard interrogateur à Em' qui s'essuie la bouche avec minutie avant de braquer son regard sur moi et de prendre la parole.

– Martha est venue pour m'accompagner à un rendez-vous, déclare ma femme d'une voix neutre.

– Quel rendez-vous ? demandé-je, aussitôt sur la défensive.

– Un rendez-vous pour mon futur poste à l'hôpital Sainte-Croix. Je t'en ai déjà parlé.

– Oui, je m'en souviens. Avec qui tu as rendez-vous ? Brian ?

Après tout ce n'est un secret pour personne qu'Em' va travailler dans cet hôpital après son accouchement.

– Non. Le directeur des ressources humaines, répond-elle d'une voix prudente.

Je me contente de hocher la tête, ça semble tout à fait

logique qu'Em' soit reçue par celui qui est en charge de recruter le personnel. Même s'il ne fait aucun doute qu'elle a déjà le poste. Je ne comprends vraiment pas pourquoi elle semble mal à l'aise à l'idée de m'en parler. À moins que…

– Comment il s'appelle ?

– Qui ? rétorque Em', feignant de ne pas savoir de qui je parle.

– Ce directeur.

– Oh… Eh bien, je crois que son nom, c'est… En fait non, je n'en suis pas certaine. Je crois, tente de formuler Em', me confortant dans mes soupçons.

– C'est l'autre tête de gland ? demandé-je en croisant les bras.

– Ce n'est pas une tête de gland, rétorque Em' durement.

– Désolée de te contredire, ma chérie, mais ce n'est pas parce qu'il n'en a pas l'air qu'il n'en a pas la chanson, déclare Martha.

– Ma' ! s'offusque Em'.

– Merci Martha, dis-je en hochant la tête et en lui souriant.

– De rien mon petit, assure-t-elle en s'asseyant.

– OK. J'admets qu'il a une tête un peu bizarre mais la seule chose que je lui demande, c'est d'être compétent et efficace. Je n'y vais pas pour passer un entretien mais pour signer mon contrat.

– Ouais. Tant qu'il garde son regard braqué dans le tien cette fois et non sur tes nibards, il n'a pas de souci à se faire, déclaré-je d'une voix dure.

– Je t'en prie. Je suis enceinte de jumeaux et mariée au

futur président des Hell's Dogs. Franchement, qui serait assez fou pour tenter quelque chose avec moi ? déclare Em', visiblement ignorante qu'il y a des centaines de mecs prêts à braver la faucheuse rien que pour se perdre dans la paire de seins de ma nana.

Et notamment M. le directeur tête de gland.

Je me souviens encore du jour où Em' s'est présentée à lui. Je l'avais accompagnée à l'hôpital pour parler avec Brian quand Tête de gland était venu se présenter. J'ai encore fraîchement en mémoire la manière dont il a reluqué ma femme. Si ce n'était pas pour Em' et sa réputation au sein de l'hôpital, il serait toujours en train de chier ses dents. Même trois semaines après cette inopinée rencontre.

– Des tas de mecs ! rétorqué-je.

– Je confirme, renchérit Martha, coupant ainsi Em' qui allait prendre la parole.

– N'importe quoi, dit-elle en secouant la tête, saoulée. Sur ce je vais me préparer et on pourra ensuite partir.

– Tu l'accompagnes dans l'espoir qu'il t'offre un poste ? demandé-je à Martha.

– Mon chou, dit-elle en m'offrant un sourire et un regard presque désolés. Comme s'ils avaient réellement le choix de ne pas me prendre !

– Ils sont au courant de ton ancienne réputation à Baltimore ?

– Ce qu'ils ne savent pas ne peut pas leur faire de mal, ajoute-t-elle durement.

– Qu'est-ce que tu m'offres en échange de mon silence ? demandé-je en croisant les bras avec un regard défiant.

– Et toi ? Qu'est-ce que tu m'offres pour te filer les noms

et prénoms des hommes qui dragueront ta femme ? me défie-t-elle à son tour en adoptant la même posture.

– J'aime ton sens des affaires, dis-je en souriant.

– C'est bon, je suis prête, déclare Em' en revenant quelques minutes plus tard.

– Appelle-moi quand tu as fini et on se rejoindra au club.

– Ça marche, dit Em' en se penchant pour m'embrasser.

– N'oublie pas de prendre rendez-vous auprès du Dr Lang, ajouté-je au moment où elle s'éloigne pour gagner la porte d'entrée.

– Le Dr Lang ? Tu as un problème, ma chérie ? demande Martha, soudain inquiète.

– Un problème de taille mais je t'expliquerai, déclare Em' d'une voix amusée. Rien de bien long.

– J'ai entendu ! Et elle est très longue et très…

Mais je m'arrête en soufflant d'exaspération en comprenant que je suis seul au milieu de ma cuisine, complètement nu.

– Fais-moi confiance, si on a le feu vert, elle paiera son insubordination avec sa bouche, dis-je à mon sexe complètement ramolli.

***

– Alors t'as parlé des prénoms ? demande Drake.

– Pas encore, dis-je en m'asseyant au bar du club et en faisant signe au prospect de me filer une bière.

– Mais qu'est-ce que tu attends ? T'as peur ou quoi ? insiste mon frère.

– Mais pas du tout. J'attends simplement le bon moment,

ajouté-je en prenant une longue gorgée de bière.

– Le bon moment de quoi ? demande Em' dans mon dos.

J'en recrache presque ma bière et je tousse pendant plusieurs longues secondes.

– Em', t'as fait vite, dis-je en me retournant pour faire face à ma régulière qui me scrute du regard.

– Pas aussi vite que toi a priori, dit-elle en indiquant ma bière du regard. Mais réponds-moi, le bon moment pour parler de quoi ?

– Des prénoms, dis-je d'une voix gravement tendue.

– Des prénoms ? répète-t-elle en demandant un jus de fruits au prospect qui s'empresse de lui tendre une bouteille.

Tout le monde est aux petits soins pour Em' depuis l'annonce de sa grossesse. Ça, et bien évidemment la promesse du prés' et de notre VP d'une mort lente et douloureuse à quiconque mettrait en colère Em' ou tenterait de nuire à son bien-être. Bien sûr, au début, Em' a tenté de protester, mais forcée de constater qu'elle ne gagnerait pas cette guerre contre mon père et le sien, elle a fini par s'en accommoder.

– Oui, tu sais, pour les deux nuggets, clarifié-je.

– OK, je t'écoute.

– Vraiment ?

– Oui, vraiment.

– OK. Alors on a pensé à…

– Je t'arrête, déclare Em' en levant la main pour me faire taire. C'est qui « on » ?

– On ? demandé-je incrédule.

– Tu as dit « on a pensé », c'est qui « on » ?

Je jette un regard furtif à Drake qui mime grossièrement

un « bonne chance » silencieux, avant de se diriger vers l'espace de jeux.

– Moi et mon frère, dis-je vaguement.

– Quel frère ? renchérit-elle, les yeux plissés et bourrés de scepticisme.

– Qu'est-ce que ça peut faire, quel frère ? dis-je en croisant les bras.

– Eh bien, si tu me dis que tes idées de prénoms sont le fruit de conversations avec Seth et Diesel, je suis tout ouïe. En revanche, si c'est pour me parler de prénoms auxquels tu as pensé avec Drake, la réponse est non.

– Mais enfin Em' ! Tu n'as même pas entendu nos propo… enfin je veux dire, *mes* propositions. Les miennes. À moi.

– Non. Hors de question que mes enfants s'appellent Hannibal, Harley ou je ne sais quel prénom sorti tout droit de l'esprit tordu de ton frère. Mes enfants…

– Nos enfants ! dis-je en piqûre de rappel.

– Tu as raison, nos enfants auront des prénoms normaux.

– J'ai quand même mon mot à dire !

– J'ai voix compte triple.

– Quoi ?! Et pourquoi ?

– Parce que c'est dans mon ventre qu'ils grandissent. Ce sont mes organes qu'ils sont en train de broyer. Sans compter qu'au mieux ils vont sortir de mon orifice vaginal ou au pire de mon ventre. Je pense donc largement mériter une voix compte triple.

Je referme plusieurs fois la bouche avant de décider de garder le silence et d'observer ma régulière. Après plusieurs secondes d'un silence insoutenable, Em' craque enfin.

– Bon allez, balance. On ne sait jamais.

– On avait pensé à Harley, tu as raison.

Em' lève les yeux au ciel en secouant la tête.

– On avait aussi pensé à Rider, Texas…

– Mickaël aussi, non ? demande Em' d'une voix ironique.

– Mickaël ? demandé-je, incrédule, avant de comprendre. Très drôle Em'. Comme si j'allais appeler l'un de mes fils Mickaël Jackson…

– Vu que t'es prêt à les appeler Rider et Texas, j'ai envie de croire que tout est possible avec toi… continue-t-elle d'ironiser.

– Si je comprends bien, tu n'aimes rien ? demandé-je, légèrement vexé.

– Si je comprends bien, tu as bien compris, rétorque-t-elle. Et puis tu oublies un peu trop facilement que nos *nuggets*, comme tu les appelles, peuvent être des filles… ajoute Em' d'une voix malicieuse.

– Je t'ai déjà dit d'arrêter de dire ça, tu vas nous porter la poisse. Tu veux vraiment que je passe la fin de ma vie en prison ou quoi ?

– En prison ? demande Em' en levant un sourcil.

– Oui, pour meurtres. Tu crois qu'il se passera quoi si j'ai deux filles qui te ressemblent ?! Hein ! J'ai tous les petits connards du coin qui vont se radiner à la maison pour essayer de les séduire. Sans compter tous les crève-la-dalle du club et des autres chapitres. Pas question ! Il faudra me passer sur le corps.

Em' lève les yeux au ciel avant de sourire et de me faire signe de son index de m'approcher d'elle. Une fois que je suis à sa hauteur, elle tire sur mon cuir pour m'obliger à me pencher, avant de m'embrasser. Bien trop rapidement à mon goût, ma régulière s'écarte et plonge son regard dans le mien.

– Ne t'inquiète pas pour la prison. Je t'achèterai du gel douche. J'ai entendu dire que la savonnette pouvait créer des frictions dans les douches, dit-elle, amusée.

– Tu vas voir ce que je vais frictionner dans pas longtemps, assuré-je d'une voix rauque en agrippant l'arrière de sa tête avant de dévorer sa bouche en un baiser possessif.

– J'en conclus qu'elle a dit oui pour le duo Hannibal et Lecter, déclare mon frère.

À regret, je m'écarte d'Em' pour faire face à Drake.

– Sérieusement ?! déclare Em' d'une voix dure en nous adressant tour à tour un regard noir. Hannibal et Lecter ?

– Quoi ? Tu en attends deux, c'est l'occasion de faire des duos de prénoms de malade, et de s'amuser un peu. Et puis ils seront les premiers, faut marquer le coup. On fera plus soft pour les prochains.

– Les prochains ?! répète Em', incrédule, en secouant la tête. On en reparlera plus tard ! Mes enfants ne seront pas tes cobayes, Drake. Sans compter que maintenant tu viens clairement de perdre toute opportunité de les garder un jour. Va savoir ce que tu serais capable de leur apprendre !

– Rien que l'essentiel. L'essentiel sur les rapports entre humains, déclare Drake en souriant et en croisant les bras.

– Et si ce sont deux filles ? déclare Em' sur un ton défiant.

– Eh bien si jamais ce malheur doit s'abattre sur notre famille, je leur apprendrai que le sexe, quel qu'il soit, c'est mal. Vraiment très mal, ajoute-t-il de sa voix théâtralement grave.

– Pitié, déclare Em' en levant les yeux au ciel. De toute

manière on a décidé d'attendre jusqu'à l'accouchement pour connaître le sexe des bébés.

– On a décidé ? C'est qui « on » ? Et depuis quand ? demandé-je incrédule.

– « On », c'est moi et ma voix compte triple. Et depuis quand ? Depuis que je sais que tu accordes vraiment du crédit aux idées de ce frère, dit-elle en pointant Drake de son index, pour le choix des prénoms de *nos* enfants.

– Non Em'. Bébé. Tu ne peux pas me faire ça, dis-je presque d'une voix suppliante. Je vais mourir à petit feu en ne sachant pas si je dois investir dans des capotes ou des armes.

– Pitié… déclare Em' avant de sortir son téléphone de son sac et de lire un message.

– C'est qui ? demandé-je.

– Le Dr Lang, il peut nous recevoir dans une heure.

– C'est qui le Dr Lang ? demande Drake. Tu as un problème, Millie jolie ?

– Moi ? Je n'ai aucun problème, ajoute-t-elle en me foudroyant du regard.

– Mec ? me demande Drake.

– Rien ! Bref, Em' on y va !

***

– Vous jurez sur votre vie que rien n'arrivera à mes enfants si je pilonne leur mère sans relâche ?! demandé-je d'une voix dure au Dr Lang.

– Stan ! s'offusque Em'.

– Quoi ? Tu aurais préféré que je dise « pendant que nous

succomberons tous les deux au plaisir de la chair » ?

– Non, commence Em' d'une voix ferme. Mais tu aurais simplement pu demander si les rapports sexuels étaient vraiment sans danger.

– Admettons, dis-je après plusieurs secondes de lutte de regard avec ma nana.

Je reporte ensuite mon attention sur le Dr Lang qui nous observe en souriant.

– Donc ? demandé-je.

– Je peux vous assurer que vous ne risquez rien. Tant que Mlle John…

– Mme Jackson, le coupé-je.

– Au temps pour moi, dit-il en souriant. Tant que Mme Jackson ne ressent aucun inconfort, il n'y a pas de souci.

– Je ne risque vraiment pas d'en éborgner un ?

– Aucune chance. Et loin de moi l'idée de sous-entendre que vous n'avez pas été gâté par mère Nature, ajoute-t-il sur un ton mi-amusé mi-professionnel.

– Je vois, dis-je en hochant la tête à plusieurs reprises.

– D'autres questions ? demande-t-il.

– Non, dis-je. Merci de nous avoir reçus si rapidement, ajouté-je.

– Pas de soucis.

– Merci Dr Lang, dit Em'.

– Madame Jackson, au plaisir de travailler avec vous prochainement, ajoute-t-il en lui offrant un sourire poli.

Nous sortons de la salle de consultation et j'attrape la main d'Em' avant de me mettre à marcher rapidement.

– Stan, qu'est-ce tu fais ? demande-t-elle, perplexe.

– Tu sais où sont les toilettes les plus proches ? demandé-je à ma régulière sans me retourner et en scrutant les alentours.

– Pourquoi ? T'as une envie pressante ?

– Oh oui ! Une envie très très pressante.

– Stan ! Qu'est-ce qui te prend ?!

– Em', ma chérie, dis-je cette fois en m'arrêtant pour faire face à ma régulière, qui m'observe de ses yeux si hypnotiques, et prendre son visage en coupe dans mes mains. Ce qui me prend, c'est que le Dr Lang vient de me donner le feu vert et que je ne compte pas attendre d'être chez nous et dans notre lit pour m'enfouir si profondément en toi que tu vas me sentir pendant des jours. Alors si tu pouvais m'aider à trouver les premières toilettes disponibles, ou même un placard à balais, ça nous ferait gagner du temps. Il est hors de question que je passe les trente prochaines minutes en voiture au lieu de te faire l'amour, dis-je d'une voix suave tout en observant les joues de ma nana devenir rouges et ses pupilles se dilater. Et j'en ai rien à foutre que tout l'hôpital t'entende crier mon prénom. Je vais te prendre vite et fort. Ensuite, quand tout le monde dans un rayon de vingt kilomètres t'aura entendue jouir, je te ramènerai à la maison où je passerai de longues heures à redécouvrir ton corps, à le savourer de la pointe de ma langue, du bout de mes doigts et…

Je n'ai même pas le temps de finir ma phrase qu'Em' s'écarte et se met à marcher d'un pas rapide sans même m'adresser le moindre regard ou la moindre parole.

– Em' ? demandé-je, soudain inquiet.

– La ferme et suis-moi ! grogne-t-elle en m'adressant à peine plus qu'un regard à la dérobée.

– Mais…

– Tu veux t'envoyer en l'air oui ou non ? demande-t-elle cette fois en se retournant et en plaquant ses mains sur ses hanches.

– Euh… oui. Bien sûr que oui.

– Alors suis-moi. Je connais une salle des archives où personne ne va ! ajoute-t-elle en faisant demi-tour pour se remettre à marcher à vive allure.

***

– Plus jamais, Stan, dit Em' en se collant contre moi, le souffle court.

– Je confirme, presque vingt-quatre heures sans sexe c'est trop long ! Au pire, si l'un des enfants naît avec un seul œil, on l'appellera Sorrow, ajouté-je.

– Crétin ! rétorque Em' en me donnant une tape sur le torse. Non, je te parle de tes recherches sur Internet, du rendez-vous avec le Dr Lang.

– Em'… dis-je d'une voix lasse.

– Non, Stan. Tu penses croire que j'aurais trouvé tes questions stupides et…

Je regarde ma régulière en arquant un sourcil et en la défiant du regard.

– Bon, j'aurais peut-être trouvé une ou deux de tes questions stupides, avoue Em'.

– Voilà, dis-je en fermant les yeux brièvement, mais elle pose sa main sur ma joue et me force à tourner la tête pour la regarder.

– Je ne veux plus de ça entre nous. Je veux que tu te sentes capable de me parler de tout et de me poser n'importe quelle question sans craindre d'être gêné. Et je suis désolée si je te donne l'impression que tu ne peux pas toujours te confier à moi sans penser que je vais me moquer de toi ou que je vais te prendre de haut, je…

C'est à son tour de fermer les yeux et j'observe une larme silencieuse couler le long de la joue de ma femme.

– Em', dis-je d'une voix tendre.

– Stan, commence-t-elle, la voix rauque, bourrée d'émotions. Je suis désolée. Je suis désolée si je te donne l'impression d'étaler ma science. Je suis désolée si…

– Hé hé ma belle, dis-je cette fois en ramenant ma régulière contre moi.

Em' se blottit entre mes bras et le son de ses premiers sanglots m'étreint le cœur.

– Ne pleure pas. Je te jure que… J'avoue que des fois ton intelligence me dépasse et il m'arrive encore de penser que je ne suis pas à la hauteur. Mais la plupart du temps je trouve ça super sexy. Notamment quand tu expliques à mon père comment éviter une nouvelle crise hémorroïdaire en plein barbecue du club ou encore quand tu apprends à Drake que non, s'injecter des hormones de croissance directement dans le sexe ne le fera pas devenir grand, dis-je sur une pointe d'humour.

– C'est vrai ? demande-t-elle en braquant son regard triste et mouillé sur moi.

– Bien sûr.

– Je ne veux pas que… commence-t-elle en baissant le regard. Je ne veux pas que ça nous sépare comme…

Soudain mon souffle se coupe. Qu'est-ce que je peux être con ! Si je n'avais pas fait le rapprochement avec notre passé, ce n'est pas le cas de ma nana. Et elle a tellement raison. Mes doutes et mes incertitudes nous ont déjà tellement coûté.

– Em', regarde-moi, demandé-je à ma régulière qui s'exécute. Regarde-moi et écoute-moi bien. Je te fais la promesse ici et maintenant que s'il m'arrive encore d'avoir des doutes sur ta grossesse et nos enfants, tu seras la première personne vers qui je me tournerai pour obtenir une réponse. J'ai eu tort de laisser mes doutes dicter ma conduite. Je suis désolé, bébé. Mais crois-moi, ça n'arrivera plus.

– Je te crois, déclare Em' d'une voix fluette. Je ne veux pas te perdre à nouveau.

– Tu ne m'as jamais perdu et tu ne me perdras pas, dis-je d'une voix sérieuse.

Même si nous avons été séparés pendant sept ans, mon cœur n'a jamais appartenu qu'à une seule personne : Millie Johnson. La haine, la colère et la rancœur n'ont jamais réussi à éteindre mon amour pour elle. Au mieux, ces émotions ont permis d'occulter la douleur liée à son absence et de focaliser mon attention sur autre chose que le manque.

– Toi non plus, ajoute Em' en m'offrant un sourire avant de lever la tête pour poser un tendre baiser sur mes lèvres. Du coup, pendant la prochaine soirée au club, aucun inconvénient à ce que je parle à ton père du dépistage du cancer de la prostate avec un toucher rectal ?

J'éclate de rire rien qu'en imaginant la tête de mon vieux lorsqu'il entendra Em' lui parler des bienfaits du toucher rectal. Faudra que je pense à filmer ça !

Et en parlant des bienfaits du toucher, c'est le moment pour moi de montrer à ma nana toute l'étendue de mon savoir…

REMERCIEMENTS

Pour cette deuxième romance, je tiens à remercier tout particulièrement mes mini-moi. Votre arrivée dans ma vie a réduit de manière considérable mes nuits. Mais maintenant que vous dormez du sommeil du juste le soir, il faut m'occuper ^^. Merci aussi à leur père de m'encourager encore et toujours dans cette magnifique aventure.

À mes p'tits Diams toujours présentes, jamais absentes ! Merci de continuer à égayer mes journées. À nous cinq, nous sommes un puits de CULture sans faim/fin.

À mes ami(e)s, mes premières lectrices, mes premières supportrices aussi. Merci pour votre soutien et vos encouragements.

Un nouveau GRAND, très GRAND merci aux Éditions Addictives de m'avoir permis de poursuivre l'aventure des Hell's Dogs. Mais je tiens encore plus, pour cette nouvelle histoire, à remercier très chaleureusement Marianne et son super travail. Mes romances ne seraient pas les mêmes sans vos précieux conseils, je ne cesserai pas de l'écrire.

Aux blogueuses. Merci pour votre travail, vos rubriques, vos avis – qui ont très souvent rendu mes yeux très très humides ^^ – et votre soutien. Vous faites vraiment un travail de malade. C'est aussi un réel plaisir que d'échanger avec vous et d'avoir vos retours en « avant-première » et aussi vos conseils très constructifs pour l'écriture d'une prochaine histoire.

À tous ceux aussi qui me suivent, je voudrais dire merci du fond du cœur. Vous êtes un vrai moteur pour moi. Vos messages et vos petits mots me touchent toujours énormément. Cette aventure, bien qu'elle n'en soit qu'à ses débuts – on croise les doigts et les orteils pour que ça dure –, m'a déjà permis de faire de magnifiques rencontres.

Et merci à vous, lecteur, d'avoir pris le temps de lire mon roman, en espérant vous avoir fait passer un agréable moment de lecture en compagnie de Stan et Millie, et des Hell's Dogs. Merci aussi pour votre soutien qui m'est très précieux.

PLAYLIST

Clara Luciani – « La grenade »
Juliette Armanet – « L'Indien »
Hoshi – « Femme à la mer »
Pink – « So What »
Ariana Grande – « 7 Rings »
Drake & Bad Bunny – « Mia »
David Guetta – « Say My Name »
The Prince Karma – « Later Bitches »
Kanye West – « Stronger »
Marylin Manson – « Tainted Love »
Nicky Jam & J. Balvin – « X (Equis) »

Extrait

ARROGANT HIGHLANDER

Mina Zadig

1

Adèle

J'ai toujours rêvé de visiter l'Écosse. Mais je n'aurais jamais imaginé le faire dans ces conditions. Je me voyais débarquer dans les Highlands par une belle journée d'été. J'aurais découvert la beauté des paysages majestueux sous un soleil magnifique. Le ciel bleu, à peine moutonné de blanc, aurait contrasté avec le vert émeraude des étendues herbeuses et de la végétation bigarrée de la lande. Au loin, j'aurais aperçu la silhouette massive d'un château médiéval que j'aurais pu visiter, avec l'espoir secret d'apercevoir un fantôme au détour d'un couloir. Enfin j'aurais atterri dans un pub pour boire une bière, en écoutant de la musique traditionnelle et entraînante, jouée par un groupe d'Écossais vêtus de kilts multicolores.

Je visualise la scène, d'ailleurs. Oh, oui, je bave devant des Highlanders tous plus beaux les uns que les autres avec le secret espoir de découvrir, enfin, ce qu'ils portent sous leur jupette bigarrée.

Je sais, j'accumule les clichés, mais je préfère rester sur ces images idylliques plutôt que me confronter à une réalité qui ne l'est pas du tout !

J'ai rêvé de soleil, c'est la pluie et le froid qui m'ont accueillie à ma descente de l'avion de nuit, même s'il n'était que 17 h 30. Le temps de gagner le hall de l'aéroport, j'étais frigorifiée, et depuis, je n'arrive pas à me réchauffer, même si le chauffage de ma voiture de location tourne à plein régime. Je rentre les coordonnées de ma destination dans le GPS que je viens de brancher sur l'allume-cigare.

En priant pour qu'il marche mieux que le chauffage.

En attendant qu'il termine sa configuration et m'indique les premières étapes de mon voyage, je contemple l'habitacle avec une certaine dose d'appréhension.

Je pourrais même affirmer que je flippe un maximum.

Il y a une chose à laquelle je n'avais pas pensé : s'il était clair que j'allais devoir rouler à gauche, j'avais totalement occulté le fait que tout dans cette voiture serait l'opposé de mon véhicule français. Je n'arrive pas à quitter le parking de l'agence de location parce qu'il me faut encore quelques minutes pour me familiariser avec un tableau de bord, des commandes, des pédales et une boîte de vitesses qui sont l'inverse de ce que j'ai toujours connu.

Je dois reconnaître que je commence sérieusement à paniquer.

Mais qu'est-ce que je fais en Écosse, fin janvier, à me cailler dans une bagnole que j'ai beaucoup de mal à appréhender, m'imaginant déjà en catastrophe ambulante roulant sur les routes qui doivent me mener à Portree, sur l'île de Skye ?!

Ah, oui, c'est vrai ! Je suis là parce qu'on ne m'a pas laissé le choix.

Il y a une semaine, j'ai été contactée par un certain Mr Peerson, notaire. Il m'a demandé de venir sans me laisser le choix du jour ni de l'heure, arguant qu'il était débordé et que l'affaire ne pouvait supporter d'être remise à plus tard.

Il m'a annoncé que j'avais hérité du père de ma mère, un grand-père dont je ne sais rien. Je n'ai pas connu mes parents, morts alors que je n'étais qu'un bébé. J'ai vécu chez ma grand-mère, puis chez la sœur aînée de mon père qui, à ce jour, reste ma seule famille. Alors j'étais loin de me douter qu'un aïeul ferait son apparition vingt-cinq ans après ma naissance pour me faire profiter d'un héritage, dont je ne connais même pas la teneur puisque le notaire, fort peu sympathique, a catégoriquement refusé de répondre à mes questions ! Un vrai connard sans aucune empathie. Il aurait quand même pu mettre les formes pour m'annoncer tout ça au lieu d'utiliser un jargon impersonnel dénué de toute humanité. J'apprends que j'ai un grand-père, qu'il est mort et que j'hérite. Je trouve que c'était déjà suffisamment compliqué sans que ce type en rajoute en se révélant super désagréable !

Voilà pourquoi je me retrouve là, complètement stressée. Il y a encore quelques mois, j'aurais appelé mon petit ami, je lui aurais fait part de mes peurs et de mes doutes. Comme d'habitude, il n'aurait rien fait pour me rassurer, bien au contraire. Il aurait raccroché après m'avoir fait sentir qu'en fin de compte, je n'étais rien sans lui, que j'étais incapable de me débrouiller seule et qu'après tout, il ne pouvait rien pour moi.

Un chic type, quoi, que j'ai pris pour un prince charmant alors qu'il n'était rien de plus qu'une espèce de crapaud que j'aurais dû laisser dans sa fange.

Ensuite, je me serais sûrement tournée vers ma meilleure amie et patronne. C'est auprès d'elle que j'aurais trouvé le réconfort tant espéré, mais voilà, je n'ai plus ni l'un ni l'autre puisque mon mec est parti avec ladite meilleure amie et patronne avec laquelle il me trompait déjà depuis six mois. Autant dire que ma vie est absolument magnifique. Je n'ai plus de mec, plus d'amie, et de ce fait, plus de boulot non plus. Si je rajoute à ça cet épisode écossais, qui ne commence pas sous les meilleurs auspices, je peux sans conteste affirmer que c'est la merde, et que je vais sûrement finir à l'hôpital après une collision fatale dont je serai l'unique responsable parce que je suis incapable de manier correctement ma voiture !

J'ai une furieuse envie de rester là à me lamenter sur ma vie rêvée et sur ce qui m'arrive parce que je n'ai plus rien, que je me sens misérable, seule et abandonnée. Voilà !

Du coup, je ne sais plus si je tremble parce que j'ai froid, ou parce que je suis morte de trouille. Les minutes défilent, et il va quand même bien falloir que je me décide à bouger. J'ai près de trois heures de route, et si je ne veux pas arriver à mon hôtel en plein milieu de la nuit, c'est maintenant qu'il faut que je prenne mon courage à deux mains et que j'y aille.

Pour finir, je serre les fesses et je prends toutes les précautions pour sortir du parking avant de m'engager sur la grand-route. Il me tarde de sortir d'Inverness, en espérant qu'il y aura moins de circulation après. Je ne roule pas vite, et je sais que les autres conducteurs doivent me maudire, mais tant pis, c'est le seul moyen que j'ai de me rassurer.

J'ai le droit de m'accorder quelques minutes avant de prendre le coup. Je ne suis pas Fangio[1], bon sang, et personne ne me demande de battre un record de vitesse.

C'est donc à l'allure d'un escargot sous anxiolytiques que je parcours mes premiers kilomètres. Une chose est certaine, les Écossais sont sympas. Je n'ai à déplorer aucun coup de Klaxon agressif, aucun geste de mauvaise humeur. Non, j'ai affaire à des conducteurs bienveillants, ce qui me rassure et m'encourage à accélérer un petit peu.

Il me faut une grosse demi-heure pour commencer à me sentir un peu plus détendue. Du coup, je regrette de devoir rouler de nuit parce que je ne peux pas profiter du paysage. Je sais que la route que le GPS me fait emprunter longe le loch Ness, et je suis persuadée que j'aurais apprécié le paysage. J'aurais peut-être pu apercevoir Nessy !

La tête que je ferais si je découvrais, pour de vrai, l'abominable monstre légendaire sortir de l'eau. Je ne sais pas lequel de nous deux aurait le plus peur de l'autre…

Sûrement lui !

Je suis à mi-chemin quand il se remet à pleuvoir. Un vrai déluge. Et j'ai l'impression que je n'en finirai jamais.

Je suis éreintée et je dois tellement me concentrer sur la route que mes yeux me piquent et que je me sens vidée. Il me tarde vraiment d'arriver !

Il me faut encore plus d'une heure à braver les éléments pour rejoindre ma destination. J'entre dans la petite ville et je n'ai plus qu'à trouver mon hôtel.

---

1. Juan Manuel Fangio, né le 24 juin 1911 à Balcarce et mort le 17 juillet 1995 à Buenos Aires, est un pilote automobile argentin. Cinq fois champion du monde de Formule 1 (en 1951, 1954, 1955, 1956 et 1957), il a dominé la discipline reine du sport automobile dans les années 1950, étant jusqu'à ce jour le seul pilote à avoir été sacré champion du monde dans quatre écuries différentes.

Ma chambre, une douche bien chaude et un bon lit dans lequel je me glisserai pour un sommeil réparateur.

Si ma mémoire est bonne, je vais bientôt devoir tourner sur la droite, car mon lieu de résidence pour cette nuit se situe au bord de la mer. Ce n'est pas le plus joli côté de la ville, mais le patron, que j'ai eu au téléphone, avait l'air jeune, très gentil, et il parlait français. Je parle anglais presque couramment, mais je me suis dit qu'avoir quelqu'un pouvant me comprendre en cas de problème était une sécurité supplémentaire.

C'est au moment où je tourne sur Bridge Road que ma voiture se met à brouter. J'arrive encore à faire quelques mètres, mais je dois me garer sur le bas-côté avant qu'elle s'arrête définitivement. Ensuite, j'ai beau tourner la clé, plus rien ne se passe.

Mais qu'est-ce que j'ai fait pour que même cette bagnole s'y mette alors que j'en termine avec mon périple ?

J'étais si contente et si fière d'être arrivée là sans encombre.

Maudissant au passage tous ceux qui ont toujours douté de moi.

Je regarde sur mon téléphone, et je constate qu'il me reste un kilomètre avant d'être à destination. Ce n'est pas loin, mais il pleut toujours, et je risque d'arriver complètement trempée, et ce, malgré mon parapluie. En même temps, vu ce qui me tombe sur le coin du nez en ce moment, qu'est-ce que j'imaginais ?

J'en ai marre. Malheureusement, je n'ai pas le choix.

J'ai beau râler, aucune autre solution ne s'offre à moi, surtout à cette heure. Il faudra que je remette le dépannage à demain. Je passe mon sac en bandoulière, récupère ma valise, ferme ma voiture que je me résous à abandonner, et je commence à avancer.

La route est balayée par une pluie oblique. Il y a un vent à décorner les bœufs, et mon parapluie n'y résiste pas. Il rend l'âme après quelques mètres seulement, me laissant sans aucune protection, à tel point qu'il ne faut qu'une poignée de minutes pour que je me retrouve saucée de la tête aux pieds.

Franchement, je maudis ce pays, les bagnoles qui tombent en panne et que j'enverrais bien à la casse, les hôtels pittoresques qui sont à perpette et les parapluies made in China qui te lâchent le jour où tu en as le plus besoin !

J'en ai ma claque, et je hurle en avançant malgré tout.

J'ai l'impression que le kilomètre en fait cent, et c'est grelottante et éreintée que je touche enfin au but. L'hôtel est un bel établissement construit en face de la mer. Il est tout en longueur et semble également faire pub. D'ailleurs, de la musique et des voix me percutent dès que je franchis la porte. Au moins, il fait chaud. Je m'approche du comptoir derrière lequel se trouve le panneau supportant les clés des différentes chambres, et j'appuie sur la sonnette en laiton disposée sur le plateau de bois. J'attends, et j'ai beau réitérer l'appel, rien ne se passe. Je patiente encore un peu, mais j'ai froid, j'aimerais vraiment enlever mes vêtements qui me collent à la peau et me sécher. Je me décide à rejoindre la partie bar où j'espère trouver le patron qui pourra enfin me donner les clés de ma chambre.

Je pousse la porte et un petit carillon se fait entendre alors qu'un morceau s'arrête avant de passer à un autre. Du coup, toutes les têtes se tournent vers moi. Des têtes essentiellement masculines sur lesquelles je ne m'attarde pas puisque mon regard se focalise sur un géant barbu qui me fait signe de derrière le bar. Je suppose que c'est le patron des lieux, et je suis soulagée de le rencontrer enfin, imaginant déjà la fin de mes ennuis et les heures de repos à venir. Je vais le rejoindre, mais, encore une fois, rien ne se passe comme prévu. Mon pied bute dans une marche que je n'avais pas vue et tout s'enchaîne très vite. Je me vois partir en avant sans pouvoir réagir devant une douzaine de consommateurs médusés qui ne peuvent qu'assister impuissants à ma cascade.

Je me retrouve à plat ventre par terre, complètement mortifiée, alors que des rires éclatent autour de moi.

Qu'est-ce que je disais, tout à l'heure ? Que les Écossais étaient sympas ?!

Extrait

SULFUROUS BAD BOY

Laura Black

1

Amber

Putain ! L'homme de Néandertal a disparu depuis des siècles, mais il y a toujours des gros balourds pour le ressusciter. Comme si la version préhistorique, genre je te ramène dans ma caverne en te traînant par les cheveux, pouvait être un précepte en matière de séduction.

Le spécimen assis à côté de moi est l'archétype de l'ancêtre poilu au front étroit. Il a d'ailleurs accentué la ressemblance en se laissant pousser la barbe, sans se soucier de la discipliner. C'est carrément moche, et je ne parle même pas des trucs immondes qui parsèment le buisson desséché.

Le pire ? Il est persuadé d'être irrésistible, cela se voit jusqu'à son sourire. Et, pas de chance, ce soir, c'est sur moi qu'il a jeté son dévolu. Je grommelle en silence tout en lançant un coup d'œil aux tabourets sur ma droite. Le bar est archiplein et j'ai déjà eu du mal à me dénicher une place assise. À l'idée de l'abandonner, je peste mentalement. Je pivote vers la salle, cherchant une solution de repli.

Le Rush a beau être situé dans l'un des quartiers les plus glauques de San Francisco, il attire une population éclectique grâce à sa grande variété de bières. Ce qui implique qu'à la faune de bikers et branleurs en tout genre se mêle une clientèle plus en vue.

Pour ma part, je ne suis pas une habituée des lieux, même si je suis déjà venue deux ou trois fois. En vérité, j'affectionne les bars un peu plus chics et moins dangereux. Le Rush profite peut-être d'un système de sécurité privé qui garantit que l'on passe une bonne soirée, de quoi me rassurer, mais je préfère limiter ce genre d'expérience.

Et mon encombrant voisin me rappelle pourquoi…

– Hé ! Bébé ! Je t'en r'mets une, m'alpague-t-il en remuant sa langue en une invitation immonde.

Je soupire et vérifie l'heure sur ma montre. Il est encore tôt, trop pour inciter Tasha, ma meilleure amie et coloc, à rentrer. C'est pour elle que je suis venue ici ce soir et, dans le fond, j'aurais probablement moins de scrupules si elle n'était pas en train de brancher le mec hyper canon qui lui a filé ce rencard. Après une séparation douloureuse, c'est la première fois que je la vois reprendre du poil de la bête, alors l'obliger à se tirer ?

No way, même si le type en question est aussi beau qu'il a l'air dangereux.

Pour ma part, ce n'est pas ma came. Après avoir tenu la chandelle un moment, je me suis repliée au bar dans l'espoir de croiser un gars plus dans mes goûts, ce qui exclut les bad boys ou autres joyeusetés.

Une chance pour moi, les lieux accueillent ce soir plusieurs groupes d'étudiants. Avec eux, le sexe est souvent détonant et surtout sans complications. Exactement ce que je recherche !

– Hé ! J'te parle ! répète l'imbécile en posant sa main sur mon bras nu.

Sa poigne me révulse, d'autant qu'elle est contraignante. Même si ma peau chocolat marque peu, je suis convaincue que l'abruti vient de laisser l'empreinte de ses doigts sur moi. Je me dégage d'un coup sec, ou du moins essaie. L'enfoiré ricane devant mon geste de rébellion et me comprime un peu plus le poignet tout en se rapprochant de moi.

Son haleine viciée me fouette le visage, écœurante et insupportable.

– Quoi ? J'suis pas assez bien pour une princesse dans ton genre ? m'engueule-t-il. Pourtant, t'as pas l'air farouche, hein !

Son regard fond sur mon décolleté, comme si son échancrure prouvait quoi que ce soit. Alors, OK, mon bustier est sexy et souligne la rondeur de ma poitrine, mais, putain, la plupart des nanas ici sont moins vêtues que moi. Je porte un jean tout ce qu'il y a de plus réglementaire, même si la hauteur de mes escarpins frise le vertigineux. Et mon maquillage *nude* m'exclut de la catégorie des bombasses en chaleur qui pullulent dans la salle et se frottent contre tous les types qu'elles croisent.

Je suis peut-être une épicurienne dans l'âme, ce qui inclut d'aimer le sexe, je ne suis pas non plus le genre à me ruer dans des toilettes sales pour baiser. Et certainement pas avec le premier mec venu ! Merde ! La règle des trois rendez-vous n'existe pas pour rien. Bon, OK, je triche parfois un peu, mais jamais je ne saute au cou d'un gars avec qui je n'ai pas échangé plus d'un mot.

C'est une ligne de conduite… En fait, c'est ma seule ligne de conduite ! J'apprécie de savoir où je mets les pieds. Pour le reste, eh bien, je ne m'interdis rien.

– Écoute, commencé-je d'un ton calme, là, on n'est pas du tout sur la même longueur d'onde. Donc, tu me lâches avant que je me fâche.

Et je ne plaisante pas ! Je suis médecin urgentiste, alors les endroits vulnérables sur le corps humain, ça me connaît, et je n'éprouve aucun scrupule à l'idée de castrer M. Néandertal.

– Toi ? T'fâcher ? C'te blague ! Tu…

– La dame t'a demandé de lui foutre la paix, non ? intervient une voix glaciale dans mon dos.

– Hé ! On s'amuse juste !

– Bien essayé, mais là, il est l'heure pour toi d'aller jouer ailleurs.

– Attends ! J'ai pas fini ma…

L'enfoiré n'a pas le temps de terminer sa phrase. Une main de fer le soulève de son siège et le propulse vers la sortie. Je suis éberluée par la force du videur. Celui-ci n'a pas vraiment la carrure de l'emploi, avec ses muscles déliés et son air tranquille, mais Néandertal doit déceler chez lui un truc spécial, car il s'essuie la bouche d'un geste malhabile avant de détaler sans demander son reste.

Mon « sauveur » m'examine de la tête aux pieds, lentement, très lentement, avant de s'installer à mes côtés, et j'intègre en une fraction de seconde ce qui peut autant ébranler chez ce mec. Son regard est… aussi vide qu'il paraît profond. Je déglutis nerveusement, happée par la puissance d'un élan qui me touche de l'intérieur sans que je déchiffre bien pourquoi.

Les iris noirs me parcourent avec une sorte d'indifférence qui ajoute à mon sentiment de stupéfaction. En dépit de son attitude impassible, ce type semble porter un passé lourd de souffrances cachées. C'est peut-être ridicule, mais c'est ainsi que je le perçois.

De quoi me remuer si intensément que les parties les plus intimes de mon corps se mettent à pulser. J'ai l'habitude du désir, mais là… c'est inédit tellement c'est fort et peut-être même différent. Je pourrais paniquer, mais la perspective du plaisir à venir me lèche la peau de façon bien trop savoureuse pour que je recule.

Tout l'inverse du beau brun qui pivote vers le barman et se commande une bière, agissant comme si je n'étais pas assise à sa droite.

– Euh, merci ! dis-je avec l'intention d'amorcer la discussion.

Nouvelle œillade en coin, mais toujours pas de mots. Ce mutisme me déroute assez pour que je reste en apnée. Et pas seulement parce que son attitude me désarçonne, non. Ce mec est… vraiment, carrément… waouh ?

De par ses origines – j'hésite entre japonaises ou coréennes –, il arbore un profil parfaitement sculpté. Des mèches folles flattent son front large, sans atténuer ne serait-ce qu'un peu l'intensité de son regard d'obsidienne. Peut-être parce que les épais sourcils donnent du caractère à l'ovale de son visage ?

En règle générale, je ne suis pas fan de la surabondance de tatouages, mais, chez lui, les dessins visibles sur ses bras renforcent son aura ténébreuse et lui confèrent un charme très particulier.

Il n'est pas surprenant, en fait, que toutes les terminaisons nerveuses de mon corps réagissent et me chatouillent de la plus délicieuse des manières. Même si c'est un peu inhabituel puisque ce type appartient clairement à une catégorie que je fuis comme la peste.

Mais, après tout, il n'y a que les imbéciles qui ne changent pas d'avis, non ? Et puis, une toute petite entorse, ce n'est pas trahir ses principes… Bon, OK, je suis de mauvaise foi, mais je précise que tout dépend des circonstances. Et comme je n'ai de comptes à rendre à personne d'autre qu'à moi-même, la question est vite réglée !

Ce type a la saveur d'un fruit défendu, et je meurs d'envie de le croquer à pleines dents ! Un projet qui relève les coins de ma bouche et me donne un peu plus chaud. Il faut juste que M. Silence accepte d'échanger quelques mots avec moi…

Je me rappelle, à contretemps, que le mec de Tasha me l'a rapidement présenté tout à l'heure. Merde ! Comment j'ai pu passer à côté d'un spécimen pareil ?

– Sam, c'est ça ? tenté-je avec un sourire étincelant.

– Ouais, réplique-t-il sans même me calculer.

– Je peux t'offrir un verre pour te remercier de ton aide ? insisté-je d'une voix veloutée.

– J'ai déjà une bière.

Oups ! Bonjour le vent, ou je ne m'y connais pas.

Je rehausse un sourcil, médusée, mais pas complètement désarçonnée. Si Dieu avait doté tous les types canon d'un cerveau et d'un peu de bon sens, le monde se porterait mieux, mais, malheureusement, ce n'est pas le cas.

Résolue à ignorer mon voisin réfractaire à mes charmes, je lui tourne le dos. Mais, merde, c'est vraiment du gâchis ! Il y a bien longtemps que je ne me suis pas sentie aussi émoustillée par un mec.

– Tu m'en remets une, indiqué-je au barman en désignant ma bouteille.

– C'est pas un peu imprudent ? réagit enfin Sam. C'est quoi ? Ta septième bière ?

J'ouvre la bouche, sidérée. Que ce type se mêle de ma vie après m'avoir taclée, OK, ce n'est pas la première fois que ça m'arrive (faites le lien avec l'absence de cerveau, hein !), mais qu'il ait compté très exactement ce que j'ai bu alors que je ne le connais pas…

Merde ! Je me décale sur la gauche, pas franchement rassurée. Sexy ou pas, Sam est trop bizarre pour moi. Trop… intense ? Sous son regard ténébreux, mes orteils se recroquevillent. Comment un mec à l'air si inébranlable peut-il me perturber si profondément, sans que je sache si c'est une bonne ou une mauvaise chose ?

– Pardon ? grondé-je, optant pour l'exaspération mâtinée d'ironie. Waouh ! Ta copine doit t'adorer si tu la joues connard aux couilles surdimensionnées avec elle !

– J'ai pas de copine ! réplique Sam, un frémissement agitant le coin de sa bouche.

– Ben, ceci explique peut-être cela, lui renvoyé-je sans sourciller sous son œillade incendiaire.

– Personne n'a jamais eu à se plaindre de la taille de mes burnes.

Mon regard se porte involontairement sur l'avant de son pantalon. Mauvaise idée, car je me liquéfie devant les muscles des cuisses saillant sous la toile en jean.

– Tu sais, mon beau, la plupart des nanas ne te diront pas si tes boules ont l'air de sortir du congélo tellement elles sont rabougries…

Sam ne rigole pas, mais le barman ne cache pas qu'il suit notre échange et que nous l'amusons assez pour qu'il ait cessé de servir ses clients.

– Tu sais quoi ? éructe Sam. Lâche l'affaire, OK ? Tu t'énerves pour rien ! Je note juste que tu as déjà pas mal picolé.

J'érige un sourcil railleur, puis le toise avec une arrogance volontairement piquante, avant d'élever ma bouteille jusqu'à mes lèvres. Je souris intérieurement en constatant que le regard masculin s'attarde une seconde de trop sur ma bouche.

– Ouais, mais je suis une grande fille, majeure et vaccinée. Et, sauf erreur de ma part, tu n'as pas mis d'option sur mon cul. Ce qui ne changerait rien, cela dit. Personne ne me dicte ma conduite !

– Pourquoi ça m'étonne pas ? râle-t-il entre ses dents.

Je termine ma bière d'une goulée et en commande une autre dans la foulée, ignorant le grondement agacé de mon voisin. L'imbécile ! Je tiens mieux l'alcool que la plupart des mecs, mais pas question de le lui avouer.

– Hey ! s'invite Tasha. Tu m'en paies une ?

– Alors, tes projets pour la soirée ? lui demandé-je en tournant résolument le dos à Sam.

– Je rentre avec toi, évidemment !

– Et ton sublime apollon ?

– La balle est dans son camp, ricane-t-elle. Et toi, tu as repéré des mecs intéressants ?

– Non, personne en particulier.

D'ailleurs, je ne hausse pas le ton pour que mon voisin m'entende. Pas du tout !

– On y va ?

Je saute au bas de mon tabouret en acquiesçant et suis Tasha à travers la foule des clients, pas franchement mécontente finalement de quitter le Rush. Et ça n'a rien à voir avec la brûlure dans ma nuque, comme si quelqu'un m'épiait.

Arrivée à la porte, je ne peux pas m'en empêcher et décoche un dernier coup d'œil par-dessus mon épaule. Sam est toujours accoudé au bar et me reluque avec un air paresseux qui me rappelle un fauve aux aguets, pour peu que ce soit vraiment moi qu'il surveille.

Puis, sans même un clignement de paupières, il se détourne et entame une discussion avec le barman. Comme si je n'existais pas. Comme si…

– Putain, Amber ! m'imposé-je à voix basse. Arrête de te prendre la tête, ma vieille !

Extrait

COLOSSE
LE MAÎTRE DU JEU

Anna Wendell

PROLOGUE

Alison

Archibald,

Ne dit-on pas que les plus belles histoires d'amour sont celles que l'on n'a pas vécues ?

Tu manques à ma vie, à mon cœur, à mon âme.

Oh, toi, mon si cher Archibald, toi qui n'as été qu'une flamme éphémère, un amour impossible au cœur de la tourmente, crois bien que je chéris le fruit de notre idylle, je veille sur lui chaque seconde. Je lui ai donné ton prénom pour pouvoir le prononcer, l'entendre, le rendre réel.

Bien que nous nous soyons promis de ne plus nous contacter, je souhaitais t'offrir ce cliché, pour que tu réalises et n'oublies jamais notre petit miracle.

Cela sera ma seule et unique correspondance, je t'en supplie, ne cherche jamais à nous retrouver.

Avec tout mon amour,

Ta Fenella, pour toujours et par-delà l'éternité.

Je relis une troisième fois la lettre que vient de me confier mon père, puis scrute le cliché jauni par le temps d'un petit garçon aux boucles sombres. Mon univers s'effiloche au fil de ces mots si puissants, si troublants. Si incroyables. Je relève le front, replace d'un geste instinctif mes lunettes, puis braque mon regard dans celui de mon père. Ses rares cheveux gris se dressent en tous sens sur son crâne à la peau pâle. Ses iris noisette parsemés d'étoiles d'or, identiques aux miens, brillent d'une émotion à peine contenue.

– Mais… balbutié-je, la gorge crispée. Maman ?

Il déglutit et achève ma phrase.

– Maman était au courant. Je l'ai épousée bien des années après et j'ai toujours été honnête.

– Mais bon sang… un fils caché ! Tu réalises ?

– Ton frère.

Je secoue la tête et retrousse le nez.

– Demi-frère.

– Ne chipote pas, Ali, il a le même sang que toi. Que nous.

– Alors, cette histoire de guerre entre familles ennemies n'était donc pas qu'un mythe ?

– Une histoire pas si ancienne que ça et qui a causé bien des malheurs dans les deux clans. Les Macrae et les Macdonald se détestent depuis la nuit des temps. D'une haine féroce, sanguinaire. J'ai voulu t'épargner tout ce qui me semblait déjà à l'époque si futile. J'ai souhaité que tu grandisses loin de ces bêtises moyenâgeuses.

– Tu l'as aimée cette… Fenella ?

– Comme un fou.

Je prends quelques secondes pour digérer l'info puis demande :

– Alors, pourquoi n'as-tu pas fait ta vie avec elle ? Vous n'aviez qu'à fuir !

– Ali, ce n'était pas la même époque, souligne-t-il avant d'étouffer une brève quinte de toux. Il y a trente ans, désobéir aux anciens n'était pas envisageable, nous ne pouvions tout simplement pas faire notre vie ensemble.

– Oh, hé, c'était pas non plus l'Antiquité !

– Pour nos familles ancrées dans les traditions, si. C'est ainsi. À aucun moment, Fenella et moi ne nous sommes fait d'illusions. Nous avions à peine 20 ans, notre histoire a duré huit mois et s'est achevée lorsqu'elle a décidé d'épouser un laird bien sous tous rapports pour plaire à sa famille. Famille soulagée qu'un homme tel que lui accepte leur fille engrossée et adopte son bâtard.

Ma bouche s'ouvre de stupéfaction.

– Laird ? Des gens de la haute société, alors ?

– Oui, des propriétaires terriens issus d'une certaine classe sociale effectivement.

– Oh… d'accord. Alors, ce frère, Archibald, aujourd'hui, il a environ… 30 ans ?

– 33 ans, précisément. Dix ans d'écart avec toi. J'ai eu besoin de temps pour refaire ma vie après Fenella.

– Et tu sais quoi, à son propos ?

Il désigne de l'index l'antique lettre que je tiens toujours entre mes doigts.

– Seulement ça, j'ignore ce qu'il est devenu. Je n'ai plus jamais eu de nouvelles et… n'ai pas cherché à en reprendre.

– Pourquoi ?

– Parce que c'était trop dur.

Il se redresse avec difficulté, à nouveau secoué par une toux violente. Je m'empresse d'aligner correctement les oreillers derrière son dos.

– Ma puce, ça va…

– Laisse-moi faire, papou !

Il saisit ma main pour stopper mes gestes fébriles.

– Je t'en prie, il ne me reste plus beaucoup de temps.

– Tais-toi, ne dis pas des trucs comme ça. T'es en vie et tant qu'il y a de la vie, il y a de l'espoir. J'ai contacté ce magnétiseur de Peterhead, si nous allons le voir…

– Hors de question, c'est au moins à trois heures de route ! me coupe-t-il.

– Quand on veut, on peut ! J'ai lu plein d'études sur les effets de la pensée positive sur la maladie ! Si t'y crois, tu pourras rallonger ta vie de plusieurs années, voire guérir. Je vais te prendre rendez-vous chez un psychologue et aussi contacter ce spécialiste américain, un oncologue renommé ! Il paraît qu'il a sauvé Stallone d'un grave cancer du côlon et…

– ALISON MACDONALD !

Je tressaille et cesse mon babillage, surprise par la dureté de son ton. Jamais il ne s'est adressé à moi avec autant de fermeté.

– Assieds-toi et laisse-moi reprendre mon rôle de père.

J'hésite un instant en dévisageant son visage creusé par la maladie. Depuis de longs mois, je veille sur lui avec dévouement, davantage comme une mère plutôt qu'une fille. Et je possède aussi cette vilaine manie de bavasser. Une fois lancée dans mes délires, difficile de me stopper.

Mais qui d'autre prendrait soin de lui si je ne le faisais pas ?

Mon père lutte contre un ennemi invisible, l'ennemi des temps modernes. Plus dangereux et vicieux que n'importe quelle arme. Un ennemi insidieux qui grignote petit à petit autant son corps que son esprit. Un cancer. Il y a un an, c'était une minuscule tache sur une radio des poumons. Pas de panique, avait dit le médecin, ce n'était probablement rien. Puis tout s'est précipité. De rien, c'était devenu préoccupant, puis inquiétant. Jusqu'au jour où, la mine grave, ce même médecin nous a annoncé que le monstre s'était étendu, qu'il fallait intensifier les rayons et entamer une lourde chimio.

Ultime et faible espoir.

Il m'a prise à part, m'avouant qu'il ne restait que peu de chance, que passé la cinquantaine, le cancer progressait très – trop – vite et que je devais me préparer à une issue fatale.

Ces mots m'ont changée. De jeune femme insouciante, je suis devenue une glu envahissante, refusant de se résigner. J'ai convaincu mon père de tout tenter. Pour moi, il a enchaîné toutes sortes de traitements parallèles, un essai clinique et même plusieurs rebouteux. Sans succès.

Avec un soupir, j'obtempère et me cale sur le lit d'hôpital où il reçoit son traitement du jour.

– Merci, puce. Je vais te demander deux choses.

Il m'attire contre lui et je me roule en boule comme quand j'étais enfant.

– La première. Je souhaite que tu retrouves une vie normale. Tu as déjà bien assez perdu de temps cette année. Ali…

reprends l'université, ne gâche plus ton incroyable intelligence en bossant pour cette fleuriste.

– J'adore ce taf ! le coupé-je avec ferveur.

– Puce, tu mérites plus ! Tellement plus. Et puis… tu ne sors pas, je ne t'ai jamais vue fréquenter un jeune homme.

Je lève un index pour le faire taire.

– Papa, non, on n'aborde pas ce sujet. Et ne me parle pas choux, cigognes et tout le tralala. À 23 ans, je sais comment se font les bébés, qu'il faut se protéger. Je sais ce qu'est un pénis, enfiler une capote, mettre un tampon, et aussi où se trouve mon clitoris, et…

Il éclate de son rire tonitruant que j'aime tant. Rire qui se fait si rare depuis peu.

– Ali, tu t'emballes, j'en demandais pas tant. Je voulais juste te dire que tu ne vis pas ta jeunesse. Promets-moi qu'après mon départ, tu reprendras ton existence en main.

– Je refuse de penser à ça ! T'es là et je compte bien profiter de chaque seconde à tes côtés. Et on a encore plein de traitements à essayer ! Il paraît que l'acupuncture fonctionne super bien.

Je me blottis plus fort entre ses bras et respire son effluve rassurant. Mon si cher papa, mon tout, mon pilier, mon essentiel.

– Je ne veux plus que tu t'échines à me sauver. Tu ne peux pas vaincre la Faucheuse.

– Papou…

– Chut, écoute-moi, Ali. La seconde chose que je désire te demander est, disons, délicate.

Je relève les yeux, intriguée.

– Dis-moi. Je ferai tout pour toi. Tout.

– Je souhaite que tu me ramènes mon fils. Qu'il apprenne la vérité. Et je veux pouvoir le serrer dans mes bras une dernière fois avant mon grand voyage.

addictives

Romans déjà parus

Rose Becker
Le Bébé, mon milliardaire et moi (aussi en poche)
Torride, sexy & dangereux
Forever You – saisons 1 et 2
Dangerous

Phoebe Campbell
Lui résister… ou pas – l'intégrale
You Again
Single Daddy. Try Me if You Can

Mia Carre
Bad for You
Teach Me Everything
Charmant connard!

Mélodie Chavin
Campus Rules
Fucking Wedding

Sonia Eska
Ne me tente pas

Emma Green
Toi + Moi: L'un contre l'autre (aussi en poche)
Toi + Moi: Envers et contre tout (aussi en poche)
Toi + Moi: Seuls contre tous (aussi en poche)
Call Me Baby – volumes 1 et 2
Call Me Bitch
Love Me if You Can
Kiss Me if You Can
Bliss. Le faux journal d'une vraie romantique – volumes 1 et 2
Jeux interdits
Jeux insolents
Jeux imprudents
Une toute dernière fois

Fallait pas me chercher! – volumes 1 et 2
Corps impatients (aussi en poche)
Cœurs insoumis (aussi en poche)
Âmes indociles (aussi en poche)
Cent facettes de Mr Diamonds – l'intégrale
Bliss. Le faux journal d'une vraie romantique – l'intégrale
(Im)parfait
Love Me if You Can – l'intégrale
Kiss Me if You Can – l'intégrale
It's Raining Love!
The Boy Next Room
Call Me Baby – l'intégrale
Call Me Bitch – l'intégrale
PS: Oublie-moi!
Fallait pas me chercher! – l'intégrale
Recherche coloc: emmerdeurs, râleurs, lovers… s'abstenir!
10 bonnes raisons de te détester!
Just 17
Love & Lies on Campus
Bien plus forte que toi!
If You Wanna Be My Lover…

Megan Harold
Breaking the Rules
Initiation with My Boss

Ludivine Hart
Arrogant & Tattooed

Amy Hopper
Gone Boy
Le Coloc

Julie Huleux
Alpha Player

Charlie Lazlo
Mon insupportable boss

Sienna Lloyd
Mords-moi!

Caroline Mongas
Mariage forcé. Un contrat indécent

June Moore
Étreinte – volumes 1 à 3

Zoé Murat
Stepbrother Love
Boss Me Around

Clara Oz
Arrogant

Gaëlle Sage
Kiss, Kill & Ride
Lost Rider

Ana Scott
Dark Ride
Last Ride
Vicious Ride
The Dominant
Evil Ride
Sensual Stepbrother
Un enfoiré mais un coup d'enfer!

Camilla Simon
Le voisin parfait est un enfoiré
Initiation with My Enemy
Le mec parfait est un inconnu… ou presque !

Ève Souliac
Sexy Mistake

Liv Stone
Love Lessons

Lisa Swann
Adore-moi ! – l'intégrale

Louise Valmont
Toi & moi, c'est compliqué!
Campus Initiation
Mon insupportable voisin !

Chloe Wilkox
Extreme Lover – l'intégrale
Immoral
Dominant Boss. Apprends-moi
The Virgin's Price

Luv

Romans déjà parus

Ana K. Anderson
Indompté
Scottish Bastard

Sophie Auger
Be with Me

Sonia Birdy
L'Initiation
Touchdown. Campus Star

Laura Black
Dark Initiation
Games of Desire
H.A.R.D. Hot, Arrogant, Rebelle, Déterminé
Sulfurous Bad Boy

Margot D. Bortoli
Too Young

Juliette Brunel
Delicious

Anne Cantore
Promets-moi. Louise et Marco

Sarina Cassint
Avec toi… peut-être
Insolent Boss

Mary Ann Davis
Coach Me Love

Gwen Delmas
Noël, toi & moi
Sex Friends. Pas de contraintes, que du plaisir !

Sarah Dheilm
Hot Reward

Eugénie Dielens
Imprévisible Boss

Cléa Dorian & Ninon Vars
Dark Love

Laurie Eschard
Love Naked

Lil Evans
Savage Rider
Crash & Burn
Boss Affair

Lou Garance
Can You Keep a Secret ?
Foutu coloc !

Alexandra Gonzalez
Shades of You

Erin Graham
Teach Me Love
The Boss
Secret Stepbrother
Strong Addiction
Coloc avec mon boss

Joh Harper
Crazy Love
Broken but Alive

Marie Hayle
Under Control
Lover Next Door

Ellie Jade
About Last Night

Emma S. James
Under the Rain

Lucie F. June
Fight with Darkness

Sara June
Rider in the Dark
Sexy Wild Rider

Emily Jurius
Love to Hate You

Allie Krown
High School Challenge

Marion Laurent
Mr Alpha

Pauline Libersart
Tiger. Entre ses griffes

Nina Loren
Breaking the Ice
Teach Me Again. Impossible Desire

Ella Lores
Mariée par accident à un connard arrogant rencontré la veille…
My Best Enemy

Jessica Lumbroso
Emma X. Secrète et insoumise

Lili Malone
Coloc avec un inconnu

Mila Marelli
Dark Man in Love
Crazy Wedding

Mag Maury
My Hipster Christmas

Alix Parks
Never Kiss the Boss

Jeanne Pears
Insupportable coloc
Colocs & Sex Friends
H.O.T. Hypnotique, Obstiné, Ténébreux
The Most Insolent Man

Alexia Perkins
Arrogant Fake Lover

Sophie S. Pierucci
L'Inconnu de l'ascenseur & Moi (aussi en poche)
My Stepbrother. L'initiation

Silvia Reed
Darkest. La dernière heure
Too Close

Anita Rigins
No Rules
My Rules

Avril Rose
Coffee, Sex & Law

Jana Rouze
Effet de vague – saisons 1, 2 et 3

Wendy Roy
Une seule fois (ou presque)

Ana Scott
À corps brisés

Léana Soal
Fight & Hope

Cara Solak
Perfect Obsession

Izia Soley
Fauve

Liv Stone
Initie-moi. Mes jours contre tes nuits

Lena K. Summers
Perfect Bad Boy
Donovan, roi des connards

Kaly Swann
Austin. Breathe with Me

Lily Tortay
Dance for Me

Flore Valier
Ta peau contre la mienne

Anna Wendell
Arrogant Bad Boy
Apprends-moi le désir
Colosse. Le maître du jeu

Mina Zadig
Just Sex & Tattoos
Arrogant Highlander

New adult **addictives**

Romans déjà parus

Sonia Birdy
California High School

Sianna Milano
High School Initiation

Isla A. Rowley
Toxic Games

addictives POCHE

Romans déjà parus

Rose Becker
Le Bébé, mon milliardaire et moi (aussi en grand format)

Marjorie Burbaud
The Campus Teacher

Phoebe Campbell
Tes ordres sont mes désirs

Olivia Dean
À lui, corps et âme – volumes 1 et 2

Lou Everly
Bad Boy Crush

Erin Graham
Nos amours contraires

Emma Green
Seul contre tous (aussi en grand format sous le titre *Toi + Moi : Seuls contre tous*)
L'un contre l'autre (aussi en grand format sous le titre *Toi + Moi : L'un contre l'autre*)

Envers et contre tout (aussi en grand format sous le titre *Toi + Moi : Envers et contre tout*)
Corps impatients (aussi en grand format)
Cœurs insoumis (aussi en grand format)
Âmes indociles (aussi en grand format)

Megan Harold
Sublime-moi !

Charlie Lazlo
Kiss Me I'm Famous

Jeanne Pears
Jamais avec mon coloc !

Sophie S. Pierucci
L'Inconnu de l'ascenseur & Moi (aussi en grand format)
Deep & Dark

Lise Robin
Forbidden Stepbrother

Alexane Tolley
The Boss Rules

Chloe Wilkox
Your Game, My Rules

Hot Reward
Sarah Dheilm

Il est célèbre, irrésistible et... elle a envie de l'étriper !
Angèle n'en revient pas d'avoir gagné un voyage tous frais payés à Los Angeles ! Là-bas, elle aura la chance de partager l'intimité des HotEverShot, le groupe de rock le plus en vue des États-Unis.
Mais le gros lot se transforme peu à peu en cauchemar : entre Mika, la journaliste qui la suit partout, une première rencontre explosive avec le groupe, et Davon, le chanteur arrogant et sexy qui l'ignore superbement tout en réclamant sa présence non-stop dans le studio d'enregistrement, rien ne va ! Pourtant, impossible de fuir puisque Angèle a signé un contrat l'obligeant à se prêter au jeu. Autrement, elle en subira les conséquences…

Auteure : Gaëlle Sage

Edisource – Éditions Addictives
100, rue Petit, 75019 Paris
Imprimé par FINIDR – Lipova cp. 1965 – 73701 Cesky Tesin,
République tchèque
Dépôt légal : mars 2022 – Achevé d'imprimer : février 2022
ISBN : 978-2-37126-477-9
Réf. contrat : ZRID_001